人民共和國文化與文學叢書

四編　中國人民大學特輯

程光煒　李怡　主編

第 5 冊

紅色的發酵
——《紅岩》的生產、傳播與消費

錢 振 文 著

花木蘭文化出版社

國家圖書館出版品預行編目資料

紅色的發酵——《紅岩》的生產、傳播與消費／錢振文 著 —
初版 — 新北市：花木蘭文化出版社，2016〔民105〕
序4+目2+280面；19×26公分
（人民共和國文化與文學叢書 四編；第5冊）
ISBN 978-986-404-640-9（精裝）
1. 中國小説 2. 現代小説 3. 文學評論

820.8　　105012590

ISBN-978-986-404-640-9
9 789864 046409

人民共和國文化與文學叢書
四 編 第 五 冊　　ISBN：978-986-404-640-9

紅色的發酵
——《紅岩》的生產、傳播與消費

作　者　錢振文
主　編　程光煒　李怡
企　劃　北京師範大學民國歷史文化與文學研究中心
　　　　四川大學現代中國文化與文學研究中心
總 編 輯　杜潔祥
副總編輯　楊嘉樂
編　輯　許郁翎、王筑　美術編輯　陳逸婷
印　刷　普羅文化出版廣告事業
出　版　花木蘭文化出版社
社　長　高小娟
聯絡地址　235 新北市中和區中安街七二號十三樓
　　　　電話：02-2923-1455／傳眞：02-2923-1452
網　址　http://www.huamulan.tw 信箱 hml 810518@gmail.com
初　版　2016年9月
全書字數　256130字
定　價　四編11冊（精裝）台幣20,000元　

紅色的發酵

——《紅岩》的生產、傳播與消費

錢振文 著

作者簡介

錢振文，河北省元氏縣人，畢業於中國人民大學文學院，獲博士學位，現在北京魯迅博物館工作，任研究館員。主要研究領域包括魯迅研究和中國當代文學研究，曾經在《當代作家評論》《南方文壇》《粵海風》等雜誌發表論文數十篇，有十多篇作品被《新華文摘》《中國人民大學報刊複印資料》全文轉載，出版著作《〈紅岩〉是怎樣煉成的——國家文學的生產和消費》《這座了不起的大橋——南京長江大橋調查手記》《大地攬風》等。

提　要

本書以在中國當代文學史上產生過重要影響的長篇小說《紅岩》爲例，對 20 世紀五六十年代「紅色文學」的生產機制和生產流程進行了詳細的考察和研究，內容包括作品的創作修改、出版發行、社會反饋、組織閱讀等一系列生產和消費環節，尤其重要的是揭示了生產過程中這些環節之間的「斷裂」和「接合」，從這些「斷裂」和「接合」，揭示出「紅色文學」生產的全部秘密和複雜性：獨特的目標、偶然的動力、人爲造成的困難和出人意料的結局。

人民共和國文化與文學叢書
中國人民大學特輯　總序

程光煒　李怡

2005 年，中國人民大學文學院的中國當代文學史專業方面，將重點轉向了以「重返八十年代」爲主題的當代文學史研究，這當然是中國大陸視野裏的「當代文學」。博士生課程採用課堂討論的方式，事先定下九個討論題目，分配給大家，然後老師和學生到圖書館查資料，自己設計問題，寫成文章後，分別在課堂多媒體上發表，接著大家討論。所謂討論，主要是找寫文章人的毛病，包括他撰寫文章的論文結構、分析框架、問題、材料運用，自然，他們最爲關心的是，這篇論文究竟對當前的當代文學史研究有無新的發現和推動，至少有無提出有價值的質疑意見。因此，每學期總共十八週授課時間，安排一次課堂發表文章，另一次是課堂討論，這樣交錯有序進行。竟未想到，這種開放式的博士生研究課堂，到今年已進行了十一年，湧現了一批有價值有亮點的博士論文，湧現了若干個被大陸當代文學史研究界矚目的青年學者。據稱是大陸中國現當代文學研究界，爲獎勵 45 歲以下青年學者而設置的具有很高學術聲譽的「唐弢青年文學獎」，最近連續三年，都有這個課堂上走出去的青年學者獲得。僅此就可以知道，雖然中間的過程困難重重，也有很多不必要的重複和彎路，仍然可以證明，通過課堂討論、大家集中研究中國當代文學史這種方式，事實上有一定的效果。

其實，在 2005 年以前，我們這個學術團隊中已有博士生在做《紅岩》、《白毛女》的研究，取得引人注意的成果。而以「重返八十年代」爲主題的當代文學史研究，目的是以中國現代文學史自五四之後，八十年代這個又一個「黃金年代」爲文學高地，在這個歷史制高點上，縱觀60年的中國當代文學史，並以這個制高點，把這60年文學拎起來，做一個較爲總體的評價和分析，建立這個歷史時段的整體性。今天看來，這個目的初步達到了。這套學術叢書，關涉到中國當代文學史的諸多領域，例如文學思想、思潮、流派、現象、紛爭、雜誌、社團等等，雖不能說每個題目都深耕細作，但確實有一些深入，某些方面，還有較深入的開掘，這是被學術同行所認可的。例如，《紅岩》研究、《白毛女》研究、「重寫文學史思潮」研究、「李澤厚與八十年代文學」研究、「現代派文學」研究等。另外賈平凹小說、路遙與柳青傳統、七十年代小說的整理、上海與新潮小說的興起、八十年代文學史撰寫中的意識形態調整、十七年文學等等，也都在這套叢書中有所反映。

毫無疑問，中國大陸的中國當代文學史研究，離不開「當代史」這個潛在的認識性裝置。一定程度上，文學史與當代史的表面和諧關係，實際也暗藏著某種緊張狀態。作爲歷史研究者，每個人都離不開、跳不出自己生長的歷史環境。但是，所有有識的歷史研究者都意識到，所謂學術研究即包含著對自身歷史狀態的超越。他們所關心和研究的問題，事實上是以他自己的問題爲起點的；也就是說，他們研究的學術問題，實際上就是他們自己所困惑的歷史問題。我們想這種現象，又不僅僅是我們的。借這套叢書在臺灣出版的機會，我們想表達的是：學術著作的出版，是一次展示自己學術見解，並與廣大學界同行進行交流切磋的極好機會。因此，十分期望能得到讀者懇切的批評和意見。

2016.2.22於北京

序　言

程光煒

錢振文 2003 年考入中國人民大學讀中國現當代文學專業博士學位，但他是 80 年代末畢業的碩士研究生，在我的學生當中屬於「資深」的博士生。在此之前，他有在報業供職 10 多年的經歷，這就使他的人生歷練遠比其它人豐富、複雜，有老到的閱世眼光和觀察能力。當然，對研究中國當代文學史的人來說，這漫長和豐富的經歷也許不是壞事。

振文平日話語不多，即使與我說話最多的一個時期，例如討論博士論文問題的時候，也是三言兩語，點到爲止，從不多言。聽他碩士階段的老同學說，振文讀書是那種「沉潛型」的，他對於外在的誘惑好像沒有反應，喜歡沉溺在書籍中，善於思索，而且比較安靜。這種性格，按說是應該早早到大學或研究機構中的，不知道爲什麼他碩士一畢業反而去了新聞界，而且一幹就是 10 多年。老實說，也正是由於這層原因，他 2003 年考進來的時候並沒有優越性，知識結構並不新穎，總是習慣按照 80 年代研究現代文學的方式想問題。他曾與我討論過研究鐵路與中國現代文學生產與傳播的問題，似乎要投入對資料的閱讀、發掘、整理，繼而發現一條研究現代文學的新路徑了。這種想法固然不錯，但我仍然非常擔心。鐵路的建設與現代文學的「生產與傳播」究竟有什麼關係？這種關係說明了什麼呢？尤其是二者之間的邏輯關係和文化關係是通過什麼建立起來的？建立起來又有什麼意義呢？它會被研究界接受並被認爲是一個有趣的研究領域嗎？如此等等，恐怕都非常麻煩。我們至少在這個問題上周旋了幾個月。最後，他還是放棄了這個想法。

我建議他不妨專門全面地研究羅廣斌、楊益言的長篇小說《紅岩》。一是國內的「紅色經典研究熱」剛剛興起，這裡面似乎還有不少討論的空間和可能性；二是即使已有「十七年文學研究」的成果，但還未發現採用一篇博士論文的篇幅和規模研究《紅岩》的。振文馬上、且不遲疑地接受了這個建議。他馬上行動起來，先是與我的朋友、重慶師範大學的周曉風教授聯繫，自費去重慶實地瞭解、考證相關的資料，訪談了不少小說寫作時候的當事人和見證人。接著，又到小說《紅岩》責編、中國青年出版社已故老編輯張羽先生家附近的小旅館中「潛伏」了半個多月，運用記者善磨的能力，說服了張先生的夫人。每天去她家裏，在張先生遺留的手稿、資料中尋找有價值的東西，這使他收穫頗豐。另外，他還通過許多人，不惜代價和精力地窮究與《紅岩》寫作有關係的人和事，也發現了不少有價值的蹤跡和令人驚訝的事實，這不僅使他成爲目前國內學人中掌握《紅岩》材料最多的人，由於他的勤奮工作，和誠實、仔細、認眞的考證，一些已經出版的當代文學史中出現的錯誤，也都被他發現。讀過近年來錢振文發表在一些學術雜誌上的論文，我上面的「斷言」應該不虛。據說，他的研究成果還受到了美國一些學者的注意。我相信，隨著這部資料豐富、論證詳實的著作的問世，也許會有更多的人對之產生濃厚的興趣罷。

《紅岩》的全面研究，面臨著可以想像的挑戰和難度。這是因爲，近年來十七年文學研究已經取得令人矚目的學術成果，隨著人們對「左翼文學」內部複雜性瞭解的深入，隨著一大批與之相關的文獻資料的披露和出爐，關於「十七年文學」的研究模式，正在走向成熟化，形成很多方法、角度和特點。當然，這些「成熟」的方法和視角，也會使問題的進一步展開面臨著阻礙。錢振文這部著作基本採用的是「文學社會學」的研究方法，它的重點是討論國家新的出版制度形成之後《紅岩》的「生產」和相關的一些問題。當然，反過來作者可能更感興趣的是，也許並不是先有「出版制度」才有「《紅岩》的『生產』」，正是通過《紅岩》「生產」的矛盾性、豐富性，也才有今天我們所看到的「十七年文學」的「生產」罷。依我看，振文不是思辨性的研究者，他是那種通過大量辛苦而認眞的耙梳，在對資料的分析、整理、質疑與討論的基礎上提出自己觀點的研究者。正如作者所說的：「本文采用的是『個案研究』（case study）的研究方法。具體說，就是針對在寫作方式上既有很大特殊性同時又有很大典型性的小說《紅岩》作爲研究的對象，通過詳細梳理《紅岩》組織生產的整個過程和對生產過程當中詳盡而具體的細節的甄別，呈現作爲政治文化的中國當代文學生產過程中出人意料的複雜性。」「在這樣的目標下，本文在寫作過程中盡可能地搜集和使用了相當一批非正式出版物資料。這些資料包括對當事者訪談時的口述實錄；一些組織機構如出版社保存的原始檔案資料；也包括相當多的與此題目有關聯的當事者如當年的責任編輯張羽、作者之一劉德彬、參與寫作活動者沙汀、馬識途等人的一些沒有公開發表的各種文字記載，這些文字記載包括工作日記、沒有發表的手稿、來往書信、會議記錄、採訪記錄等等。作爲參考，這些非正式出版物資料將有選擇地在本書的附錄中予以展示。」論文中使用了很多「沒有公開發表的各種文字記載」和「出版社保存的原始檔案資料」，它們以「歷史沉默者」的姿態，再次向我們展示了《紅岩》小說從領導「出題目」、「組織寫作」到「反覆修改」過程中許多鮮爲人知的歷史細節。把這些看似分散、淩亂和無組織的材料再次「組織」爲一種歷史敘述，所揭示出來的就不僅是「中國當代文學生產過程中出人意料的複雜性」，還有後來歷史對它們的有意遮蔽，以及今天人們在「看似重返」過程中新設置的認識障礙。如此等等，都進入了錢振文深思熟慮的研究，成爲他博士論文最爲出彩的部分。

但是，我們眞能通過學術研究「復原」一部「眞正的歷史」嗎？錢振文在書稿中也提出了一個不失尖銳的問題：「誰有資格代表歷史發言？」他認爲，「直到今天，對《紅岩》的評論和研究的對象就是《紅岩》本身，幾乎沒有誰對《紅岩》創作前作者們的文字活動略加注意。這主要是因爲在風靡全國的小說《紅岩》寫作之前，作者們帶有文學性的文字活動少之又少，但是，小說《紅岩》所涉及到的幾乎所有文學史問題在這個時期都開始萌發，諸如『寫什麼？』、『誰來寫？』、『怎麼寫？』等等問題都可以從以上所述事實中得到初步的答案。而在所有這些問題和答案中，最有意義的是誰有資格來描述歷史？」當然，這不僅涉及到當年的各種「講述者」、「小說作者」等，也涉及到今天「如何研究」它們的問題。而我以爲的「難度」就在這裡。當我們意識到應該用一種方法重新進入對它的歷史整理和分析的時候，其實我們的「方法」也在受制於一定的歷史環境、知識氛圍和學科約定。尤其是當《紅岩》評價的「當代史」仍然在影響、制約著我們的清理性工作的時候，那麼「誰有資格來描述歷史」的問題就可能被暫時擱置。這也許正是這部博士論文潛在的學術價值所在。它以「呈現材料」的方式，提出了在研究《紅岩》時隨時可能遭遇的許多有價值的「問題」；它不是以「做結論」，而是以「客觀敘述」的方法，爲今後進一步的「歷史整理」騰挪出了相當大的研究空間，不是重新以一種「模式」將它捆死。我想說的最後一句話是，但願它的問世能給人帶來研究問題和發現歷史的驚喜。

2010.1.29 於北京

目次

導　論

1、被冷落的《紅岩》和《紅岩》研究

作爲「當下文本」,《紅岩》有過大紅大紫的歷史，也許沒有任何一部中國當代文學作品獲得過超出《紅岩》的榮耀，起碼從發行數量和出版後的接受效應上看應是如此。在「文化大革命」期間,《紅岩》和大多數當代文學作品一樣被當作「大毒草」遭到批判。但是，有所不同的是,《紅岩》的批判者主要還是伴隨著革命「深入」而出現的更爲激進的「革命群眾」，而官方媒體和官方解釋者並沒有對《紅岩》有過明確的系統的「批判」性解讀。在「文革」之後的 1978 年,《紅岩》以及它的作者「恢復」了在「文革」之前的所有名譽，短時間內人們對《紅岩》進行了和「文革」之前幾乎完全一致的解讀和閱讀活動。後來的發展證明，這種「回歸」是非常短暫的。到八十年代之後，中國的文化語境發生了很大的變化，政治話語不再是人們生活中起主導作用的話語系統。《紅岩》和其它的「革命文學」一樣被讀者迅速地冷落，而且,《紅岩》受到冷落的情況也許尤爲嚴重。

當然，八十年代之後冷落《紅岩》的不只是普通讀者，學術界對《紅岩》研究的冷落一樣普遍。來自韓國的研究者朴貞姬對此說:「而第二次《紅岩》熱之後，整個八十年代中國當代文學界幾乎沒有再評論過《紅岩》。我翻閱了《中國人民大學複印資料》的當代文學研究篇目目錄，從 1981 年到 1993 年，只有一篇文章，題目是《〈紅岩〉的思想和藝術》，發表在 1984 年第一期的《棗莊師範學報》上。」〔註 1〕作爲來自另一個國度的研究者，朴貞姬沒有中國研

〔註 1〕〔韓〕朴貞姬《構成的眞實——〈紅岩〉的敘事形成考察》，北京大學中文系《啓明星》1998 年「百年校慶紀念特刊」，總第 29、30 期。

究者的意識形態偏見，能夠以知識學「價値中立」的立場來「發現」被中國研究者「忽略」實際上可能是有意冷落的《紅岩》研究。而《紅岩》研究在八十年代之後冷清的情形不僅確如朴貞姬所說，實際情況可能更爲嚴重。另一個同樣在普遍的沈寂中「發現」了《紅岩》的研究者李楊說：「尤爲奇特的是，在 80 年代開始以『重寫文學史』爲名的『翻燒餅』的行動中，幾乎所有重要的左翼文學作家和重要的文學作品都被納入這種『打破或者推翻以往中國現代文學史的模式和結論』的『重寫實踐』，卻一直沒有人提到影響更大、在審美形式和精神氣質上與『樣板戲』更爲接近的《紅岩》。」〔註 2〕而實際上，在 90 年代以來對當代經典作品的「再解讀」活動中，《紅岩》也並不是研究者普遍注意的目標，李楊的考慮到「文本選擇的系統性」的專門致力於「紅色經典」再解讀的《50～70 年代中國文學經典再解讀》「第五章」中對《紅岩》的再解讀，也許是差不多僅有的對《紅岩》的「再解讀」實踐。對此一普遍的「冷漠」，朴貞姬說：「我覺得這是一個非常有趣的現象。兩次閱讀熱潮和兩次批評冷漠之間有什麼關聯呢？在這些熱潮和冷點背後存在著什麼樣的意識形態力量呢？爲什麼到了九十年代的今天，我們又想起來重新評價它呢？」〔註 3〕朴貞姬提出了很是値得人們深思的問題，不過她卻沒有給我們提供針對該問題的答案。李楊從一個不同的角度提出了類似的疑問：爲什麼在 80 年代末的「重評文學史」活動中，《紅岩》能夠「幸免於難」？而且給出了一個「可能」的答案：「答案或許只有一個，那就是在人們的意識深處，說《紅岩》是一部以歷史敘事爲目標的『小說』，反倒不如說《紅岩》是一部關於人的信仰的啓示錄更爲準確。就如同《聖經》，在許多信徒看來，去考證聖經事跡的眞實性是完全沒有必要的。人們相信這些故事，不是因爲這些故事是眞的，而是因爲人們相信。」〔註 4〕爲什麼在幾次重要的文學史活動中《紅岩》總是被學人忽略是一個有意義的話題，這只能說明《紅岩》是一個另類的存在，所以，即使是以「翻燒餅」爲目的的「重評」活動也沒有能與《紅岩》產生聯繫的維度。對此進行詳細的解釋並非本文的目標，所以在此不做深入

〔註 2〕李楊《50～70 年代中國文學經典再解讀》，山東教育出版社，2003 年，第 178 頁。

〔註 3〕〔韓〕朴貞姬《構成的眞實——〈紅岩〉的敘事形成考察》，北京大學中文系《啓明星》1998 年「百年校慶紀念特刊」，總第 29、30 期。

〔註 4〕李楊《50～70 年代中國文學經典再解讀》，山東教育出版社，2003 年，第 178 頁。

的探討。雖然冷寂的情形大致如此，但是在九十年代後期之後，還是有一些研究者從不同的角度對《紅岩》做出了有一定深度的探索。如 2002 年程光煒先生發表在《南方文壇》上的文章《重建中國的敘事——〈紅旗譜〉、〈紅日〉和〈紅岩〉的敘事策略》，從新中國成立後的歷史文化語境出發，對包括《紅岩》在內的「紅色講述」系列進行了宏觀的敘事策略研究。該研究把被人稱爲「三紅」的《紅旗譜》、《紅日》和《紅岩》視爲是新中國權力機構進行的宏大的政治文化工程的組成部分。在此背景之下，程光煒先生從比較的角度論證了從《紅旗譜》到《紅岩》的「紅色講述」逐漸構成一個圓滿的整體和逐漸變得成熟的過程和策略。除此之外，比較重要的論述有李楊對《紅岩》的「再解讀」和韓國研究者朴貞姬對《紅岩》生產方式的研究。

2、李楊的「再解讀」

李楊對《紅岩》沒能成爲八十年代末「重評文學史」的對象的解釋是和他所使用的批評方法有關的：他所「關注的不是『歷史』如何控制和生產『文本』的過程，而是『文本』如何生產『歷史』和意識形態的過程。」〔註 5〕這種批評方法和西方的新歷史主義文學批評觀是一致的。這樣，他認爲，像《紅岩》這樣的「紅色經典」、「革命聖經」參與了國民認知方式和情感方式的建構與塑造過程，因此，當代讀者和批評家的思想模式已經被這樣的作品塑造成型，如果研究者不對「自我」進行「歷史化」，不對自己的思想立場進行反思，就不可能對《紅岩》敘事的合法性有所置疑。

李楊對「自我」進行「歷史化」是從對「現代性」的反思開始的，他認爲：「如果不充分展開對『現代性』的反思，我們根本無法眞正『反思』激進主義，『反思』革命。」〔註 6〕這樣也就確定了對《紅岩》進行「再解讀」的一種「解釋框架」：「在某種意義上，我將《紅岩》視爲是一部現代性的教科書。這部濃縮了 20 世紀中國歷史上最爲強烈的現代性衝突的『紅色聖經』在展示出『家庭』、『個人』、『身體』這些範疇在現代性知識譜系中的意義的同時，更表達了由『施虐』與『受虐』構成的現代性激情——一個世紀以來已成爲我們這個民族的內在生活方式的極至的激情。這作爲我們苦難的內核的

〔註 5〕李楊《50～70 年代中國文學經典再解讀》，山東教育出版社，2003 年，第 367 頁。

〔註 6〕李楊《50～70 年代中國文學經典再解讀》，山東教育出版社，2003 年，第 367 頁。

荒誕而壯美的現代性激情，不僅塑造出屬於20世紀中國人獨有的認知方式和情感方式，而且已經成爲我們這個民族的深層無意識，展示出現代性無與倫比的感召力。」〔註7〕

在李楊的「再解讀」之前，在《紅岩》的解讀史上，還有兩次大規模的解讀活動。第一次是在《紅岩》出版之後的最初兩年，第二次是在「文化大革命」開始之後的最初兩年。與李楊的「反抗式解讀」相比，第一次對《紅岩》的解讀活動就是標準的「傾向性解讀」〔註8〕。在這次解讀活動中，各地報刊上發表了不下百篇長短不一的各式文章。但無論是專家還是讀者大眾，他們在文章中都是極力地對作品中的主控性意義系統進行複製或復述，除了指出一些微小的瑕疵，幾乎沒有誰對作品提出異議。從這次閱讀活動可以看出，《紅岩》固然是在使用、加固甚至是生產一種官方倡導的情感方式和思想模式，但是，我們也可以看到，小說只是參與進行這種生產的力量之一，進行解讀的專家和讀者並不只是小說所生產的意義的信仰者，他們同時也是這種意義的積極建構者。實際上，作者和讀者在寫作和閱讀小說《紅岩》的時候，就都已經生活在這樣一種情感方式和思想方式的空氣中。第二次對《紅岩》的解讀是在「文化大革命」開始以後，《紅岩》陷入不同政治利益集團之間的權利之爭，成爲革命團體內部不同派別之間爭奪話語權的「戰場」。和《紅岩》的作者進行政治角逐的另一派政治組織試圖把《紅岩》當作是打擊對手的「軟肋」之一，極力從《紅岩》中挖掘不利於對手的政治罪證。他們的方法就是把《紅岩》敘事結構中的某些負面形象或描述從整個結構當中抽取出來，進行誇張的展示，而這些形象或描述在作者的敘事結構中本來是被貶抑、被壓制、被批判的對象。

從表面上看，「文革」當中這些批判《紅岩》的文章和李楊對《紅岩》所

〔註7〕李楊《50～70年代中國文學經典再解讀》，山東教育出版社，2003年，第179頁。

〔註8〕英國「文化研究」學派的S·霍爾關於電視文本解讀的三種方式，分別是：「1、主控——霸權式（dominant-hegemonic）解讀：這種解讀傾向於按照編碼者的設定而『徹底地』、『直接地』接受文本。這就是傾向性解讀。2、協商式解讀（The negotiated reading）：這種解讀承認主控符碼的合法性，但通過調整使解讀適應自己的特殊社會條件。3、反抗式解讀（The oppositional reading）：它產生的是一種激進的解碼，與傾向性解讀完全對立，因爲它源於一種替代性的對立意義系統。」（見〔美〕約翰·費斯克等編撰《關鍵概念——傳播與文化研究辭典》，新華出版社，2004年，第219頁。）

做的解構工作頗有類似之處，兩者都是把被《紅岩》的作者有意或者無意加以掩飾、遮蔽和壓制了的東西呈現出來。但是，兩者的解讀方式和解讀目標都是根本不同的。前者雖然也呈現出被作者掩飾和壓制了的形象，但是他們和小說作者所認同的意義系統從本質上是一樣的，他們把小說中的這些「破綻」揭露出來，不是爲了給處在二元對立結構中被壓制的一方確立某種價值，相反，他們認爲這些形象根本就不應該出現。作爲「反抗式解讀」，李楊對《紅岩》的「再解讀」對小說的主導觀念「荒誕而壯美的現代性激情」表示了根本的質疑，展示了「現代性特有的二元對立邏輯」即「個人」與「家庭」的對立、「民族國家——階級」與「家庭——個人」的對立、「精神」與「肉身」的對立，通過對小說文本修辭方法和敘事策略的詳細剖析，揭露了作者是怎樣賦予二元對立中的一方以更高的價值並使之自然化、合理化的。這樣，通過李楊的「再解讀」，那些在平滑的敘述中被視爲理所當然的不言而喻的文化邏輯，被放置在一個全新的閱讀框架中得以反思。

李楊的「再解讀」把自己的致思範圍限制在文本的邊沿之內，他對「文化生產」的研究方法表示出一種懷疑和「擔心」:「擔心將這一時期的文學活動放置在『生產』這一框架中加以理解，僅僅關注文學制度對文學的組織和規約的過程，可能會忽略文學作品所特有的情感、夢想、迷狂、烏托邦乃至集體無意識的力量，而這些元素並非總可以通過制度的規約加以說明。」〔註9〕但是，如果僅僅關注文本中「文學作品所特有的」因素而懸置文學作品的生產過程和生產方式，可能就會忽略這一時期特有的也許是更重要的文學史事實。因爲，表現在文學中的那些「情感、夢想、烏托邦乃至集體無意識的力量」不可能不受到意識形態的浸染和同化。因爲「從來就沒有永恒的寫作，寫作實際上總要向特定的意識形態尋求合法性。」〔註10〕尤其是對於「這一時期的文學活動」而言，文學目標往往是和特定的政治目標聯繫在一起的，文學活動往往也就是政治活動。如果僅僅局限於從一個抽象的範疇出發對文本進行解讀，不對和一部文學作品聯繫在一起的現實政治目標有所瞭解的話，我們就不能知道一部作品之所以誕生的決定性力量，也不能知道一部作品爲自己設置的特有的任務和目標是什麼，而文學作品中所表現的「文學作

〔註9〕李楊《50～70年代中國文學經典再解讀》，山東教育出版社，2003年，第367頁。

〔註10〕〔英〕丹尼・卡瓦拉羅《文化理論關鍵詞》，江蘇人民出版社，2006年，第66頁。

品所特有的元素」往往是為完成這個任務和目標服務的文學工具。對於「再解讀」批評方式的局限性，有論者指出：「『再解讀』主要是要打碎40～70年代的體制化敘述，揭示其中的矛盾和裂隙。相關的研究也僅僅止於這一層面。至於這一時期的文學（文化）如何建構起特定的歷史敘述，在建構過程中經歷了怎樣的衝突和調整，最終是什麼因素導致了這種敘述的『無效』，則並未成為『再解讀』關注的問題。」〔註11〕

3、朴貞姬的「生產方式」研究

朴貞姬的《構成的眞實——〈紅岩〉的敘事形成考察》則是一篇試圖從文本之外走進文本之中的嘗試之作。這篇文章的第一部分是「《紅岩》的前文本階段考察」，第二部分是「構成的眞實」。在第一部分中，作者試圖探究《紅岩》寫作過程中的某種複雜性和寫作方式的特殊性。通過考察，作者認為《紅岩》的寫作動機是充分政治化的，寫作方式上有一個「『個體作者』逐漸淡化或消失，而演變為一種『集體化寫作』」的過程。這樣，關於《紅岩》的作者是誰就有了全新的結論：「這部小說的作者羅廣斌、楊益言只是執筆者、署名者而已。……這部小說的眞正作者是由一群為著同一目標而相互協作的寫作人員的組合，是這個組合背後的意識形態。這個組合共同創造或者說共同服從了意識形態話語。」〔註12〕由此思路出發，作者認為《紅岩》的寫作是一個作者不斷克服「個人體驗」的「非個人化的寫作」。最後，作者得出了結論說：「《紅岩》的寫作過程是有典型性的。當代寫作中，個人體驗與政治意圖、意識形態目的之間的矛盾是最主要衝突。」〔註13〕值得注意的是，這篇文章是較早注意到《紅岩》在寫作方式上和一般的文學作品甚至是和其它的革命文學都很不相同的研究者。與朴貞姬差不多同一個時期，洪子誠先生在他的非常「個人化」的《中國當代文學史》中，以「《紅岩》的寫作方式」這樣一個獨特的、專門的角度來論述《紅岩》，並有和朴貞姬非常相似的結論：「《紅岩》約十年的成書過程，是當代文學『組織生產』獲得成功的一次實踐。這

〔註11〕賀桂梅《重審「再解讀」》，中國人民大學複印報刊資料《中國現代、當代文學研究》，2002年第7期。

〔註12〕〔韓〕朴貞姬《構成的眞實——〈紅岩〉的敘事形成考察》，北京大學中文系《啓明星》1998年「百年校慶紀念特刊」，總第29、30期。

〔註13〕〔韓〕朴貞姬《構成的眞實——〈紅岩〉的敘事形成考察》，北京大學中文系《啓明星》1998年「百年校慶紀念特刊」，總第29、30期。

種『組織生產』的方式在戲劇、電影的製作中是經常使用的，在『個人寫作』的文學體裁中並不一定常見；但在後來的『文革』期間，則幾乎成為重要作品的主要生產方式。創作動機是充分政治化的。作者從權威論著、從更掌握意識形態含義的其它人那裡，獲取對原始材料的提煉、加工的依據，放棄『個人』的不適宜的體驗，而代之以新的理解。因而，從某種意義上說，《紅岩》的作者是一群為著同一意識形態目的而協作的書寫者們的組合。」〔註 14〕應該說，朴貞姬的研究抓住了《紅岩》研究中的一個關鍵問題，並且得出了基本上是合理的結論。但是，由於作者所掌握和使用的資料很有限又多為第二手資料，所以對《紅岩》生產過程中的具體細節和實際情形的描述就顯得有些粗疏，這樣也就相應地影響了所得結論的準確性。比如，把《紅岩》的生產過程描述為寫作者逐漸放棄個人體驗並接受意識形態同化的過程就有推論和想像的成分。個人體驗與政治意圖的矛盾和後者不斷改造、籠罩前者可能確實是當代文學生產過程中的普遍現象，但是這種籠統的概括並不能完全反映每部作品生產過程的具體情形。就《紅岩》來說，它的寫作過程的特殊性正在於：從一開始，作者就沒有把表達自己的個人體驗當作寫作的目的和動機。《紅岩》寫作過程中遇到的種種「挫折」也並不是由於人們想像的「作家意識形態」和「政治意識形態」的衝突，而是由於作者對複雜多變的政治需要缺乏足夠的敏感所致。《紅岩》的初稿之所以寫得「基調低沉壓抑，滿紙血腥，缺乏革命的時代精神」〔註 15〕，並非完全如朴貞姬所說：「羅廣斌、楊益言親身體驗到那異常悲慘的屠殺，要使他們克服或淡忘那種經驗幾乎是不可能的。」〔註 16〕研究羅廣斌他們的早期「作品」可以看出，從一開始，他們的口頭報告和寫作活動就是為了傳達官方的聲音而非表達個人的經驗，那個時候他們的口頭報告和文章也是把集中營的生活說（寫）得「滿紙血腥」，其程度甚至比《紅岩》的初稿還要嚴重，但是這些對「血腥」的描寫大多並非是羅廣斌他們的「個人體驗」，而是根據宣傳的需要在個人經驗的基礎上加以誇張和杜撰的。由此可見，羅廣斌他們在解放初期看似「個人體驗」的描寫實際上是根據政治需要有意編排的，而且在當時，這種描寫方式很受歡迎並

〔註 14〕洪子誠《中國當代文學史》，北京大學出版社，1999 年，第 113 頁。

〔註 15〕羅廣斌、楊益言《創作的過程，學習的過程》，《中國青年報》，1963 年 5 月 13 日。

〔註 16〕〔韓〕朴貞姬《構成的眞實——〈紅岩〉的敘事形成考察》，北京大學中文系《啓明星》1998 年「百年校慶紀念特刊」，總第 29、30 期。

收到了切實的效果。只是由於「革命的不斷深入」，原來發揮過積極作用的描寫可能就會變得「不合時宜」甚至「反動」。

雖然朴貞姬的文章對《紅岩》寫作過程的描述很簡略，而且多有事實訛誤之處〔註17〕，但是，畢竟還是對一個很特殊的文學現象進行了初步的探索，具有開拓的意義。所以，有研究者認爲：「《紅岩》與《青春之歌》等不同。它的寫作與成書過程具有某種獨特性。……對這一問題的研究，尚不見有更充分的展開。目前，見到的只有《構成的眞實——〈紅岩〉的敘事形成考察》等文。」〔註18〕

4、作爲概念的「當代文學生產」

「文學生產」是「文化生產」的一個子概念。「文化生產」理論是在當代資本主義社會的背景下展開的。「生產」和「消費」是從資本主義政治經濟學借用來的術語，描述的是資本主義的經濟生產過程。作爲隱喻式的用法，「生產」和「消費」被傳播學、文化研究廣泛用於對意義的處理過程的描述。「文化生產」更多地被有效地用於對當代西方通俗文化形式如電視、電影、演出活動、新聞製作的分析。約翰·費斯克給「文化生產」的解釋是：「感覺、意義或意識的社會化生產。文化商品的工業化生產。文化生產這個流行開來的術語，是強調文化的制度化特徵與社會化特徵，從而相對於那種廣泛持有的信仰即文化源於個體的靈感與想像。」〔註19〕作爲一種批評方法，「文化生產」

〔註17〕如作者文章中的其中一段：「1949年11月底，重慶解放。羅廣斌、楊益言、劉德彬作爲剛從中美合作所——集中營的大屠殺中逃生的幸存者，參加了『重慶市各界追悼楊虎城將軍暨被難烈士籌備委員會』，從事評定革命烈士的工作。他們根據親身經歷與採訪記錄寫成《如此中美合作所——美蔣特務重慶大屠殺之血錄》一書。同時，三人參加了四川各界舉行的揭露重慶集中營大屠殺眞相的報告會，作了許多場報告。」就有不少不准確的地方。如楊益言並不是『11·27』重慶大屠殺的逃難者、幸存者，他是在幾個月之前（4月7日）被釋放的。羅廣斌、劉德彬只是「幫助確認烈士資格」，並非「從事評定革命烈士的工作」，楊益言只是在羅廣斌、劉德彬他們編輯《如此中美合作所》一書時事情太多、忙不過來，才找來幫助作些校對之類的事務性工作。《如此中美合作所》一書並非是他們「根據親身經歷與採訪記錄寫成」的，而是根據從各處搜集到的有關大屠殺的幾篇其它人所寫的文章編輯和整理而成的。

〔註18〕洪子誠主編《20世紀中國文學研究·當代文學研究》，北京出版社，2001年，第244頁。

〔註19〕〔美〕約翰·費斯克等編撰《關鍵概念——傳播與文化研究辭典》，新華出版社，第68頁。

有幾種不同的理論淵源。最主要的是瓦爾特・本雅明、布萊希特、伊格爾頓等西方馬克思主義批評家的唯物主義批評傳統。他們從歷史唯物主義的傳統出發，關注文藝作品製作的物質條件和製作過程。伊格爾頓認爲「藝術首先是一種社會實踐，而不是供學院解剖的對象。我們可以視文學爲文本，但也可以把它看作是一種社會活動，一種與其它形式並存和有關的社會、經濟生產的形式。」〔註20〕除了西方馬克思的傳統之外，20世紀70年代以來西方文化社會學的發展也對從社會生產的視角考察文化產品取得相當的成果。「這些視角是從組織與工作研究中得出的。這些視角將作品的內容——它對於藝術家或公眾的意義——擱置在一邊，而將藝術看作是需要通過一個由許多行動者合作的集體過程產生的『產品』。」〔註21〕由於分屬於很不相同的研究範式，這些同樣從「生產」的角度來研究文化產品的理論家也有著各自不同的關注點。從社會學的角度進行的研究利用了社會學的一些範疇和概念如組織、邊界、資源、報酬等，來分析與藝術家相關聯的社會關係。雖然一些社會學家也認識到單純的生產因素並不能夠解釋文化產品的全部意義，但是總的來說這個視角的研究對於藝術作品審美的一面是懸置不顧的。當代西方馬克思主義的學者們如伊格爾頓等人的意識形態批評則試圖打破傳統的內容與形式、內部研究與外部研究的區分，「對於伊格爾頓而言，文本研究的重點是『考察生產的情形』，這也是顯現文本的相對自主性或審美意識形態『內容』。文本總是專心致志地進行著它的意識形態的審美生產，就是說，文本在製作和加工過程中，並不是一隻眼睛盯著審美形式，另一隻眼睛盯著意識形態，將它們對接起來。相反，審美製作過程同時就是意識形態生產過程，藝術過程也是一種審美意識形態的展開過程。」〔註22〕

把「文學創作」改換成包含在「文化生產」概念之下的「文學生產」潛在地包含了以下的內涵：一是生產過程的社會化。在這種觀念中的文學創作不再是和其它社會過程無涉的獨立自在的活動，而是和其它的社會活動緊密相關或者其本身就是社會活動的一部分；二是生產過程的組織化。文化社會學家用來描述這個過程的一個概念是「藝術世界」，「藝術世界」「表示人們的

〔註20〕伊格爾頓《馬克思主義與文學批評》，人民文學出版社，1980，第73頁。

〔註21〕〔美〕約翰・R・霍爾、瑪麗・喬・尼茲《文化：社會學的視野》，商務印書館，2002年，第164頁。

〔註22〕馬海良《文化政治美學——伊格爾頓批評理論研究》，中國社會科學出版社，2004年，第169頁。

社會網絡，它們的合作行動通過組織有關行事慣例手段的整體知識，來生產出藝術作品，藝術世界由此而得名。」〔註 23〕這一概念表明沒有許多人的合作，藝術作品的產生就是不可能的，所謂「作者」最多不過是從事「中心活動」的人。但是，實際情況往往是，在一個藝術生產活動中，到底誰是從事「中心活動」的人是模糊不清的。例如，「對於交響樂隊的指揮來說演奏員是他的『工具』，在這種情況下誰是『藝術家』？」〔註 24〕三是生產過程的商品化。伊格爾頓對此說：「文學可以是一種人工產品，一種社會意識的產物，一種世界觀；但同時也是一種製造業。書籍不止是有意義的結構，也是出版商爲了利潤銷售市場的商品。戲劇不只是文學腳本的集成；它是一種資本主義的商業，雇傭一些人（作家、導演、演員、舞臺設計人員）產生能爲觀眾所消費的、能賺錢的商品。批評家不止是分析作品，它們（一般地說）也是國家雇傭的學者，從意識形態方面培養能在資本主義社會盡職的學生。作家不止是超個人思想結構的調遣者，而是出版公司雇傭的工人，去生產能賣錢的商品。」〔註 25〕四是生產活動的實踐性。這就是說藝術活動也是充滿物質性的社會實踐，而「『實踐』是永遠流動、不斷變化的，因爲它是受到具體時空限制的活動。」〔註 26〕文化生產的實踐性要求研究者不但要對控制生產的組織結構、生產製度等穩定因素進行研究，還要對生產的具體運作過程進行研究。而且研究的重點應該是歷史的不連續性和差異性，而不是對歷史進行抽象概括。

中國當代的文學生產當然和資本主義條件下的文學生產不可同日而語，但是，作爲政治文化產品的中國五六十年代的文學生產和被商品邏輯支配的資本主義文化生產在生產方式上卻具有異曲同工之妙。這裡的「當代文學生產」特指 1949 年新中國成立後到 1961 年 12 月小說《紅岩》出版前後這一段很特殊的社會背景下的文學生產。因此，本文可以說是一個以《紅岩》爲案例的文學斷代史研究。而研究據以展開的角度就是「文化生產」。從這樣的角

〔註 23〕〔美〕約翰·R·霍爾、瑪麗·喬·尼茲《文化：社會學的視野》，商務印書館，2002 年，第 254 頁。

〔註 24〕〔美〕約翰·R·霍爾、瑪麗·喬·尼茲《文化：社會學的視野》，商務印書館，2002 年，第 255 頁。

〔註 25〕伊格爾頓《作爲生產的藝術》，見陸梅林等譯《西方馬克思主義美學》，灕江出版社，1988 年，第 694 頁。

〔註 26〕馬海良《文化政治美學——伊格爾頓批評理論研究》，中國社會科學出版社，2004 年，第 114 頁。

度出發，我們認爲這一特殊時段的文學首先是一種政治文化產品，其次才是單純的文學作品；另外我們也認爲，這一時段的文學生產符合一般的文化生產規律，如生產過程的社會化、組織化和集體生產的性質等，而且在某種意義上，這種「文化生產」的特徵在這裡表現得更爲明顯和直接，程度也更高。但是，特別的地方是，這一特殊時空中的文學生產不是作爲商品生產活動的一部分、而是作爲政治活動的一種形式而存在的。

對於中國當代文學的生成過程，程光煒先生從 1949 年到 1976 年間現代民族國家的確立和全民總動員成爲中國社會發展的主旋律這樣的宏觀視野出發，認爲中國當代文學根本就不是一個獨立自足的存在，而是整個建立社會主義文化領導權龐大過程的一部分。文學只不過是社會主義文化工程的一個局部，而社會主義文化工程也不過是整個國家現代化建設工程的一個局部。而且，從邏輯上說，其中的前者永遠要服從於後者，服務於後者。在這種情況下的當代文學研究，就不能僅僅局限於文本的研究，因爲文本的意義很大程度上不在文本自身。作爲政治神話和寓言，小說文本的眞正所指往往是小說寫作時的政治意識形態。因此，研究當代文學，理解當代文學，更重要的是要弄清弄懂環繞、控制、推動當代文學生產的政治文化，從某種程度上說，對這種政治文化的研究，正應該成爲當代文學研究的主要內容。正如程光煒先生所說：「如果說文化研究有什麼獨特的傳統，那麼可以說，這就是政治文化及其相關問題在文化研究中所居的核心地位。每一個人都知道，文化政治是文化研究者關切和實踐的焦點，他們對文化與權力的關係極其重要。簡而言之，如果說文化研究怎樣推動當代文學研究的發展的話，那就是始終堅持在不同的語境中把握文化與權力的關係和組合的方式。由此出發，小至一個文學主張的提出，一個人物形象的塑造，大到出版社研究、刊物研究、編輯檔案研究，都可以納入到這一視野中來重新認識。」〔註 27〕

當代文學生產爲政治服務的性質和任務，決定了當代文學生產的組織形式。洪子誠先生認爲中國當代文學是一個「高度組織化的文學世界」，這個「文學世界」是由一個「高度『一體化』的組織方式」〔註 28〕生產的。進一步往前推論，可以認爲這個「高度『一體化』」的文學組織方式來源於新中國建立

〔註 27〕程光煒《文化的政治隱喻》，中國人民大學複印報刊資料《中國現代、當代文學研究》，2002 年第 7 期。

〔註 28〕洪子誠《問題與方法》，北京三聯書店，2002 年，第 188 頁。

後高度「一體化」的社會組織方式。這種組織方式，簡而言之就是，每一個社會成員包括「文學」的寫作者都是「組織人」，確切地說，是國家以及隸屬於國家這個龐大機構的各種子機構的工作人員。每個人包括作家都要在這個機構內找到自己的位置，遵循和追求這個組織的規則和理想才能生存。在這種組織形式下，成爲作家和作家的寫作就不再是自主的或個人的行爲，而是和一個「更爲宏偉」的目標聯繫在一起的「偉大事業」的一部分，分配給作家的位置和任務是爲政治服務、爲生產服務。作家寫作成爲「革命工作」的一部分和一項「嚴肅的政治任務」。

這樣，當代文學生產研究首先需要確定的是開展一項寫作活動的動力何在？對某一個歷史事件進行表徵的現實意圖何在？其次，我們需要確定的是，選定某個特定的個人來完成這一寫作任務的原因何在？在寫作過程中實際進行「中心活動」的人究竟何在？等等。

通過研究，我們會發現，這些看起來是外在於文學文本的外部因素，實際上正是起決定作用的內在因素。正是這些強制性的嚴格限定了的寫作範圍和寫作方式決定了當代文學文本的情節結構、美學風格甚至修辭用句。我們還會發現，當代文學的「當代性」或者說當代文學之所以是當代文學就是由這種特殊的生產方式決定的。非常顯明的是，八十年代之後，當整個社會組織形式和文化語境發生變化之後，五六十年代的一批「經典」作品很快失去了「可讀入性」，隨之也很快失去了生存的空間，甚至在「斷層論」和「空白論」的持有者那裡，這些昔日的「經典」是否具有文學的資格都成了問題。八十年代末發生的「經典」「重評」和「重寫文學史」活動，表現出了「文學」的建構性和歷史性。伊格爾頓說過：「當莎士比亞的文本不再讓我們思考，當我們從中一無所獲時，它們就不再有價值。」〔註 29〕至此，我們可以大致地理解韓國研究者朴貞姬很是疑惑的一個問題，即爲什麼在八十年代之後《紅岩》遭到了讀者和研究者的雙重冷落。生產是有歷史性的，閱讀（消費）同樣如此。

5、《紅岩》生產過程中的「斷裂」和「接合」

本文采用的是「個案研究」（case study）的研究方法。具體說，就是針對

〔註 29〕Eagleton, Criticism and Ideology, p.169.轉引自馬海良《文化政治美學——伊格爾頓批評理論研究》，中國社會科學出版社，2004 年，第 186 頁。

在寫作方式上既有很大特殊性同時又有很大典型性的小說《紅岩》作爲研究的對象，通過詳細梳理《紅岩》組織生產的整個過程和對生產過程當中詳盡而具體的細節的甄別，呈現作爲政治文化的中國當代文學生產過程中出人意料的複雜性。同時，通過對《紅岩》生產這一個案的詳盡研究，對和《紅岩》有關聯的以「三紅」（《紅旗譜》、《紅日》、《紅岩》）爲主的一批「革命文學」提供一個比較性的參照，並努力從中進行有限度的概括，整理出一些帶有普遍性的問題和對問題的解答。

在這樣的目標下，本文在寫作過程中盡可能地搜集和使用了相當一批非正式出版物資料。這些資料包括對當事者訪談時的口述實錄；一些組織機構如出版社保存的原始檔案資料；也包括相當多的與此題目有關聯的當事者如當年的責任編輯張羽、作者之一劉德彬、參與寫作活動者沙汀、馬識途等人的一些沒有公開發表的各種文字記載，這些文字記載包括工作日記、沒有發表的手稿、來往書信、會議記錄、採訪記錄等等。作爲參考，這些非正式出版物資料將有選擇地在本書的附錄中予以展示。

對《紅岩》生產過程的分析基本上是按照時間的先後順序進行的。但是在具體的分析結構上，吸收英國的保羅・杜蓋伊等人在《做文化研究——索尼隨身聽的故事》中闡述的對文化產品生產過程的一種社會學分析方法。這種方法即是：「以研究不同過程的接合爲基礎的社會學研究模式對一種文化人工製品的經歷進行分析。這些不同過程接合的相互作用會導致變化不定的和出人意料的結果。『接合』一詞是指將截然不同的要素結合在一起形成暫時統合的過程。一次『接合』就是在某種條件下將兩個或更多的不一樣的或截然不同的要素統合在一起的一種結合形式。這種接合併非總是必然的、注定的、絕對的和必需的；恰好相反，它是在形成條件和存在條件方面都需要偶然的環境。」〔註30〕根據這種方法，可以看出，《紅岩》生產的全部過程，也同樣是由幾個不同的中間有斷裂的階段組成的，這幾個階段的「接合」產生了生產過程的全部秘密和複雜性，讓我們認識到即使是作爲官方文學的「革命文學」的產生也並不是「必然的、注定的、絕對的和必需的」，而是由種種歷史條件和偶然機遇的結合促成的。

具體說，本文的第一章是《紅岩》生產的史前史。通過本章的分析可以

〔註30〕〔英〕保羅・杜蓋伊、斯圖爾特・霍爾、琳達・簡斯、休・麥凱、基思・尼格斯《做文化研究——索尼隨身聽的故事》，商務印書館，2003年，第3頁。

看出，早在重慶剛剛解放之初，解放前夕發生在重慶集中營的大屠殺就作爲「有意義」的事件成爲了人們反覆宣講和書寫的對象。而這一事件之所以「有意義」，並非僅僅因爲這一事件本身的令人震驚和人們對這一殘暴行爲的驚奇心理，而是因爲這一事件和解放之初對外反美抗美、對內肅反清匪的政治任務有著密切的關聯，正是由於這種關聯在政治動員上所具有的潛力，使得這一事件成爲種種政治文化活動中的好材料。同時，本章的另一個主要的分析目標是《紅岩》作者的身份和位置以及他們在多年以後寫作《紅岩》的可能性問題。通過這一章的分析，我們可以看出，有能力對重慶大屠殺事件進行書寫和實際進行過書寫的人並非僅僅日後《紅岩》的作者，通過對這些人和《紅岩》作者的政治身份以及他們在解放初期書寫活動的比較，可以看出羅廣斌、劉德彬、楊益言能夠對這一事件進行持續的書寫和最終「成爲作家」的機遇何在。

第二章是對《紅岩》初稿寫作階段的分析。在經歷了解放初期短暫和短篇的文字寫作後，《紅岩》作者們把主要精力投入到了另一個能夠更快見到效果的動員活動中，這就是對各種人群宣講他們見證過的在集中營中「蔣美反動派」所犯下的血腥罪行。經過幾年的斷裂，到 1956 年，當時處於政治權力高峰的劉少奇關於鼓勵業餘作者寫作的兩次談話爲《紅岩》作者們對他們的政治資本進行大規模書寫提供了契機。這次寫作，組織給他們提供了有限的條件——三個月的創作假，與他們雖沒有聲張但暗自努力的目標相比，寫作的結果很不理想，幾個人攢成了幾十萬字的東西，但只有其中的幾個章節得到了發表，與作爲一個整體——不管是小說還是回憶錄——推出去的目標還有相當的距離。創作假一結束，作爲臨時任務的寫作活動就又讓位於作者們的日常工作，組織過去的對敵鬥爭事蹟固然有用，但更重要的是眼下面臨的實際生活中的鬥爭任務。他們開始繼續進行寫作前的報告會和緊接著的「反右派」鬥爭。這場鬥爭對《紅岩》作者們的影響是顯然的，二號人物劉德彬被圈定爲思想右傾，下放到農場勞動改造；一號人物羅廣斌響應黨委要求青年幹部加強思想改造的號召，主動提出到新建成的長壽湖水庫建設農場和魚場。寫作活動在經歷一年多「斷裂」以後的「接合」是在 1958 年，在「大躍進」的壓力下，《紅岩》作者們完成的那部手稿成了各級文化部門完成「躍進」指標的稻草，文化產品生產專業機構中青社對寫作的介入推動了地方政府對寫作活動的重視，作者們又一次集結起來，在新的支持條件下開始了對第一稿的大規模修改。第三章、第四章描述這次修改的過程和在斷裂期作者們應中青社之約完成兩個不同版本的「回憶錄」的過程。

第五章，分析文學生產專業機構中國青年出版社在《紅岩》生產過程當中的特殊重要性。從分析可以看出，《紅岩》的作者們從寫出手稿到和中國青年出版社進行成功的「接合」並不是必然的。因爲，在完成手稿後的 1956 年，《紅岩》的作者們就給中青社投寄過同樣的一份稿件，但顯然沒有產生任何效果；而 1958 年中青社的約稿完全是在作者們意料之外的一個意外事件。中國青年出版社社長朱語今的親自約稿大大提高了寫作活動在組織機構中的分量，使得寫作活動成爲列上組織工作日程、多部門聯合行動的系統工程和政治任務。正是這個偶然的機遇使得《紅岩》朝著出版物的存在形態邁出了實質性的步伐。

第六章，一個主要的分析目標是《紅岩》在出版之後的閱讀活動和評論界的評介情況。從一件文化產品生產全過程的角度看，對一部作品的閱讀是不可缺少的一個環節，因爲作品價值的很大一部分是在這個過程當中實現的，所以有論者把這個階段叫做「閱讀生產」。對於《紅岩》來說同樣如此，《紅岩》之所以在當時和日後有很高的聲望，就是因爲它曾經有過的巨大的接受效應。但是，在《紅岩》出版之初，沒有誰包括它的責任編輯能夠預測到它在日後的命運。它之所以能夠成爲被大眾爭相閱讀的「暢銷書」，很大程度上從作品本身並不能得到解釋。在這個階段，歷史條件和偶然機遇又一次光顧《紅岩》：趕上 1961 年文學生產的「淡季」和評論界權威對《紅岩》的肯定發揮了相當的作用；同時，作品中正面人物和反面人物之間的激烈鬥爭和在這場鬥爭中正面人物表現出來的「不怕鬼」的鬥爭精神，與「三年困難時期」官方對能夠「鼓舞人民鬥志」的「精神食糧」的需要相當合拍，這使得這部小說成爲教育群眾戰勝眼下的實際困難的一部寓言式的作品。正是因爲看出了小說中這種「參與現實」的力量潛能，評論家們把它稱爲是「共產主義的」、「革命的」等不同名目的「教科書」，很多聰明的讀者也發現了小說的這種「可讀入性」，於是，閱讀《紅岩》成爲一種姿態和一種表達。

這種個案研究的好處就是讓我們能夠發現抽象概念無法容納的歷史進程中的豐富肌理。除了以上所說作品產生的歷史性和偶然性，通過對作品生產具體過程的剖析，還能夠認識到一些普遍規律無法涵攝的歷史過程的個別性和特殊性。例如，對於制度和組織對生產的控制、制約作用，過去談論者甚多。但是，通過對歷史細節的詳細考察，我們可以發現，中國當代文學生產過程中作爲「把關人」〔註 31〕的組織機構的角色功能並不只是把關和控制，同時還是積極的生產者。從《紅岩》的生產過程中，我們得出的結論是，從某種程度上，中國當代文學的生產和西方大眾文化的生產過程是相逆的。這是因爲，西方大眾文化的「把關人」和生產者具有不同的利益和不同的目標，因而，「把關人」的作用主要是對上一層次的文化產品進行篩選；而中國當代文學的「作者」和「把關人」的利益和目標卻是高度一致的，這時候，「把關人」的職能就不只是把關，同時還有積極的生產。我們可以發現，在《紅岩》的製作過程中，眞正積極的生產者或說生產的推動者正是「作者」之後的「把關者」，而且，從重慶市委到中國青年出版社到權威評論機構，越是後一級的「把關者」，在作品生產中發揮的作用就越大。而且幾乎可以說，總是後一級組織在這個過程中更主動、更積極。這種「組織生產」的寫作方式使得西方文化生產理論中的「把關者」概念顯得不太適用，在此改用「組織者」可能更爲恰當。

通過對歷史細節的詳細考察，我們還可以發現，中國當代文學生產過程中的矛盾並不只是文學與非文學、官方意識形態和作者意識形態之間的矛盾。實際上，即使是在官方意識形態內部也存在著矛盾和衝突。像《紅岩》這樣的作品，作者意識形態和官方意識形態其實是高度統一的，幾乎不存在我們在其它當代文學作品生產過程中常常看到的作者個人體驗與政治意識形態的矛盾。而在《紅岩》生產過程中發生的諸多矛盾衝突，其實質是官方意識形態內部不同層次之間和不同時期的不同內涵之間的矛盾。羅廣斌、劉德彬、楊益言和蕭澤寬、沙汀的區別只是，後者是相對更理解當前政治需要和「更掌握意識形態含義」〔註 32〕的人。這樣我們也就可以認識到，即使是純粹意識形態的生產，其生產過程也非平面的、相對簡單的，而是同樣存在著矛盾衝突、同樣需要付出巨大的勞作。

當然，對於「個案研究」來說，最重要的還不是下結論、做判斷（而且，對於案例研究來說，進行概括式的判斷是需要小心和謹愼的），而是研究者怎樣切實地回到歷史的語境當中去，「身」入其中，通過對具體案例的詳細考察

〔註 31〕「把關人」的概念見戴安娜·克蘭的《文化生產——媒體與都市藝術》（譯林出版社，2001 年）中「作爲把關者的組織：對文化內容的影響」一節中的解釋。

〔註 32〕洪子誠《中國當代文學史》，北京大學出版社，1999 年，第 113 頁。

和展示，切實地理解當事者所面對的任務、誘惑以及所處的權力關係網絡。在這裡，洪子誠先生所說的「內部研究」的方法很有用處。這種方法即是「通過從對象內部把握它來達到否定它的目的」〔註 33〕，這種方法要求研究者深入到對象當中去從而理解對象的內在邏輯。當然，這樣的研究也有很大的局限性，一是受材料的限制。由於各種原因，搜尋原始材料並非易事；二是個案畢竟是個案，但在探討個案與其它作品的關聯時又可能牽強；三是洪子誠先生提出的，怎麼不被對象同化，「因爲認同式的『理解』而喪失批判精神。」〔註 34〕

〔註 33〕洪子誠《問題與方法》，北京三聯書店，2002 年，第 96 頁。
〔註 34〕洪子誠《問題與方法》，北京三聯書店，2002 年，第 97 頁。

第 1 章　對重慶大屠殺的最初書寫

1949 年 11 月 30 日重慶解放後，人們對與勝利幾乎同時發生的重慶郊區磁器口集中營二百多個革命者被屠殺的慘痛事件進行了大量的講述活動，與此同時，該事件被迅速的博物館化，與此事件有關的物品、影像和文字記載成爲正在北京籌備的中央革命博物館的收集對象。所有這些活動的產生，都建基於一個基本的事實，即在大屠殺發生之前，以共產黨爲執政黨的新中國已經成立。由組織機構進行的各種對大屠殺的表徵活動固然是意在對這個慘痛的事件進行編碼和秩序化，而個人主要是事件的當事者對事件的講述也是意在表明自己在這個「有意義」的事件中所處的有利位置。

在對這場慘絕人寰的歷史事件的各種書寫中，最爲著名的就是 1961 年 12 月由中國青年出版社出版的長篇小說《紅岩》，正是由於《紅岩》的出版和在其後各種改編本的廣泛流播，這個發生在霧都重慶的令人震驚而又撲朔迷離的事件才廣爲人知。所以，小說《紅岩》的寫作就成爲一般人認爲的對這個事件書寫的起點〔註 1〕。而我在這裡要把「書寫」活動的開端安放在 1949 年

〔註 1〕但是，即使是對《紅岩》的寫作過程，不同的人也有不同的說法。當然，這些不同的人大都是《紅岩》寫作過程的當事人或見證人，也就顯得各有各的道理；但又由於各人有各人不同的利益所在，也就具有各取所需、抹殺他人的嫌疑。比如，王維玲在他的《話說〈紅岩〉》一書中說：「話，要從 42 年前說起。」（王維玲《話說〈紅岩〉》，花山文藝出版社，2000 年，第四頁。）這裡的 42 年前，指的是 1958 年，在這一年的 10 月，決定從中青社總編室調到第二編輯室的王維玲陪同社長兼總編輯朱語今到四川組稿約稿，根據二編室提供的線索在重慶聯繫了羅廣斌等關於重慶地下黨鬥爭的長篇小說的寫作和出版事宜。而當年中青社第二編輯室編輯也即後來《紅岩》的責任編輯張羽則另有說法，他在一份沒有公開發表的《〈紅岩〉出版大事記》中，把 1957

11 月 27 日重慶大屠殺發生之後人們對大屠殺進行的各種表徵活動，這些活動包括實物展覽、口頭報告和文字書寫。一方面，這些活動和小說《紅岩》所取用的「材料」是一樣的，另外，日後《紅岩》的作者正是這些活動的積極參與者。這樣，對《紅岩》寫作之前和重慶「11・27」大屠殺有關的各種文化活動的分析能夠使我們理解：爲什麼要對一個特定的事件進行頻繁的講述？不同的講述之間是怎樣進行規範和糾正的？誰是最有資格來講述這一事件的人？由此，我們可以進一步理解，爲什麼羅廣斌、楊益言在日後能夠寫成一部叫做《紅岩》的長篇小說，或者說，一部關於重慶集中營大屠殺的長篇小說的作者爲什麼會是羅廣斌和楊益言？

1、對重慶大屠殺的個人記憶和「私人寫作」

1949 年 11 月底，被禁閉在重慶集中營的革命者開始被撤離大陸前的國民黨軍隊分批殺害，11 月 27 日，更發生了震驚世人的集體大屠殺，二百多個革命者被集中槍殺和火焚。大屠殺發生過後，集中營的兩個監禁點白公館和渣滓洞都有人僥倖生還。在驚魂甫定之後，他們中文化較高、有寫作能力的一些人拿起筆來，寫下了剛剛發生過的夢魘一般的經歷。一些個人回憶錄式的文章先後出現在重慶的地方報紙上。如王國源的《逃出白公館》，任可風的《血的實錄——記一一・二七瓷器口大屠殺》，鍾林的《我從渣滓洞逃了出來》等。或許，對他們來說，把這個驚心動魄的過程寫出來和向人述說一樣，具有醫學意義上的治療作用。當然，除了這些從血泊之中爬出來、可以說是死裏逃生的人們之外，也曾經被禁閉在渣滓洞、但已經在此之前被釋放的日後《紅岩》的作者楊益言也在大屠殺發生之後迅即寫出了《我從集中營出來——瓷器口集中營生活回憶》。

在這些文章中，值得關注的有以下三篇文章。第一篇是任可風的《血的實錄——記一一・二七瓷器口大屠殺》，發表於 1949 年 12 月 6 日《大公報》第四版。這篇文章記述的是重慶白公館集中營「11・27」死亡之夜的情形。注意，這裡的集中營是「瓷器口集中營」，這裡的大屠殺是「瓷器口大屠殺」，

年 4 月 20 日作爲《紅岩》出版的開端，因爲在這一天，由張羽負責給羅廣斌寫信，請羅廣斌爲中青社專門發表革命鬥爭回憶錄的叢刊《紅旗飄飄》寫稿，「介紹解放區在重慶『中美合作所』裏，革命先烈和美蔣匪幫的鬥爭史實，向青年進行革命傳統教育和階級教育。」（張羽《〈紅岩〉出版大事記》，未公開出版，見附錄一。）

而並非日後人們習慣上所說的「中美合作所集中營」和「中美合作所大屠殺」。在整篇文章中出現的只有「瓷器口」和「歌樂山」這兩個和政治無關的地名，而並沒有出現什麼「中美合作所」，甚至也沒有「白公館」這個名字。可見，把這些名字與大屠殺聯繫起來是後來人們有意追加的，具有明顯的意識形態意圖。這篇文章的發表日期距離大屠殺事件的發生只有 8 天，而它的寫作時間應該是在大屠殺之後的五六天，可以想見，寫作這篇文章，應該是作者在驚魂甫定、大難不死之後所做的第一件事情。顯然，作者力求能夠原汁原味地把那生死關頭的一瞬刻寫在紙張上。

與任可風的《血的實錄——記一一・二七瓷器口大屠殺》非常類似的一篇文章是鍾林的《我從渣滓洞逃了出來》。這篇文章分七部分從 1949 年 12 月 29 日至 1950 年 1 月 1 日連續刊載於重慶《國民公報》。該文是對 11 月 27 日發生在重慶集中營另一個監禁點渣滓洞的殘暴屠殺的翔實記載。鍾林是 1948 年入黨的中共黨員，解放後參加了烈士追悼會籌委會的工作，負責幫助辨認、收殮遇難者的屍體。面對這些「幾天以前，還是生活在一起的人」現在成了橫七豎八的屍體，作者說：「我咬緊牙齒，立志要用我的口和筆來暴露這無恥的暴行和傳述烈士們的英勇壯烈的事跡。現在，我的被匪特卡賓槍打傷的右手已經能夠恢復動作了，我將不再只有用口來述說，雖然我的筆是那樣笨拙，不能如意地生動地把這些寫出來。」〔註 2〕雖然作者是這樣的謙虛，但從文章可以看出，他的筆顯然並不「笨拙」，對那個難忘的夜晚的敘述「如意」而且「生動」。

第三篇是楊益言（署名楊祖之）的《我從集中營出來——瓷器口集中營生活回憶》。和任可風、鍾林的文章一樣，該文是重慶「11・27」大屠殺之後發表的有關大屠殺事件的最早的文章之一〔註 3〕。這篇文章從 1949 年 12 月 5 日至 16 日，連續刊登在《國民公報》。在該文的末尾作者寫道：「1949 年 11 月 29 日聞『11・27』血案後，12 月 1～4 日趕完。」顯然，楊益言的文章比劫後餘生的任可風、鍾林等人的寫作更爲及時和迅速。和任可風等從「11・27」大屠殺僥倖脫險的人們著重於回憶剛剛過去的驚心動魄的脫險過程不同，作者楊祖之（楊益言）早在幾個月之前即已離開魔窟，所以他的文章是對自己

〔註 2〕鍾林《我從渣滓洞逃了出來》，重慶《國民公報》1949 年 12 月 29 日。

〔註 3〕由於楊益言是後來《紅岩》的作者團隊成員之一，因此，這篇文章更顯得既撲朔迷離又極爲重要。

從 1948 年 8 月 4 日被捕到 1949 年 4 月 7 日被國民黨特務控制期間的經歷和所見所聞的追憶。

這幾篇作品的作者固然都有集中營生活和九死一生的經歷，是事件的親歷者。但除此之外，他們的寫作經歷和與新聞媒介的關係，也是一個重要的促使他們寫作的由頭。從他們的履歷可以看出，他們在此之前大多具有寫作的經歷，其中的任可風在四十年代末期就開始在重慶的報刊上發表文章。解放初期，任可風在《大公報》當記者，鍾林在《新華日報》工作，他們都是有寫作能力的人。楊益言雖然沒有多少寫作的經歷，也沒有在報社工作，但是，他的胞兄楊本泉卻是復旦大學新聞系畢業，在讀書時候就參加了文學團體「突兀文學社」，解放初期又是《國民公報》的副刊編輯。楊益言在重慶解放後應時的文章寫作和能夠及時在《國民公報》連載發表，和楊本泉恐怕不能說沒有相當的關係。

相同的是，這幾篇文章都是以第一人稱的敘事手法來敘述他們所親歷的個人經驗，從他們事無鉅細的描述可以看出他們試圖把眞相原原本本地告知讀者。在驚魂落定之後，他們經歷中的每一個細節對於局外人來說都是有價値的，這是他們作爲親歷者的資源和資本。在戰火的硝煙剛剛彌散之際，他們這些在組織機構之外的寫作活動顯然還沒有受到意識形態的嚴格控制，從而顯得生鮮和粗礪，與在此之後《紅岩》作者參與的對大屠殺事件的敘述相比較，無意識的暴露出大量不符合政治需要的「歷史史實」，因此，它們具有特別的參照價値。稍後我們就會看到，同是從集中營血火之中僥倖生還的在組織機構的框架中工作的羅廣斌和劉德彬怎樣對這些第一批有關大屠殺的書寫進行了「編寫」和利用。對任可風、鍾林文章的分析我們將放在稍後，和對《紅岩》作者羅廣斌、劉德彬對它們的修改、利用的分析一併進行。在此，我們只對楊祖之（楊益言）的《我從集中營出來》進行一個比較詳細的分析。

楊益言是此後《紅岩》寫作小組的重要成員之一，但在寫作該文的時候，作者還沒有加入任何的組織機構，甚至還沒有加入羅廣斌、劉德彬他們的「三人工作小組」，可以說是一個自由作者。所以，雖然作者的寫作行爲本身就有顯示「進步」身份和博得政治資本的潛在意圖，但顯然的是，作者此時的政治水準和政治敏感度並不高，也沒有辦法和途徑領會和掌握更符合主導意識形態的「主導符碼」，因此，文章的寫作雖然結構嚴密、描寫細緻，在一定程度上也「揭露」了集中營管理人員的殘暴和獄中政治犯們的鬥爭生活，但由於沒有掌握符合官方要求的「構架」此類重大事件的基本方法，所寫內容就不免「蕪雜」和「複雜」。

這種「蕪雜」和「複雜」的表現之一是，文中所寫內容大都沒有表現鬥爭的尖銳和嚴酷，而多是相對平和中性的集中營「生活」：如「愛國青年」一節寫特務白祐生在渣滓洞主持的對政治犯的「感化」教育活動；如獄中的文化和政治學習以及「茅房新聞社」中的信息傳遞活動。即使是有一定鬥爭性的活動也沒有進行「昇華」和「拔高」的「提純」工作，如「生・死」一節，也寫到了在《紅岩》中「光華四射」的新四軍戰士龍光華的原型龍光章的病死，也寫了「女難友」在獄中的生育，但是這裡的「生」和「死」還只是一個沒有充分意識形態化的自然的生理過程。如龍光章的死，作者說：「萬一生了病（其實也容易生病）那只有憑運氣定生死；醫藥成大問題。集中營裏的醫官，連硫磺粉總共有八種藥。十一月初李先念將軍的幹部龍光章先生，就是這樣拖死了的。龍死前，樓上樓下的朋友都在想法救治，有的要求所長代賣自己的衣服，有的把家裏託私人帶進來的食品送來，全室的幾十位難友都吃白飯，把『營養』統留給病人，然而龍烈士終於死。在全體絕食抗議的控訴下龍死後的第二天我們『破例』在渣滓堆舉行了一次追悼會。」這裡具有中性色彩的「生病」、「醫藥」和「醫官」顯然是和敵我二元對立的修辭策略不相融合的。把龍光章的死說成是由於「醫藥成大問題」，而不是由於國民黨軍隊的迫害和虐待，就大大降低了龍光章死亡的象徵意義。此外，楊益言該文的「蕪雜」和「複雜」還表現在作者對集中營生活進行的追憶過於追求「實錄」效果，而沒有很好的掌握選擇性報導的要求，在文章中出現了大量容易引起「歧意」、「誤導」或者「不嚴肅」的描寫。如在第一段「我也作了政治犯」中，作者寫道：「把一雙腳站在尿坑裏去看，用粉筆屑寫的詩字跡有些模糊了：『老虎凳眞正兇，不分皀白就開弄，那怕你是貞節女，也說偷了野老公。』另一首大概是用嗖掉了的鉛筆寫的『生命誠可貴，愛情價更高，若爲自由故，兩者皆可拋。』」又如第二段「鬼門關」中所寫作者被審問的經過，在革命文學的敘事成規看來也相當「陌生化」：「第二天，我被帶進了『特區』——審訊犯人的地方，在一間樓屋門前停了下來；一位高級官僚似的『法官』堆著滿臉橫肉迎了出來，在一張長條桌的旁邊，招呼我坐下。另一個問我『要煙不？』帶我進來的兵在他們示意之下，替我沖了一杯茶。」當然，作者在寫作中出現的這種內容上的「蕪雜」和「複雜」不只是一個對內容進行「架構」

的技巧問題，而是和作者的政治身份相關的觀察視角問題。在被捕入獄的 1948 年和寫作該文的 1949 年末，作者和政黨政治的關係都相當疏遠。作者楊益言確曾被捕入獄，但當時並不是共產黨員，也不是共產黨外圍組織的成員，而只是被國民黨特務誤抓的所謂「嫌疑犯」。因此，對重慶集中營的生活，他是一個「合適」的旁觀者。他的《我從集中營出來》也是以旁觀者和見證者的角度來敘述的。此時，作者並無意於把自己混同於革命者，因爲，即使是作爲一個普通的群眾，曾經被關進渣滓洞的非常經歷也足以作爲發言的資本，即使是他所寫的「傾向性」和「戰鬥性」不是很強的「回憶」，也能符合當時還不是很嚴密的意識形態對歷史敘事的要求。

2、組織機構對大屠殺的兩種表述

1949 年 11 月 30 日，重慶地下黨領導人員隨同解放大軍進入重慶市郊，勝利近在眼前。但是，對他們來說，更現實的不是即將到來的歡欣，而是無可挽回的痛心。因爲，「勝利中也有一個大大不幸的消息：聽說重慶渣滓洞集中營，解放前夕（11 月 27 日）特務進行大屠殺。」對重慶地下黨來說，重慶解放是一個悲喜交集的事情和悲喜交集的時刻，「我們回到重慶的第一天，一則以喜，一則以悲。喜的是重慶解放了，從此開始了新生活。悲的是大屠殺，許多好同志、好戰友在黎明前的幾十個小時，永遠地離開了我們。不能和我們一起享受最後的勝利。」〔註 4〕

解放了的重慶，雖然沒有成爲撤退前的國民黨所秘密策劃的「爛攤子」，但是，大門洞開的「中美特種技術合作所」，卻在人們眼前展開了慘不忍睹一幕〔註 5〕。這樣，處理這個不管是意料之內還是意料之外的令人慘痛的事情，

〔註 4〕鄧照明《巴渝鴻爪——川東地下鬥爭回憶錄》，重慶出版社，1991 年，第 195 頁、198 頁。

〔註 5〕對此，鄧照明回憶說：「一進入屠殺的現場，眞使人觸目驚心。我雖然參加過抗日戰爭，經歷過和處理過激戰後的戰場，但是這種屠殺後的場面，和那是不一樣的。在現場和羅廣斌同志見了面，由他引導我們細看了一遍。還會見了趙筱村同志，他是受重慶地下黨的委託，辦理被屠殺者的殯葬事宜。辦法是將重慶的棺材都買下來，兩三百副黑漆棺材，沿路擺成一條線，由殯葬工人將屍體用白綢子裹起來，一個個放入棺材內。這個特殊的措施，正在默默地慢慢地操作。黑棺材排成很長的一條黑線，慢慢地裝屍體，這是我一生中遇見的第一次，使人悲痛難忍，並留下奇特的難忘的印象。」見鄧照明《巴渝鴻爪——川東地下鬥爭回憶錄》，重慶出版社，1991 年，第 196 頁。

就成爲剛剛執掌政權的重慶市軍政幹部在計劃歡慶勝利之前的頭等大事。除了辨認屍體、安葬死者之外，還有一個擺在面前、亟待解決的問題，就是對這些人「在政治上應有一個交待，特別是楊虎城、羅世文、黃顯聲、車耀先等有著全國性影響的人物的被慘殺，應當及早有所表示。即是說，應當開一個隆重的追悼會。追悼會的日期定在了 1950 年 1 月 15 日，但是，在此之前需要處理的準備工作相當繁多而且複雜。首先，在被屠殺的 300 多人中，並不能統統都承認是烈士。其中，有些人有政治問題，不加區分，馬馬虎虎都承認是烈士，這在政治上是不嚴肅的，影響很壞的，於是，經過西南局與重慶市委的決定，對死難人員進行政治審查。只有審查完畢，定出烈士名單後，才能召開追悼會。」〔註 6〕當時，對死難烈士進行政治審查是一件很嚴肅的事情，當年重慶地下黨的頭面人物如蕭澤寬、鄧照明也只能是「參加」，羅廣斌和劉德彬也「參加」了這個工作，但顯然主要是「提供情況」的角色〔註 7〕。當然，這個「提供情況」也不是隨便一個脫險出獄的人都有資格的，即使是幫助辨認死者這種政治性不太強的工作，也只有鍾林、傅伯雍等黨員出獄者參加。除了幫助主持工作的黨政領導確認死難人員的烈士資格之外，被組織信任的羅廣斌、劉德彬進行的另一項重要工作，就是對大屠殺事件進行兩種性質和用途都很不相同的書寫活動。一個是由羅廣斌爲重慶市委組織部撰寫帶有「內參」性質的《關於重慶組織破壞的經過和獄中情形的報告》；另一個是由羅廣斌和劉德彬爲主進行的，在已經確定召開的追悼會日期 1950 年 1 月 15 日前後，編輯一本對大屠殺以及死難烈士情況做出全面介紹的公開發行的文字讀物。

重慶解放後，隨解放大軍回到重慶的地下黨領導蕭澤寬、鄧照明在歌樂山大屠殺現場見到了脫險的羅廣斌，羅廣斌隨即被安排參加獄中死難人員的政治審查和編輯烈士追悼會的「會刊」《如此中美特種技術合作所》，與此同時，還有一個更重要的工作安排給羅廣斌，就是要羅廣斌寫一份關於集中營

〔註 6〕鄧照明《巴渝鴻爪——川東地下鬥爭回憶錄》，重慶出版社，1991 年，第 199 頁。

〔註 7〕「這個特殊的審查死者的機構，由下列人員組成：西南軍區政治部組織部副部長張××（名字記不住了）任主任，魏思文（重慶市委組織部長）任副主任，王永福、蕭澤寬、鄧照明、劉兆豐等參加。同時，討論到有關同志時，邀請知情的人參加討論。如羅廣斌、劉德彬等同志，就參加過討論。」鄧照明《巴渝鴻爪——川東地下鬥爭回憶錄》，重慶出版社，1991 年，第 199 頁。

情況的詳細報告，這個報告就是羅廣斌撰寫的《關於重慶組織破壞的經過和獄中情形的報告》（以下簡稱《獄中情形報告》）〔註8〕。

向上級黨組織報告重慶地下黨在解放前夕遭受的這次沉重打擊、總結其中的沉痛教訓，早在解放前《挺進報》事件發生、重慶地下黨遭到全面破壞之後就開始了。事件發生後繼續領導地下鬥爭的鄧照明就曾在 1948 年 12 月到香港向地下黨南方局領導人錢瑛彙報工作，到香港後進行的第一件事情也是撰寫詳細的書面報告。這份報告的內容是：一、四月份以來的經過及經驗教訓；二、川東組織情況及我們目前的困難；三、地方形勢；四、來此前所定的政策；五、此次必須解決的問題。

對羅廣斌的《獄中情形報告》，楊世元說：「重慶解放後，白公館監獄和渣滓洞監獄都有一批政治犯越獄脫險。其中，是共產黨員而又在當時為組織所承認的，在渣滓洞脫險者中是劉德彬，在白公館脫險者中是羅廣斌。新成立的重慶市委組織部，主要的就得通過羅廣斌和劉德彬瞭解情況。羅廣斌為此寫了一份很長的很具體的《獄中情形報告》，談到了《挺進報》案件和劉國定、冉益智等的叛變，談到了兩個監獄的情況和一些人的獄中表現。如果說小說創作《紅岩》是構建一所大廈的話，《獄中情形報告》就是它的第一塊基石。」〔註9〕羅廣斌的《獄中情形報告》是接受重慶市委組織部委託撰寫的一份不公開的黨內報告〔註10〕，現在可以看到的是其中的部分章節，如一、案

〔註8〕關於這個報告的情況，在歌樂山革命紀念館白公館樓上第四室，可以看到這樣的文字說明：

重慶地下市委書記劉國定、副書記冉益智等的叛變和川東武裝起義的失敗，造成四川黨組織被嚴重破壞，大批幹部被捕犧牲，影響波及上海。這血的教訓無比沉痛、無比深刻！獄中同志把希望寄託於未來，寄託於黨。他們利用各種機會交換意見，從內部找根源，總結經驗教訓，並相互叮囑，誰能活著出去，一定要向黨轉達這血與淚的囑託。1949 年 12 月 25 日（重慶解放後 25 天）白公館監獄脫險志士、共產黨員羅廣斌同志向中共重慶市委交了一份兩萬餘字的《關於重慶組織破壞的經過和獄中情形的報告》。報告中第七部分是「獄中意見」，它記述著獄中共產黨員向黨的最後寄語。

這 8 條意見，是獄中共產黨員的奮鬥經驗總結，每一條都是發自肺腑；

這 8 條意見，是獄中共產黨員的深刻思考，字裏行間浸透著血與淚；

這 8 條意見，是獄中共產黨員的衷心希望，活著的人，特別是共產黨員不能忘記！

〔註9〕楊世元《大樹不是從腰部往上長的——〈紅岩〉著作權爭執之我見》，未發表稿，見附錄三。

〔註10〕由於這份秘密的報告至今仍然沒有解密，即使是現在，要想看到報告的全文也是很困難的事情，在歌樂山革命紀念館能看到的也只是第七部分「獄中意

情發展；二、叛徒群像；三、獄中情形；四、脫險人物；七、獄中意見。這是一個非常重要和急切的實用文本，由於集中營空間特殊的封閉性，使得在其中發生的所有事情都帶有很大的隱秘性，通過這份可靠的報告，重慶黨組織就可以瞭解重慶地下黨遭到破壞的詳細情形和被捕人員在監獄中的具體表現，這不僅可以幫助黨組織判斷整件事情的性質，更重要的是幫助黨組織對死難人員進行定性以便確定烈士名單，同時，對出獄人員進行甄別，以便確定合理的對待方式，包括對叛徒和變節分子進行應有的懲治，包括對沒有不良表現的人根據個人經歷和意願進行合理的安排與使用。在所有這些實際用途中，後一條也就是對脫險人員的介紹顯得尤其重要，從羅廣斌提供的「脫險人員」（只有白公館部分）介紹中可以看出，除了毛曉初、鄭業瑞等屬於可以造就的進步學生外，其它人大多屬於帶有投機性質的民主黨派和無黨派人員，這些人在監獄中大多表現意志薄弱，有的甚至品行不端，還有的乾脆就是土匪、袍哥、特務。如何處置這些從魔窟中活著出來但政治面貌卻又模糊不清的人，就是一個政策性很強的事情，如果處置不當，就可能讓某些壞人渾水摸魚、披上革命志士的外衣。實際上，羅廣斌在「報告」中說的「渣滓洞訓導組長」「很壞的特務」白祐生，就曾經「出來後還假冒黨員，到和平路脫險同志聯絡處去登記」。

當然，除了對脫險人員的介紹有很重要的實際用途外，對整個「《挺進報》案件」來龍去脈的介紹同樣重要，其目的固然是爲了讓當時的黨組織瞭解事情的眞相，但也讓今天的我們瞭解了小說《紅岩》所從出的「本事」——未經修飾的事實。從這裏可以看出，羅廣斌的這個報告是把大屠殺當作一個革命工作中的「集體事故」來報告的，所以報告的角度主要不是展示國民黨特務的暴行和革命者在集中營經受的考驗，而是分析地下黨組織內部的「工作失誤」和黨內叛徒的可恥行徑。和日後羅廣斌他們在口頭報告會和在報刊上發表的文章以及最後完成的小說《紅岩》中公開宣講的「英雄群像」形成很大反差的是這份報告中第二部分的「叛徒群像」。羅廣斌在這裡詳細剖析了包括重慶市委書記劉國定、市委副書記冉益智在內的 6 個叛徒被捕前的工作表現和被捕後叛變革命的詳細經過。正像羅廣斌在報告最後陳述的，「經濟問題、戀愛問題、私生活」是所有叛徒「脫黨腐化」以

見」的八個標題，拿在我手上的也只是這份報告的殘篇。部分文本見本文附錄二。

至最後叛變投敵的主要原因，而包括黨的高級幹部在內大量叛徒的投敵又是造成重慶地下黨組織遭到破壞、大量革命同志被捕犧牲的主要原因。這些「叛徒群像」在後來的小說《紅岩》和電影《烈火中永生》中，被作者們濃縮成了叛徒的「典型形象」甫志高。這個濃縮的過程，從北京電影製片廠組織的電影劇本討論會的發言中可以看出一二，如 1963 年 8 月 24 日的一次討論會上，文化部副部長夏衍在發言中說：「叛徒一個可以了，不必多。中國人有民族氣節，寧死不屈的。叛徒清楚一些即可以了，不必多。」〔註 11〕一年後的 1964 年 8 月 4 日，在電影樣片討論會上，中宣部副部長周揚在發言中說到了叛徒甫志高：「小說中寫了甫志高是有意義的。當然這種人不必去多寫，但寫寫還是有意義的。」〔註 12〕

當然，羅廣斌這個報告的「獄中情形」部分和後來公開發表的文章也有相當一致的地方，其中也寫到某些革命者在監獄中和國民黨特務的鬥爭情形。實際上，在整個重慶《挺進報》事件中，也只有部分革命者在監獄中的堅強鬥爭這一部分史實具有正面的「教育」意義，而與此相關的「事件的發生」則只有吸取教訓的負面意義，而事件的結局固然有悲壯的成分，但也不乏悲劇的意味。因此，在所有羅廣斌、劉德彬解放後編寫的公開文本如《如此中美特種技術合作所》、《聖潔的血花》和口頭的報告中，這些具有反面意義的「現實」就是需要迴避和捨棄的「現實」，即使在下一章將要討論到的 1956 年開始的小說《錮禁的世界》的寫作中，他們的初衷也是把「現實」的範圍限制在集中營那個「錮禁的世界」之內〔註 13〕。但是，即使是這一部分相對明朗和有正面意義的歷史，和後來公開發表的文本比如聲稱「十分眞實」的《聖潔的血花》進行比較，也可以發現，由於兩個文本的寫作目的和「用處」

〔註 11〕見《〈紅岩〉文學本第三次討論記錄》，原件藏北京電影製品廠檔案室。

〔註 12〕見《周揚等同志對〈紅岩〉樣片的意見》，原件藏北京電影製品廠檔案室。

〔註 13〕但是，輔導他們寫作的四川省文聯主席沙汀和出版的「訂貨」方中國青年出版社的編輯們卻有更高的要求，他們認爲寫監獄裏的鬥爭太被動，要求他們不能只是「坐在渣滓洞裏寫渣滓洞」，要寫監獄外面的鬥爭，這就給作者們提出了超出題材承受能力的額外要求，因爲，在渣滓洞之外而又和渣滓洞內的鬥爭相聯繫的不是什麼主動的鬥爭，而是在即將全國勝利的情緒影響下重慶地下黨所犯的「左」傾盲動路線，正是由於這個鬥爭路線的錯誤，才發生了幾百人的集體入獄和集體被殺。對這個所謂「獄外鬥爭」的眞實情形，我們可以從羅廣斌報告中的「獄中意見」部分窺見一二。「獄中意見」只是羅廣斌這個二萬多字報告的一部分，但從中我們還是可以看到在公開的文學文本中只能藏而不露的大量「現實」：造成大批革命者被捕和被害的內部原因。

不同，所以呈現出來的「現實」也就很不相同。「獄中情形」中也寫到了獄中難友們的鬥爭活動，如在龍光章死後要求獄方召開追悼會，如新年舉行的籃球賽和聯歡會，如許曉軒在一位難友傳看消息被發現後的挺身而出；也寫到了監獄中的學習情形。但除此之外，也寫到了許多不宜公開而只能在小範圍內存在的「現實」，如一些地下黨領導人的叛變和「軟化」和參加特務安排的「工作」，還有就是在面臨生死的最後時刻，獄中的革命者如何做管理人員的說服工作，爭取得到他們的同情和幫助。可以看出，這份相當於「內參」性質的「報告」其主要功能是讓上級瞭解集中營中的眞實情況，當然，上級希望瞭解的不只是正面的鬥爭，也包括與此相反的種種信息。即使是表現正面的鬥爭，這個「內參」文本所披露的某些細節和公開的文本也有所不同，如，龍光章的追悼會在此是「由所長主祭，全體難友陪祭。」如春節聯歡會中女室的化裝表演是「楊漢秀〔註 14〕利用她的社會關係，正式要求所方准許女室表演，所方同意了。」這些眞實的沒有明顯政治傾向性的細節在以後公開發表的「十分眞實」的文本中就都被捨棄了。

在解釋《紅岩》寫作的動機的時候，羅廣斌和楊益言多次說過，獄中的老同志希望年輕的同志出獄後一定要把獄中鬥爭的情形寫出來。實際上，獄中的老同志希望寫出來的不只是獄中的鬥爭情形和革命精神，還有他們從失敗和鮮血中總結出來的沉痛教訓〔註 15〕。當然，兩種寫作的功用不同，前者可以公開傳播，用以激勵後人，而後者則只能止於黨內。由此，我們可以看出解放後的文學生產對於現實的「編碼」方式中所遵循的一個基本原則即「內外有別」，可以進入文學的現實只能是革命鬥爭中的正確路線和正面形象，革命隊伍中有負面價值的事件和行為只能進入黨內報告而不能作為文學現實來表現。

〔註 14〕楊漢秀是被捕入獄的共產黨員，但也是國民黨重慶市市長楊森的侄女，故解放後遲遲不能確定烈士身份。

〔註 15〕羅廣斌所寫的「獄中意見」的第七點就說到：「當眼看著革命組織的被破壞，每個被捕的同志都希望組織上能夠提高一般的政治水平，嚴格的進行整風整黨，把一切非黨的意識、作風洗刷乾淨，不能容許任何細菌殘留在我們的組織裏面，被捕近十年的許曉軒同志很沉痛的口述過他對組織上唯一的意見，他們被捕前，重慶已發現消極隱蔽下，個別同志的思想、生活，有脫黨腐化的傾向，並已著手整風，沒有想到，後來這種腐化甚至破壞了整個組織，眞是太沉痛了、太難過了，這種損失，是對不起人民的！希望組織上能夠切實研究，深入地發現問題的根源，而且經常注意黨內的教育、審查工作，決不能容許任何非黨的思想在黨內潛伏！」（見本文附錄二。）

差不多同一個時期由羅廣斌、劉德彬進行的另一項文字工作，就是在烈士評審工作的基礎上，配合追悼會的召開，編輯一個對集中營大屠殺做出全面介紹用於公開宣傳的文字讀物〔註 16〕。羅廣斌他們編輯的最初成果應該是報紙形式的「特刊」，後來，在報紙「特刊」的基礎上又進一步編印了《如此中美特種技術合作所——蔣美特務重慶大屠殺之血錄》一書。在此基礎上，中央革命歷史博物館籌備處又編輯了《美帝蔣匪重慶集中營大屠殺實錄》一書，作爲「革命史料叢刊」第一輯由大眾書店發行。在國家文化部文物局副局長王冶秋撰寫的該書的「說明」中說：「一九四九年十一月底，在人民解放軍即將解放重慶的時候，蔣匪下令屠殺在當地的最大『集中營』——中美特種技術合作所裏所有的政治犯；在二十七日一夜之間，有三百多位人民英雄遭了毒手。當這消息傳到北京以後，中央人民政府文化部文物局就去信給重慶軍管會，希望告訴我們這大屠殺的詳情，並代爲收集烈士們的遺物史料，以備將來在革命博物館裏陳列。三個月後，『重慶市各界追悼楊虎城將軍暨被難烈士籌備委員會』寄來了照片及特刊，……本書編輯的初期，只看到照片及報紙形式的追悼會特刊。根據這些材料，我們大略分爲四部分：照片、電文講演、烈士事略、蔣匪罪行實錄。後來又借到重慶市各界追悼楊虎城將軍暨被難烈士籌備委員會編的『如此中美特種技術合作所』一書，……現在我們這本書就是根據『如此中美特種技術合作所』來編排的。」〔註 17〕。這本書的出版，讓在新中國成立後發生在重慶的這場慘痛事件廣爲人知，日後小說《紅岩》的責任編輯張羽就是通過這本書對這個「大題目」留下了最初的印象，此時的張羽還在上海的《青年報》工作，但幾年後，他開始在中國青年出版社文學編輯室編輯人物傳記，當年的那個印象讓他很自然地把「江竹筠」列入了選題計劃。在《美帝蔣匪重慶集中營大屠殺實錄》一書出版前，中央革命歷史博物館籌備處還利用重慶市軍管會寄來的照片在北京舉辦了一個「美帝蔣匪重慶大屠殺照片展覽」，這個展覽「先在北京圖書館，後移至故

〔註 16〕對這個工作，劉德彬曾經回憶說：「編輯工作由部隊的張昕、丁一同志主持，我和羅廣斌同志作具體工作。『血錄』一書中的第一篇文章《中美合作所眞面目》係當時國民公報社的記者李宗祿所撰寫，內容爲：1、西南特務驚人大暴行；2、特區輪廓速寫；3、兩口活棺材；4、美帝國特『合作臭史』；5、荒淫、無恥、欺騙、迷信；6、烈士鮮血凝成的仇恨；7、追還血債等等……」（見劉德彬《還歷史眞面目》，未公開出版，見附錄四。）

〔註 17〕見中央革命博物館籌備處編《美帝蔣匪重慶集中營罪行實錄》，大眾書店印行，1950 年。

宮午門樓上展出，展出不到一個月，參觀人數竟達 15 萬人次。後應邀到天津、江蘇、廣東、河北等地巡迴展出。」〔註 18〕實際上，早在北京舉辦的「美帝蔣匪重慶大屠殺照片展覽」之前，烈士追悼會剛剛結束後的 1950 年 1 月 18 日，在重慶就隆重舉行了「烈士遺物展覽會」。當然，與其它地方舉辦的展覽不同的是，在重慶的展覽會上，有更多的說服力比照片要強的實物展出，同時，還有說服力更強的包括日後《紅岩》作者們在內的脫險人士的現場說法。

雖然是對同一件事情的敘述，但這些公開發行的文本和羅廣斌給重慶黨組織上交的內部報告相比，無論是內容還是行文都很是不同。這些公開文本完全撇開了造成重慶大屠殺的前因，而把敘述的重點完全放在了對國民黨特務血腥罪行的揭露上，這是在重慶解放初期對大屠殺事件公開敘述的主要方向，這些在烈士追悼會前後出版的書刊和舉辦的展覽承接和延續了烈士追悼會的主題和氛圍，通過調動群眾的悲痛情感，把人們的憤怒情緒引導到了美帝和蔣匪這些更明顯和更清晰的對象身上。1950 年 6 月朝鮮戰爭爆發後，爲了動員全國人民對美帝國主義的「仇視、鄙視、蔑視」，全國掀起了轟轟烈烈的抗美援朝宣傳活動，在重慶發生的這場慘案成爲宣傳教育的好材料，因此，我們可以看到由革命博物館籌備處稍後出版的「大屠殺實錄」就把「美帝」放在了「蔣匪」之前。在戰爭正在進行中的 50 年代早期，對各種敵人曾經實施的暴行的揭露是文藝宣傳中的常見主題，如 1951 年上海劇專的師生們就集體創作了話劇《美帝暴行圖》，在《解放日報》發表後又出版了單行本，後來劇專的師生們又把該劇搬上了上海的舞臺，公演了一個多月，觀眾達 8 萬多人。

聯繫任可風、鍾林、楊祖之等人的文章，我們就可以看到在差不多同一個時期生產的三種平行的關於重慶大屠殺事件的「眞實歷史」：一個是當事人個人經歷過的從死亡的深淵僥倖逃出的歷史；一個是接受組織審查的作爲集體事故的歷史；一個是作爲政治神話向公眾表白和宣揚的有關特務暴行的歷史。而且，更有意思的是，這三種對歷史的不同表述並非水火不容，因爲，至今仍被大多數人認爲的由羅廣斌和劉德彬所寫的《如此中美合作所》一書中的《中美合作所血債》一文實際上是由任可風、鍾林的文章修改而成。通過對劉德彬所說的「我和羅廣斌同志合寫的一篇文章《中美合作所血債》」〔註

〔註 18〕《王冶秋傳》，王可著，文物出版社 2007 年出版。

〔註 19〕劉德彬曾說：「我和羅廣斌同志合寫的一篇文章《中美合作所血債》，內容包括四個部分：從楊虎城將軍殺起，血染白公館，火燒渣滓洞，松林坡上再一

19〕的「細讀」，我們便可以發現，這裡所謂的「合寫」，實際上是「合編」。因爲，其中的《血染白公館》顯然是從任可風的《血的實錄》而來，只有很少的文字改動，大多數的文字是原封不動地轉移過來；《火燒渣滓洞》雖然作了較大的文字改動，但底子顯然是鍾林的文章《我從渣滓洞逃了出來》。當然，在解放初期，參加新政權工作的人們面臨的事情千頭萬緒，在時間很是緊迫的情況下，要拿出應急使用的這樣一本有關重慶集中營大屠殺的「全書」，使用「編寫」的辦法也是無可厚非的事情。因此，在此對羅廣斌、劉德彬的《中美合作所血債》與任可風、鍾林的文章之間的襲用關係進行陳說，目的不是要追究羅廣斌、劉德彬與任可風、鍾林之間的著作權關係，而是希望探究其中蘊含著的複雜的文學史意義。因爲，雖然是利用現成材料的編寫，但絕對不是說當事者是無所用心的、隨便爲之的。相反，這件工作和評定烈士一樣，是一件非常嚴肅的政治工作〔註 20〕。通過對兩種性質不同的歷史記述之間的「佔用」和「改寫」關係的發現，起碼可以說明如下問題：1、在羅廣斌、劉德彬他們接受組織的安排對重慶大屠殺事件進行記述之前，已經有不少當事人對這一事件進行了相對另類的書寫，因此，雖然不成氣候，但還是存在著關於重慶大屠殺事件的不同聲音；2、雖然說任可風、鍾林他們的文章是對大屠殺的個人記憶和「私人寫作」，但是，他們對事件的記述基本上還是在政治權威對事件進行解釋的「框架」之中進行的，許多「不可告人」的「事實」例如羅廣斌在他的「內參」報告中所說的組織破壞的原因和獄中某些革命者的投降變節的情節就沒有進入他們的視野。因此，他們的記述的個人性是有

次大屠殺。」（見劉德彬《還歷史眞面目》，未公開出版，見附錄四。）對這裡劉德彬籠統所說的他和羅廣斌合寫的文章《中美合作所血錄》，有人又做了更詳細的分工，即「血染白公館（包括楊虎城將軍的被害），羅廣斌寫；火燒渣滓洞，劉德彬寫。」恭正《追蹤〈紅岩〉傳說之謎》，重慶《聯合參考》報，1993 年 8 月 14 日第一版。這種說法在何蜀所寫的《被時代推上文學崗位的作家劉德彬》（《社會科學論壇》2004 年第二、第三期）一文中有所澄清，他說出了該書的「彙編」性質：「1950 年 1 月中旬，烈士追悼會結束後，他們在西南軍區和《人民戰士報》的幹部領導下，把有關材料集中彙編爲大會特刊，根據回憶和搜集到的材料，羅廣斌寫了《血染白公館》一節，劉德彬寫了《火燒渣滓洞》一節。」但還是沒有說羅廣斌、劉德彬的工作是「編寫」而是「寫了」。

〔註 20〕《如此中美特種技術合作所》一書的「編後小記」就說：本書「對於文稿採取較愼重的態度，每篇文稿都經過幾次改寫並經過本會常委會通過。」見劉德彬《還歷史眞面目》，未公開出版，見附錄四。

限度的。也之所以如此，他們的文本才有被羅廣斌、劉德彬利用和改造的價值。在此基礎上，我們可以進一步追問：「編寫」者是怎麼對原來的作品進行「編寫」的？在「編寫」中做了什麼樣的刪改？而這樣的刪改顯然是遮蔽了什麼東西？如此「編寫」的邏輯是什麼？

3、「編寫」：對大屠殺敘述的規範化

首先，我們可以看出，文章的題目發生了一些變化。任可風他們的題目中一再出現的字眼是「逃了出來」、「出來」、「逃出了」等。由此我們可以看出，他們的著眼點在於一個個體生命在一場大劫難中的命運。在《如此中美合作所》一書中，經羅廣斌他們編寫過的文章題目是《血染白公館》、《火燒渣滓洞》，顯然，編寫者的意圖重在揭露「蔣美匪徒」的暴行，而不是個人在這場暴行中的命運。當然，任可風和鍾林的文章也都以大量的篇幅描寫了發生在「11・27」的虐殺，但在此之後，他們也寫了僥倖生還的經過。在任可風的《血的實錄》中，有關這一部分是用幾個「※」符號和上面的內容隔開的：

> 最後又把全獄尚未被執行的人，全部集中在我們第二室，清點人數，只剩下少的可憐的十五個人了。
>
> 劊子手們暫時集體的離開了「白公館」，到「渣滓洞」去繼續屠殺。不遠處又斷斷續續地傳來機槍聲浪，這時已是深夜一點半了。
>
> 「奸匪們已經執行完了嗎？注意！一個也不能剩，殺光，馬上撤退。」突然門外一陣明晰的電話聲，傳入了我們的耳鼓，因爲是死寂的深夜，所以我們聽得很清楚。不久那位善良的朋友就跑下樓來，緊張地說：「毛人鳳來電話，幸好那幾個混蛋都跑了，沒有人接，渣滓洞那批劊子手立刻就要轉來屠殺你們，我自己也馬上要被迫隨著撤退了。在我走的時候，給你們一個暗號，二十分鐘後你們就跑，警備已經撤了。

在鍾林的《我從集中營逃了出來》中，全文七部分中的三部分是寫「逃出」的過程。第五部分的開頭寫道：

> 門上電燈的熄滅，黑暗給我們作了很好的掩護，沒有被打死的都輕悄悄地爬起來了，啊，我們室內竟還活著五六個人，這給我們增長了不少的膽氣與希望。

> 兩個難友爬到門口邊去探望外面狗子們的動靜，門外，罪惡的火無情地從幾個發火點燃燒著，熊熊地，借著石油的助虐蔓延開來。整個院子被火照耀地通紅，使我們並不困難地看清圍牆內已經沒有狗子們的蹤影，爲了要給這慘毒無恥的暴行保存一些活口對證人，我們希望能夠僥倖逃出，這也是我們的任務；同時，就要臨到的被火燒死的不可想像的慘痛，更逼迫著我們衝出了。

任可風和鍾林的兩篇文章分別記述了白公館和渣滓洞兩個監禁點政治犯最後一天的經歷，由此看來，「僥倖逃出」，是個很確切的說法。從任可風的文章可以看出，白公館的幸存者是由於「劊子手們暫時集體的離開了『白公館』，到『渣滓洞』去繼續屠殺。」而這時一個「善良的朋友」來告訴他們這個消息並放走了他們；渣滓洞的幸存者是一些大難不死的人在敵人撤退後在生的欲望支持下堅強地跑了出去〔註 21〕。大屠殺的幸存者們是怎麼從監獄出來的，我們還可以參照羅廣斌給市委組織部的報告中的說法：

> 今春蔣介石「引退」後，陳然、鄧興豐、我住在樓上，有較多機會和管理人員接近，便開始澄清個別特務腦中的毒素，黃顯聲也參加這一說服、教育工作。四月，一個特務小周，經過改造，終於請長假回湖南了。剩下的楊欽典算最好。……楊到牢門口講屠殺情形時，眼淚也充塞了，十分痛苦，後來拿了根鐵錘和鑰匙給我，約定在樓上用腳點三下，便是他們走了，過五分鐘我們便可逃出。

任可風文章中所說的「那位善良的朋友」就是羅廣斌在報告中提到的特務楊欽典。由此看來，白公館最後能夠有 19 個人成功逃出，和這個「個性強」「不願意做壞事」的特務的幫助有著直接的關係。根據羅廣斌在報告中的說法，集中營的同志們並不是沒有暴動越獄這樣更加積極生動的想法，但考慮到沒辦法和渣滓洞取得聯繫一起行動，而白公館單獨行動只會造成敵人對渣滓洞的難友進行報復性屠殺，所以到最後「突圍的計劃，就終究沒有實現」。白公館的同志們也不是沒有想到死，「到最後，已經面臨死的考驗了。老譚提出，以前羅世文死的時候，臉色都沒有變，於是要求做到『臉不變色，心不

〔註 21〕在鍾林的文章中，還寫到了他們在衝出渣滓洞之後遇到的「意外的事情」：作者和偶遇的楊純亮難友被一夥鄉民武裝抓住了，因爲被懷疑是土匪，遭到和在集中營一樣的吊打，但又不敢說出自己的眞實身份，因爲一樣可能被扭送到當地的鄉公所，最後，在被送往大隊部的途中，終於由於「一個青年的勸告」，才在半路放了他們。

跳！』」但從最後的結果看，從集中營脫險的同志們並不是暴動越獄也沒有壯烈犧牲，而是相對來說並不高亢的「僥倖逃出」。但即使是這個並不壯烈和高亢的「逃出」，對於一個親歷者個人來說，顯然也是重要的和在集中營中的受苦受難一樣印象深刻甚至更加令人難忘的個人經驗，因爲這個逃出的過程正是一個人生死之間的分界線。所以，這些最初的關於大屠殺的文章以此重心來結構他們的文章就顯得自然而然。但是，在羅廣斌和劉德彬他們看來，這個過程卻顯然是並不重要的，或者說，眞實的出獄過程並不符合編纂政治神話的政治高度〔註 22〕。所以，在羅廣斌的《血染白公館》和劉德彬的《火燒渣滓洞》中，結構的重心放在了逃出之前「蔣美匪徒」的殘暴行動上，而完全刪去了沒有很多「鬥爭」因而也就沒有多少煽動性的「中性」的「出來」的過程。在《紅岩》作者們以後的寫作中，我們還會看出圍繞著如何「出獄」所發生的同樣的「沉默」或是更積極的「改寫」。

除了上面重要的改寫之外，我們可以從更細微的地方觀察任可風他們的「原文」與羅廣斌他們的「改編本」在其它地方的異同。

先看任可風的《血的實錄》和羅廣斌的《血染白公館》。

任可風的文章開頭寫道：「一一・二七——這血的日子，歌樂山上的西風依舊走入重鎖的囚門，灰色的囚室內籠滿了暮意。」一下子就把讀者的視線凝結在了十一月二十七日這個看似平常但卻孕育著風雨的特殊的日子。羅廣斌的《血染白公館》卻在文章開始補充了在此之前十月二十八日陳然、王樸的被害、十一月十四日一批人的被害以及十一月二十七日當天集體大屠殺開始之前黃顯聲將軍的被害。這些內容顯然是事後根據人們從各處匯總來的情況編寫的，而並非都是寫作者自己的所見所聞。

任可風的文章接下來是：「正在晚飯中，管理人員突然忙亂起來，……」對比羅廣斌的文章，這句話改成了：「『犯人們』吃晚飯時，特務狗子們突然慌忙起來，……」在這裡，「管理人員」、「忙亂」這些有中性色彩的用語被改成了「特務狗子們」、「慌忙」這種帶有貶意的詞彙。

任可風文章中接下來的一段文字在羅廣斌的文章中乾脆被刪掉了：「樓上

〔註 22〕從對事件做政治審查的角度考慮，「11・27」脫險者的出獄過程在當時還是一個有待澄清的問題，因而，這幾十個人的出獄生還就不只是政治性高低的問題，而是是否有與國民黨特務暗相勾結的嫌疑的問題。對犧牲的烈士尚需要進行嚴格的審查才能成爲宣傳的對象，對說不清楚的活著的人就更會持有保留的態度。

忽然響著一片從來未有過的緊張的腳步聲，不該當班的管理人員都全體出動，在樓梯上倉皇地上下著，圖書管理員劉後總（一位新四軍同志）腋下夾著行李，經過我們窗前，很激動地說了一句：『我走了！』」稍後邊和劉後總有關的一段文字在羅廣斌的文章中也被刪去了：

未隔五分鐘，獄外連續地響了幾十排槍聲。

「嘿！他們自己同志和圖書管理員都要幹掉嗎？我們室中幾個同伴同時奇怪起來。

「劉後總一定完了！」

「一定完了！」

這裡的劉後總即劉厚總，是 1941 年 4 月殺害新四軍首領項英的大叛徒〔註23〕。在羅廣斌的報告中是這樣介紹劉厚總的：「劉厚總：湘南土匪出身，後來參加新四軍，作戰三百多次，由戰鬥員升分隊長、支隊長、大隊長，後來做到游擊副司令。新四軍事件時被國民黨反動派收買，隨從項英副軍長、周子奇（名字是否準確可以查出）參謀長出走時，槍殺了項、周，攜槍械、手錶、黃金、鋼筆等投降國民黨軍隊，但並未用他，相反的，把他囚將起來，很久才放，黃金等也沒有還他。他在磁器口一帶討飯，寫信給何應欽等說明他的情形，於是被捕，再度關在白公館。在牢裏表現得很乾脆，充分具有農民性格，也沒有繼續作壞事，相反的，與『政治犯』接近，有時還告訴點消息給大家。」緊接著「劉後總」的事情，在任可風的文章中出現了這樣一段獄中難友的對話：

「這是蔣匪撤退的前奏了。」

「天亮了，死也值得。」

「一定先從我們這一室開始執行！」

「沒關係，陳然、王樸、涂孝文、鄧興豐、蒲眼鏡（華輔），他們已在豐都城給我們設立招待所了。」

在羅廣斌的文章中，其它文字沒有改變，只是最後一句改成了「沒關係，陳然、王樸……他們已在豐都城給我們設立招待所了。」這裡，把「涂孝文、

〔註23〕中共獲知項英被劉厚總謀殺的詳細情況，是在一九四二年。除了項英外，獲知新四軍副參謀長周子昆也死於劉厚總之手。中共中央華中局曾寫了《關於項英、周子昆被謀殺經過向中共中央的報告》，密送延安。報告中寫道：項、周於去年三月中旬在皖南山中埋伏，被隨行副官、叛徒劉厚總謀殺。

鄧興豐、蒲眼鏡（華輔）」用省略號代替，不是因爲人名太多，而是因爲這裡的涂孝文〔註 24〕和蒲華輔〔註 25〕雖然被集中營的敵人槍殺，但他們都有叛變投敵、出賣同志的經歷。參加了烈士資格審查的羅廣斌自然不會把他們的名字出現在「嚴肅」的「會刊」當中〔註 26〕。

再下面是對革命者的對話語言所做的一些修辭上的「潔化」處理。如把革命者怒罵「監所主管人員」的「你個龜兒子，賣屁股的！」改成了「奴才！你們這群失掉人性的奴才！」把「老子要剝你的皮、抽你的筋！」改成了「總有一天要剝你的皮，抽你的筋！」

還有一處刪改，就是劉國鋕等人被拉到獄外槍殺，寫到劉國鋕他們在獄外高呼「中國共產黨萬歲」、「毛主席萬歲」的口號，獄內也高喊同樣的口號作爲呼應。然後，在任可風的文章中的下邊幾行被羅廣斌刪去了：

> 槍聲響了，外面的口號聲也隨著停了，我們高呼：
>
> 「劉國鋕同志萬歲！」
>
> 「血債要用血來償還！」

這幾句被刪掉大概主要是因爲中間的一行：「劉國鋕同志萬歲！」實際上，當時在重慶集中營被國民黨特務槍殺的革命志士中，除了共產黨員外，還有民革、民盟等進步民主黨派的成員，也有不少思想進步的知識青年，他們在生命的最後時刻曾經高呼過的口號是各種各樣的，在解放後的文字書寫中很快就被規範成一律的「中國共產黨萬歲」和「毛主席萬歲」。

現在再來看由劉德彬編寫的《火燒渣滓洞》對鍾林的《我從渣滓洞逃了出來》做了怎樣的刪改。

〔註 24〕涂孝文，又名涂萬鵬。1937 年春，任成都「民先隊」隊委，抗戰初期入黨。歷任中共江安縣委、瀘州中心縣委書記，後調延安學習。1945 年夏，作爲四川省代表之一，在延安出席過黨的「七大」會議。1946 年 7 月，由延安派回四川，1947 年 10 月擔任川東臨委副書記兼下川東地工委書記。1948 年 6 月被捕後叛變，出賣了楊虞裳、唐虛谷、雷震、李青林、江竹筠等 20 餘人。1949 年 10 月 28 日，因失去利用價值被特務槍殺於大坪。

〔註 25〕蒲華輔，又名蒲正應、蒲文昶，曾任江北縣委書記、川康特委書記，1949 年 1 月被捕後叛變。刑訊後承認自己是共產黨員和黨內職務，並出賣了黨組織情況及華健、韓子重等同志情況。1949 年 10 月 28 日被槍殺於重慶大坪。

〔註 26〕至於不是叛徒的鄧興邦爲何也被省略掉，不好猜測，或許鄧興邦的政治情況在當時並不是很肯定，或許僅僅是因爲他的名字夾在兩個叛徒的名字中間，就沒有單獨拿出來，順便一起刪掉了。

和羅廣斌的《血染白公館》不同，劉德彬的《火燒渣滓洞》粗略地看和鍾林的文章沒有原本和改寫本的關係，但仔細審查，還是到處能看到劉德彬襲用鍾林文章的蹤跡，只是沒有原原本本地照抄，而是在吸收鍾林文章內容的基礎上做了比較大的文字修改。要進行修訂的原因不是鍾林的文章有文字問題，而是鍾林的文章太過個性化，因爲作者顯然是想把當時的歷史情境和人們的心理變化盡可能具體、細緻地再現出來。從一般的讀者心理來說，人們會關心在那個生死時刻革命者的所思所想，而作者也顯然是從「個人命運」的角度來運思的。因此，貫穿全文的是作者對自己從屠殺前夕到脫險成功全過程當中心理變化的細膩刻寫。先是寫在屠殺前夕的「愉快」心情，寫革命者們在革命即將勝利的大好形勢鼓舞下提出「保養身體」和進行關於「出獄後如何做事做人」的學習，然後寫到二十七日大屠殺之前的一系列情形。因爲他們錯誤地判斷特務在撤退之前要把他們移交和釋放，所以，把特務在槍殺前的一系列準備工作反當成是對上述錯誤看法的證明，作者一再述說「我們的心情是無比的愉快的」、「我們在最愉快的心情下，……」、「現在我們都愉快地談著……」。所以，突然而來的激烈的槍殺就顯得更其突然。接下來，作者寫到從感到「必死無疑」到一次次的僥倖生還然後又一次次的希望破滅到最後終於「『活』出來了」的「生死輪迴」的過程。

劉德彬的文章也寫了在大屠殺當中人們的心理情況，但他不是從個人體驗的角度來描述，而是對「大家」的心情進行抽象的概括和分析：「他們沒有考慮自己的安全問題。雖然也想到卑鄙的匪特們在他們末路窮途的時候可能來一個無恥的屠殺，但是，在牢中的政治犯們是早把生死置之度外了的，雖然大家都有著對在新社會裏生活的強烈的憧憬和期望，雖然大家都不願意死，但是在敵人的牢獄中生死只好由他的便了。而且，共同的理想已將實現，就在這解放的時候成仁就義，犧牲生命能夠得著理想的實現，是沒有什麼遺憾的了——在這樣崇高的意念下，沒有人去考慮自己的是否會被屠殺的問題。」

顯然，劉德彬把革命者在生死關頭的心理變化進行了「哲學化」、「道德化」和「政治化」的處理，把革命者沒有想到會有一場大屠殺改寫成「沒有考慮自己的安全問題」，把由於錯誤的信息和判斷而「沒有人去考慮自己是否會被屠殺」的單純心理問題改寫成爲在某種「崇高的意念下」產生的思想境界問題。

另外，對鍾林文中的某些「自然主義」的「實錄」，劉德彬也做了一定的刪減和修訂，如鍾林文中的這樣一段：

> 不要打我的腳，我坐起來你打好了。」對面地下的憤怒的聲音，蘊藏著深深的仇恨，好像是陳作儀的。
>
> 「碰碰，」狗子們那裡等他坐起來。
>
> 「中國共產……黨萬……歲……毛」
>
> 「碰碰碰碰碰……」
>
> 「你媽的萬歲嘛……」一個狗子獰笑著。
>
> 「碰碰……碰碰……」

在劉德彬的文中刪去了「你媽的萬歲嘛……」這句近似實錄的「情景」語言，改成了：

> 「不要亂打，我坐起來你打頭好了。」是陳作儀的蘊藏著憤恨的聲音——他被打傷了腳。
>
> 「碰碰，碰碰！」狗子們那裡肯讓他坐起來。
>
> 「中國共產黨萬……歲，毛主席……」
>
> 「碰碰碰碰……」

現在我們可以對羅廣斌、劉德彬解放後進行的有關重慶集中營大屠殺事件所做的第一次公開的文字活動進行初步總結。

在重慶解放之後，最初對大屠殺進行寫作的脫險志士中並沒有後來《紅岩》創作團隊中的羅廣斌和劉德彬，而是任可風、鍾林、王國源等更有寫作基礎和寫作能力的人。並不像有的人後來所說的「在重慶解放前夕，囚禁在重慶『中美合作所』渣滓洞、白公館集中營裏的戰友，絕大多數都被敵特秘密殺害了。我所認識的那些獄中會寫作的老同志，沒有一個幸存下來。」〔註27〕實際情形並非如此，任可風等人顯然是會寫作的。他們的文章，無論是結構的嚴整性還是語言的熟練程度都在《紅岩》三位作者之上。正是他們這些從政治上講可能不太成熟的文章顯示出了對生活的敏銳感覺和文字上的生動

〔註27〕楊益言《關於小說〈紅岩〉的寫作》，見《中國當代文學研究資料·〈紅岩〉專集》第26頁。雖然作者說的是「他所認識的獄中會寫作的老同志」而沒有絕對地說「獄中會寫作的老同志」沒有一個幸存下來，但還是容易給人這樣的一個印象，即：活下來而又算是會寫作的人就只有寫《紅岩》的他們幾個了。

鮮活，給我們留下了對那個慘痛記憶的更爲眞實的細節。但顯然並不是會寫作的人就能夠寫作。任可風、王國源、鍾林等雖然是最早寫作關於集中營大屠殺事件的人們，但此後我們並沒有看到他們關於這一題材的更多文章，很快地，羅廣斌、劉德彬、楊益言對這個政治性明顯的重大題材擁有了主要的發言權，究其原因，我們可以從羅廣斌在報告中對任可風、王國源的介紹看出一二：

「任可風：很夠格的客裏空，專門吹牛。他說他是陪都工商學院教授(確否待查)，是教社會學的。他說『社會學』的英文是 Sciolog（其實是 Sociology），自稱『風流』，別人說他是『下流』，有『雞巴教授』之稱。陳然原來認得他，在外面他對陳然表示進步（他不知道陳然的身份，以爲是進步青年）而且暗示自己是共產黨員，是負責人，可以介紹入黨。目前他也說是『十幾年的老黨員』但未必眞實，如果眞是，也應是被嚴格整風的對象。……楊其昌、王國源、周紹軒、尹子勤、江載黎：民革組織的，在基本上說，是『順應潮流』投機性質的人，當然，這也不妨礙他們某種程度的進步。在獄裏，互相埋怨、自私、斤斤計較，特別重視經濟問題。屠殺時江喝得大醉跪在地下向特務求饒，叫誰都生氣。出獄後，各自星散，對政治沒有多少興趣了，只有江還在民革充負責人，背後跟兩個便衣，頗有不可一世的味道。」

羅廣斌和劉德彬的主要優勢是政治上的可靠，因此，有資格和機會進入機構和組織的活動領域。雖然他們最初的成果都是「編寫」所成，但這些「成果」可以通過組織的力量流播到全國的範圍，產生更大的影響。

雖然是「編寫」，但羅廣斌和劉德彬他們「嚴肅」的編輯過程卻是一種權力的體現和權力的運作，從中我們可以看到政治和意識形態對「材料」的滲透和改造。因此，每一點對「材料」看似細微的「修改」其實都大有深意。比如，最早的幾篇文章對禁閉和屠殺革命者的地方都是稱爲「集中營」或「瓷器口集中營」，但是，在羅廣斌和劉德彬參加編寫的「會刊」中卻有了一個新的名稱「中美特種技術合作所」。這一看起來很小的變化實際上卻有很大的政治背景和政治含義，是和建國前夕親蘇反美的「一邊倒」外交政策相聯繫的〔註

〔註28〕1949年6月30日，毛主席在《論人民民主專政》中說：「我們在國際上是屬於以蘇聯爲首的反帝國主義戰線一方面的，眞正的友誼的援助只能向這一方

28〕。「集中營」只是一個中性的通用的稱呼，而「中美特種技術合作所」就有了政治的含義，就把這個「殺人的魔窟」和本來與屠殺毫無瓜葛的美國聯繫在了一起。〔註 29〕在編輯「會刊」之後幾個月，朝鮮戰爭爆發〔註 30〕，從此之後，「反美、抗美、蔑美」就成爲意識形態的主流話語，羅廣斌他們在此後的一系列活動包括做報告、寫作便都和這個無中生有的中美合作的大屠殺有關，甚至「反美」宣傳成爲他們進行這些活動的主要動機。

另外一個比較大的修改是，任可風、鍾林他們的文章都是用的第一人稱，圍繞作者自己的個人經歷和體驗來結構文章，而羅廣斌、劉德彬他們的文章則是使用第三人稱，目標是對這起事件進行「客觀的」、「全面的」報導，雖然他們的講述，既不「客觀」，也不「全面」。但一個顯然的事實是，從這個最初的文字活動開始，羅廣斌他們的寫作動機就不是爲了記述自己的個人經歷和表達作者的個人體驗。但這並不是說任可風、鍾林他們的記述就是「客

面去找，而不能向帝國主義戰線一方面去找。」毛澤東《論人民民主專政》，《毛澤東選集》合訂本，第 1364 頁。

〔註 29〕中美合作所，是抗日戰爭時期盟國合作建立的情報機構，實際上這樣的機構當時在重慶還有中蘇合作所、中英合作所，不過，中美合作所是最爲成功的一個。在何蜀先生的文章《文藝作品中和歷史上的中美合作所》中，對這個問題有詳細的解釋。他說：「對於當時中美兩國首腦及許多參加具體工作的人員來說，建立這一合作機構的目的，確實是爲著中美兩國共同對日作戰的需要。自從太平洋戰爭爆發後，美國就開始考慮與中國合作進行對日軍的電訊偵譯技術研究，搜集日軍在中國與太平洋沿岸及沿中國海岸的陸、海、空軍事情報，以及獲得這些地區的氣象、水文資料等。中國方面則希望與美國進行對日作戰的情報交換，並在對日心理戰宣傳和在敵佔區進行破壞活動等方面接受美國的訓練，同時希望得到美國提供的先進電訊器材、武器裝備、運輸工具等。……中美合作所在中美兩國共同對日作戰中起到的作用，以往很少提及，以致鮮爲人知。……戰後美國海軍部的一份報告甚至有這樣的評價：中國方面通過中美合作所向美國提供的日本佔領區軍事及氣象情報，『成爲美國太平洋艦隊和在中國沿海的美潛艇攻擊敵海軍的惟一情報來源』。」「抗日戰爭勝利後，按照當初中美合作所成立時《協定》的規定，美方人員分批回國。1946 年 1 月，中美合作所正式宣告結束，經軍統局報蔣介石備案。中美合作所中的軍統局人員回軍統局報到，非軍統局人員（這是許多人不瞭解的，以爲凡中美合作所的中方人員就都是軍統特務，其實並非如此）則發給三個月薪金資遣。各地訓練班、情報站均予結束（重慶特警班第二期學員因未畢業，移交軍統局接辦）。重慶中美合作所四一醫院移交中央醫院接收，上海中美醫院移交同濟大學接收……到 1946 年七八月間，全部結束手續辦理完畢。」

〔註 30〕「經過慎重的反覆的考慮，黨中央和毛主席於 10 月 8 日作出了出兵抗美援朝的決策。」薄一波《若干重大決策與事件的回顧》〔上〕，中共中央黨校出版社，1991 年，第 43 頁。

觀的」、「全面的」、沒有政治傾向性的。雖然他們是經歷過「11・27」大屠殺事件的當事人，但他們所「親歷的現實」已然經過了政治的調節和糾正，因爲，他們對大屠殺事件的認識視角顯然和羅廣斌他們一樣是政治的而非道義的和理智的。羅廣斌、劉德彬他們的不同之處在於，權力機構工作人員的身份和位置爲他們把握政策提供了便利的條件，因此，他們有能力剔除在任可風和鍾林文章中的某些「瑕疵」，從而使得歷史看起來更具連續性。這些「瑕疵」包括對在政治上有問題的人物和蔣匪特務們所做的中性描寫，包括一些有損革命者形象的「不潔」語言等等。

4、《聖潔的血花》：對集中營生活進行「鬥爭化」敘事的開始

1950 年 1 月發行的《如此中美特種技術合作所——蔣美特務重慶大屠殺之血錄》可以說是對重慶大屠殺進行記述的第一個官方文本。該文本由組織上可靠信任的大屠殺見證人羅廣斌、劉德彬編寫，並且經過軍隊政工人員的嚴格把關，所以在當時具有相當的「合法性」。但是，我們可以看出，不管是《如此中美特種技術合作所》還是它所依據的任可風、鍾林的文章，都把筆墨集中在了 1949 年 11 月 27 日這一天（包括在此前後幾次的屠殺），即集中在了揭露國民黨匪徒屠殺革命者的殘暴無道上。但是，大屠殺實際上只是一連串複雜事件中的一個「節點」，除此之外，還有它的前因和結果，也有它的發生、發展和結局。但顯然，此時此刻，這些未能寫出的東西還是模糊的尚待澄清的海水下的冰山，只有這個很小的「節點」具有政治上的明朗性和「可寫性」〔註 31〕。和這裡內容上的「局促」形成對照的是兩個東西：一個是楊祖之（楊益言）撰寫的《我從集中營出來——瓷器口集中營生活回憶》，一個是 1950 年 7 月 1 日發表的羅廣斌、劉德彬、楊益言三人合寫的《聖潔的血花——獻給九十七個永生的共產黨員》，這兩個文本都把筆觸延伸到了大屠殺之前的獄中情形。

《聖潔的血花》是羅廣斌、劉德彬、楊益言「三人寫作小組」「集體寫作」的第一個產品，很多人把它作爲《紅岩》作者寫作活動的開端〔註 32〕。

〔註 31〕對這一點可做側面證明的是，楊祖之（楊益言）的《我從集中營出來》寫的恰恰是大屠殺之前的獄中見聞，而且作者楊益言還參與協助編輯《如此中美特種技術合作所》，但是，在羅廣斌和劉德彬他們的編輯過程中卻見不到對楊祖之（楊益言）文章的採用。

〔註 32〕對《聖潔的血花》的具體寫作情形有不同的說法，如楊益言的哥哥楊本泉說：「1951 年『七・一』，是黨成立三十週年紀念日，市文聯主辦的文學月刊《大

從羅廣斌、劉德彬、楊益言三人「集體寫作」模式和聯合署名的角度說，這個說法是成立的。這篇一萬字出頭的文章最初發表在重慶市文聯籌委會於 1950 年 5 月剛剛創刊的《大眾文藝》一卷三期上，旋即被同樣是創刊不久的《新華月報》第二卷第四期全文轉載，不到半年〔註 33〕，又被廣州新華書店華南總分店作爲「華南大眾小叢書」之一出版了只有 34 頁的單行本。這裡，需要提出和回答的問題是，這篇被多次「複製」的小文章被「複製」的理由是什麼？

在許多文章中〔註 34〕，提到《聖潔的血花》，都認爲該文是羅廣斌、劉德彬在「寫作」《如此中美特種技術合作所》中的「血染白公館」和「火燒渣滓洞」的基礎上整理加工而成的。但細加注意就可以看出，《聖潔的血花》和以上所說兩篇文章區別很大，它們之間並沒有多少淵源關係。從文章的結構看，《聖潔的血花》分三個段落：第一段寫集中營裏幾個鬥爭生活和學習生活的片斷；第二段寫了兩個更爲典型的英雄形象，陳然和江竹筠；第三段寫大屠殺的經過。如果說和「血染白公館」、「火燒渣滓洞」有什麼聯繫的話，也就只有這裡的第三段。經過對照閱讀，可以發現，第一段主要是從楊祖之（楊

眾文藝》決定徵文紀念，還組織了評選委員會，楊本泉是評委會成員，在文聯開會討論徵文活動時，楊本泉就想到了應當以重慶集中營烈士鬥爭事蹟爲主題寫篇稿子參加徵文，散會後，他就將這事向楊益言講了，楊益言約羅廣斌、劉德彬商量後，就由楊益言執筆，將他們過去寫的稿子整理了一篇，交給了楊本泉。楊本泉略加修飾，加了個題目：《聖潔的血花》，便交給了評委會。」（見恭正《追蹤〈紅岩〉傳說之謎》，見《聯合參考》報，1993 年 8 月 14 日，第一版）這裡顯然的錯誤是把 1950 年爲紀念建黨 29 週年的寫作說成了「1951 年的『七・一』，是黨成立三十週年紀念日」。而另有說法則是：「1950 年 7 月 1 日，在羅廣斌的提議和主持下，羅、劉、楊合寫了報告文學《聖潔的血花》，獻給 97 位永生的共產黨員，……」（見陳文明《一個老人和一本書的歷史——引人注目的〈紅岩〉署名之爭》，見《長江》1993 年總 76 期。）兩種說法之不同，在於誰在「集體寫作」中起主導作用？寫作的具體過程如何？前一種說法突出了楊益言作爲協調人和執筆者的作用，而後一種說法則突出了三人「合寫」和三人中羅廣斌的主導作用。

〔註 33〕「華南大眾小叢書」《聖潔的血花》，羅廣斌等著，廣州：新華書店華南總分店出版，1950 年 11 月初版。

〔註 34〕如在何蜀《被時代推上文學崗位的作家劉德彬》（見《社會科學論壇》2004 年第二期）中說：「1950 年 7 月 1 日，重慶《大眾文藝》一卷三期發表了羅廣斌、劉德彬、楊益言三人署名的《聖潔的血花——獻給九十七個永生的共產黨員》，這是根據羅廣斌所寫的《血染白公館》和劉德彬所寫《火燒渣滓洞》兩文改寫的。」

益言）的《我從集中營出來》一文改寫而來，當然，作者在這裡對原文中關於集中營生活的大量「中性」描寫做了很大的刪減和修改，只留下了幾個亮度較高的片斷：「監獄之花」的誕生、龍光章的病死和獄中追悼會、新年聯歡會、獄中學習和「《挺進報》白宮版」；第二段江竹筠部分的前邊百來十字，是關於江竹筠在萬縣被捕的經過，應該是劉德彬提供的資料或者是劉德彬所寫，因爲劉德彬曾和江竹筠在萬縣一起被捕並一起被送到渣滓洞關押；在此之後關於江竹筠的文字顯然是轉抄自羅廣斌 1950 年 5 月 4 日發表在《新華日報》上的一篇小文章《我們的丹娘江竹筠》。只有第三段寫最後的屠殺經過的文字，和《如此中美合作所》有明顯的關聯。因此，《聖潔的血花》倒的確如楊本泉所說，是「將他們過去寫的稿子整理了一篇」，是幾篇稿子的機械組合。在文中，這種組合的痕跡十分明顯，如敘事人「我們」一會兒在萬縣警察局，一會兒在渣滓洞，一會兒在白公館，包括了楊益言、劉德彬和羅廣斌三個人的經歷〔註 35〕。由於文章是三個人的經歷和材料的機械組合，結構上也就顯得顛三倒四，第一段已經寫了江竹筠在獄中組織難友學習的事情，第二段又開始寫江竹筠的被捕。

因此，不管這篇文章的執筆人和主導者是誰，從文本可以看出，這又是一篇和《如此中美特種技術合作所》一樣的「編寫」之作，其中心工作是對一些材料的組合與加工，這種組合與加工的結果也和《如此中美特種技術合作所》一樣，就是使得原文故事的連貫性、細節的複雜性和意義的含混性一併消失，而成爲事件機械組合但意義清楚明晰的宣傳讀物。這也逐漸使我們明白，爲什麼這篇看不出什麼寫作水平的小東西能夠得到許多媒體的青睞，這種不期而至的「成功」甚至出乎作者們的意料之外〔註 36〕。這裡，我們要格外注意發表和轉載這篇文章的刊物和出版社的國家性質，如發表《聖潔的血花》的《大眾文藝》是重慶市文聯創辦的文學「陣地」，其目標和任務就是要「執行毛主席的文藝方針」和「爲工農兵服務」〔註 37〕；

〔註 35〕而實際上，在萬縣警察局的經歷只有劉德彬有，在白公館的經歷只有羅廣斌有，只有渣滓洞的事情「我們」三個人都有經歷。

〔註 36〕恭正（楊本泉）曾回憶說：「這個結果是三個署名作者所沒有意想到的。楊本泉則認爲這個題材，受到了讀者的熱情關注是必然的。這也更加說明，還應該再寫。」見恭正《追蹤〈紅岩〉傳說之謎》，見《聯合參考》報，1993 年 8 月 14 日，第一版。

〔註 37〕關於《大眾文藝》，重慶文藝界老人林彥說過：「編輯出版文藝刊物，是文藝團體的主要工作之一。……最先編輯出版的《大眾文藝》，是市文聯籌委會主出版《聖潔的血花》的新華書店在剛剛解放時不只是一個圖書發行部門，而且也是代表國家的圖書生產單位。用「奢侈」的大號字體排印的這種在當時很盛行的宣傳小冊子，一方面起著直接的政治宣傳作用，另一方面又在引導一種新的文學成規——「大眾文藝」的生成。《聖潔的血花》雖然和羅廣斌、劉德彬編寫的《如此中美特種技術合作所》一樣「粗糙」、一樣「簡陋」，但是它把對集中營事件的「報導」和對一個組織的謳歌（「七・一」徵文）結合了起來〔註 38〕，這是它獲得「合法性」和被多次「複製」的眞正原因。

5、誰有資格代表歷史發言？

直到今天，對《紅岩》的評論和研究的對象就是《紅岩》本身，幾乎沒有誰對《紅岩》創作前作者們的文字活動略加注意。這主要是因爲在風靡全國的小說《紅岩》寫作之前，作者們帶有文學性的文字活動少之又少，但是，小說《紅岩》所涉及到的幾乎所有文學史問題在這個時期都開始萌發，諸如「寫什麼？」、「誰來寫？」、「怎麼寫？」等等問題都可以從以上所述事實中得到初步的答案。而在所有這些問題和答案中，最有意義的是誰有資格來描述歷史？

顯然的是，並不是誰都可以代表歷史發言，發言人的選擇並不主要根據人們的寫作技能而是主要考量人們在革命鬥爭歷史（包括此前和此後）中的可靠性，用多少年後誕生的一個術語來說，就是看一個人是不是「根紅苗壯」。不但在已經成爲歷史的革命活動中要清楚明白，更重要的是在可預見的將來不會出現「蛻化變質」的可能。

之所以有這樣的判斷，是因爲，通過對解放初期有關重慶集中營大屠殺事件書寫活動的考察，我們可以發現，這時候通過公開媒體對大屠殺事件進行講述的人並不只是日後《紅岩》的作者，而且這些人大都是有寫作經歷和

編，於 1950 年 5 月創刊。在創刊號上，刊載了劉伯承、張際春、陳錫聯爲《大眾文藝》的出刊寫的題詞。任白戈發表了《對於文藝創作二三問題的意見》，曹荻秋爲創刊號寫了《大眾文藝的任務和人民的文藝工作者》。」見林彥《建國以後七年間的重慶文藝工作》，《歷史沒有空白》，香港新天出版社，2003 年，第 62 頁。

〔註 38〕這樣，對大屠殺中的遇難者就進行了又一次的審查，被「謳歌」的對象就只剩下了二百多個受難者中的 97 個共產黨員，歷史再一次被「刷新」和「簡化」。

寫作能力的文人知識分子。這個時候，《紅岩》的作者們的確也在進行和大屠殺相關的文字工作，如編寫 200 多個烈士的小傳，如向市委撰寫關於集中營的情況報告，如編輯《如此中美特種技術合作所》。所有的這些文字工作都屬於說明性的公文寫作，而非個人的文學創作。和他們在此期間進行的其它工作如籌辦烈士遺物展覽、向群眾進行口頭宣講等等一樣，都是在一個組織機構內進行的革命工作。而公開發行的稍微帶有文學性的文章如《如此中美特種技術合作所》也並非如大多數人認爲的某某篇是某某人所寫，而是一個對其它人所寫文章的編輯和改寫的結果；《聖潔的血花》被許多人認爲是他們三人合寫作品的開始，但我們可以看到，這個三人「合寫」的作品，同樣是一種編輯和改寫的產物，而不是正常的個人寫作。由此可以看出，《紅岩》作者們從 1949 年末解放到 1950 年 5 月之間的「寫作」活動並不少，但這些「作品」卻談不上有什麼文學性。但是，他們這些寫作在當時卻是重要的，更是嚴肅的。這些寫作，沒有一次是像樣的文學工作，但每一次都是重要的政治工作。正如作者們在後來寫作《紅岩》時市委書記任白戈所說：「要把這當作一項重要的政治任務來考慮」〔註 39〕。因爲是政治任務，所以在選擇工作人員的時候就得主要考慮人選的政治水平和政治資歷，這就是爲什麼許多人口口聲聲說「他們不是搞這個的！」但他們又能「搞這個」的原因。實際上，不但他們能搞，而且他們幾乎是僅僅能搞的人。想想看，羅廣斌給市委的情況報告、羅廣斌、劉德彬參加編寫的追悼會的「會刊」，哪一個也不是其它人能搞的，其原因無它：羅廣斌是白公館脫險逃生的 19 人當中唯一的中共黨員；渣滓洞脫險的 15 人當中，共產黨員比較多，這些人如鍾林、孫重、傅伯雍也參加了「烈士追悼會籌委會」的其它工作，但其中羅廣斌、劉德彬參加的「組織組」的工作肯定是最爲慎重也最爲重要的，劉德彬之所以能參加這個工作，也是因爲相對來說，他是這些黨員當中最爲清楚可靠的。正是這種政治身份使他們獲得了對集中營事件的「發言權」。在完成了這幾次寫作之後的 1950 年到 1956 年，由於政治需要，他們屢屢被派到全省各地做報告，頻繁講述他們在集中營親身經歷過的「蔣美匪幫」的罪行，也是這個「發言權」的表現。對於內情複雜、含義混雜的解放前夕的《挺進報》事件和由此引發的集中營大屠殺事件，政府需要他們這樣的相對來說清楚可靠的當事者來進行正面的「有教育意義」的解說，因此，與其說他們是「只作爲無數死難的和活著的

〔註 39〕王維玲《話說〈紅岩〉》，花山文藝出版社，2000 年，第 10 頁。

戰友的代言人而發言的」〔註 40〕，不如說他們是作爲其所在組織的代言人來發言的〔註 41〕。

說起《紅岩》的寫作，有一部分人強調是從 1958 年或者 1959 年開始的，而另有許多當年的知情者則把時間盡可能地往前推，認爲《紅岩》的作者們都不是寫小說的，因此有一個漫長的準備過程〔註 42〕。確實，《紅岩》的作者們並不是突然地開始了小說寫作，而是有一個很長的「生長期」，這個「生長期」的作用並不在於爲小說寫作積累了多少寫作所需的人生經驗和寫作經驗，而在於逐漸累積了一種可以寫作小說的資格和身份。正是因爲有了多年的「發言人」經歷，當他們在 1956 年提出把這些「發言」「寫出來」的時候能夠得到市委的支持才顯得順理成章。

〔註 40〕張羽《〈紅岩〉的誕生——談共鳴和交流》，未發表稿。

〔註 41〕由此，我們對《紅岩》作者在《紅岩》出版後所寫的總結文章中所說的：「《紅岩》這部小說的眞正作者，是那些在『中美合作所』犧牲的先烈，是那些知名的和不知名的階級戰士。」（見羅廣斌、楊益言《創作的過程，學習的過程——略談〈紅岩〉的寫作》，《中國青年報》，1963 年 5 月 11 日）就需要進行同樣的推論：《紅岩》這部小說的眞正作者，與其說是在「中美合作所」裏犧牲的先烈，不如說是賦予作者發言權和寫作權的活著的機構和組織。

〔註 42〕一位作者撰文描述《紅岩》的寫作過程，就用了「大樹不是從腰部長起的」這樣形象的題目，他認爲：「如果按時間順序作一個回溯，《紅岩》的成書過程大體是這樣一個年輪又一個年輪地增長的。」按照作者的描述，這個「年輪」的情況是：1、《獄中情形報告》；2、編輯《如此中美特種技術合作所》；3、《我從集中營出來》；4、《聖潔的血花》、5、給群眾進行傳統教育的《報告提綱》；6、《在烈火中永生》；7、《禁錮的世界》；8、《紅岩》；9、《〈紅岩〉前續》。人們之所以有這兩種紛紛揚揚的說法，大體上是因爲從九十年代初開始的延續十多年的劉德彬《紅岩》署名權官司，把時間往後推的，意在把 1958 年後被迫退出「寫作小組」的劉德彬排除在外，而把時間往前推的是爲了維護劉德彬的權益和名譽。此事孰是孰非，不在本文論述之列。而我在此描述《紅岩》作者們在寫作《紅岩》之前的寫作活動，是爲了論列作者是以什麼樣的身份、資源和資本進入《紅岩》創作的。

第2章　口頭講述和「長篇」寫作

1950年5月《聖潔的血花》在重慶《大眾文藝》發表，很快又被全國性雜誌《新華月報》轉載並被新華書店出版單行本。這次「寫作」嘗試的成功雖然出乎三個作者的意料之外，並且鼓起了他們繼續寫作「大屠殺」事件的信心，但是，在此後的幾年中，他們卻再沒有更多的「作品」問世。雖然沒有繼續有關「大屠殺」的寫作，但這並不表明他們放棄了對該事件的「言說」活動。事實上，在這段時間，他們投入了另一種傳播方式更爲直接、傳播效果更爲快捷的「言說」實踐——報告會。而且，正是在多年的口頭傳播實踐中，他們積累了更多的有關大屠殺事件的間接材料，同時，在和受眾的接觸過程中，也積累了更多的「正確」地「言說」該事件的方法，更重要的是，多年的「言說」實踐，使他們積累了權力機關對他們「言說」該事件的充分信任。終於，到1956年10月，他們得到了再次寫作的機會。和剛解放時「小打小鬧」的「寫作」不同，這一次，他們鼓起了更大的信心，試圖拿出一個和以前的小文章完全不同的「大東西」，雖然到最後，這個「大東西」不算個什麼東西，只是弄成了「一堆材料」，但這卻是小說《紅岩》的雛形和萌芽。

1、講述大屠殺

對重慶大屠殺事件的講述活動並不只是甚至並不主要是通過文本的形式，而更多的是通過做報告的口頭形式。

這種口頭形式的講述從集中營的難友們逃出魔窟、獲得自由的那一刻就開始了。任可風在他的《血的實錄》一文的最後，寫到他28日逃出白公館後和朋友的秉燭夜談：「二十八日，在飢餓中取小路進城，……赴故人李先生家，作第一個避難所，相見後，驚喜若狂。入夜點燭共話，李先生顛倒杜詩歡然的說：『共此燈炷光，今夕復何夕？』」〔註 1〕任可風的這段話，寫出了這些從地獄邊緣走過來的大難不死的人們在見到親朋故友時恍如夢中的感受和酣暢淋漓的訴說。與此類似的更爲淋漓盡致的情節，是 1950 年春天羅廣斌和到重慶開會的馬識途連續兩三個晚上的徹夜講述和傾訴〔註 2〕。我相信，這種毫無倦意的徹夜講述是每一個從「11·27」這個死亡之夜活過來的人所共同的經歷，這時候的講述和傾訴幾乎是一種自發的生理上的強制行爲，不只是爲了慶幸自己的僥倖生還，更是爲了放鬆由高度緊張所帶來的巨大心理壓力。

但我們這裡所說的講述卻不是這種個人人際交往和心理治療意義上的講述，而是有社會政治意義的政治文化活動，這種意義上的講述就是做報告。這種講述在烈士追悼會開過之後的第三天就開始了，劉德彬曾回顧說：「1950 年 1 月 18 日，『烈士遺物展覽會』在大同路渝女師極其隆重地舉行。『11·27』脫險同志除已離開重慶和個別住院以外，全部在『展覽會』現身說法，以親身經歷宣揚烈士英勇就義和揭露敵人的罪行，羅廣斌和我也不例外。」〔註 3〕講述「重慶大屠殺」成爲經常性的反覆進行的活動是在 1950 年 6 月朝鮮戰爭開始以後，在中央確定了「抗美援朝」的外交政策之後，在全國各地迅速掀起了各種形式的反美宣傳活動。在曾經是「中美特種技術合作所」的所在地發生的那場大屠殺，被人們想當然地歸罪於美國這個「現行反革命」，通過講述那場血淋淋的大屠殺和死難的革命志士在監獄中的英勇鬥爭來控訴美帝蔣匪的「滔天罪行」，激發群眾尤其是青年們的愛國主義感情進而促使人們更加積極地參加到抗美、反美的政治任務當中去，成爲羅廣斌、劉德彬、楊益言以及其它一些脫險生還者和烈士家屬們的一項理所當然的政治任務，尤其是

〔註 1〕任可風《血的實錄——記一一·二七瓷器口大屠殺》，1949 年 12 月 6 日《大公報》第四版。

〔註 2〕對此，馬識途回憶說：「直到 1950 年春天，我到重慶去參加西南局組織部召開的組織工作會議，我才見到了他。他找到我的住處來，我們談了很久，直到深夜，我索性叫他不要回去，和我一塊睡在一張床上，我們一點睡意也沒有，繼續作通夜的談話，……我們談到天亮，毫無倦意，但是白天我們都有自己的工作，因此，相約晚上再來談。他這麼和我相處了兩三個晚上。雖然我們都感到筋疲力盡了，卻感到從未有過的痛快。」馬識途《公子·革命者·作家——回憶羅廣斌》，見劉德彬編《〈紅岩〉·羅廣斌·中美合作所》，重慶出版社，1990 年，第 119、120 頁。

〔註 3〕劉德彬《還歷史眞面目》，未發表稿，見本文附錄四。

對解放後同在團市委工作的羅廣斌、劉德彬和楊益言而言，就更成爲他們的日常工作〔註 4〕。劉德彬在幾十年後回憶說：「50 年到 56 年這一段時間，團市委組織了羅廣斌和我對廣大青少年進行革命傳統和愛國主義教育，特別是配合肅反和抗美援朝運動，以見證人的身份宣揚烈士的高貴品質、控訴美蔣特務罪行，前後報告達數百次。」〔註 5〕當時，羅廣斌、劉德彬和楊益言這個報告小組所做報告的次數沒有明確的記載，所以有各種各樣籠統的說法，有的說是「成百上千」次，有的說是五六百次，有的說是二三百次，總之，這在當時是一個頻繁的反覆進行的活動〔註 6〕。這些報告會所產生的政治效果是直接而明顯的，當年任重慶團市委書記的廖伯康回顧羅廣斌的報告會產生的效果時說：「老羅是個出色的宣傳員和鼓動家，他的報告感染力強，生動具體，眞摯感人。每次報告少則千人，多則上萬人，不論是在飯廳、禮堂或廣場，大家都肅穆靜聽，他朗誦羅世文走赴刑場的遺詩《望春》，他描述許建業面對酷刑的凜然正氣，江姐至死不屈的英雄氣概，陳然就義巍然不倒的偉大形象……深深地打動了聽眾的心靈。有的一邊聽報告，一邊流眼淚；講到美蔣特務的暴行時，大家義憤塡膺，振臂高呼：『給烈士們報仇！』……報告以後，許多青年紛紛要求加入共青團，不少團員、青年踴躍報名參軍，要求到朝鮮前線去英勇殺敵！」〔註 7〕

〔註 4〕中青社編輯張羽 1993 年 8 月 26 日日記記載：「傅伯雍（渣滓洞脫險者）夫婦來訪。談：初，在烈士追悼會工作。劉德彬受傷住院，這時，帶著繃帶出來工作。事緊，宣傳無人，才找了楊氏兄弟。最初三個報告者：羅、劉、沈重（工人），後來沈換了楊。」這裡所說的「沈重」應是「孫重」。可見，在最初的時候，不是大屠殺脫險志士的楊益言是不合適作報告的，但是後來爲什麼孫重沒有再作更多的報告是不清楚的。

〔註 5〕劉德彬《還歷史眞面目》，未發表稿，見本文附錄四。

〔註 6〕在張羽的手稿《〈紅岩〉的誕生》上，羅廣斌曾經把張羽原文中的「作了五六百次報告」改爲「作了幾百次報告」。

〔註 7〕廖伯康《憶羅廣斌》，見劉德彬編《〈紅岩〉‧羅廣斌‧中美合作所》，重慶出版社，1990 年，第 76 頁。對羅廣斌、劉德彬和楊益言這個報告小組的報告效果有不同的說法，大多數的說法是羅廣斌的報告最好，其次是劉德彬，再其次是楊益言；但也有的說楊益言的報告比劉德彬的好，因爲劉德彬口拙一些，但羅廣斌做報告多、效果好是大家公認的。其中的一個原因是羅廣斌「是一副利嘴，很會講，而且也最會寫，腦子最靈，聰明地很。」（見中國青年出版社編輯張羽在 1985 年 12 月 19 日下午的一次談話記錄。）另一個原因是羅廣斌的傳奇經歷：「哥哥是國民黨的高級將領，自己則堅決加入共產黨，成爲不怕坐牢、絕不屈服的革命鬥士；在緊急關頭機智勇敢地衝出牢門而脫險；這對羅廣斌來說，講述革命歷史故事是他的「個人特長」。早在 40 年代中期羅廣斌開始參加革命工作的時候，他就開始展現出自己講故事的天才。1945 年，羅廣斌在昆明聯大附中讀書的時候，開始參加政治活動，這時候，他已經是黨的外圍組織「民青」（民主青年同盟）聯大附中分部的領導人。這年春天的一天，羅廣斌組織「民青」的成員到昆明的郊野露營，他們的露營活動中也安排了純粹屬於休閒的游泳、野炊等等遊玩內容，但與一般休閒活動不同的是，他們的露營中還安排了「晨操」、「講革命故事」等並非遊玩的活動內容〔註 8〕。

1945 年年底，在昆明「一二・一」學生運動的激勵下，羅廣斌決定輟學做一個職業革命家，1946 年初，他到濵南建民中學投奔在這裡「開墾革命基地」的馬識途、齊亮等人。在這裡，羅廣斌這個尚未畢業的高中生竟然做成了這個學校教初中的最好教員，除了做成了一個小教員之外，羅廣斌還是一個多才多藝的人，用馬識途的話說是「他的確精於各種玩意兒」，如做飛機模型、編排壁報、教唱歌曲、打排球、刻圖章、做書簽等等。在建民中學，羅廣斌講故事的才能又一次得以發揮。馬識途說：

> 但是他在那裡最能吸引人的本事，恐怕要算他擺龍門陣了。他利用晚上休息時刻，或星期天帶同學出去野遊機會，給同學們講故

些事蹟，使廣大青年把羅廣斌看作是傳奇式的英雄，對他表示極大的信任和尊敬。」曾德林《絕不許悲劇重演——悼念羅廣斌同志》，見劉德彬編《〈紅岩〉・羅廣斌・中美合作所》，重慶出版社，1990 年，第 70 頁。

〔註 8〕參與此次活動的馬識途回憶說：「早上起來做晨操，下午到湖裏去游泳，都是廣斌發揮他的特長，領著大家幹。……我卻比他們大十歲以上，多少有些距離了。但是我也有發揮我的特長的機會，那就是晚上在帳篷裏給青年們講故事。我把過去經歷過的革命生涯，隨便拈一點出來，加油加醬，擺給大家聽，便可以逗得大家深夜不睡，要求我再講一個兩個。我講得乏了，不免口乾舌燥，難以支持，這時廣斌卻自告奮勇地替我講故事。我原以爲廣斌一生經歷很淺，哪有多少故事可講？誰知他卻講得有聲有色，把大家吸引住了。最後他才說出這些故事的主人公就是我和我的革命夥伴們。原來這些故事是我在平時晚上乘涼的時候，對廣斌講的，本來意在啓發他的革命覺悟，誰知他竟牢牢地記住，現在拿來給青年同伴們講了。他講的其實比我對他講的還生動些，因爲他作了某些剪裁和潤色。原始的素材經他這麼一藝術加工，變得更爲生動了。我眞沒想到廣斌竟然學到講故事這麼一套本領。而這套本領正是他在學校作群眾工作的看家本領，這個看家本領後來他在各地青年中進行活動，都起過很好的作用。這說不定於他後來寫《紅岩》時，也是起過作用的。」馬識途《公子・革命者・作家——回憶羅廣斌》，見劉德彬編《〈紅岩〉・羅廣斌・中美合作所》，重慶出版社，第 92 頁。

> 事。他除開從書本上摘取一些故事來講以外，還從我向他進行革命教育時給他擺的一些革命先烈鬥爭故事中摘取精彩的，加以改造，加油加醬，因而擺得有聲有色。……有時候因爲擺的多了，難免串臺，張冠李戴，惹得大家笑起來，但是並不是笑他，而接著就是大家給他出主意，使他講的故事如何自圓其說。〔註 9〕

選擇有一定條件的中學作開展革命工作的「基地」，是當年地下黨「開墾」「政治上的荒地」的一個主要工作，因爲青年學生比較容易接受激進的愛國思想和新的政治主張。所以，當年四川地下黨的許多知識分子曾經停讀大學，到農村的中學擔任教職，同時傳播革命的火種。1948 年初，羅廣斌就曾停止在重慶西南學院新聞系的學習，到重慶西南的秀山縣縣立中學教書〔註 10〕。在中等學校進行革命啓蒙，就要適應學生的接受能力和接受心理，就要利用「出牆報、搞歌詠、演話劇、讀書會，星期六組織晚會等等活動。」〔註 11〕所有的這些活動都不是休閒娛樂而是有目的的政治啓蒙，是爲了啓發青年學生的政治覺悟，吸引他們參加由共產黨領導的民主政治運動，正如馬識途所說：「他的所有這些活動，當然不是爲了閒耍，而是和我們在那裡進行的政治工作緊密結合起來的。」〔註 12〕同樣，羅廣斌他們五十年代的報告會也是爲了啓發人們的政治覺悟，從而動員群眾積極參加由新政權領導的爲了鞏固政權而進行的對外的朝鮮戰爭和對內的肅反運動。

2、「長篇」寫作的開始和寫作方式的獨特性

剛解放時，羅廣斌他們還算是做了一些文字工作，但從上章所述可以看出，他們的寫作大多是領導安排的類似於公文性質的寫作，只有零星幾篇字數不多的小作品發表在重慶的報刊上。此後多年，他們的主要工作就是做報告。把經歷過的事情寫出來的願望一直就有，但是需要機會和時間。在做報

〔註 9〕馬識途《公子・革命者・作家——回憶羅廣斌》，見劉德彬編《〈紅岩〉・羅廣斌・中美合作所》，重慶出版社，1990 年，第 102 頁。

〔註 10〕鄧照明等人在 1946 年 2 月到 1947 年年底曾經在秀山中學以做教員身份做掩護開展革命工作。羅廣斌和陳家俊是在重慶「六・一」大逮捕之後，由組織派遣到這個有一定條件和基礎的革命基地去的。

〔註 11〕鄧照明《巴渝鴻爪——川東地下鬥爭回憶錄》，重慶出版社，1991 年，第 21 頁。

〔註 12〕馬識途《公子・革命者・作家——回憶羅廣斌》，見劉德彬編《〈紅岩〉・羅廣斌・中美合作所》，重慶出版社，1990 年，第 94 頁。

告的過程中，爲了支持他們的工作，一些大屠殺事件的當事者和烈士家屬們給他們提供了許多他們原來不掌握的材料和情況，但這也只能說是爲以後的寫作提供了更好的條件。如果沒有合適的時機，寫作仍然只是一個偶而掛在嘴邊的話題。

但是，到 1956 年，他們還是趕上並抓住了一個時機。這年的三月，劉少奇連續兩次對文化領域發表談話，其中一次是 3 月 5 日在中國作家協會第二次理事會擴大會議期間對周揚和劉白羽的談話，一次是 3 月 8 日在文化部黨組彙報工作時的談話。在這兩次談話中，劉少奇都專題談到組織青年業餘作家寫作的問題，在前一次談話中，他說，作家協會「應該幫助他們，給他們寫作機會，切實保證他們的創作時間，如果不能長期離開工作，可以利用短期的創作假期的辦法讓他們進行創作。」〔註 13〕在後一次談話中劉少奇說:「業餘作家是大有希望的，作家協會一定要看重他們，培育他們，要採取歡迎、幫助、支持的態度。要採取一種政策，即：一方面讓他們參加工作，一方面給他們寫作時間，一個時候還可以離職寫作。」〔註 14〕這兩次談話的內容並沒有公開發表，但應該是很快就層層傳達到了各級作協，這樣，作協重慶分會也開始醞釀給一些「業餘寫作者」申請創作假。羅廣斌、劉德彬、楊益言通過楊益言的哥哥楊本泉得到了這個信息，大家認定這是一個機會，可以實現常常閃現在腦海中的寫作願望。當然，他們這時有個條件，就是在重慶日報工作的老報人楊本泉可以做他們的寫作顧問，具體幫助解決他們幾個人都不知深淺的技術難題。楊本泉不但是楊益言的哥哥，還是劉德彬的高中同學，1949 年他們三個人編輯追悼會會刊的時候，楊本泉就曾助過他們一臂之力，幫他們解決聯繫印刷等事情。現在，楊本泉也願意幫助這幾個弟兄把他們的革命本錢變成更大的財富。因爲楊本泉也在籌劃申請創作假，以完成自己的一個寫作計劃，因此羅廣斌他們希望能把這兩個寫作活動安排在一起進行，以便能夠隨時得到楊本泉的指點。

對這次寫作的發端，作爲重要當事者的楊本泉是這樣回顧的：「陰沉的傍晚時分，楊本泉從文聯散會後來到重慶村 25 號看望母親時順便將文聯會議的內容告訴了楊益言：劉少奇同志曾有過這樣的講話：應該給那些有鬥爭經驗的

〔註 13〕劉少奇《關於作家的修養等問題》，《黨和國家領導人論文藝》，文化藝術出版社，1982 年，第 79 頁。

〔註 14〕劉少奇《關於文藝工作的幾點意見》，《黨和國家領導人論文藝》，文化藝術出版社，1982 年，第 89 頁。

同志一些時間，讓他們去寫。文聯的同志正在醞釀爲一些人請寫作假。……楊益言將這事通報給了羅廣斌、劉德彬，三人約好，由楊益言出面邀請他哥哥回家吃飯。熱情奔放的羅廣斌一見楊本泉，就瞪著他那雙明亮的大眼睛說：『你什麼時間請寫作假，我們也什麼時候請寫作假，楊益言是你弟弟，劉德彬是你同班同學，我比你小一歲，也算是你老弟，你寫過許多東西，我們沒寫過什麼，你幫過我們的忙，現在還是請你作我們的寫作老師罷。』」〔註 15〕對 1956 年那次寫作的另一個重要的見證人是胡元，對此，胡元回憶說：「那個時候，50、51、52 年，他們經常出去講演，楊益言在 50 年就寫了一點東西，我不太清楚是什麼。在寫作之前，楊本泉就給我講，說他老弟想寫。楊益言、楊本泉、劉德彬我們都是一個文藝社的，劉德彬是個老大哥，他年紀比較大，他參加革命比較早，他是 38 年的，38 年就入黨了，這個人老實、忠厚；羅廣斌是個少壯派，這個人我以前不熟，羅廣斌的記憶力好，風風火火的，他說幹什麼就幹，得有這麼個人才行！楊益言寫了點東西，他是我們『突兀社』的，但他在『突兀社』沒寫什麼東西，他是學電機的，但他有個哥哥楊本泉，楊本泉是能寫的，下筆快。我和楊本泉以前來往就比較多，住得也近，晚上吃過飯後我們經常和《重慶日報》的幾個人出去喝點兒酒，喝點兒茶，聽聽評書，在一起活動比較多。有一次，他就在這個時候說到他的老弟想寫東西的事。」〔註 16〕

以上兩種回憶爲我們想像當年的實際情形提供了有用的線索，但是，從中也可以看出，不同的敘述者有著不同的強調重點。楊本泉顯然是把歷史的出發點放在了他們弟兄二人身上，認爲是他提供了文聯爲了響應劉少奇的指示而「正在醞釀爲一些人請創作假」的重要的信息；而胡元則爲我們說出了「風風火火」、「記憶力好」、「少壯派」的羅廣斌的重要作用。對此，三人中革命資格最老、年歲最大的劉德彬就曾說過：「羅廣斌同志是我們三個人的頭，是我們三人創作集體團結和親密合作的核心。」〔註 17〕當年三個人所在單位重慶團市委的書記廖伯康也曾說過：「他們三人中，羅廣斌是統籌全局的，（負責）全書的結構和謀篇布局的，因此，首功應是羅廣斌同志。」〔註

〔註 15〕恭正（楊本泉）《追蹤〈紅岩〉傳說之謎》，重慶《聯合參考報》，1993 年 8 月 14 日。

〔註 16〕2005 年 7 月 24 日下午 05：10～6：30 筆者在成都紅照壁四川省人民藝術劇院胡元先生家中對胡元先生採訪的口述實錄。見附錄五。

〔註 17〕劉德彬《還歷史真面目》，未發表稿，見本文附錄四。

〔註 18〕見廖伯康 1993 年 9 月的一份未發表稿。

18〕實際上，不光是「全書的結構和謀篇布局」，羅廣斌更重要的作用是對這樣一個重大而又複雜的社會系統工程起了發動機和支柱的作用，沒有羅廣斌「說幹就幹」的精神，就不會有這樣一個「不是寫小說的人」所寫的小說。但是，我們也不能忽略環繞在「作者」周圍的那些「會寫小說的人」，沒有他們，也同樣不會有這樣一本「不會寫小說的人」所寫的小說出現，在這些眾多的「會寫小說的人」中間，楊本泉是最早參與這一寫作活動的一個。

1956 年 10 月，在得知楊本泉獲得單位批准三個月的創作假、準備集中創作有關川北紅軍的故事後，羅廣斌、劉德彬、楊益言聯名向市委書記處寫報告，要求給他們創作假，把他們知道的集中營烈士們的事蹟寫出來，市委批准了他們的申請。顯然，這個申請的批准是和他們在此之前已經進行多年的口頭報告會等宣講活動有著密切關聯的，是和報告會有著相同的功利性考慮的。實際上，在他們寫作的過程當中和長篇小說《紅岩》出版之後，他們的口頭報告會也沒有停止進行，他們後來到北京住在中青社修改小說，其中的一部分原因即是爲了解決頻繁的報告會與小說寫作的衝突，使他們的寫作能夠得到時間上的保證。因而他們的寫作可以說是口頭報告的延伸形式，是「應群眾的要求」，把口頭的報告「寫出來」，變成更容易流播和保存的書面形式。說是「長篇寫作」的開始，實際上也可以說是他們「寫作」的開始，因爲從前一章我們可以看到，三個作者在此之前的文字活動似乎不少，但是，這些寫作活動，或者是屬於只限內部閱讀的公文寫作，或者是對其它作者文章的編輯和改寫，眞正他們自己寫作的東西是很可憐的。但是，這次卻不同，他們在多年的社會教育活動中收集了不少的資料，報告會的成功也鼓起了他們更好地開掘集中營生活這個豐富資源和「礦藏」的雄心；能夠請假三個月脫產寫作，說明他們的工作計劃得到了權力部門的首肯和支持；爲了彌補他們三個人在文學修養上的不足，他們還專門請了有寫作經驗又有親緣關係的楊益言的哥哥楊本泉做他們的寫作「教師」和「教練」。萬事具備，10 月中旬，羅廣斌、劉德彬、楊益言、楊本泉四人浩浩蕩蕩開赴重慶幽靜雅致的避暑勝地南溫泉，開始了他們的「長篇」創作。

對他們在南溫泉寫作這「一段値得記憶的日子」，艾白水（楊本泉）是這樣回顧的：「在南泉時的生活情況大概是這樣的：每晨六時半起床，散步去搭夥的食堂吃早飯後，趕在八時前回來，上午八至十二時，下午二至六時，像在機關裏一樣準時上下班，各人坐在各人的桌前翻閱資料或寫作。中午午睡牛小說。晚上則是自由活動時間，喝酒、聊天、散步、看書，各從其便。」〔註19〕生活方式「像在機關裏一樣」，寫作方式同樣如此：「他們的寫作方式不同於作家通常思維的方式，卻和共青團領導機關寫文章的方式很相近，按照楊本泉的主意，羅、劉、楊三人每人各寫部分自己較熟悉的片斷，這個『板塊分工』的寫作方案很快就定下來了。」〔註 20〕對寫作的分工方式，當事者劉德彬的回憶更爲詳盡：「經批准後，我們於 56 年秋住進南溫泉紅樓。先是集體湊材料，分析材料，寫出寫作提綱。又集體討論，並根據提綱分出章節，由三個人根據自己熟悉的人物事件，承擔了有關章節的寫作任務。例如羅廣斌寫的白公館的陳然、小蘿蔔頭；我寫的江竹筠、老大哥、黑牢詩人蔡夢慰、流浪兒蒲小路等；楊寫龍光章、水的鬥爭等。分別寫好後，互相傳閱，討論提出修改意見，再修改。三個人認爲可以了的章節，則由楊本泉負責潤色。」〔註21〕

從以上兩個當事者的描述，我們可以看到《紅岩》生產的開始階段在寫作方式上的獨特性。這種獨特性的體現之一是，他們的寫作具有高度的組織性。實際上，像在機關一樣的作息時間安排只是表面的現象，實際上，他們的整個寫作活動本身就是機關工作的一部分。從一開始，這個寫作團體就是在一個組織的框架中運作的，並且從一開始就得到了組織的允許和各種各樣的支持。對此，當年曾在重慶市文聯工作的楊世元說：「《紅岩》的寫作有很大的特殊性，它既反映了創作者（主要是羅廣斌和劉德彬）的革命經歷和獄中磨難，也如林默涵所說，是部『黨史小說』。它既是羅、劉、楊的創作活動，從一定程度上講，也是列上組織日程，各方面盡力以促其成的一項工作任務。」〔註 22〕重慶市文聯爲他們安排創作假，等於是專門負責文學生產事務的重慶市文聯向他們三人的所在工作單位重慶團市委和他們的人事主管部門重慶市委組織部提出了臨時「借調」的請求，同時等於是重慶市文聯向他們三人提

〔註 19〕艾白水（楊本泉）《他是一團熊熊的火——記羅廣斌同志》，劉德彬編《〈紅岩〉·羅廣斌·中美合作所》，重慶出版社，1990 年。艾白水（楊本泉）在九十年代的「回顧」不排除有意貶低 1956 年寫作過程、從而把它和其後「眞正的」小說寫作區別開來以便把劉德彬排除在《紅岩》的署名成員之外的成分。

〔註 20〕恭正（楊本泉）《追蹤〈紅岩〉傳說之謎》，重慶《聯合參考報》，1993 年 8 月 14 日。

〔註 21〕劉德彬《還歷史眞面目》，未發表稿。

〔註 22〕楊世元《大樹不是從腰部往上長的——〈紅岩〉著作權爭執之我見》，未發表稿，見附錄三。

出了「訂貨」的要求。這樣，他們的長篇寫作就既反映了他們個人對寫作工作的熱情和願望，也反映了重慶市文聯對這一寫作題材的認可和希望，文聯也可說是這部稿子的「出品人」和「製片人」。所以在他們寫作的過程中，「作協重慶分會秘書長、作家李南力先後派編輯部何世泰、余微野去南泉陸續取稿。」市委宣傳部是文聯的上級主管，文聯的業務也是他們關心的範圍，所以「市委宣傳部也派幹部林彥、曹開去看望他們。」〔註 23〕作品完成以後，把手稿進行打印和存放的也是市文聯。

他們在寫作方式上的獨特性的表現之二是，他們最典型地體現了當代文學生產中的集體創作方式，同時也是集體創作方式中的一個獨特案例。從剛解放時完成市委交派的編輯烈士追悼會會刊《如此中美特種技術合作所》開始，羅廣斌、劉德彬、楊益言就形成了一個三人合作小組，以後的幾次文字寫作和報告會，三個人都是形影不離，以至「羅、劉、楊」成爲一個穩定的「符號」和「美談」，用以指稱一個以言說大屠殺事件爲專長的工作集體。三個人的性格互補和默契配合顯然在以往的工作中大見成效，在接下來更加繁重和沒有成功把握的新任務中形成合力、共同出擊，也就成爲自然而然的事情。胡元回憶他們寫作的情形說：「那時候，他們四個人圍著一個大桌子，有乒乓球臺子那麼大，靠窗戶這邊是羅廣斌和楊益言對坐，靠裏這邊是楊本泉和劉德彬對坐，我去了，楊本泉就把他的位置讓給我，他坐在桌子當頭，次次如此。」〔註 24〕從胡元的回憶我們可以看出，他們的寫作活動不僅在時間安排上像楊本泉所說的「和機關裏一樣」，從寫作者的空間安排上也是機關辦公室的布局。

從延安時代的歌劇《白毛女》等戲劇創作開始，由多人參與完成一件作品的集體創作模式開始出現，但集體創作作爲一種明確的概念卻是在 1958 年「大躍進」運動中才提出的，因爲集體創作能夠在較短時間裏「寫出又多又好的作品」〔註 25〕與延安時期主要是意識形態專家們對作品主題的集體討論與競爭不同，「大躍進」時期有更多普通群眾參與到了文藝生產，爲保證作品具有一定的思想性和藝術性，「大躍進」中又把「三結合」

〔註 23〕陳文明《一個老人和一本書的歷史——引人注目的〈紅岩〉署名之爭》，《長江》，1993 年總第 76 期。

〔註 24〕2005 年 7 月 24 日下午 05：10～06：30 筆者在成都紅照壁四川省人民藝術劇院胡元先生家中對胡元先生採訪的口述實錄。見附錄五。

〔註 25〕華夫《集體創作好處多》，《文藝報》1958 年第 22 期。

即「領導出思想、群眾出生活、作家出技巧」作爲一種特定的創作方法。但是，寫作本質上是一種個人勞動，因此，不管怎麼結合，某篇或者某段文章的最後執筆者只能是某個個人。如果是短篇，往往是在寫作的前期有多人參與進行「思想的交流」和「心靈的溝通」，最後由其中的一人執筆完成。在「三結合」的情形下，也往往是在「領導出思想」和「群眾出生活」之後由有寫作能力的「青年作者、報刊編輯、新聞記者和文學教員」來執筆完成。羅廣斌、劉德彬和楊益言在此之前的寫作情形就是這樣，如《聖潔的血花》的素材是由他們三個人共同提供的，但最後把這些素材組織在一起的執筆者卻是羅廣斌，所以，他們在刊物上的署名是三個人，而作爲單行本出版時候的署名卻是「羅廣斌等」。而如果所寫的作品篇幅較長，一般是在集體討論之後由多人分別執筆，但這種所謂長篇其實也往往是多個短篇的集合，如羅廣斌他們在剛解放時所「寫」的《中美合作所血債》。因此，正像有論者指出的：「集體創作既可以是短篇文學作品，或通訊報告等體裁，也可以是話劇等創作。至於長篇小說的創作，由於寫作周期、文學處理與藝術連貫性的限制，集體創作的可行性較小。」〔註 26〕但羅廣斌他們就是在這樣的悖論中開始了他們的長篇寫作，這讓我們的文學史最終增加了一部並不多見的多人署名的作品，但也許正是這個開始決定了他們此後經歷的無數次的「大修大改」。我們馬上就能看到，這種多人執筆、「板塊分工」、先切割、再組合的寫作方式是否適用於文學生產？由這種方式生產出來的產品必然會是個什麼樣子？

3、報告文學抑或小說？

對於計劃寫作的作品最後會是個什麼樣子，甚至用什麼體裁來寫作他們經歷過的這個集中營事件，作者們最初是並不清楚的。他們的想法只是把這個「有意義」的事情寫出來。對於三個從來沒有寫過東西的人來說，決定用什麼體裁來寫作是個很難決定的事情。但是，和一般寫作情形不同的是，他們的寫作活動在剛一開始的時候就有「會寫作的人」在一邊做他們的「場外指導」。寫成報告文學還是小說就成爲「場外指導」首先需要考慮和決定的問題。對這個過程，當年參與其事的當事者胡元先生說，1956 年羅廣斌他們在

〔註 26〕洪子誠、孟繁華主編《當代文學關鍵詞》，廣西師範大學出版社，2002 年，第 107 頁。

南溫泉寫作的時候，他正在重慶大渡口重慶鋼廠小平爐體驗生活，每周回城時都會繞路到南溫泉去看他們寫稿子，他說：

> 當時是經常看他們的稿子，提意見，他們也提出一些問題來爭論。頭一次去，我就因爲寫成什麼形式的問題和他們爭論起來，說爭論，其實主要是我和楊本泉兩個旁人在爭，我的意思是讓他們寫成報告文學。因爲這件事情，就是中美合作所（當然，這個說法不准確，只是說起來順口一點，合作所實際上是另外一個東西，應該叫集中營）這件事以前我就聽說了，進去了出不來，很多人都知道的，以後我到紅岩村就更知道得清楚，所以我就說，這是一個秘密，一個大秘密。我在昆明時，聽說他們那邊的特務就老說：「你再不招，把你送重慶。」啊！送重慶就不得了啦！大家都知道重慶有這麼個東西，但又不清楚究竟，寫出來就會震驚全國：「啊，重慶有這麼大一個集中營！」這個集中營現在都知道是怎麼回事，但當時都不知道的。戰鬥劇社在五十年代由嚴寄洲主持，想搞一個關於集中營的電影，但後來失敗了。羅廣斌說也考慮過寫報告文學，但楊本泉卻主張寫成小說。我說，一個是向全國報告有這麼一個眞實的情況，讓人知道有這麼一個秘密的殺人的魔窟，推出去就會震動全國，而且在歷史上將成爲寶貴的文獻；另一個就是先練練兵，對材料熟悉一下，下一步再寫成小說，就更方便了。如果先寫成小說，就容易讓讀者認爲全是虛構的而引不起重視。我就沒好意思說：你幾個也就本泉寫過一點兒小說，其它三個人誰也沒有寫過小說，幾個人湊在一起，想一下子寫成小說，我覺得比較麻煩。羅廣斌在聽了很久後才點點頭，認爲我說的有道理，可以考慮。但楊本泉始終認爲那樣費事，寫成小說後就可以將其中的事實部分拿出來作爲副產品，而且他總擔心出了紀實的報告文學後再出小說就少了讀者。我說，那不然，報告文學寫好了，人們會更願意看同題的小說。羅廣斌最後說，看來還可以再考慮，先寫下去再研究。〔註27〕

從胡元先生的這段回憶我們可以得出以下結論：1、從一開始，他們的寫作活動就有其它人的參與和介入。他們三個「誰也沒有寫過小說」的人，之所以

〔註27〕2005年7月24日下午05：10～6：30筆者在成都紅照壁四川省人民藝術劇院胡元先生家中對胡元先生採訪的口述實錄。見附錄五。

敢於奢望「一下子寫成小說」，其主要的力量並不是來源於他們「幾個人湊在一起」，而是「寫過一點兒小說」的「旁人」楊本泉。是楊本泉爲他們設置了明顯超過他們自身能力的文學目標。而且，楊本泉的「坐鎮」顯然給他們「問鼎」小說增加了極大的信心。2、但在胡元先生看來，以他們當時的文字能力，應該從他們所經歷和體驗過的集中營生活入手，以報告文學的形式把一個「大秘密」向世人揭露出來。一則重慶集中營中所發生的事實本身就具有價値，値得向世人披露，另外，對於從來沒有寫過小說的人一下子想寫成小說而且是長篇，胡先生是懷疑的。這個懷疑是有道理的，我們從在此之前的文字實踐看，羅廣斌他們即使以個人經歷爲寫作的對象的「作品」，其文字水平也並不在最初寫作類似體裁作品的任可風、鍾林等人之上。

雖然羅廣斌他們傾向於寫小說、想寫小說，但有一個現實的困難，就是胡元先生傾向於他們寫成報告文學的第二個「沒好意思說出來」的原因：一夥兒誰也沒寫過小說的人，想一下子寫成小說，是可能的嗎？羅廣斌的辦法是「先寫下去再研究」，這寫下去的結果就是使胡元先生很是困惑的一堆不是小說的「小說」：

> 在此之後，我以爲他們會重心落在報告文學上，以後看過的不少篇章，也分不清到底是報告文學還是小說，到以後爲了書名的爭論中才知道他們寫的是小說。
>
> 關於書名的問題，他們開始就說叫《錮禁的世界》，我說，好，「錮禁」比「禁錮」好，因爲「禁錮」只是一般的意義，「錮禁」雖然拗口，但那只是習慣問題，而「錮禁」比「禁錮」的意境似乎要深一層，「禁錮」只有圍困的意思，而「錮禁」卻有深入內部整個凍結的味道，是個好的書名，符合實際。他們說還要考慮，還沒定下來。又一次去時，楊本泉說：「你看這個書名如何？」便從桌子當頭的一堆稿子的最上面，揭開蓋著的紙，拿出一張十六開大的白紙來，上面用墨橫寫著「紅岩」二字，我說：「什麼意思？」楊本泉說：「老羅昨天晚上找任白戈、任市長題的字，叫紅岩。」我又說：「紅岩什麼意思嘛？」楊本泉說：「紅岩就是紅岩村，指揮鬥爭的領導機關呀！」我說：「這個不用你解釋，我在那裡住了半年多，在那兒工作過，我還不知道。但是紅岩村離渣滓洞很遠嘛，用『紅岩』很勉強嘛。」楊本泉說：「這是任白戈認可的，任白戈是市長啊！」我說：

「我不管市長不市長。這個名字離題材有距離，太虛了。不過這個名字想像力很豐富，但作爲報告文學的名字不恰當，用做小說的名字還可以。」他說：「就是小說嘛！」這時我才恍然大悟，他們仍然是按最初的計劃在寫小說而不是寫紀實的報告文學。這時羅廣斌笑道，他進城去見過任市長。「紅岩」書名是任白戈起的還是同意的，我就沒有詳問了。〔註28〕

胡元先生的這段口述爲我們提供了一個重要的信息。因爲，多少年來，許多當事者和研究者都認爲「紅岩」這個名字是1961年在北京中青社「第四稿」修改完成時定下的〔註29〕，在此之前就只有一個臨時用名「禁錮的世界」，但實際上，早在1956年「第一稿」的寫作過程中，人們就開始醞釀這個最後的目標。也就是說，從一開始，作者們就有兩個待用的名字：一個是現實的名字；一個是理想的名字。一個是最初定下來的「符合實際」的適合做報告文學題目的《錮禁的世界》；一個是慢慢琢磨出來的「離題材有距離」的適合做小說題目的《紅岩》。

但問題是，雖然在剛開始就想出了理想中的題目「紅岩」，而且，這個題目得到了市委書記的認可並題寫了書名，但是在《紅岩》前三稿中使用的名字卻始終是那個不理想的名字《錮禁的世界》，直到1961年才再次由任白戈敲定這個早在五年前就定下來的名字，爲什麼？

其實，名字「禁錮的世界」並不是作者們的首創〔註30〕，而是烈士詩人蔡夢慰在獄中寫成的長詩《黑牢詩篇》第一章的標題，他們把「禁錮」顛倒

〔註28〕2005年7月24日下午05：10～6：30筆者在成都紅照壁四川省人民藝術劇院胡元先生家中對胡元先生採訪的口述實錄。見附錄五。

〔註29〕如張羽說：「書稿討論會之後，修改工作開始。在作者動筆之前，編輯室同志和作者一起對小說的命名問題進行了研究。……當時，作者從重慶帶來的名字和編輯室提出的名字總共有十幾個，如《地下長城》、《紅岩朝霞》、《紅岩巨浪》、《紅岩破曉》、《萬山紅遍》、《激流》、《地下的烈火》、《嘉陵怒濤》等。其中與紅岩有關的就有好幾個，可見眾望所歸。最後一致商定，取名《紅岩》。」張羽《我與〈紅岩〉》，《新文學史料》1987年第4期。如何蜀說：「1961年，羅廣斌、楊益言修改完成的《禁錮的世界》書稿即將出版，羅廣斌向重慶市委請示了兩個問題：書名怎麼辦？作者是否仍署羅、劉、楊三人？市委書記任白戈指示：書名可定爲《紅岩》。」何蜀《被時代推上文學崗位的作家劉德彬》，《社會科學論壇》，2004年第2、3期。

〔註30〕我們的作者們的寫作習慣是在寫作之前先搜集各種材料，包括其它人的相關文章，在他們解放初期編輯追悼會會刊時的工作程序就是如此的。

使用，改成《錮禁的世界》，這也並非他們的獨創，在蔡夢慰的長詩的第一章第一段就寫道：「手掌般大的一塊地壩，籮篩般大的一塊天；二百個不屈服的人，錮禁在這高牆的小圈裏面，一把將軍鎖，把世界分隔爲兩邊。」〔註 31〕他們把動詞「錮禁」的形容詞化獲得了陌生化的效果，得到了胡元的讚賞，因爲他覺得這個題目和作者們要寫的內容很是貼切，而且，好就好在用「錮禁」而不用「禁錮」〔註 32〕。

但是，很顯然，這個創作集體對這個很是貼切的名字並不滿足和滿意，於是又有了一個「很虛」的新書名「紅岩」。「錮禁的世界」和「紅岩」指稱兩個完全不同的空間，一個是位於重慶郊外國民黨政權監禁政治犯的集中營，另一個是位於重慶市區共產黨辦事處的所在地。實際上，在這兩個不同的空間所發生的歷史事件並沒有關聯，早在 1947 年國民黨對文化、教育界人士實行「六一」大逮捕、一批政治激進人士被關進渣滓洞之前的 1947 年 2 月，駐紮在紅岩村的共產黨辦事處就被迫撤回了延安。所以「指揮鬥爭的領導機關」其實並沒有指揮發生在渣滓洞和白宮館裏的生死鬥爭。所以，當年胡元先生覺得用「紅岩」做書名「很虛」，就不只是因爲「紅岩村離渣滓洞很遠」，而且是因爲「紅岩」這個空間名稱所隱喻的內容離渣滓洞很遠。所以胡元先生覺得「用『紅岩』很勉強嘛！」

當時幾位作者沒有向胡元先生說明「紅岩」一名究竟是誰的創意，也沒有詳細闡釋「紅岩」一名的內涵和外延，但顯然的是，兩個名字代表著兩個不同的創作方向，所以才產生了發生在胡元和楊本泉之間關於書名的「爭論」。和對一個空間內涵進行直接描寫的書名「錮禁的世界」相比，「紅岩」則是借用一個具體的空間名稱來喻指一個更大的空間重慶和「錮禁的世界」之外的「解放的世界」，而後者對前者來說，是包圍和另一個意義上的錮禁的關係。這樣，「紅岩」這一「想像力很豐富」的題目一下子就把寫作的主題從揭露集中營的「大秘密」和國民黨特務在敗退前夕的滔天罪行，改換成了對在共產黨的領導下與國民黨匪特進行堅強鬥爭的革命者的歌頌，把寫作題材的範圍從集中營的「小圈圈」轉移到了集中營之外「指揮鬥爭的領導機關」紅岩村。

〔註 31〕蔡夢慰《黑牢詩篇》，公安部檔案館編注《血手染紅岩——徐遠舉罪行實錄》第 143 頁，群眾出版社，1996 年。

〔註 32〕但是，一般人對「錮禁」這個不常用的詞還是感覺到很彆扭，所以，雖然稿子上用的是「錮禁的世界」，但在幾十年過去之後，人們甚至是作者還是習慣稱之爲「禁錮的世界」，以至於兩個名稱常常混爲一談。

與此同時，使用比喻修辭手法的「紅岩」書名也意味著整個篇章的寓言性質，同時，這也決定了寫作採用的體裁形式應該是適合於「想像」和「象徵」的小說，而不是適合於紀實的報告文學。這樣，寫小說就不只是出於楊本泉對文學等級的考慮，而是對於文學的意識形態功能的考慮。在寫成報告文學還是小說的問題上，胡元的看法表面上看不無道理，羅廣斌最初也這樣想過，而且認爲胡元說的有道理，但後來的事實證明寫成小說是對的。胡元的看法只是知識分子的皮相之見，他只是看到了對一個殘酷的事實和一個絕大的秘密的揭露對讀者可能產生的震驚效果，而沒有考慮到歷史事實的複雜性和歧義性。實際上，解放初期人們關於大屠殺的講述就是從這個角度展開的。但是到了 1956 年，羅廣斌他們經過多年的政治宣講，比胡元更知道群眾需要什麼。雖然羅廣斌他們還不能清楚地知道小說形式所蘊含的意識形態功能，但他們知道只是如實地描述「中美合作所」這個「殺人魔窟」裏的「眞實的情況」，並不能使領導滿意也不能使群眾激動。在下面的章節我們馬上就會看到，人們對於這個油印稿的「一致的」意見，的確並不是寫得怎樣更眞實，而是怎麼更有「小說的味道」。〔註 33〕

4、「一堆材料！」

這樣，在 1957 年初作者們完成寫作向重慶市文聯交差之前，他們的作品就有了兩個可用的名字，一個是胡元認爲的「符合實際」的好的報告文學名字《錮禁的世界》，一個是「想像力很豐富」的小說名字《紅岩》。但是，作者們向文聯交差的那個「油印稿」卻沒寫任何名字，既沒有用好的報告文學名字《錮禁的世界》，也沒有用好的小說名字《紅岩》。這裡的問題是，寫的是「小說」，「紅岩」又是大家公認的好的小說題目，而且是市長任白戈首肯的，那麼，爲什麼一直到 1961 年才又由任白戈最後定名「紅岩」呢？作者們在此期間的猶疑不定說明了什麼呢？很明顯，用「紅岩」，名不符實；用「錮禁的世界」，心有不甘。起名「紅岩」，實際上是作者們爲自己設置了更高的任務和目標，但這個很「勉強」的目標並不是很容易實現的，雖然作者們意

〔註 33〕1959 年 2 月 16 日羅廣斌、楊益言給中青社王維玲的信中說：「人們的關於怎樣改寫，一致的意見傾向於：人物和事件需進一步概括，在事實的基礎上加以適當的開展和提高，使之更能感人。因此在形式上帶有小說的味道。」見 1959 年 2 月 16 日羅廣斌、楊益言致中青社的信，原件藏中青社檔案室。

識到了定名「紅岩」的政治正確性，但是要想從技術上拉近「紅岩村」和「渣滓洞」的距離卻殊非易事。

在《錮禁的世界》中，作者們很努力地把寫作的範圍從集中營那個「小圈圈」擴大到了集中營之外農村、學校、工廠發生的對敵鬥爭，如由劉德彬執筆的《雲霧山》一章等，但這些內容在以後的修改中卻又被作者們刪去了。而刪去這些本來應該寫作的內容大概是因爲，這些集中營之外的對敵鬥爭超出了作者們的經驗範圍，尤其是其中工廠、農村的鬥爭情況就只有劉德彬略知一二。當然更重要的大概是，這些所謂的「獄外鬥爭」從政治上說是模棱兩可的，正如羅廣斌在寫給市委的《獄中情況報告》所說，正是由於解放前夕重慶市委主要領導人的「左傾」盲動錯誤，才讓國民黨特務機關抓住了機會，造成了連串的被捕和組織的破壞，寫過總結報告的羅廣斌對此當然是心知肚明。這樣，把寫作的範圍從獄中鬥爭擴展到獄外鬥爭就成爲彆扭和勉強的事情。這就是爲什麼在 1959 年「二稿」寫作時一個重要的調整是大量壓縮獄外描寫的原因。大家都清楚，雖然大多數被捕入獄的革命者在獄中進行了堅強的鬥爭，但是，無論如何，被捕入獄本身還是一個負面的並不風光的事情，因此，自然而然就會希望通過空間的轉換實現寫作角度的轉換，但是，既然「獄外鬥爭」是個更難說清的事情，作者們就只好把寫作的重點放在獄中。這樣，既然所寫主要內容是監獄這個「禁錮的世界」，那麼，用監獄之外的一個地名「紅岩」做書名就顯得沒有根據。因此，這時候的「紅岩」還只是作者們理想中的寫作目標，要想實現這個目標，還需要作者們對「紅岩」一詞所蘊涵的內在意旨進行深入挖掘和領會。從以後的發展來看，其後的一切努力都是在向「紅岩」所代表的意識形態高度一步步靠攏。到小說修改發生「轉折」和「飛躍」的「三稿」的時候，「紅岩」就不再只是一個地名，而是表徵一種人的精神狀態，可以解釋爲集中營中革命者的鬥爭意志像嘉陵江畔的紅色岩石一樣巍峨挺立，這樣，從《錮禁的世界》改名《紅岩》就不再是實際空間的轉移，而是集中營空間內涵的轉換，即從囚禁革命者的人間地獄轉換成了革命者磨練革命意志的「學校」和革命者與敵人英勇鬥爭的「戰場」。到了這個時候，淘汰「禁錮的世界」，改名「紅岩」才顯得自然而然、水到渠成。到 1961 年小說出版前夕，終於接近了任白戈對集中營進行書寫的設定目標。最後定名《紅岩》，其實是對作者們工作成果的某種肯定和承認。

但眼下面臨的問題是，他們不但沒有實現「紅岩」所設定的革命寓言書寫的目標，即使純從技術上講，他們的寫作也很不成功。他們既不能肯定自己寫的是小說，但也並不甘心寫作一部在文學系列中「等級」較低的報告文學，結果就弄成了一部「號稱」小說、但又並非小說的「東西」。胡元說：

其實他們寫的小說和報告文學也差不多，只是把事實誇大了一些。報告文學誇大是不可以的，小說就可以。你比如江竹筠受刑，就沒有用竹簽子。但這種誇大的事情在他們的報告文學中就有。所以他們寫的到底是什麼，是很不清楚的〔註34〕。

他們三個人合寫，怎麼能寫小說呢？這個人寫某人，那個人寫另外幾個人，我記得楊益言寫的龍光章，劉德彬寫的是誰我忘了。這樣的一些東西，你要把它弄成小說，它不是小說，小說你得把它打爛了重新組合起來才行，你這樣寫就是報告文學，所以我一直以爲他們是在寫報告文學，結果又不是。單章單章的我都看了的，不是小說嘛！楊本泉的意思是，報告文學已經有人寫過了，寫了也不是什麼了不得的事，另外，報告文學打響了，你再寫小說就不行了，我說，不見得。後來他們也有過動搖，但是當時的狀態我估計就是：不管怎麼著，先寫出來再說，反正這些資料，弄成小說也可以，弄成報告文學也可以。結果呢，寫成了這麼一攤子，大家就各忙各的事兒去了。〔註35〕

胡元先生的回憶很重要，他的說法改寫了有關《紅岩》寫作過程的種種說法。他首次披露了《紅岩》作者們在1956年就預設了「紅岩」這個名字，

〔註34〕在這裡，「是什麼」和「當作是什麼」之間的錯位是使得胡元先生發生迷惑的原因。顯然，胡先生是在按照「審美成規」的「眞／僞」邏輯來進行判斷；而作者們則是在按照「事實成規」的「有用／無用」的邏輯來行動。胡先生根據文本內容的「虛構／眞實」之對立來判定「小說」和「報告文學」之間的分野，但是，正如胡元所說，在他們以前的「回憶錄」中也是有虛構的。實際上，不只是他們的「回憶錄」中有虛構，就在解放初期的報告會上，他們作爲「虎口餘生」的親歷者所講的那些「親身經歷」的事情就有許多的虛構。作爲政治文化活動，取得預定的效果才是最終的目標，適當的虛構是允許的也是必須的，更重要的是，只要這種虛構是合乎邏輯的、能夠自圓其說的，它就是「眞實的」，甚至比事實更眞實。所以，「當作」回憶錄也好，「當作」小說也好，其區別只是寫作技巧的不同，並不影響所寫內容的「眞實感」，甚至看起來悖謬的是，越是「大膽虛構」的小說，就越被人們認爲更眞實。

〔註35〕2005年7月24日下午05：10～6：30筆者在成都紅照壁四川省人民藝術劇院胡元先生家中對胡元先生採訪的口述實錄。見附錄五。

而並不是如許多當事人所說的到 1961 年 3 月「三稿」完成後在中青社的「命名小會」上決定並最後由市委書記任白戈確定的。這也就是說，1956 年底到 1957 年初的這次寫作，羅廣斌他們暗地裏是往小說寫作的方向努力的，最起碼也要搞成一部回憶錄，總之是一次正式的寫作活動而不是什麼「材料整理」。但羅廣斌很策略地爲他們以後的進退留下了餘地，對外只說是「整理材料」〔註 36〕，只不過這個謙虛的說法最後「弄假成眞」、不幸成爲事實。日後《紅岩》的責任編輯張羽曾經評價他們的這個「油印稿」說：「他們是試圖寫東西的，當然那個東西不像個什麼東西，只是一堆材料。」〔註 37〕這樣，我們就可以重新理解《紅岩》作者 1963 年 5 月 13 日在《中國青年報》發表的《創作的過程，學習的過程——略談〈紅岩〉的寫作》中所說的一句話。在這篇「經過多次審閱才定稿披露」〔註 38〕的應該是相當愼重的文章中，作者說道：「1956 年，我們向中共重慶市委寫了一個報告：願意把我們知道的東西整理出來。市委給了我們三個人以半年時間，分頭寫出了五六十萬字的書面材料。後來，領導上要我們選擇、整理出其中的一部分，作爲對青年進行革命教育的資料。這樣，便寫出了革命回憶錄《在烈火中永生》。1958 年底，共青團中央和中共重慶市委進一步要我們大膽地嘗試用長篇小說的形式來表現這個題材，……」〔註 39〕在這篇文章中，作者把 1956 年想寫小說但卻不幸寫成了「一攤子材料」這樣一個既在意料之中又在意料之外的失敗經歷，說成是從一開始就是如此計劃和安排的：第一步整理材料，然後根據材料寫成回

〔註 36〕從胡元先生的回憶可以看出，他們只是在寫成報告文學和寫成小說兩者之間略有分歧和猶疑，但可以肯定的一點是，他們是試圖寫東西的，不管是報告文學也罷，小說也罷，但並沒有從開始就打算「整理材料」、「爲作家提供創作素材」。對此，劉德彬的解釋是：「五七年初寫成的《錮禁的世界》油印稿，作者都諱言是小說稿，是因爲羅廣斌同志打過招呼，對外只說是『整理材料，不要說寫小說。我們都是新手，以後還不知寫成啥樣子』。所以，我們三個人都絕口不提在寫小說，包括向市委請創作假，也都沒有明確說是寫小說。直到 58 年中青社前來約稿，明確是寫長篇小說，並列入國慶十週年獻禮計劃，這才使我們思想上放開，不再諱言是寫小說了。」（劉德彬《還歷史眞面目》，未發表稿，見本文附錄四。）

〔註 37〕《三個作者的情況——張羽談〈紅岩〉》，張羽 1985 年 12 月 19 日下午的談話記錄，原件存張羽家。

〔註 38〕楊世元《大樹不是從腰部往上長的——〈紅岩〉著作權爭執之我見》，未發表稿，見附錄三。

〔註 39〕羅廣斌、楊益言《創作的過程，學習的過程——略談〈紅岩〉的寫作》，《中國青年報》，1963 年 5 月 13 日。

憶錄，最後寫出小說。這樣，整個寫作過程就成爲一件始終在作者掌控之中的循序漸進、逐步發展、平滑運行的過程，這就掩蓋了不同寫作階段之間的斷裂和跌宕起伏，而不同階段的「斷裂」和之後的「接合」正是問題的根本所在。實際上，1957 年初完成的並不是「材料」而是未能成形的「小說」，而 1959 年初開始的小說寫作是這次寫作在兩年斷裂之後的「接合」，兩篇回憶錄只不過是這次「斷裂」中的一個「插曲」。這種「斷裂」告訴我們，在這樣一種寫作條件（三個作者和一個「顧問」）下，一個計劃並不能完成，這樣，日後的舊事重提和與前一階段的「接合」就一定是有了新的條件和外力的注入，而通過考察這種新條件的出現和新力量的注入，我們才能完整理解《紅岩》生產的眞實過程。

當然，這時候，我們也就可以看到當年羅廣斌「留有餘地」的謙虛說法的某種作用。這種對外是一種說法、對內是另一種做法的做法可以爲當事者保留面子，容易進退。但這對內和對外的兩種說法也爲日後當事者之間的爭執埋下了伏筆，九十年代劉德彬和楊益言之間的署名權官司的焦點就是這個第一稿的體裁究竟是什麼〔註 40〕。

〔註 40〕對於 1956 年所寫的這部四十萬字的「東西」的文體，在 90 年代之後有各種各樣的說法，這些說法大都和遷延長達十年之久的劉德彬《紅岩》署名權官司有關，是小說還是非小說成爲各方辨明劉德彬是或不是《紅岩》作者中的一個重要關節。因爲，在完成 1956 年的這一稿之後，劉德彬在 1957 年反右派運動中被定爲「中右」，1958 年 11 月中青社向三位作者約寫《紅岩》的時候，劉德彬就被市委領導排除在有資格繼續寫作的人員名單之外。雖然在羅廣斌、楊益言寫作第二稿的時候，劉德彬也參與了討論和提供了資料，但並沒有進行實質性的寫作。這樣，第一稿的性質成爲爭訟雙方爭奪權益的關鍵環節。如果它是小說，那麼，不管在此之後進行了多少修改，就難以把劉德彬排除在外，就要恢復劉德彬的署名權；如果把它說成是回憶錄或者其它非小說的文體，那麼，從 1959 年開始的修改以及以後的幾次修改就是和這個初稿關係不大的另外的寫作，最多也是從一種文體到另一種文體的改寫，這樣就把只參加了第一次稿的劉德彬排除在《紅岩》的作者之外了。楊益言、楊本泉、王維玲等不主張劉德彬爲《紅岩》的第三個作者的人們認爲，這部稿子是「十分忠實於歷史的事實，就像他們在報告臺上動情講述那活生生的史實一樣」的回憶錄。（見恭正（楊本泉）《追蹤〈紅岩〉之謎》，重慶《聯合參考報》，1993 年 8 月 14 日）在一篇署名艾白水實際上還是楊本泉的文章中，作者寫道：「1956 年 10 月，重慶日報社例外地給了我三個月的創作假，讓我去寫 1952 年採訪到的川北老蘇區的紅軍故事。羅廣斌他們三人聞訊，也向市委組織部請准了二個月的假，於是我們四人一車到南溫泉招待所住了下來。我以一個編輯的地位，協助他們開始了基本上是回憶錄式的寫作。」緊接其胡元固執地想說清楚這個油印稿到底是報告文學還是小說，繞來繞去說了那麼多，最後也不能說清楚，只能以「反正這些資料，弄成小說也可以，弄成報告文學也可以。」來做結。而從後來羅廣斌他們對這些「資料」的處理過程看也果然如此。先是「當作」小說把油印稿中比較成熟的某些片斷發表在重慶和北京的報紙上〔註 41〕；但到了 1958 年 3 月，此時在中青社第五編

後，作者又說到：「但是他們那時寫作的最初設想，卻不過是一種紀實的報告文學體裁。」（見艾白水《他是一團熊熊的火——記羅廣斌同志》，劉德彬編《〈紅岩〉·羅廣斌·中美合作所》，重慶出版社，1990 年。）對楊本泉來說，這個初稿是回憶錄還是報告文學是差不多一樣的，只要不是小說，就能達到排斥劉德彬的目的。但是，為劉德彬鳴不平的許多人則持相反的意見，認為他們在 1956 年寫的就是小說，而且很輕易地舉出並不是「十分忠實於歷史的事實」的許多事實來進行反駁。如林彥曾說：「我在當時看過這個油印稿本，就是分章節寫的，有些章節不全，還是以後陸續補送的。那個稿本儘管寫的粗糙，談不上完整的結構，十分鬆散，但也決不只是一些眞人眞事，只是一些材料。」（見林彥《為了不再令人遺憾》，重慶《現代工人報》1993 年 11 月 6 日。）當事者劉德彬說：「這個油印稿印數很少，後來有的稱《紅岩》第一稿，有的稱《紅岩》草稿。它是我們數年積累材料，經過整理初步加工出的作品，不免比較粗糙，比較原始。但它已突破寫回憶錄眞人眞事的局限，對主要人物的一些情節已有虛構、創造。」（劉德彬《還歷史眞面目》，未發表稿，見本文附錄四。）為了說明問題，劉德彬考察了 1957 年還發在各地報刊上的初稿中的部分章節，對其中的一些「虛構情節」進行了陳列：「一、《中國青年報》1957 年 4 月 1 日發表的《小蘿蔔頭》。小蘿蔔頭我們未見過其人，連羅廣斌關押白公館時也未見過，根據獄中老同志談到的一些傳說，根據當時環境虛構、想像出來的。……二、《中國青年報》1957 年 7 月 1 日發表的《江姐在獄中》：1、這裡，我們把江竹筠改成了江英；2、當時她受的酷刑由雙手夾竹筷子（特製的）改成釘竹簽子，增加特務的殘暴性，如：拔出來的不是竹簽，而是肉絲和碎骨，沾在小刷把似的竹簽子上，一根、二根、三根……左手、右手……特務吼叫著，江英昏了過去。3、江姐的丈夫原名彭詠梧，這個改成了彭詠農，他犧牲後，敵人把他的頭割下來在奉節城示眾，江姐本人並未見過人頭，這裡卻說：『江姐剛到奉節縣城就碰上了。江姐卻告訴同志們說，為了總結失敗的教訓，重新再來……』。4、至於黃玉清、李惠明等烈士，這章裏卻改成了黃玉珍、李群等。三、陳然《我的自白書》是 1956 年寫到陳然時，說陳然有『假如沒有了我』的想法，想寫一首詩，但始終未寫出來，最後由我們幾人集體創作成的。」（見 1992 年 4 月 18 日劉德彬至中青社編輯張羽的信。）

〔註 41〕「油印稿」在報紙上發表的情況是：1、《重慶日報》1957 年 2 月 28 日～3 月 3 日發表《雲霧山》，署名劉德彬、羅廣斌、楊益言；1957 年 4 月 4 日～6 日，發表《江竹筠》，署名劉德彬、羅廣斌、楊益言；1957 年 4 月 5 日《中國青年報》發表《小蘿蔔頭》，署名羅廣斌、劉德彬、楊益言；1957 年 5 月 1 日～2 日《四川工人報》發表《工運書記》，署名劉德彬、羅廣斌、楊益言；1957

輯室專門編輯單行本革命回憶錄的張羽給羅廣斌他們寫信，希望他們在「回憶錄」《在烈火中得到永生》的基礎上再做補充，寫成中篇的回憶錄，他們就又把「油印稿」中的某些內容摘出來和原來在《紅旗飄飄》上發表的一萬多字的短篇「回憶錄」合在一起，「寫」出了四萬多字的中篇「回憶錄」《在烈火中永生》。對這些「材料」的沒有結果而又事實不清的另一種「處理」的努力就是交出版社出版，在他們寫作過程中或寫作完成之後，就和重慶人民出版社進行過出版的聯繫工作，但顯然在當時沒有產生積極的效果；之後他們又委託楊本泉在中國青年報社工作的熟人何才海投稿給中國青年出版社〔註42〕，依然是石沉大海。值得注意的是，他們這次投稿並沒有明確表明是「長篇小說」還是「回憶錄」，大概是想把決定可以「當作」什麼來出版的權力交給出版社。但顯然，中青社當時既沒有把《錮禁的世界》當作是報告文學，也沒有把它當作是長篇小說，而是當作了沒有修改價值的退稿。如果沒有一年後的「大躍進」運動和「向建國十週年獻大禮」運動，羅廣斌它們寫完了的手稿很可能就會是另一種完全不同的命運。

年7月1日《中國青年報》發表《江姐在獄中》，署名羅廣斌、劉德彬、楊益言。這些文章的「編者按」中都説明是選自作者們的「長篇」或者「長篇小説」《錮禁的世界》。如《小蘿蔔頭》的「編者按」説：「羅廣斌、劉德彬、楊益言三位同志是從重慶『中美合作所』（解放前美蔣特務殘殺共產黨員和愛國人士的大集中營）虎口餘生中逃出來的，他們曾親眼看到黨的忠勇的兒女的堅貞不屈的鬥爭。在他們合寫的長篇小説《錮禁的世界》（暫名）……這裡發表的『小蘿蔔頭』是其中的一章。」

〔註42〕給中青社的投稿信是這樣的：

中國青年出版社：

茲送上「錮禁的世界」（暫定名）初稿中的一部分，共18章。這些章主要是寫江竹筠、陳然等烈士的。

因爲機關工作稍多，現在沒有時間改完全部初稿，以後當陸續送上，供你們審閱。

如果你們看了以後，覺得可以修改出版的話，希將意見告訴我們。我們當在進一步修改以後，再將定稿寄給你們。

初稿將由中國青年報何才海同志分批轉給你們。

敬禮

羅廣斌、劉德彬、楊益言

（1957年）2月28日

第3章　中青社的約稿和「回憶錄」的出版

1957年2月，規定的寫作假期結束了，過了一把寫作癮的羅廣斌、劉德彬、楊益言重又返回到了他們的正常生活軌道，繼續參加任務繁重的巡迴報告，向不同行業、各條戰線的廣大群眾宣講他們「親眼目睹、親身經歷」的驚心動魄的革命鬥爭，引導群眾學習革命先烈的頑強意志和不怕「鬼」的鬥爭精神。寫作的成效肯定不算理想，除了零零星星在《重慶日報》和《中國青年報》發表了一些篇章外，和重慶人民出版社、中國青年出版社的聯繫出版都沒了下文。好在羅廣斌他們在寫作過程中對外保持低調，就算不能達成最好的結果，厚厚的兩大本打印稿交到重慶文聯，也算是有了交待。

寫作雖非他們所長，但做報告對他們來說還算容易。做報告不像寫小說可能使人留芳千古，但長年累月的報告會足以使人聲名遠播。雖然他們投到中青社的稿子如泥牛入海，但是中青社第二編輯室編輯張羽卻在精心策劃的出版計劃中列上了羅廣斌的名字，這種情形確實像一句古語所說：「有心栽花花不發，無心插柳柳成蔭」。

1、流行出版物《紅旗飄飄》「瞄向」羅廣斌

頻繁的報告會終於在群眾中引起了「共鳴」和「反響」。1957年4月18日，中國青年出版社（以下簡稱中青社）收到四川省長壽縣幹部趙山林的一封來信〔註1〕。來信介紹了在「大張旗鼓」的革命傳統教育運動中羅廣斌所做的

〔註1〕親愛的編輯同志！

關於重慶集中營革命鬥爭事蹟的報告在當地群眾中產生的巨大影響，希望中青社能夠「通過寫小說的形式」來出版發行羅廣斌的這些材料。正是這封很有歷史意義的讀者來信開啓了中青社和《紅岩》作者之間長達幾十年的頻頻來往。

趙山林給中青社推薦羅廣斌他們的報告會並非完全偶然，實際上，羅廣斌和他所熟悉的題材「江竹筠」早在這封來信之前已經成爲中青社的約稿目標。當然，出版社和讀者之間的這種默契是和中青社的工作目標以及建社以後的出版方向有關的。

中青社成立於 1950 年 1 月，當時叫青年出版社。青年出版社建社的目的很明確：就是要教育青少年，配合團中央搞好青少年的革命化教育，幫助全國的青少年樹立革命的人生觀〔註 2〕。在《紅岩》出版的年代曾任中國青年出版社社長兼總編輯的朱語今曾說：「我們之所以能在譯者和美術工作者的幫助下做一些有益的工作，其根本原因是由於黨爲我們指明了一條正確的出版方針。這個方針是要把出版當作教育的工具。」〔註 3〕這樣，「教材」的出版，就成爲中青社的中心任務和出版目標〔註 4〕。當然，「教材」包括了不同的領

您們好！

近來你們工作很忙嗎？在這繁忙的工作中，我準備給你們反映一些群眾意見，經過是這樣的，近來我地大張旗鼓向青年進行革命傳統教育，當然形式是多種多樣的，如重慶市委羅廣斌同志向青年介紹解放前中美特種技術合作所的血錄，最典型的火燒渣滓洞、血染白公館等，這些事實對今天的青年教育是很大的，但我因文化有限，無法形容出來，據說很多地方都準備邀請羅廣斌同志去作報告。我想報告的面總起來是很小的，爲了使這些鮮明的事實能夠普遍到群眾中去，除了舉辦各種報告會外，更主要的還是由您們收集全部材料，通過寫小說的形式出版發行，定會受到良好的效果，其意見是否正確，請作參考。但我相信不久的將來，定會得到您們滿意的答覆。

此致

革命敬禮

趙山林 上　1957 年 4 月 11 日

〔註 2〕列寧曾說，共青團是青年學習共產主義的學校。因此，中青社的定位自然而然的就是出版供這個學校使用的「教材」。

〔註 3〕朱語今《回顧與希望——爲本社三十五週年紀念而作》，中國青年出版社編輯《中國青年出版社的三十五年》（非正式出版物），1985 年。

〔註 4〕在中青社開始運作的時候，這個「出版方針」並不是很明確的，或者說這個「出版方針」是明確的，但是在具體的操作過程中還有一個正確領悟和貫徹實施的過程。當年在中青社的編輯黃伊回憶過中青社在「不成熟」階段的「挫折」：「青年出版社早期自己沒有編輯部，那時我還沒有到編輯部，也不知道委託誰編輯了一套《青年文藝叢書》。解放初期，不是發動了一場規模很大的批判運動，拿蕭也牧開刀嗎？也牧的作品，還有其它兩個作家的作品，都收

域和不同的用途，開始出版的書主要是關於團的工作和青年修養的讀物，1952 年起又逐漸增加了馬列主義、社會科學基礎知識的書籍，在與開明合併後，出版社規模擴大，「教材」的領域也相應地擴大了範圍，分別由四個編輯室的工作來體現：即第一編輯室青年讀物編輯室，出版共青團的知識等類書籍；第二編輯室文學編輯室，出版文學類書籍；第三編輯室社科編輯室，出版歷史、馬列類書籍；第四編輯室自然科學編輯室，出版自然科學普及讀物。從中青社 1950 年至 1984 年歷年暢銷書目錄可以看出，屬於自然科學類的「教材」只有許蓴舫著的《平面幾何學習指導》、《立體幾何學習指導》、《許蓴舫初等幾何四種》、《幾何作圖》以及符其珣翻譯的《趣味物理學》、「本社」編的《青年無線電實用手冊》等不多的幾種，大多數還是前三類〔註 5〕。

和其它編輯室一樣，配合團中央教育青少年也是文學編輯室的主要任務〔註 6〕。文學編輯室最初主要的出版方向是人物故事〔註 7〕，選擇的人物主要

進了《青年文藝叢書》，接二連三被《人民日報》點名批判了，而且調門很高。風聲緊，來勢猛，青年出版社在社會上的名聲弄得很狼狽，有點吃不消了。」（見黃伊《編輯的故事》，金城出版社，2003 年，第 12 頁。）

〔註 5〕從中青社 1984 年編輯的「歷年暢銷書選目中」，可以看出，有不少的書籍是由團中央辦公室或宣傳部編輯的。除此之外，還有不少由其它單位集體編寫的書，如總參謀部動員部編的《民兵軍事訓練手冊》等。這是和「教材」集體編寫的慣常方法一致的。這也從一定的意義上解釋了五六十年代文學的集體生產模式。作爲「教材」，它對文學作品的要求不是思想的獨特性，而是在客觀、準確和絕對正確基礎上的思想高度。在這些方面集體協作的寫作方式具有個人寫作所不具有的優勢，「三結合」（領導出思想、群眾出生活、作家出技巧）的集體寫作方法在《紅岩》的寫作過程中是體現得比較明顯的。雖然在 1961 年文藝政策調整時期周楊提出：「有集體創作，不能排斥個人創作，即使集體創作，也得有一個人執筆。」甚至認爲，「領導（思想）、群眾（生活）、作家（筆）是錯的。主題思想從作者筆下出來，才能有血有肉，理論、政策只能作指南。」（見中青社編輯張羽 1961 年工作日記中對一次周楊講話的記錄）。這說明周楊是想改變此前標語口號式、政治說教式的文學面貌，從而恢覆文學創作的生機和活力。但是，短暫的政策調整過後是更加激進的政策緊縮，畢竟，文學在這裡首先是政治，其次才是文學。

〔註 6〕曾任中國青年出版社總編輯的李庚說：「從 1950 年到 1957 年，青年出版社一共出版了文藝圖書 442 種。綜觀起來，最突出的有一個特點，這就是：很多作品的內容，和時代和黨教育青年的要求結合得很緊。」見李庚《感言》，中國青年出版社編，《中國青年出版社的三十五年》（非出版物），第 11 頁，1985。

〔註 7〕關於人物故事的作用，原中青社編輯黃伊曾說：「榜樣的力量是巨大的。當時，中青社文學編輯室貫徹黨的方針政策，執行團中央培養一代社會主義新人的指示，著重抓了關於描寫英雄人物的傳記故事和傳記小說的出版，先後出版了《劉胡蘭小傳》、《青年英雄的故事》、《董存瑞》、《卓婭和舒拉的故事》、《普

是共和國成立前湧現的革命英雄，這些人物所在的戰爭年代「像更稀少更富戲劇性的危機關頭一樣，具有充分的顯示他的精神品質的機會。」〔註 8〕因而，這些特殊年代的英雄在「道德尺度」和「功績尺度」上都比一般的常人要「高」〔註 9〕，非常適合作爲和平年代的青年人學習的楷模和榜樣。中青社當年的文學編輯室主任江曉天回憶說：「我們出的第一本書叫《劉胡蘭小傳》〔註 10〕，作者梁星，9 萬字，這本書一出可了不得了，不斷再版，印了上萬冊，很是轟動，很受歡迎。第二本書是《卓婭和舒拉的故事》，這本書社會影響太大太強烈了。後來，就有意識地來抓一些英雄人物的傳記，有意識搞的第一本是《董存瑞的故事》，然後是《牛虻》的翻譯出版。這時，團中央領導改組，胡耀邦任總書記，胡耀邦經常向中青社提出出書的建議，他親自點名抓了《青年英雄的故事》，寫關於志願軍英雄的小故事，比如羅盛教等。」〔註 11〕

1955 年底，爲了加強傳記文學和革命故事的出版，中青社文學編輯室專門成立了一個傳記文學組，由編輯張羽和黃伊負責。1957 年 5 月，文學編輯室開闢了一個傳記文學的新領地，就是著名的叢刊《紅旗飄飄》。在革命傳統

通一兵馬特洛索夫》以及《牛虻》、《鋼鐵是怎樣煉成的》《伏契克文集》等書，在青年讀者群中產生了巨大的影響，對五十年代一代新人世界觀的形成，起了極良好的作用。」（見《張羽的編輯生涯》，《無名集》，山西人民出版社，1985 年。）

〔註 8〕〔英〕伊恩·p·瓦特，《小説的興起》，北京，三聯書店，1992 年，第 80 頁。

〔註 9〕這些英雄就像夏夜天空的群星，不但是高，而且事實上是高不可攀，因爲他們往往在最輝煌的一瞬獻出了寶貴的生命，如毛主席曾經表揚過的白求恩、劉胡蘭、雷鋒等。他們都死了，而我們還活著，而且從某種意義上説，我們的活正是由於他們的死。由此，我們生活在新中國的普通人都是受惠於革命先烈的。

〔註 10〕據李庚的文章，最早以青年出版社名義出版的書，是許立群同志帶領團中央宣傳部一些同志主編的《偉大祖國小叢書》。每本不上萬字，但適應需要，銷行甚廣，這時，還沒有編輯部。江曉天的説法可能是指正式建立編輯部以後文學編輯室所出的第一本書。

〔註 11〕據作者於 2004 年 12 月對江曉天訪問的口述資料。《青年英雄的故事》是由團中央宣傳部牽頭，組織編寫的，宣傳介紹了劉胡蘭、董存瑞、王孝和、黃繼光、羅盛教、丁祐君等六位烈士的事蹟。除了《青年英雄的故事》，中青社關於「革命故事」的出版，從 1984 年中青社編輯的「歷年暢銷書選目」，可以選列如下：《劉胡蘭小傳》，1951 年；《董存瑞的故事》，1954 年；《高玉寶》，1955 年；《向秀麗》，1959 年；《青年英雄的故事》1964 年、1965 年；《憶張思德同志》1965 年；《人民的好兒子劉英俊》，1966 年；《一心爲革命——王杰的英雄事蹟和日記》，1965 年；《閃光的道路——張海迪事蹟》，1983 年等。

教育「教材」的出版方面，《紅旗飄飄》的出版是中青社出版史上的一個亮點，與稍後由解放軍總政治部編輯出版的《星火燎原》堪稱「雙璧」。從張羽當年的工作日記中可以看出，從 1956 年 10 月中旬以後，編輯部連續召開密集的會議，研究探討傳記文學工作，探討研究的重要內容之一就是《紅旗飄飄》的籌備〔註 12〕。創辦這個叢刊的原因是在傳記文學和革命回憶錄的約稿過程中，張羽和黃伊發現了不少線索，也約到了不少老同志的稿子，但是他們發現「在大堆的稿件裏，要選出一部成部頭又達到出版水平的稿件，非常困難。有的長稿，部分可取，全稿不統一，不協調，無法出書；有的短稿雖然可用，但限於篇幅，無法出單行本，而這些稿子退了可惜，留著暫時無用，退修又煞費時間，而讀者看蘇聯革命年代描繪英烈的作品上了癮，迫切需要我們也能出版這樣的讀物。」〔註 13〕叢刊的出版形式可以很好的解決這個問題。《紅旗飄飄》出手不凡，而且獲得了巨大的成功，「一時間，只要一翻開報紙，就看到《紅旗飄飄》的名字；一打開收音機，就聽到新辦了一個叫什麼飄飄的叢刊。」因爲，《紅旗飄飄》出版之後，「首都各大媒體搶著轉載」，中青社對轉載者只有一個條件，就是「不管中央的還是地方的大小報刊，轉載時都要注明選自《紅旗飄飄》。」〔註 14〕

在 1956 年夏天編輯張羽的工作日記上，列出了《紅旗飄飄》的 77 項傳記和回憶錄的選題和約稿計劃，其中第 5 項的題目是「江竹筠」，擬定寫稿者爲「羅廣斌等」。這是張羽日記中有關重慶地下鬥爭題材和作者羅廣斌的第一個記載，實際上，這也是中青社和《紅岩》作者關係史的開端〔註 15〕。

〔註 12〕張羽日記 1956 年 11 月 29 日記載：「談傳記組工作問題：(1) 小武同志休假後，會後幾個月的工作布置。(2) 籌備《紅旗飄飄》叢刊一事。(3) 組稿：甲、黃伊、王扶跑有關部門（報刊編輯部、革命博物館、黨史資料館、檔案局、優撫局、各紀念館和部隊機關的老同志。張羽集中跑作協系統文化系統及個別老同志處；乙、外埠發信；丙、爭取在這期間約好 20 部稿。(4) 發稿工作：甲、鄒韜奮；乙、南征散記；丙、《紅旗飄飄》第一號。(5) 修訂選題（補充選題）。(6) 買錄音機事由黃伊負責。(7) 資料、檔案、來往信件記錄由王扶負責。(8) 組稿由黃伊負責。(9) 發稿和計劃由張羽負責。」

〔註 13〕張羽、黃伊《我們所認識的蕭也牧》，《箇舊文藝》，1980 年第四期。

〔註 14〕黃伊《出版〈紅旗飄飄〉的回想》，北京，金城出版社，《編輯的故事》，2003 年，第 142 頁。

〔註 15〕從這個當年很簡略的選題計劃，我們不能肯定編輯張羽是從什麼渠道得知羅廣斌這個寫作的線索的，但他在八十年代曾回憶說，在他 1953 年從上海調來中青社之前，就在上海看過中央革命博物館籌備處編輯的《美帝蔣匪重慶集

2、群衆的「反響」和中青社的「組稿」

本來羅廣斌就是張羽計劃約稿的對象，趙山林這封來信的作用之一是讓中青社知道了羅廣斌的聯繫辦法——重慶市委〔註 16〕；二是知道了羅廣斌不只是知道烈士江竹筠的事蹟，還掌握更爲廣泛的有關中美合作所的事情。更爲重要的，這封信「證實」羅廣斌所掌握的「教材」通過口頭媒介已經具有了相當的受眾基礎。1957 年 4 月 24 日中青社文學編輯室給羅廣斌寫信約稿〔註 17〕，希望作者爲新創刊的《紅旗飄飄》叢刊擬寫一篇關於「中美合作所血錄」的回憶錄。

從這封信可以看出，編輯部是準備在《紅旗飄飄》第二集上發表羅廣斌他們的作品的，所以要求作者在第二期的截稿日期 5 月 20 前完成。從作者收到編輯部約稿信的 5 月初到截稿日期，差不多有 20 天的時間。按照編輯部的想像，用這樣的時間量來完成一篇「字數不限」的「回憶錄」應該是沒有問題的。但是，編輯部的約稿信一去杳無音信。直到 7 個月後才收到了作者的一封來信：

中國青年出版社「紅旗飄飄」編輯：

五月初曾收到你們的約稿信，因根據團四川省委的決定，當時

中營罪行實錄》，也聽從重慶調到中青社的劉令蒙和文讚揚談起過重慶集中營的事情。張羽日記 1983 年 11 月 15 日記載：「同團中央蕭玉興、李培金談《紅岩》：出版過程中，談了我在上海時已見過重慶集中營《血案實錄》，留有印象。來出版社後，也聽到從重慶來的劉令蒙、文讚揚談及此事。」

〔註 16〕實際上羅廣斌他們的聯繫地址應該是重慶團市委而不是重慶市委，不過通過市委轉給團市委也是沒問題的。

〔註 17〕信中說：

重慶市委

羅廣斌同志：

從讀者中反映，知道您曾向青年介紹解放前中美合作所的血錄：火燒渣滓洞，血染白宮館等。我們覺得這些事實對今天的青年教育是很大的。爲了向青年進行革命傳統教育，我社最近創辦了一個大型文藝刊物《紅旗飄飄》，專門發表革命烈士、革命領袖、著名人物、英雄模範、著名英雄等的傳記小說和傳記故事；歷次革命鬥爭、牢獄鬥爭、共青團鬥爭等的回憶錄。《紅旗飄飄》第一集定於 5 月 15 日出版，第二集定於 5・20 截稿。我們擬請您寫一篇『中美合作所血錄』回憶錄，字數不限，內容要具體，最好能在 5・20 日前完稿。

此信由張羽主持、王扶起草，寫完後由張羽加了「《紅旗飄飄》編輯部」的落款。信件原文存中青社檔案室，給羅廣斌的信應該是根據這個草稿重抄後發出的，當年中青社發出的重要信件均重抄一遍留存。

我們正在成都、自貢、内江等城市講犧牲在「中美合作所」里革命先烈英勇鬥爭的事蹟，其後因反右派鬥爭等工作緊張，所以一直無法抽時間完成你們提出的任務。這是應該首先説明的。

最近，我們抽時間把前一個時期向青年作報告的要點整理了出來。作報告的時候，根據不同的對象，有時只講了其中的一些部分；整理的時候，大體上仍保留了講故事的敘述形式。現將整理稿寄上，看是否適合需要。如果不用，希望能將原稿退回。

此致敬禮

羅廣斌、劉德彬、楊益言

1957 年 11 月 15 日

收到國家級出版社中青社的約稿，對於剛剛完成南溫泉的長篇寫作、剛剛經歷到處掛鈎、希望能夠「見到效果」、得到發表的作者們來說，應該說是一件「正中下懷」的好事情，更何況他們在兩三個月之前剛剛投稿給中青社。那麼，作者們又為什麼對中青社的約稿如此「怠慢」呢？解釋之一可能是：一、中青社「紅旗飄飄」叢刊的約稿目標明確說是「傳記小說」、「傳記故事」和「回憶錄」，而他們剛剛完成的長篇作品是「小說」，因此，並不能直接使用他們手頭現有的成品；二、重新寫作一篇作品，即使是「字數不限」的短作品，對於沒有創作假的羅廣斌他們來說也是不可能的。因為寫作對於他們來說畢竟不是主要的任務。在南溫泉的創作假結束後，他們即被各自所在的單位招回〔註 18〕，參加單位的正常工作，即團省委組織的巡迴報告和其後的反「右派」鬥爭，給《紅旗飄飄》的稿子即是這次巡迴報告活動中羅廣斌在江津所做報告的記錄稿，「經羅廣斌略加刪節，就匆匆寄給了《紅旗飄飄》編輯部。」〔註 19〕

收到作者的來稿後，編輯部即在 1958 年 2 月《紅旗飄飄》第六集上發表了《在烈火中得到永生》。

雖然羅廣斌他們完成「長篇」《錮禁的世界》後，從中選發過一些零散的篇章，但《從烈火中得到永生》卻是繼 1950 年他們寫作完成《聖潔的血花》

〔註 18〕羅廣斌和楊益言這時仍在團市委，劉德彬在 1954 年 5 月已經調任重慶市小學教師聯合會主席、重慶市總工會教育工會副主席。

〔註 19〕見恭正《追蹤〈紅岩〉傳說之謎》，重慶《聯合參考報》，1993 年 8 月 14 日第三版。

之後對集中營事件進行完整描述的又一個版本，而這個「回憶錄」的腳本並不是他們剛剛完成的長篇，而是他們做報告時的講稿。因此，從這個「回憶錄」，我們約略可以看到羅廣斌他們多年來反覆所做的報告的概貌〔註20〕。同時，和1950年7月發表的《聖潔的血花》對比，我們可以看到他們在以後的報告中所謂「提煉」和「篩選」的蹤跡〔註21〕。

比較《聖潔的血花》和《在烈火中得到永生》的修辭用語，可以看出《聖潔的血花》雖然通俗易懂，但明顯屬於書面語言，而《在烈火中得到永生》卻是適合於做報告的口語，因此兩個東西應該沒有直接的延續關係。但從內容上看，兩篇文章卻有類似的地方，畢竟《聖潔的血花》是他們在1956年寫作《錮禁的世界》之前關於重慶集中營的最全面的記述，因此，他們的報告提綱和《聖潔的血花》有參照的關係大概是不錯的，只不過在後來做報告的過程當中，他們對報告提綱進行了不斷的加工和修改，對這個修改過程，中青社編輯張羽說：「作者根據群眾的意見，經過調查研究，講稿改了又改，補了又補。」〔註22〕現在我們需要考察的是，通過比較《在烈火中得到永生》和此前的《聖潔的血花》及作者們的其它作品，來辨析究竟作者們在與聽眾

〔註20〕羅廣斌他們的報告從1950年做起，一直做到了60年代，前後差不多有十多年的時間，在做報告的過程中，他們也在對報告內容不斷進行提煉和篩選，因此，每一個時期的報告內容也有所不同，如編入《〈紅岩〉·羅廣斌·中美合作所》一書中的《話說「中美合作所」》就是羅廣斌60年代在一個軍事院校所做的報告，和50年代的《在烈火中得到永生》比較，雖然在文章的結構和內容上大致相同，但也有不同的地方。

〔註21〕對《聖潔的血花》和報告的關係也有很不相同的說法，編入同一本書中的兩篇文章就有兩種相反的說法。據馬識途說是，《聖潔的血花》「這本小書出版之後，給廣斌他們帶來了新的工作任務，各個地方都來請他們去做報告，成千上萬的青年熱情地聽他們作報告，爲他們的報告鼓動了，轉化爲物質力量。」（見馬識途《公子·革命者·作家——回憶羅廣斌》，劉德彬編《〈紅岩〉·羅廣斌·中美合作所》，重慶出版社，1990年，第121頁）而署名艾白水的文章則說：「許多聽眾不滿足於只聽到他們片斷的講述，紛紛要求他們用文字把所講的內容全部記錄下來，以供閱讀保存。爲了回答讀者的要求，楊益言根據內部散發、印數甚少的《如此中美特種技術合作所》特刊上的材料加以補充改寫，寫成了題名《聖潔的血花》的一篇報告文學。」（艾白水《他是一團熊熊的烈火——憶羅廣斌同志》，劉德彬編《〈紅岩〉·羅廣斌·中美合作所》，重慶出版社，1990年，第177頁。）大概來說，這兩種說法都不甚準確。羅廣斌他們的做報告很難說只是由於《聖潔的血花》的影響，而更多的應該是組織的安排；而艾文所說，大概是和《在烈火中得到永生》的事情弄混了，1950年《聖潔的血花》發表的時候，應該還不到他們做報告的高峰時期。

〔註22〕張羽手稿《〈紅岩〉的誕生》（未發表），原件存張羽先生家。

的「交流與共鳴」中、「在群眾的要求下」進行了那些修改和補充？這些「修改」和「補充」是爲了取得什麼樣的意識形態效果？如果「報告」和「回憶錄」中的歷史是可以不斷修改和補充的，那麼，這種歷史講述的性質又是什麼？

《在烈火中得到永生》有 6 個小段，每段有一個小標題，分別是：「魔窟」、「考驗」、「意志的閃光」、「挺進報」、「望窗外已是新春」、「最後的時刻」。第一段是對集中營的總體介紹。在《聖潔的血花》中對集中營的介紹還是很簡略的，在這裡，作者們對集中營的「來龍去脈」做了詳細的但卻是牽強的介紹，其目的是把集中營的一切「罪惡活動」和美國這個 50 年代中國最大也最現實的敵人聯繫起來，爲了實現這個功能，就要對眞實的歷史進行一番重新梳理，把美國和中國聯合成立的抗擊日本法西斯的情報機構（美國人當時對中國國共兩黨關係確實進行了有限度的參與）說成是「美國特務」和國民黨政府聯合起來殘害、虐殺共產黨的「人間地獄」；第一段的第二個內容是宏觀地介紹革命者在集中營中所遭受的非人的虐待和顯然是誇張了的犧牲，這裡的介紹雖然誇大其詞，「加油加醬」，但卻只是總結性的概況而非細節的實錄，這種寫法就既表現了敵人的殘酷同時又避免了有可能產生負面效果的「寫眞實」。

第二段「考驗」是在作者們此前和此後的文字書寫中都沒有寫到的內容，寫了新四軍軍長葉挺和曾經發動「西安事變」的國民黨將領楊虎成將軍在「中美特種技術合作所」被關押的經歷和 1946 年之前中共四川省委書記羅世文和軍委委員車耀先在此被關押和被害的經過。把這幾個不同歷史時期的和「11・27」大屠殺事件並無關聯的「大人物」的事情補充進來，顯然能夠極大地增加敵人的罪惡和增強報告的「分量」，也能夠轉移人們對「挺進報事件」複雜性的關注，把視線集中到國民黨特務「一貫」反動的罪惡行徑上。

第三段「意志的閃光」和第四段「『挺進報』」分別寫江竹筠和陳然，是對《聖潔的血花》第二段的擴寫。在《聖潔的血花》中寫江姐和陳然，主要是寫他們被捕和受刑的經過，但在這裡卻大大補充了他們在被捕之前的革命活動，如江竹筠的童工出身和她 1947 年下鄉支持農村鬥爭的經歷。對陳然的介紹和《聖潔的血花》相比有很大的變化，在《聖潔的血花》中只是對陳然受刑的殘酷場面和過程做了「自然主義」的細緻描摹，人物的對話語言顯然沒有經過「崇高化」（對革命者）或「非人化」（對敵人）的「加工」處理，按照更「激進」的文學觀念來要求，這種對文字的處理就顯得「敵我不分」

和「立場不清」，因而，《在烈火中得到永生》中對陳然的介紹就更多的介紹他被捕之前負責印刷《挺進報》時表現出來的革命熱情和高度負責的精神，被捕之後代替受刑內容的是陳然在白公館繼續進行鬥爭、傳遞獄外消息、「出版」「《挺進報》白宮版」的經過。

第五段「望窗外已是新春」，寫「春節大聯歡」。在《聖潔的血花》中根據楊益言《我從集中營出來》所寫的表現集體鬥爭的第一段在這裡被大大壓縮，這可能是一個有時間限制的報告版本不得不做出的剪裁，所以，在 1959 年 2 月出版的擴大爲 4 萬多字的單行本《烈火中永生》中，新補充了 6 條內容，分別是：「在黑色的山谷裏」（第 1 段，對集中營的背景的交代）；「日光、空氣水及其它」（第 5 段）；「『監獄之花』的誕生」（第 6 段）；「追悼會」（第七段，寫新四軍戰士龍光章）；「鐵窗裏」（第 10 段）；「堅強的人」（第 11 段，講一個從白公館地下室越獄逃跑成功的誰也不知道姓名的英雄的故事，但這個英雄在白公館外邊被特務追捕，最後死於電網上）。

第六段是「最後的時刻」，寫大屠殺的經過。可以看出，這個頗有悲劇意味、容易產生歧義的「最後的時刻」在講述過程中的分量變得越來越小了。在《如此中美特種技術合作所》中由羅廣斌、劉德彬編寫的《「中美合作所」血債》一文中，這個內容還是所要講述的全部內容，在《聖潔的血花》中這部分內容就只占全篇的三分之一，而到《在烈火中得到永生》中就成了只占全篇的六分之一，到單行本《烈火中永生》，這一部分內容更減少到了只占全部文本的十二分之一。大屠殺的內容雖然是越來越少，但是，在這些文本中作者還沒有改變歷史的基本事實，沒有試圖安排在之後的小說中所寫的勝利越獄的情節。在單行本《在烈火中永生》之中補寫的第 11 段寫了一個越獄逃跑的無名英雄，雖然在最後寫道：「這個堅強的革命者的故事，給了同志們以無窮的力量，激發著人們進行新的嘗試的勇氣。」但是，最後一段「最後的時刻」還是顯示出，到最後，敵人也沒有給革命者生還的機會，幾個生還的人，也不過是僥倖從後窗逃了出來。從「回憶錄」中，我們感到最爲震驚的還是「大屠殺」的殘酷和對革命者在勝利在望的特定時刻死於非命的無限「同情」。在《紅岩》中，這個很有用的故事被「故事大王」羅廣斌加以利用，「分配」給了虛構的主角「許雲峰」，而且，許雲峰挖的這個越獄通道並沒有用於自己使用，像這裡的那個匿名的英雄，而是留給了監獄中的大多數同志，最後，許雲峰雖然被敵人槍斃了，但大多數的革命者卻通過這個通道衝出了「地獄」。這個虛構的富有革命浪漫主義色彩的情節的構思，使得《紅岩》突破了此前所有的關於大屠殺的想像和講述，是小說《紅岩》的高潮，也是小說取得「成功」的關鍵構想之一。

3、怎麼講述歷史？

在一般人看來，《在烈火中得到永生》是關於「眞人眞事」的「回憶錄」，作者自己在《在烈火中得到永生》的開始也寫道：「1948 年，我們被國民黨特務逮捕，囚禁在重慶『中美特種技術合作所』。在那暗無天日的魔窟裏，我們親眼看到許多革命先烈和敵人英勇鬥爭的事蹟。聽到許多革命前輩在生命的最後日子裏，講述著激動人心的鬥爭事蹟。」〔註 23〕但是，可以肯定的是，在《在烈火中得到永生》中，有很多內容就既非作者看到的，也非作者聽到的，如寫江姐一節中，關於江姐下鄉到奉節縣城得知丈夫犧牲和她被捕後受刑的過程，作者寫道：

> 那是一個陰雨連綿的日子，她打著雨傘，沿著泥濘的江邊走著。城門口圍著一大群人。江姐走到近前，隱約看見城頭上懸著一排木籠，木籠裏面掛著一顆顆血淋淋的人頭。不知是那位革命者犧牲了，她心裏很難過，不忍心看，走開了。又一想，不對，應該知道是誰犧牲了，應該向黨彙報。但是，人頭已經腐爛，無法辨認，只得到旁邊去看布告。
>
> 布告上，粗暴的紅筆勾去了一連串的名字：
>
> 「匪首彭詠梧……」
>
> …… ……
>
> 有一天黃昏，劊子手把江姐的雙手綁在審訊室的柱子上，一根根竹簽子，從她的手指尖釘進去，竹簽碰在指骨上，裂成了無數根竹絲，從手背、手心穿出來……〔註 24〕

這兩段描寫都是作者爲了增加煽動性而進行的誇張化描寫。實際上，江姐帶一批支持農村鬥爭的學生到鄉下去，是聽和彭詠梧一起暴動突圍出來的盧光

〔註 23〕羅廣斌、劉德彬、楊益言《在烈火中得到永生——記在重慶「中美合作所」死難的烈士們》，《紅旗飄飄》第六集，中國青年出版社，1958 年，第 183 頁。
〔註 24〕羅廣斌、劉德彬、楊益言《在烈火中得到永生——記在重慶「中美合作所」死難的烈士們》，《紅旗飄飄》第六集，中國青年出版社，1958 年，第 190 頁。

特、吳子見的說明，知道的老彭犧牲的消息，江姐並沒有在城門口看到老彭的人頭，而且事實上，老彭的人頭也並沒有掛在城門上而是掛在「竹園坪場上」。在《聖潔的血花》中，對江姐受刑的說法是：「特別是江竹筠同志，要想從她身上，找出一些關於她丈夫彭詠梧同志的關係，所以在魔窟的嚴刑拷訊下，受盡了老虎凳、鴨兒浮水、夾手指、電刑、釘重鐐……各種各樣的酷刑。」〔註25〕並沒有這裡所說的「釘竹簽」。

再比如，在最後一節寫到敵人在渣滓洞的屠殺時，作者寫到：

> 槍彈像驟雨不停地向室內傾斜著。子彈在屋子裏亂飛，門窗、牆壁在吱吱地呻吟。
>
> 那時候，每個人都懷著這樣一種心情：擋住！一秒也不能停留，衝上前去擋住！讓密集的子彈穿過胸膛，也要擋住！
>
> 一個倒下去了，第二個又緊接著衝上去，一個、兩個、三個……一排、兩排、三排……像一座銅牆鐵壁擋住劊子手們的射擊，掩護著同志們從後面打窗突圍。〔註26〕

和這段描寫形成對比的是鍾林在《我從渣滓洞逃了出來》中所做的描寫：

> 在一聲口笛之後，槍聲從各處響了起來，不斷地，槍彈從風門上射進來。在門口站崗的同志倒下了，我本能地和其它同志一樣，臥倒地下去，我爬到牆和壁的中間，貼緊地下。〔註27〕

在屠殺開始、槍聲大作的一剎那，按照羅廣斌他們的講述，革命者當時的第一反映是「擋住」、「衝上前去擋住」、「一刻也不能停」，而鍾林的講述則是「臥倒」、「貼緊地下」。

劉德彬自己在 90 年代曾說：「羅廣斌和我作過幾百場報告，報告的內容就已經有所提煉和豐富。比如，小蘿蔔頭我們只是聽說過，未見其人，羅廣斌通過他做夢的情節，展現了他在煉獄中鍛鍊成長的個性，這已經屬於藝術虛構。」〔註28〕現在的問題是，「講述革命故事」為什麼可以同時佔用「眞實」和「虛構」這兩個看似矛盾的範疇？

〔註25〕羅廣斌等《聖潔的血花》，新華書店華南總分店，1950 年，第 17 頁。

〔註26〕羅廣斌、劉德彬、楊益言《在烈火中得到永生——記在重慶「中美合作所」死難的烈士們》，《紅旗飄飄》第六集，中國青年出版社，1958 年，第 203 頁。

〔註27〕鍾林《我從渣滓洞逃了出來》，《國民公報》，1949 年 12 月 30 日，第四版。

〔註28〕陳文明《一個老人和一本書的歷史——引人注目的〈紅岩〉署名之爭》，《長江》1993 年，總第 76 期，第 57 頁。

實際上，「眞實」和「虛構」在「講述革命故事」的文化行爲中是一對被超越的和無用的概念，「講述革命故事」遵循的成規是「有用性」，與之矛盾的是「無用性」，而不是「虛構」。「講述革命故事」是一件有著現實功用和強大功能的政治行爲，「故事」只是進行政治啓蒙和動員的有效工具。解放後羅廣斌他們進行的每一件文化行爲都是「有用的」和「有效果的」：1950 年 1 月 15 日召開的烈士追悼會和 1 月 18 日召開的烈士遺物展就是一種政治文化的儀式和表演，它的目的是爲了鼓動人們對殘酷的國民黨匪徒的仇恨，對殘酷大屠殺的展覽和展示顯然是意在推進「血債血還」的邏輯，進而推動尚未完成的與國民黨軍隊的最後決戰。1950 年 6 月朝鮮戰爭開始後，尤其是中國決定入朝作戰之後，激發人們的反美情緒進而鼓動青年踴躍參軍、百姓支持前線，就成爲宣傳文化戰線的重要任務，羅廣斌他們幾乎每天都在講述的發生在「中美合作所」裏的那個血債故事成爲合適的「講義」和「教材」，加上由羅廣斌、劉德彬等大屠殺事件親歷者的「現身說法」，更增加了說服力和煽動性，因而他們的報告取得了很好的效果，這種效果不只是體現在看不見的情緒變化，而是「要求入團」和「踴躍參軍」的直接行動。1958 年 2 月在《紅旗飄飄》第六期刊登的《在烈火中得到永生》和一年後單行本出版的《烈火中永生》雖然是由口頭傳播變成了文本的形式，但同樣取得了很好的社會效果，當然，這次由文字激發的行動不是和敵對勢力的戰鬥，而是去戰勝「三年自然災害」和全社會面臨的嚴重困難。雖然作者因爲政治氣候的變化和「政治敏感」的增強，在 1964 年認爲《在烈火中永生》有較多的小資產階級氣息，因此，希望在再版時予以修改〔註 29〕，但在當時，這本小書還是被認爲具有很大的教育意義，「在三年困難時期，它在鼓舞青年的鬥爭精神方面，起了很大作用。」〔註 30〕從以上的過程我們可以看出，對光榮歷史或悲壯業績的講述總是和當下的現實密切相關的，講述歷史是爲了干預現實。

並沒有集中營經驗的「群眾」之所以在聽報告的過程中一次次要求做報告的當事者修改所講內容，就是因爲有些內容雖然眞實但並不一定聽著過癮，按

〔註 29〕1964 年 7 月 31 日作者來信（似爲羅廣斌執筆）：「這份稿子裏的小資產階級思想感情，流露得比較多。表現在：1、對敵我關係的某些明顯界線，劃分得不夠徹底；2、對黨、對革命事業的感情不夠高昂；3、描寫和語言運用的不准確。請審讀時幫我們注意修改；如果問題太多，還可以打樣後再打清樣，寄到重慶文聯，我們再加修改。羅、楊、劉」

〔註 30〕黃伊《張羽的編輯生涯》，見《無名集》，山西人民出版社，1985 年。

照「成規」的定義，「一人群 p，當他們是一種再次發生的情景 s 中的動力因素時，其成員的行爲中存在一種規律性 r 是一種成規。」〔註 31〕所謂成規，是一個人群之間的協議，因此，群眾在此並不是被動的聽眾，而是和報告人共同遵守某種成規的「動力因素」，他們有權要求做報告的人把報告講得「鼓舞士氣」、「震撼人心」而並不追究眞實與否的問題。在這裡，眞實與否是一個被懸置的問題。羅廣斌 40 年代在昆明講故事的時候就「有時候因爲擺的多了，難免串臺，張冠李戴。」但大家並不責怪他所講故事的眞實性，而是「大家給他出主意，使他講的故事如何自圓其說。」〔註 32〕「革命故事」達到自己的目的使用的策略和成形手法是看似矛盾的兩個方面：一是強調所講故事是「親眼所見」、「親耳聽到」的歷史事實，用「當事者」和「歷史事實」來賦予故事權威性；同時，對故事進行「加油加醬」的誇張，以達到驚人、憤怒或強烈的認同。因此，只要符合邏輯、能夠「自圓其說」，群眾允許作者做出適度的誇張和渲染，至於是否符合文體的規範、所寫文章是否是嚴格的「回憶錄」或「小說」等等屬於審美成規的問題，人們是不予考慮更不會予以追究的，我們在下一章論述的《紅岩》的寫作過程，雖然作者們使用了不同於「回憶錄」的「小說」樣式，但同樣是遵循著這個「有用性」的成規來運作的。

4、再次約稿和單行本《在烈火中永生》的出版

1957 年年底，《在烈火中得到永生》的約稿編輯張羽結束了《紅旗飄飄》的工作，奉命調到專門編輯單行本傳記和革命回憶錄的第五編輯室〔註 33〕。

〔註 31〕佛克馬、蟻布思《文學研究與文化參與》，北京大學出版社，1996 年，第 122 頁。

〔註 32〕馬識途《公子・革命者・作家——回憶羅廣斌》，見劉德彬編《〈紅岩〉・羅廣斌・中美合作所》，重慶出版社，1990 年，第 102 頁。

〔註 33〕張羽日記 1957 年 12 月 20 日記載：「晨，朱語今同志找我，談要調我到五編室搞傳記，徵求我意見，我完全同意。」從 21 日開始，張羽到第五編輯室上班。按照張羽當年的同事、中青社編輯黃伊的說法，張羽的這次調動是和當時的反「右派」運動有關的。黃伊在一篇回憶張羽的文章中說：「1957 年 7、8 月間，反右派運動開始。反右鬥爭的擴大化，把蕭也牧錯劃爲右派，對張羽進行了批判。雖然沒有給他戴上右派分子的帽子，但在同年底把他調離《紅旗飄飄》，到新成立的第五編輯室，去編輯回憶錄及人物傳記的單行本。這一次調動，本來是讓他去坐冷板凳的，可張羽卻是一個不甘寂寞的人，竟以『等外之民』的身份幹出了第一等的工作。」（見黃伊《張羽的編輯生涯》，《無名集》，山西人民出版社，1985 年，第 113 頁。）

到第五編輯室後，張羽迅即展開工作，看稿、約稿。從 1958 年 1 月 20 日的日記中可以看出，張羽在這一天做了四個工作，其中的一個即是「給羅廣斌信，約稿。」〔註 34〕請作者在交來的《在烈火中得到永生》的基礎上，再作補充，寫成中篇的回憶錄。張羽的這次約稿在兩個多月後得到了作者的回應，3 月 4 日，作者來信說：「鑒於工作較繁重，完稿時間暫定在今年五月中旬前後。」〔註 35〕

說是到 5 月中旬完稿，到了約定的交稿時間，還不見來稿，張羽便開始去信催稿，還以「躍進」的精神相激勵〔註 36〕。但這次催稿毫無結果，作者們不但沒有回答出版社提出的問題，甚至連回音都沒有。又過了 4 個月，1958 年 9 月 1 日，出版社再次去信催稿〔註 37〕。對這次催稿，作者的回信很及時，9 月 7 日，作者回信說：

> 第五編輯室負責同志：
>
> 催稿信收到已久，遲覆信，請諒。
>
> 很抱歉，我們沒有如期完成任務。原以爲在 5 月份可以把稿子整理一遍，寄給你們，因爲工作關係，拖下來了。

〔註 34〕見張羽 1958 年 1 月 20 日工作日記，未公開出版。

〔註 35〕中國青年出版社第五編輯室：

1 月 20 日來信收到了。如果我們整理的有關犧牲在「中美合作所」裏先烈們的這樣一些片段，還有出版價值的話，我們當然樂於把這個工作擔負起來。根據你們來信的意見，我們想，是否可以這樣；第一，以「紅旗飄飄」已登稿爲基礎，適當增添一些內容，爲了便於回憶整理，希望將前寄原稿寄回；第二，字數約 4～5 萬字；第三，鑒於工作較繁重，完稿時間暫定在今年五月中旬前後。……

此致

敬禮

羅廣斌、劉德彬、楊益言

1958 年 3 月 4 日

〔註 36〕在這次催稿信的最後，作者說：「收到稿後，我們當以躍進的精神迅速處理，使得早日和讀者見面。盼望立即得到你們的回信。」

〔註 37〕廣斌同志：

我社前寄去一信，不知是否收到。您寫的「在烈火中得到永生」的補充稿，何時能夠交來，請來信告之，我們希望您能早日寄來，以便安排計劃。盼回音。

此致

敬禮

五編室 1958 年 9 月 1 日

從最近工作情況看，只能一小時幾小時地抽時間整理，大體預料，可在10月內完成。如來信所示，我們亦當以躍進精神，爭取在10月內一定完成，寄上。

此致敬禮

羅廣斌、劉德彬、楊益言

9月7日

看來這次是因爲確定了可以完稿的時間，能夠給出版社一個肯定的答覆，所以，才如此痛快地給了出版社一個回信。到了11月，作者們終於完成了這個中篇「回憶錄」的「寫作」，但是還是超過了預定的10月內完成的計劃。11月6日作者給出版社寄稿並附信說：「送上原計劃寫的『聖潔的光輝』（暫名）稿件一束，約四萬餘字，另附上一個目次，幾張附圖和說明，請查收。」還說：「由於工作關係，還是照前信預定時間推遲了幾天才大體上完成任務。怕時間晚了，稿件較亂，也顧不及抄正就送出了。可能會增加你們處理上的麻煩，這是需要首先表示歉意的。」

1959年1月5日，作者來信把訂正後的校樣寄回，並建議把題目「聖潔的光輝」改爲「在烈火中永生」。1959年2月，單行本《在烈火中永生》出版。

在這次中篇「回憶錄」的組稿過程中，雖然作者們有間斷性的和出版社的回應，但完成稿件同樣用了差不多10個月的時間，其中的原因確如作者在給出版社的信中所說，是「由於工作關係」：1958年初，羅廣斌主動要求到重慶郊外的長壽縣長壽湖開發農場、勞動鍛鍊〔註38〕，在長壽湖農場，他擔任了農場的黨委委員和農場下屬的漁場場長；劉德彬的處境更爲困難，他在「反右派」運動中被定爲「中右」，受到批判，因此，被貶到長壽湖農場的一個偏僻小島上任生產隊長，三個人中只有楊益言沒有離開重慶，但也被捲入大躍進的狂潮中，沒日沒夜的參加單位組織的全民煉鋼。因此可以想像，收到中青社編輯張羽的約稿信時，他們一個正在忙著打魚，一個正在忙著種地，一個正在忙著煉鋼，而且，「三人寫作小組」的三個人又分屬三地，通訊聯繫都相當不便，在這種情況下，怎麼可能及時完成中青社的寫作任務呢？

〔註38〕在一篇回憶羅廣斌的文章中，作者說：「1958年初，獅子灘長壽湖開始蓄水發電。……爲了開發長壽湖，中共重慶市委決定，下放市級機關幹部和部分知識青年，去長壽湖勞動鍛鍊，開辦農場。市委從團委抽調了向洛新、羅廣斌等同志作爲先遣隊，第一批來到長壽湖。」（見曹靖《羅廣斌在長壽湖》，劉德彬編《〈紅岩〉‧羅廣斌‧中美合作所》，重慶出版社，1990年。）

實際上，羅廣斌他們自身沒有辦法保證完成寫作所需要的時間和精力。1957 年初完成「長篇」寫作的初稿後，他們幾個人就急急忙忙地回到單位，參加沒完沒了的巡迴報告，到 7 月以後，反右派運動就轟轟烈烈地開始了，既要積極檢舉本單位的右派言行，又要小心翼翼地防止自己被人抓住辮子（當然，劉德彬就沒能逃過此劫，被人整理出不少和右派靠邊的言行），怎麼可能顧得上中青社《紅旗飄飄》的約稿呢？到能夠顧上喘口氣的 11 月才回覆中青社 4 月份的約稿，實在是無可奈何的事情。雖然羅廣斌他們也想把自己有意義的經歷寫出來，在青少年的革命化教育中發揮更大的作用，但是和迫在眉睫的實際工作相比，寫作就變成了無足輕重的事情，畢竟他們是「業餘」寫作者，如果「主業」太忙，沒有「餘」可用，也就沒有「作」可寫了。但出版社就不同了，出版就是他們的主業，正像羅廣斌在長壽湖埋頭養魚一樣，能否從寫作線索中發現並抓住「大魚」就是他們是否「出活兒」和體現「多、快、好、省」的標誌。兩篇回憶錄能夠整理出來並發表，實在是中青社「壓迫」作者的結果。

第 4 章　從「回憶錄」到長篇小說〔註 1〕

就在中青社第五編輯室編輯張羽苦等羅廣斌他們的中篇回憶錄而毫無音訊的情況下，中青社第二編輯室的組稿目標又瞄準了羅廣斌。1958 年 7 月第二編輯室副主任吳小武（即作家蕭也牧）在主任江曉天的授意下又一次向羅廣斌他們「撒網」，約寫小說。這次約稿的契機是「大躍進」和「迎接建國十週年向黨獻大禮」運動，但也還因爲 1958 年 2 月剛剛在《紅旗飄飄》上發表

〔註 1〕本章的標題容易使人產生誤解，認爲在《紅岩》的寫作中有一個先寫「回憶錄」再寫「小說」的過程。不少文學史家就是這麼認爲的。因爲有一個似乎是很明顯的事實，即在小說《紅岩》出版之前的 1958 年 2 月，作者們在中青社的《紅旗飄飄》叢刊上發表了「回憶錄」《在烈火中得到永生》；然後，在一年之後的 1959 年 2 月又由中青社出版了單行本《在烈火中永生》。於是乎，人們就認爲 1961 年 12 月出版的小說《紅岩》是在此前出版的「回憶錄」的基礎上改編的。之所以產生這個誤解，是因爲人們並不知道《紅岩》開始寫作的時間是 1956 年 10 月，而中青社向幾位作者約寫「回憶錄」的時間卻是 1957 年 4 月。此時，他們 40 萬字的「長篇」草稿《錮禁的世界》（也就是《紅岩》的「前身」）已經完成。

但是，本文之所以還要使用這樣一個好像並不合適的題目，是因爲，對於《紅岩》的初稿《錮禁的世界》的性質人們一直眾說紛紜。不少人包括有的《紅岩》作者曾認爲，這部早期的初稿是「回憶錄」，但是，還有一些人包括參與《紅岩》初稿寫作的另外的作者則認爲這部初稿已經經過了「虛構」，不是「回憶錄」。那麼，這個頗有幾分神秘色彩的《錮禁的世界》到底是「回憶錄」還是長篇小說？還是說不清是什麼的「長篇」？通過詳細考察在《紅岩》生產過程中「小說化」的努力過程，我們可以看到，這個看似是有關形式方面的問題實際上有著強烈的意識形態性。從體裁不明朗的《錮禁的世界》到小說《紅岩》的過程，既是作品從技術角度上講由失敗到成功的過程，也是作品不斷提高思想水平、向時代精神所要求的思想高度靠攏的過程。

的《在烈火中得到永生》，這篇稿子在讀者中產生了一定的影響，因此給主任江曉天留下了相當的印象。在得到羅廣斌他們已經把同一個題材加以擴展寫成了長篇的消息後，江曉天意識到這或許是一條大魚。正是這個歷史機遇，使得曾經被中青社和重慶人民出版社都漠然視之的「長篇小說」《錮禁的世界》有了起死回生的一線生機。

1、「大躍進」帶來的機遇

1958 年，在「大躍進」的高潮中，全國各行各業開始了「迎接建國十週年向黨獻大禮」的熱潮〔註 2〕。這給封存在重慶市文聯檔案櫃中的《錮禁的世界》帶來了機遇。相對於當時其它專業或業餘作家制定的宏大但不切實際的創作規劃〔註 3〕，這部在當時即使粗糙但卻是唯一一部已經完成的長篇，就成爲「文藝大躍進」中完成「躍進」指標和體現「四結合」〔註 4〕文藝方針的實實在在的成績。和其它行業一樣，文藝部門從上到下成立了一個臨時的機構，叫「迎接國慶十週年以優秀作品向黨獻禮辦公室」，簡稱「獻辦」〔註 5〕。重

〔註 2〕1959 年 2 月 18 日《重慶日報》發表消息《群眾和專業作家一齊上陣，既大力普及又積極提高——本市掀起迎接國慶十週年向黨獻禮的文藝創作熱潮》：「在 1959 年群眾文藝創作大豐收的勝利基礎上，本市文藝界和各廠礦、學校、人民公社、機關單位正在掀起一個新的文藝創作熱潮，以進一步貫徹文藝爲無產階級政治服務、爲生產服務、爲工農兵服務和大力普及、積極提高的方針。現在，大批作家、畫家、詩人、演員和工農兵業餘作者都已行動起來，到火熱的社會和鬥爭中去汲取養料、搜集素材，積極創作優秀的文藝作品，準備迎接今年建國十週年國慶，向黨獻大禮。」「到目前爲止，已經寫出初稿和正在加工中的，……有羅廣斌等三人集體創作的反映本市解放前對敵鬥爭的長篇小說。」

〔註 3〕林彥在他的文章中記述說：「中國作家協會重慶分會所屬地區的作家和業餘作家在大躍進中，也都紛紛訂出過今年的寫作規劃，有的還定了五年規劃。據初步估計，分會地區的作家和業餘作者的基本隊伍約一百人，今年能寫出配合政治任務的各種文藝形式的作品約 3000 篇，內有長篇 8 部，長詩 16 部，電影劇本 12 部，多幕劇 8 部，評論 252 篇。這是 1958 年 5 月 24 日《重慶日報》報導的。……後來的事實證明，這些規劃中的許多作品，大都沒有在當時完成。」（見林彥《歷史沒有空白》，香港新天出版社，2003 年，第 87 頁。）

〔註 4〕「四結合」方針是：作家與群眾相結合，專業與業餘相結合，個人與集體相結合，普及與提高相結合。

〔註 5〕中國作家協會重慶分會的「獻辦」下設工廠史、公社史，革命回憶錄、戲劇電影、專業作家、會員作家、民歌編選、理論研究、群眾創作編選共 8 個小組。

慶市文聯的「獻辦」把寫好的《錮禁的世界》列入了計劃，送到四川省文聯、市委宣傳部審查。中國青年出版社第二編輯室（即文學編輯室）主任江曉天代表中青社參加了中國作協的「迎接建國十週年文學出版規劃小組」，1958 年 7 月江曉天從「獻禮小組」的一份簡報中看到四川的材料中有羅廣斌、劉德彬、楊益言三人寫的「長篇」，回到社裏後即吩咐副主任吳小武和作者聯繫約稿，準備列入中青社的出版計劃〔註 6〕。江曉天後來回憶說：「我從簡報看到了只說是『長篇』，所以，特別叮囑他在信中問明白，是長篇小說還是長篇革命回憶錄，得悉不是《在烈火中得到永生》的材料充實、篇幅擴大，而是創作小說，我就把它列入『獻禮規劃』中。」〔註 7〕

10 月，中青社社長兼總編輯朱語今帶領總編室的王維玲到西南地區組稿，江曉天把重慶羅廣斌他們的「長篇」線索告訴了朱語今，請他代爲聯繫和約稿〔註 8〕。11 月，朱語今和王維玲到達重慶市，在團市委見到了楊益言，

〔註 6〕吳小武在 7 月 22 日寫信向三位作者約稿說：
羅廣斌、劉德彬、楊益言同志：
尊作《在烈火中得到永生》在《紅旗飄飄》發表後，很受廣大群眾歡迎。聽說您們已把它擴展寫成長篇，這是件令人十分高興的事。如果已經寫好了，請即寄來一讀。但不知道您們寫的是根據眞人眞事加以集中概括寫成的小說，還是完全眞人眞事的回憶錄？若是小說，請寄我社第二編輯室，若是回憶錄可寄五編室。……

〔註 7〕江曉天《早該還歷史眞面目》，《四川文學》1993 年第 11 期，第 64 頁。江曉天在當年是怎麼「得悉」是小說不是回憶錄的我們不得而知，但他所「得悉」的內容卻是相當合理的：羅廣斌他們是把《在烈火中得到永生》「當作」回憶錄發表的，而且應第五編輯室編輯張羽的約稿，在《在烈火中得到永生》基礎上的「材料充實」、「篇幅擴大」的工作此時正在進行當中。而《錮禁的世界》雖然不太像小說，但確是「當作」小說來寫作的。從時間上說，寫作「小說」《錮禁的世界》在前，而寫作「回憶錄」《在烈火中得到永生》在後，因此，「小說」與「回憶錄」之間並沒有延續和改寫的關係。雖然有 1957 年 2 月作者們把寫好的《錮禁的世界》投稿中青社的事情，但顯然中青社第二編輯室的編輯們對此並不知情，所以把這個在《在烈火中得到永生》出版之後才「拿出來」的「長篇」懷疑是在《在烈火中得到永生》基礎上的擴大，是可以理解的。《紅岩》出版之後，許多評論家把 1961 年 12 月出版的小說《紅岩》看作是在 1959 年 2 月出版的中篇「回憶錄」《在烈火中永生》基礎上的改寫，也是同樣的道理。雖然這個「長篇」寫得「不像個什麼東西」，雖然「這些資料，弄成小說也可以，弄成報告文學也可以。」但是當中青社要搞清楚到底是「小說」還是「回憶錄」的時候，他們也只能在兩者之中擇其一，還是把它「當作」了小說。

〔註 8〕江曉天在《早該還歷史眞面目》（《四川文學》1993 年 11 期）中說：「同年秋，社長兼總編輯朱語今帶王維玲（原在總編室工作，已內定調二編室任秘書，協助我處理一些日常事務）去四川。老朱曾在重慶西南局工作多年，與當時

王維玲回憶說：「我找到楊益言，提出向他們約寫長篇小說的想法，楊益言不敢答應，他說：『我們從不曾寫過小說，也沒有寫小說的想法。這事我做不了主，要和老羅、老劉他們商量。』當時，羅廣斌、劉德彬都在市委機關的勞動基地長壽縣獅子灘長壽湖農場勞動鍛鍊，於是，我們約上楊益言，一起來到了長壽湖農場，在一個小島上，我們和羅廣斌、劉德彬見面了。」〔註9〕在長壽湖農場向羅廣斌他們約稿的「情節」，楊益言的哥哥楊本泉是這樣說的：

> 朱、王向羅廣斌他們提出：「廣大青年對這一題材很感興趣，希望你們用長篇小說的形式寫。」
>
> 「我們？寫長篇小說？」三人對望了一下。
>
> 羅、劉、楊都沒有寫過小說，他們對朱、王的要求，都不敢接受。
>
> 朱語今嚴肅地對羅廣斌、楊益言說：「你們都是共產黨員，都是團的幹部，你們天天動員團員、青年響應毛主席號召：『破除迷信，解放思想』，你們自己就不能帶頭實行？你們沒寫過小說，就不能寫？就不敢寫？」
>
> 朱語今嚴肅、誠懇的批評，深深地觸動了他們，羅廣斌他們最後下定了決心：「讓我們試一試吧。〔註10〕

可以看出，關於 1958 年小說約稿的歷史情節，不同當事者的說法之間有著很大的錯位，由於資料的缺乏，我們今天很難對這些不同的說法究其眞假。但有以下三點是肯定的：其一，經過 1956 年那次失敗的「試寫」和寫作完

的重慶市組織部長蕭澤寬熟，請他無論如何爲作者們請下創作假，好集中精力把長篇初稿寫出來，不然，作爲國慶十週年『獻禮』重點書出版就不可能了。」朱語今到重慶後，創作假請下來了，而且事實上他們這時早已經寫出來了初稿，只是需要修改，但還是沒能趕上 59 年的國慶獻禮，到 60 年，出版社又把它列爲向建黨 40 週年獻禮的重點作品，打算在 61 年「七一」之前無論如何也要拿出來，在五、六月出版，但也還是沒能趕上，到了 61 年的年底才出版。可見初稿本與定稿本的距離之大，也可以看出寫小說並不是像馬識途在解放初期對羅廣斌所說的烈士們「已經用血寫好了，你不過是用墨複寫一下罷了」那麼簡單。（馬識途《公子・革命者・作家——回憶羅廣斌》，見劉德彬編《〈紅岩〉・羅廣斌・中美合作所》，重慶出版社，第 121 頁）。

〔註 9〕王維玲《話說〈紅岩〉》，花山文藝出版社，2000 年，第 10 頁。

〔註10〕恭正（楊本泉）《追蹤〈紅岩〉傳說之謎》，重慶《聯合參考報》，1993 年 9 月 3 日。

成後在出版社遭到的冷遇，他們對小說寫作的信心已經受到了相當的打擊。當朱語今和王維玲在看了他們 1956 年的「材料」後、要他們「大膽地以長篇小說的形式來表現這個題材」時，就等於是宣佈說他們的這個初稿還不是長篇小說。這樣，楊益言所說的：「對於當時還不曾寫過小說的我們來說，這是毫無思想準備的，很自然地表示幹不了。」〔註 11〕其潛臺詞就應該是：「我們寫了半年小說，寫出來的原來根本不是小說，看來我們是眞的幹不了。」這樣，當時他們對約稿「既驚喜又詫異」〔註 12〕之後的推脫，就既是在對寫作小說的艱巨性有了實際體驗後的眞實表現，同時，就像 1956 年策略性的對外只說是「整理材料」一樣，又一次為以後的進退做好了鋪墊。在受到上級領導朱語今的「批評」後，他們「鼓起了試一試的勇氣」〔註 13〕，實際上是「鼓起了再試一次的勇氣」。其二，他們的失敗之作曾經在中青社遭到了冷遇，即使是當地的重慶人民出版社也對他們初戰的「成果」不置可否，這時，他們在楊本泉支持下的寫作熱情已經消退，各自回到自己原來的工作崗位。這時候，中青社社長的主動約稿就使他們不能不感到「既驚喜又詫異」。從這裡我們可以看出，羅廣斌他們的寫作動力，固然有他們個人的身份優勢和政治熱情的因素，但來自「旁人」的助推和組織機構對適合政治需要的稿件的需求也是「促使」他們寫作的相當重要的因素。或者說，這兩種因素在他們身上的最佳結合成為他們日後成功的原因；其三，他們在 1956 年的小說「試寫」，就是在楊本泉的鼓勵下進行的，但即使有楊本泉這個「寫過一點小說」的人做「教練」，對於寫作的結局他們也是很沒有把握的。所以當時他們對外只說「寫東西」而沒有聲稱「寫小說」，而實際結果也確如他們擔心的，《錮禁的世界》只是一堆說不清是什麼體裁的「材料」。這次他們重打鑼鼓，又被「鼓勵」「寫小說」，雖然有過令他們心有餘悸的失敗經歷，但這次的「鼓勵」者不再是楊本泉，而是更有力量的共青團中央常委、中國青年出版社社長朱語今。而且，也如楊本泉曾經所說，朱語今的約稿實際上也是團中央領導給基層團幹部下達的工作任務。這樣，與上次「試寫」不同

〔註 11〕楊益言《祝賀・感謝・希望》，中國青年出版社編《中國青年出版社的三十五週年》（未公開出版），1985 年。

〔註 12〕見恭正（楊本泉）《追蹤〈紅岩〉傳說之謎》，重慶《聯合參考報》，1993 年 9 月 3 日。

〔註 13〕楊益言《祝賀・感謝・希望》，中國青年出版社編《中國青年出版社的三十五年》（未公開出版），1985 年。

的是，這次他們不再是在暗地裏往小說方向努力，而是明確了以小說形式來表現這個題材的寫作目標。

2、黨組織對小說寫作的介入

這次寫作和1956年那次寫作的不同，不只是明確了要使用的表現形式，更大的區別是前一次寫作還是一種準組織行為，寫作活動的發動和寫作的過程主要還是一種個人行為，組織的介入還主要是提供寫作時間及其它寫作條件和市文聯在稿件打印等業務方面的一些輔助性的幫助，市長任白戈的介入也還是他與羅廣斌之間的個人交往行為。但這一次寫作的原動力不是來自於作者們自己而是作為團中央直屬社的中國青年出版社。因此，這次約稿「不僅是中青社向作者，也是向市委約定的。」〔註14〕是有上下級關係的中央單位向地方組織提出的協作要求，這就引起了重慶市委的高度重視。王維玲回憶這次組織之間的約稿過程說：

> 從長壽湖農場回到重慶市後，我們便向分管長壽湖農場和團的工作的市委常委、組織部長蕭澤寬同志作了彙報。蕭部長解放前是川東特委書記，早在抗日戰爭時期就與朱語今相識，……蕭部長對我們提出的讓羅、劉、楊寫長篇小說的建議很重視，當即向市委第一書記任白戈和分管黨群工作的書記李唐彬報告了。任、李也很高興，表示支持。任白戈說：「要把這當作一項嚴肅的政治任務來考慮。」〔註15〕

當作「嚴肅的政治任務來考慮」的表現之一是對作者的審查。「他們三人因為要參加這個重大題材的寫作，市委對此十分重視，」因此，要對他們「逐個進行嚴格的審查」〔註16〕。審查的結果就是劉德彬首先被排除在了寫作團隊之外，原因是劉德彬在1957年犯有「工團主義」、「攻擊肅反運動」等「嚴重錯誤」〔註17〕。除了解放後在歷次政治運動中的政治表現，他們這幾個從敵

〔註14〕見恭正（楊本泉）《追蹤〈紅岩〉傳說之謎》，重慶《聯合參考報》，1993年9月3日。

〔註15〕王維玲《話說〈紅岩〉》，花山文藝出版社，2000年，第16頁。

〔註16〕見恭正（楊本泉）《追蹤〈紅岩〉傳說之謎》，重慶《聯合參考報》，1993年9月3日。

〔註17〕對劉德彬的「錯誤」，何蜀先生在他的《被時代推上文學崗位的作家劉德彬》一文中說：「在1957年『反右』運動中，劉德彬響應黨中央號召，並按照組

人監獄中出來的人的歷史問題又一次成爲審查的對象，尤其是羅廣斌的反動官僚家庭出身更加重了人們對他的無限疑慮。對這次審查的特點，石化在他的《說不盡的羅廣斌》中說：「第一，不是由黨委而是由專政部門主持；第二，背靠背秘密進行，羅廣斌本人不知道，沒有陳述解釋的機會；第三，審查沒有結果，也不可能有結果。實際上是被『掛』起來了，這比有結果要惱火得多。」〔註 18〕雖然是秘密進行，但人們還是聽到了消息，幾十年後馬識途回憶當時的情形說：「本來一切都是清楚的，但是不知道什麼原因，也不知道特務做過什麼手腳，交代過什麼，羅廣斌寫《紅岩》時，聽到小道消息，說羅廣斌的政治歷史可疑，正置於內部審查之中，好像還說，歌頌烈士的書不應該讓羅廣斌來寫。」後來，羅廣斌也知道了，有一次向馬識途暗示，馬識途還勸他說，身正不怕影子歪，自己的歷史是自己寫的，誰也不能歪曲，不要管那些閒言碎語。但馬識途也說：「看得出，他有痛苦，甚至幾分屈辱。爲對烈士負責，才硬著頭皮寫下去。」〔註 19〕但不久，馬識途就感覺到，不被信任的不只是羅廣斌，而且也包括他本人，甚至整個四川地下黨。雖然整個地下黨不被信任的「感覺」在「文革」當中才成爲明顯事實，但此時，四川地方干部和解放區南下幹部之間的齟齬卻已經開始顯露，這種齟齬不僅表現在地下黨成員在歷次政治鬥爭中的逐漸邊緣化，也不能不影響到眼下就要進行的對地下鬥爭歷史的書寫。羅廣斌他們就是在這種複雜的政治糾葛中「硬著頭皮」開始了他們的小說寫作。

開始寫作前一個很重要的程序是由文聯出面組織召開了一個對他們 1956 年所寫「材料」的討論會。羅廣斌、楊益言 2 月 16 日給中青社的信中說：「作協對我們材料的討論會是在上月下旬開的。市委組織部負責同志，宣傳部文藝處負責同志和作協有關同志均參加。會上，傳達了市委書記任白戈同志的

織安排，動員小學教師『鳴放』；在市總工會召開的全市產業工會負責人會議上，他又在發言中談到用群眾運動方式搞『肅反』導致的一些問題，建議今後以組織『審幹』代替群眾運動的『肅反』……這些，都成了他的『嚴重錯誤』。」（見何蜀，《被時代推上文學崗位的劉德彬》，《社會科學論壇》，2004 年第 2、3 期）這個「時代錯誤」就把參加過第一稿寫作但沒有參加其後的修改工作的劉德彬是否算是《紅岩》一書的作者的複雜問題留給了人們，並且多年後引起了聚訟紛紜、長達十多年的署名權官司。但這個話題不在本文的論述範圍之內，所以在此按下不表。

〔註 18〕石化《說不盡的羅廣斌》，《紅岩春秋》2000 年第一期。

〔註 19〕《馬識途的感慨》，張羽採訪馬識途記錄手稿。

意見。組織部雷副部長講了解放前地下鬥爭的許多史實和當時對形勢的估計（會後，還給了許多這方面的資料），大家都給了我們很多鼓舞，督促我們盡快完成這次寫作任務。」〔註20〕這次討論會後，從1959年2月開始，羅廣斌、楊益言脫離原來的工作崗位，開始了把「一堆材料」「小說化」的艱巨工程。像1956年在南溫泉的寫作一樣，羅廣斌他們照例還是先擬定詳細的寫作提綱，但那時對提綱的討論還是在他們四人寫作集體中間進行的，而這次的提綱卻要交到一個範圍更大的參與者參加的會議上去彙報、討論。楊本泉就說：「他們要寫的是一個特別重大的題材，不同一般，而且這又是在組織領導之下進行的創作。需要向組織彙報寫作的提綱。不是別的什麼地方，而是要在市委組織部的部務會議上，一次次地提出報告。參加部務會議的，多數是曾從事地下鬥爭的老同志。每次提出要彙報的提綱只有幾章。在這裡，每個細節，每項設想，幾乎都受到了嚴格的評判。老同志們認眞嚴謹，乃至十分苛刻，卻又是那麼熱心。與會者在否決每個細節和構思時，幾乎都提出了意見和建議，甚至還提供了寫作需要的生活素材。」〔註21〕

從寫作的過程看，1956年的寫作也是在組織的架構之中進行的。由文聯出面請到三個月的創作假，就意味著作家的寫作活動不是在工作之餘與組織無關的純粹的個人事務，而是已然納入了組織的工作日程。但這時的「組織」還只是涉及到作者的所在單位團市委和作者的「使用單位」市文聯。另外，1956年的寫作雖然也是組織行為，但組織內的其它人員畢竟並沒有直接參與他們的寫作過程。這次寫作由於1958年10月中青社的介入，作者的所在單位和「使用單位」就變成了重慶市委組織部和中國青年出版社，這就大大增加了這個寫作活動在組織架構中的分量，同時也給組織部長蕭澤寬提供了參與寫作的機會。作為在1948年川東臨委遭到破壞後出來收拾殘局的新成立的川東特委書記，蕭澤寬是當年地下鬥爭的當事者和領導人，蕭澤寬是重慶市委最適合主抓這次寫作的領導人。但也正因為如此，對於當年地下鬥爭的宣傳，蕭澤寬就是一個很微妙的角色。一方面，可以通過自己現在的權力和位置把當年那個模棱兩可的事情秩序化，但是，另一方面，搞得不好，就有為自己歌功頌德、樹碑立傳的嫌疑。對重慶解放

〔註20〕羅廣斌、楊益言1958年2月16日給中青社第二編輯室王維玲的信，原件存中青社檔案室。

〔註21〕見恭正（楊本泉）《追蹤〈紅岩〉傳說之謎》，重慶《聯合參考報》，1993年9月3日。

後蕭澤寬在公開場合盡可能保持低調的表現，當年在重慶市文聯當秘書的楊世元說：「解放後，蕭澤寬有沒有想給地下黨爭爭光、出出氣的想法呢，應該是有的。你想，我們地下黨那麼多人犧牲了，應該用他們的精神去鼓舞人、教育人。但是，政治是很微妙的。所以，蕭澤寬是盡量、盡量地往後躲。座談啊、剪綵啊之類的事都看不見他的蹤影。」〔註 22〕但是因爲是上級單位中青社或者說團中央的約稿，寫作活動就變成了完成上級組織交派的工作任務，蕭澤寬就可以比較公開地支持反映地下黨鬥爭的寫作，當然，從組織關繫上講，羅廣斌、楊益言是組織口管的幹部，這也是蕭澤寬可以參與指導寫作的一個原因。

和前一次「試寫」的另一個不同是，這次寫作以及其後的幾次修改是在重慶市委的直接領導和組織下進行的。當然不只是組織和領導，實際上，現在，這個寫作項目的參與者包括部分市領導以及市委組織部、市委宣傳部、團市委、市文聯等職能部門參與其事的有關人員和當年參加過地下鬥爭的老同志，羅廣斌和楊益言只是其中的執筆者，正像楊本泉所說，這些參與者不只是把關，還提出具體的建議和每個局部可以使用的「生活素材」。

請黨組織在初稿完成後審查稿件、在政治上幫助把關是五六十年代小說寫作中的一個慣例。正如中青社社長邊春光在經驗彙報中所說：「要出好重點書，還必須依靠組織，爭取有關黨組織的支持。我們要主動地向有關黨組織反映情況，提出創作中的困難和問題，請求給予指導和幫助，請他們審查稿

〔註 22〕但即使是盡量地望後躲，蕭澤寬最後還是被認爲是《紅岩》中李敬原的原型。楊世元說：「蕭澤寬有些事情他要夾著尾巴做人呢，在軍幹部一把手的領導下，他做事是很謹慎、很謹愼的。一有政治運動，地下黨的同志都首當其衝，比如，他們的社會關係問題，生活作風問題，必然都和南下幹部不同，包括語言、講話，都不同。部隊幹部都是多年黨政軍訓練過的，黨的語言一套一套的，地下黨當年是常常坐茶館的，思想做派都不一樣的。可是，地下黨的幹部資格老，有學位，跟行伍出身的人大不一樣，因此，解放過後的歷次政治運動，地下黨的同志都受審查。這就是爲什麼蕭澤寬他們一方面費很大的勁搞《紅岩》，一方面又很注意避嫌。有一件事，羅廣斌、楊益言他們在《紅岩》中寫了地下黨領導李敬原，後來，蕭澤寬成了反黨集體的頭子，李井泉就懷疑你蕭澤寬抓《紅岩》，是不是爲你自己樹碑立傳呢？那個李敬原就沒有進去嘛，地位也和蕭澤寬相當，這樣一來，羅廣斌他們挺緊張，蕭澤寬也挺緊張，羅廣斌就說，我們寫李敬原和蕭澤寬絕無關係，我們是寫的劉少奇，他頭上有斑白的髮絲，後來，一整劉少奇以後，又砸鍋了，根本就說不清了。」2005 年 7 月 23 日筆者在四川省成都市雙流縣應龍灣度假區四川省第六人民醫院對楊世元的訪談實錄，見本文附錄六。

件，特別是稿件的政治思想內容，更要請他們幫助審查。」〔註 23〕如同樣在中青社出版的柳青的《創業史》、梁斌的《紅旗譜》在初稿完成後也都曾經請當地黨政領導進行過審查，但是，這些小說都是在作者獨立完成稿件後請黨組織進行審查把關〔註 24〕，而《紅岩》卻是在寫作開始階段黨組織就對寫作提綱進行了細緻的審查，在稿件寫作過程當中對已經完成的「階段性成果」又進行一次次的討論，這種黨組織對寫作的「最親切的關懷和直接的幫助」日後被總結爲《紅岩》能夠取得更大成功的首要原因〔註 25〕。

3、再一次「試寫」的失敗

同第一次寫作一樣，作者們這一次的寫作同樣是很艱難的。1959 年 4 月，此時尚在中青社第五編輯室的張羽到重慶組織回憶錄稿件，並看望兩年來多次函件來往卻未曾謀面的羅廣斌和楊益言，這時候，羅廣斌他們的中篇回憶

〔註 23〕中國青年出版社《抓重點書的一些體會》(1964 年 1 月文化部召開的農村讀物出版工作座談會上中國青年出版社社長邊春光的發言)，未公開發行。

〔註 24〕如《創業史》當年「當書印成出版時，柳青開了西安以及各地黨政負責同志大量名單，張法生、蔡元心等，作家很少，多爲黨政幹部。」(見張羽《〈創業史〉檔案拾零》，未公開發表的殘稿，原稿存原中青社第二編輯室編輯張羽家。) 如在張羽撰寫的《紅旗譜》初稿的「審讀意見」中，就「建議」:「因此稿涉及冀中鬥爭歷史，有必要請黨委、特別是當時的領導同志審查，審查其歷史的眞實性。」(見張羽《〈紅旗譜〉審讀意見》，《編輯之友》，1985 年第 1 期。) 梁斌在給第二編輯室的一封信中也說:「同意你們提出的意見，我把你們的信送到省委。他們也同意，並決定 15 日後，由一個省委委員 (宣傳部副部長朱子強) 負責審查並提出意見。」(梁斌 1955 年 11 月 12 日致中青社第二編輯室的信，見張羽、梁斌《關於〈紅旗譜〉的通信》，《編輯之友》，1985 年第 2 期。)

〔註 25〕中青社社長邊春光曾說:「《紅岩》這部創作所以成功的主要原因首先是黨的最親切的關懷和直接的指導。……這部小說從醞釀到寫作，從開始寫作到最後完成，都受到重慶市委最直接的指導，這樣就大大增強了作者寫書的信心。開始創作的時候，重慶市委給他們指出，要把『揭露敵人，表彰先烈』作爲貫徹整個作品的精神，要他們在作品中抓住美帝國主義，貫穿到底，既要寫出美帝國主義的兇惡面貌，又要寫出紙老虎的本質。要作者不要迴避對敵人的描寫，把敵人的醜惡面目寫透，以便更好的表現我們的革命英雄人物。市委還給他們提供了大量的資料與檔案。市委負責同志介紹了當年黨的地下鬥爭的方針政策，介紹了一些革命先烈的鬥爭事蹟。初稿二稿完成以後，市委還組織人討論書稿，從政治上、思想上給作者以幫助。」中國青年出版社《抓重點書的一些體會》(1964 年 1 月文化部召開的農村讀物出版工作座談會上中國青年出版社社長邊春光的發言)，未公開發行，原件存中青社檔案室，編號 0058。

錄《在烈火中永生》剛剛出版發行了兩個月，張羽和羅廣斌他們見面的主要目的就是和他們交流回憶錄出版後廣大讀者的反饋意見，「同時，受二編室委託，順便向他們瞭解一下小說《禁錮的世界》〔註 26〕的寫作進度。」在羅廣斌、楊益言的住處，張羽看到他們正在緊張地工作。羅廣斌對來訪的張羽說：「雖然我們不會寫，但也要學著寫。本來是想寫點材料給專業作家寫作時作參考，但沒有人承擔，只好由我們動筆了。看來，做報告還容易，一動筆才知道比我們早先設想得要複雜的多。新的困難又需要我們去解決。」〔註 27〕從 2 月份開始寫作，到 5 月份他們寫出了 30 萬字。5 月 5 日，作者們給中青社寫信說：「目前，初稿已寫出近 30 萬字。其中，有 20 萬字已可作爲初稿交出。現在看來，全部寫出，可能在 50 萬字左右。大約在六月中旬可以寫完。因此，就考慮到一個新的問題，這就是，如何把初稿拿出來，請組織審查，請一些有修養的同志看，以便修改、定稿。我們覺得，這個做法是必要的，不可少的。因爲，書中反映的內容，比我們自己設想的要複雜的多，有必要嚴肅地對待，認眞徵求意見和修改後，再出版，更爲合適。」〔註 28〕作者們一再感歎書中所寫的「內容」比他們「設想的要複雜的多」，我們可以看到，令這兩個「不會寫小說」的人困惑的並不是怎麼寫小說的技巧，而是所要寫的「內容」。實際上，指導他們寫小說的和給他們提出建議的那些個眾多的參與者也大多不是「寫小說的」而是「黨政幹部」，也不一定「會寫小說」，他們有能力指導這兩個「不會寫小說」的人寫小說是因爲他們比羅廣斌和楊益言對歷史更有「發言權」。他們之所以更有發言權，表面上看是因爲這些人曾經是參加過地下鬥爭的人，所以他們有資格評判、審查所寫內容的「歷史眞實性」，但實際上羅廣斌、楊益言尤其是羅廣斌也是參加過地下鬥爭的人〔註

〔註 26〕80 年代以後，人們大多把當年的《紅岩》初稿《錮禁的世界》稱之爲《禁錮的世界》，在責任編輯張羽以及沙汀、馬識途等人的回憶文章中大多如此。可見，人們對這個當年作者們創造的詞彙還是很不習慣。

〔註 27〕張羽《我與〈紅岩〉》，《新文學史料》，1987 年第 4 期。作者們在不同的地方一再說他們「不會寫」、「本來是想寫點材料給專業作家作參考」，但我們卻沒能看到任何這方面的確實信息，大概確如張羽所說：「這只是他們的謙虛說法，實際上他們是想寫東西的。」

〔註 28〕1959 年 5 月 5 日羅廣斌、楊益言給中青社第二編輯室王維玲的信，原件存中青社檔案室，編號 020～021。

〔註 29〕楊益言不能說參加過什麼地下鬥爭，他是被國民黨特務誤抓的進步青年，但他畢竟也在國民黨的特務機關和集中營裏被囚禁過，也目睹了一些革命者在獄中的鬥爭情形。

29〕，他們在解放初期作爲從「殺人魔窟」裏僥倖生還的人對集中營的事情已經進行過各種形式的「很受群眾歡迎」的講述，他們也曾是很有發言權的人。之所以令這兩個集中營鬥爭的當事者感到「複雜」，不只是因爲歷史本身的複雜性，還因爲歷史講述活動的複雜性。給他們提建議的「黨政幹部」的「發言權」並不只是來自於他們參加地下鬥爭的豐富經歷，而主要是他們對怎樣「站在時代的制高點上」來認識那段歷史和講述那段歷史的政治感覺的敏銳和豐富。也即是說，他們對歷史有發言權不是因爲他們知道歷史是怎樣的，而是因爲他們知道歷史應該是怎樣的。

到 6 月，50 萬字的稿子寫完了，在寫作的過程中他們即把寫完的部分請宣傳部的同志幫助審查，發現問題不少，所以決定在排印之前再改一次。1959 年 7 月 31 日羅廣斌、楊益言給中青社的信中說：「初稿在六月寫成了，50 餘萬字，原打算七月就印出來，徵求意見。後來，為了慎重起見，請市委宣傳部看了一部分初稿，看後提出了些意見，我們考慮和討論了這些意見，決定重寫一次，再行排印。題材範圍，做了壓縮（主要減少監獄外面的鬥爭），另行起草了新的提綱，於七月初開始寫二稿，全稿約 30 萬字，根據原先的安排，現已將寫成的二稿，開排了十五萬字，八月中旬可全部排完。印出後，即將二稿寄上。待你們看了以後，再決定如何修改，和在哪裏修改。」〔註 30〕9 月，由中青社出資在重慶將寫完的稿子排印出來，小範圍發放徵求意見。因創作假期已滿，羅廣斌、楊益言又各自回到正常的工作崗位，羅廣斌到長壽湖農場當場長，楊益言則離開團市委，調到重慶市委《支部生活》雜誌做編輯。

發下去的「徵求意見稿」過了許久才有了反饋信息，原因是「一來審稿的領導同志近來工作都緊，有的沒看完，看完了的又找不到適當的時間講，」

〔註 30〕1959 年 7 月 31 日羅廣斌、楊益言致中青社王維玲的信，原件存中青社檔案室，編號 007 號。注意：在這裡作者把 1959 年 6 月寫完的沒有排印的稿子說是「初稿」，把修改排印後的稿子叫做「二稿」，這個稿件次序的編排是對 1959 年這次階段性寫作的一個稿件次序的編排，而不是對整個《紅岩》寫作、出版的稿件次序編排。王維玲在一篇文章中就是在這個「初稿」、「二稿」說法的基礎上和後邊的第三稿、第四稿、第五稿進行排列，給人留下他也承認有五次稿的印象，如在王維玲所說的《話說〈紅岩〉》中就說：「從 1959 年 1 月到 8 月底，羅、楊完成了小說初稿、二稿的寫作。」實際上，王維玲的「五次稿」中並不包括 1956 年的「油印稿」。從宏觀上看，1956 年的那個「油印稿」才是眞正的「初稿」，而這次修改後排印的鉛字稿才應是「二稿」，而 1959 年 6 月寫完的那個「初稿」其實並沒有正式排印，應該是「二稿」的未完成稿。

但並不是說這個稿子沒有問題，相反，是問題很多，楊益言在給中青社的信中說：「同志們提的意見，修改意見相當多。」〔註 31〕實際上老同志的意見不只是多，有的還很嚴厲，馬識途回憶說：「《禁錮的世界》一送到有關同志，特別是地下黨老同志及沙汀等同志手裏後，又提出了一大堆修改意見。我也給他們不客氣地提了意見。」〔註 32〕

4、「滿紙血腥」與「低沉壓抑」

對「第二稿」的失敗，作者在《紅岩》終於取得成功後的 1963 年總結道：「《紅岩》的初稿寫得很不好，既未掌握長篇小說的規律和技巧，基調又低沉壓抑，滿紙血腥，缺乏革命的時代精神，未能表現先烈們壯烈的鬥爭。」〔註 33〕

這段《紅岩》作者對創作過程的表述被許多《紅岩》研究者反覆引用，用來說明小說作者在「更掌握意識形態的含義的其它人」介入小說寫作之前「『個人』的不適宜的體驗」對寫作的影響〔註 34〕。不能排除當年經歷過的實際情形和沉積在內心的個人記憶對羅廣斌、劉德彬這些曾經身臨其境的人在寫作時有某種潛在的影響，但是，羅廣斌他們寫作中基調的「低沉壓抑」、描寫的「滿紙血腥」，並不主要說明他們對個人經驗的重視，而是按照他們對政治需要的理解，意在通過這種「自然主義」的描寫來「揭露」「美帝蔣匪」的「殘暴」。解放初期他們參與編輯的《如此中美特種技術合作所》一書的副題就是充滿「血腥」的「蔣美特務重慶大屠殺之血錄」，由羅廣斌、劉德彬他們編寫的那一部分的題目是同樣充滿「血腥」的「中美合作所血債」，第二年他們正式發表的《聖潔的血花》和此後的口頭報告以及《在烈火中得到永生》，雖然開始更多地關注革命者的正面鬥爭，但也並沒有減少對獄中刑訊過程的描寫〔註 35〕，而這些文章在當時都曾經得到過很好的社會效果。實際上，除

〔註 31〕1960 年 2 月 1 日楊益言致王維玲的信，原件存中青社檔案室，編號 014。

〔註 32〕馬識途《公子・革命者・作家——悼念羅廣斌同志》，劉德彬編《〈紅岩〉・羅廣斌・中美合作所》，重慶出版社，1990 年，第 125 頁。

〔註 33〕羅廣斌、楊益言《創作的過程，學習的過程——略談〈紅岩〉的寫作》，《中國青年報》，1963 年 5 月 13 日。

〔註 34〕洪子誠《中國當代文學史》，北京大學出版社，1999 年，第 113 頁。

〔註 35〕所以，在《紅岩》出版之後的 1964 年，作者已經發現了 1959 年 2 月出版的《在烈火中永生》中的許多問題甚至錯誤，打算在修改時進行完善。

了文字描述，人們也用更直觀也更容易煽動群眾道德情感的圖片來展示發生在重慶的這場慘絕人寰的大屠殺，如在北京等地舉辦的《美帝蔣匪重慶大屠殺照片展覽》和《如此中美特種技術合作所》，即使是羅廣斌他們 1959 年出版的《在烈火中永生》，在書的扉頁之後也特意插入了 10 張圖片，其中很有幾張是大屠殺犧牲者屍體的照片。這些解放初期的照片展覽和羅廣斌他們早期文章中的「滿紙血腥」並不是抽象的恐怖展示，而是對一起意義明確而又充足的政治事件提供證據。

其實他們在《錮禁的世界》中所謂「自然主義」的描寫並不那麼「自然」，而是進行了有意識的誇張，因此同樣是有傾向性的、意識形態的。如在《聖潔的血花》中對江姐受刑的描寫還是比較客觀的籠統的敘述：「特別是江竹筠同志，要想從她身上，找出一些關於她丈夫彭詠梧同志的關係，所以在魔窟的嚴刑考訊下，受盡了老虎凳、鴨兒浮水、夾手指、電刑、釘重鐐……各種各樣的酷刑，特務匪徒沒有從她身上得到絲毫的線索。」〔註 36〕但在《錮禁的世界》中，江姐受刑的過程被誇大爲釘竹簽：

> 繩子綁著她的雙手，一根竹簽從她的指尖釘了進去……
>
> 「說不說？」
>
> 鐵錘高高舉起。
>
> 「再釘！」
>
> 竹簽插進指甲，手指抖動了一下……，一根竹簽釘進去碰在指骨上，就裂成了無數根竹絲，從手背、手心穿了出來……
>
> 「說不說？」
>
> 「拔出來，再釘！」
>
> 拔出來的不是竹簽，而是肉絲和碎骨，沾在小刷把似的竹簽子上，一起拔了出來……血，從手背、手心和指尖噴了出來！

這段江姐受刑的情節在正式出版的《紅岩》中仍然保留著，但是刪去了上邊段落中描寫的竹簽釘進去和拔出來時的確是讓人心驚膽戰的細節描摹。

> 人們彷彿看見繩子緊緊綁著她的雙手，一根竹簽對準她的指尖……血水飛濺……

〔註 36〕羅廣斌等著《聖潔的血花》，新華書店華南總分店出版，1950 年，第 16 頁。

「說不說？」

沒有回答。

「不說？拔出來，再釘！」

江姐沒有聲音了。人們感到連心的痛苦，像竹簽釘在每一個人心上……〔註 37〕

和羅廣斌他們在解放初期編寫的「血錄」、「血債」、「血花」等作品一樣，五十年代初期抗美援朝文藝宣傳中很多作品也都是這樣「滿紙血腥」。但到 1951 年，人們已經開始認識到這種宣傳的不足甚至錯誤。如在全國文聯研究室對 1951 年 3 月底以前抗美援朝宣傳中的情況總結中就說：「從三個月來的作品看，作者們比較偏重於揭露美帝國主義的侵略暴行，而對於人民志願軍的英雄事蹟，和廣大人民支持戰爭的愛國熱情，卻反映的很不夠。……有些作品爲了激起人民對美帝的仇恨，誇大了美帝的力量與威風，寫中國人民如同被屠殺的羔羊，這也是不正確的。」〔註 38〕有一篇文章叫做《宣傳的目的和宣傳的手段》，是對這個問題更系統的專題論述，作者在文章中說：「在抗美援朝保家衛國的宣傳活動中，我們已經有了很好的成績。可是在反對美帝武裝日本的宣傳中，全國各地的報刊雜誌上，都大量登載著過去日寇在中國的暴行的圖片，砍頭、殺戮以及活埋狗咬等等，其數量實在是太多了一些。……認眞的說，這種缺點說明了編輯工作者沒有正視宣傳的目的，所以在宣傳方式上就不加選擇，只強調了一個方面而沒有照顧全面。」在文章的最後，作者對「提高作品思想性」這個讓羅廣斌在《紅岩》成功後深有感觸的革命文藝創作中的核心問題說道：「常常有人在喊著提高思想性，直截了當的說，我們不如多想想宣傳的作用和宣傳的目的。」〔註 39〕

羅廣斌他們的問題在於不能「與時俱進」，不能精確掌握政治意識形態在不同時期對文學寫作要求的微觀調整。因爲，在民主革命取得決定性勝利的建國初期，僅僅揭露敵人的殘暴行爲就能夠起到激發仇恨和鼓舞士氣的作用；但是，抗美援朝開始後，當面對美帝國主義這個現實的強大敵人和在一部分人身上表現出「恐美症」的時候，過多地展示敵人過去的殘暴和自己的

〔註 37〕羅廣斌、楊益言著《紅岩》，中國青年出版社出版，1978 年，第 278 頁。

〔註 38〕全國文聯研究室整理《抗美援朝文藝宣傳的初步總結——一九五一年三月底以前的情況和問題》，《文藝報》第四卷第二期。

〔註 39〕洪嶽《宣傳的目的和宣傳的手段》，《文藝報》第四卷第二期。

傷疤，就「會減少信心，會對敵人懷著恐怖之感。」〔註 40〕而在羅廣斌他們寫作小說的 1959 年，正是社會主義革命事業遭到重大挫折的「三年困難時期」，這種「只能流眼淚」的揭露暴行的角度就不再能夠滿足「組織勞動、鼓舞鬥爭」〔註 41〕的政治需要，這時候不能僅僅滿足於激發群眾的憤怒，而是要教給他們戰勝困難的「革命技能」和「革命智慧」，同時，要通過最後的「必然的」勝利來鼓舞人民群眾的革命信心。

5、馬識途在討論會上的發言

在爲《錮禁的世界》審稿和提意見的人們當中，馬識途是最爲重要的一個。馬識途和羅光斌的關係非同一般。從青少年時代開始，馬識途就一直對羅光斌產生影響，並終於引導羅光斌走上了背叛傳統官僚家庭、投身革命的道路。馬識途曾經回憶說：「我和羅光斌都是四川忠縣人，我的父親和羅光斌的父親是好友。在成都我們兩家住在同一條街上，斜對門，我家六號，他家七號。羅小時比較聽我的話，喊我『五哥』。我因黨的工作離開成都到川西洪雅，羅也去那裡，不想離開。之後，我去昆明，他仍在成都，時常通訊。我有意識地向他談文學、談寫作，吸引他喜愛讀書、追求眞理，每封信都有個主題，有個中心，一步一步深化，使他對文藝發生興趣。通了一段信，羅自己要求到昆明來，上聯大附中。和家裏商量，家裏管不住他，留在家裏將會變成個浪蕩公子，到昆明去，肯定功課可以學好，但他們家裏那些人知道我的身份，覺得把孩子送給共產黨去管，也非他們所願，但是拗不過他，只好讓他來昆明了。在昆明，他和我住在一起，黨委負責同志來找我談工作也不避諱羅。羅在黨的教育和影響下，參加了青年組織民青社，領導聯大附中的青年運動，在當年昆明學潮中發揮了作用。」〔註 42〕中學畢業後，羅光斌考

〔註 40〕洪嶽《宣傳的目的和宣傳的手段》，《文藝報》第四卷第二期。

〔註 41〕1958 年 12 月 19 日，重慶市委書記任白戈在中共重慶市委宣傳部召集各級黨委宣傳部門負責同志和專業文藝工作者、群眾業餘文藝活動積極分子共 3000 多人召開的大會上做報告說：本市群眾文藝創作活動的方向正確，正在爲政治服務、爲生產服務、爲工農兵服務的道路上前進，……主要標誌是：一、每個政治運動和生產高潮中，文藝很活躍，亦步亦趨，……眞正擔負了組織勞動和鼓舞鬥爭的任務。（見林彥《歷史沒有空白》，香港新天出版社，2003 年，第 86 頁。）

〔註 42〕《馬識途同志談羅光斌》，張羽 1980 年 10 月 6 日晚於中央黨校學員宿舍對馬識途的訪談。

上了重慶的西南學院，在這裡入了黨並開始進行革命工作，馬識途西南聯大畢業後先在滇南開展黨的工作，1946 年 7 月後調任中共南方局川康特委副書記，解放前夕發生在重慶的「挺進報」案也影響到了馬識途所在的川康特委，造成包括特委書記蒲華輔在內 17 個人的被捕。與羅廣斌特殊的私人關係和在四川地下黨革命鬥爭中的親身經歷，使得馬識途成爲羅廣斌他們進行小說創作時最合適的旁觀者。

我們今天還能瞭解馬識途當年對《錮禁的世界》所提意見的詳細情形，是因爲我們能夠看到一份完整的馬識途當年在歷次討論會上發言的提綱，這份提綱由很多獨立的段落組成，可以看出，每一個段落就是一次發言時的內容。這些提綱是當時馬識途寫在隨手拿到的機關信箋和便條上的，「文革」時期被作爲「罪證」抄走並整理爲單獨一卷，1979 年落實政策時又清退給了馬識途本人。

提綱中一個主要的內容是關於小說寫作的內容，也就是寫什麼。由於處在較高的工作崗位，對如何反映地下黨的歷史，馬識途顯然有更開闊的視野。對小說要反映的內容，馬識途提出要有更大的背景，「一九四九年的政治環境以及黨的迎接解放的政策要表現出來」，他要作者們注意「是第二戰線，不是第一戰線，內外相連，背景（要）有形勢。」〔註 43〕當然這不僅是對寫作範圍的單純考慮，而更重要的是涉及到是否政治正確，所以在這個段落他又再次強調：「是第二戰場，不是第一戰線，不能離開黨中央、老區黨的領導，是配合而不是主力。」〔註 44〕而對於反映重慶發生的「挺進報」案和由此引起的監獄鬥爭，馬識途給作者們提出的任務也很艱巨。他要作者們不迴避重慶地下黨領導層的路線錯誤：「要總結地下黨活動中有冒險盲動（責任在領導，而領導者後來成叛徒了），引起慘重的損失，如在那種場合硬要發行挺進報、而且去解放碑去散發是很大錯誤，爲何不用郵寄形式出版呢？硬打陣地仗是不量力的小資產階級的瘋狂主義。」另外，馬識途對敵人的描寫也給予了足夠的重視，他說：「敵特不是在睡覺，不把敵人寫得總是那麼愚蠢無能，他們是有著荒淫無恥的一面，還有陰險毒辣的一面，他們在辦害人的事時還是十分積極而有效率的，爲他們的反動做拼命的掙扎鬥爭，只是他扭不過歷史所

〔註 43〕馬識途《廣斌寫作時注意》，《羅光斌、劉德彬、楊益言創作〈紅岩〉過程中我參加討論時寫的發言要點》，沒有正式發表。

〔註 44〕馬識途《對廣斌著「紅岩」稿的意見》，《羅光斌、劉德彬、楊益言創作〈紅岩〉過程中我參加討論時寫的發言要點》，沒有正式發表。

規定的滅亡的命運罷了，事實上地下黨在這方面是吃了一些虧的。」〔註 45〕除了敵特，馬識途在這兩次討論中的發言還表現了對同樣是反面人物的「美國特務」和叛徒的重視。馬識途的這些說法對羅光斌是有影響的，羅光斌也同樣認為：「不是所有的敵人都是窮兇極惡的樣兒，有的更狡猾，不要把敵人都簡單化了、公式化了。」〔註 46〕

馬識途的這些說法其實是為作者們定了一個很高的調門，因為，無論是重慶地下黨的「左傾」路線錯誤還是詭計多端、并不愚蠢的敵人，畢竟都是負面的需要克服的對象，它們在作品中的出現只是為了陪襯正面人物克服困難的勇氣和能力，因此，把負面形象的力度設置得越高，對正面形象的要求也就相應越高。從實際結果看，羅光斌他們並沒有像馬識途說的那樣正面反映地下黨的路線錯誤，而是避難就易，把整個組織的錯誤降調為叛徒甫志高一個人的錯誤。對反面人物或者說敵人給予的過重分量產生的副作用很快成為旁觀者們的關注的焦點，馬識途不止一次在發言中重複「是戰場，不是屠場」「不是一群革命者在這亙古未見的集中營裏吃苦受罪，遭受毒刑和屠殺的悲慘景象和壯烈犧牲的景象，而把它寫成在特定的歷史條件下革命和反革命進行的一場劇烈的鬥爭，是革命戰場。」〔註 47〕但與此同時，馬識途也仍然在繼續強調「敵人是兇惡的，狡猾的，不要把敵人寫成魔鬼、寫成蠢貓，臉譜化。」如何協調這兩個看似衝突的要求，並不是簡單的一句「敢於勝利，敢於鬥爭」可以解決的。馬識途對這個問題提出一個技術性的建議：「這個故事要表現我黨和群眾的英勇、機智，並且取得勝利，要表現敵特的陰險兇殘，因而在描寫時，要立場鮮明，用語大有區別，有所愛和有所憎，不能有任何『客觀』描寫的自然主義傾向。」〔註 48〕但從最後的實際效果看，即使「最後勝利是我們的」，只要「敵人是兇惡的、狡猾的」，也不好解決「低沉壓抑」的「副作用」。羅光斌就對陳家俊說過的他的擔心，就是他對敵人的重視「會不會把敵人寫得太高了」。與羅廣斌他們的想法完全相反的一個例

〔註 45〕馬識途《羅光斌、劉德彬、楊益言創作〈紅岩〉過程中我參加討論時寫的發言要點》，沒有正式發表。

〔註 46〕張羽訪談記錄《陳家俊、向洛新再談羅光斌》，採訪日期：1991 年 5 月 23 日。

〔註 47〕馬識途《羅光斌、劉德彬、楊益言創作〈紅岩〉過程中我參加討論時寫的發言要點》，沒有正式發表。

〔註 48〕馬識途《羅廣斌寫第二條戰線〈錮禁的世界〉》，《羅光斌、劉德彬、楊益言創作〈紅岩〉過程中我參加討論時寫的發言要點》，沒有正式發表。

子是 50 年代初李伯釗寫的歌劇《長征》，劇中不但沒有把敵人寫得很高，而且乾脆就不讓敵人出現。李伯釗自己說：「我不叫敵人的醜相出現在舞臺上，因為我專用來歌頌我喜愛的紅色指戰員的篇幅還不夠呢！幹嗎擠篇幅去寫那些面目猙獰的反動派呢？但是，我必得叫觀眾能看出場場有敵情，有戰鬥，對反動派有鬥爭決心。我就這樣把歌劇所有的篇幅專留給各色各樣的紅色長征英雄，和革命根據地的群眾了。」〔註 49〕「低沉壓抑」成為《紅岩》始終擺脫不掉的一個死結。《紅岩》出版之後的 1962 年 5 月 1 日，四川省委統戰部長李宗林和沙汀談了他對《紅岩》的看法：「氣氛太沉重了，大家慢慢會感到這一點。」〔註 50〕後來在北京電影廠拍電影時的一次樣片討論會上，周揚在最後的發言中還是不放心地問：「低沉的調子還有沒有？也還有，聯歡會和追悼會再剪一些，應該有高昂的調子。」〔註 51〕

從這些發言提綱中可以看出，除了「寫什麼」之外，馬識途對情節、人物、語言等等小說寫作中的常規技術問題提出了更多的看法。如對作品的情節他說：「故事應該是一個不可分割的整體，有機聯繫，所有的情節（章、節）都要逐步發展，愈益顯出鬥爭的尖銳化，走向故事的高潮。」〔註 52〕同時他又多次強調「不追求離奇情節」。對雙槍老太婆下山救江姐和成崗在白公館被美國人使用「誠實注射劑」的情節他都認為「不必寫」。如他說：「雙槍老太婆是追求離奇，可有游擊隊，不一定是她。」他也警告作者們不要過多過細地描寫地下鬥爭中的技術細節：「地下黨活動介紹有價值，但是不足，（不是）為了介紹秘密工作技術，而是通過這些介紹以刻畫人物和黨的活動原則，不要特務化、間諜化。」〔註 53〕由此可以看出，馬識途對情節的重視只是基於敘事作品的一般規律和情節對材料的組織功能，但他並不支持過度凸顯情節本身，如離奇和驚人的故事，如和中心主題關係並不緊密的細節，同時，他對作者們設置伏筆和懸念這些創造驚奇效果的敘事策略也不以為然。馬識途並沒有說明他這種說法的含義，但他顯然意識到了以情節為中心的敘述模式

〔註 49〕李伯釗《我怎樣寫「長征」》，《文藝報》第四卷第八期。

〔註 50〕吳福輝編《沙汀日記》，山西教育出版社，1997 年，第 204 頁。

〔註 51〕《周揚同志等對〈紅岩〉樣片的意見》，1964 年 8 月 4 日晚，原件存中國電影集團。

〔註 52〕馬識途《羅廣斌寫第二條戰線〈錮禁的世界〉》，《羅光斌、劉德彬、楊益言創作〈紅岩〉過程中我參加討論時寫的發言要點》，沒有正式發表。

〔註 53〕馬識途《廣斌寫作時注意》，羅光斌、劉德彬、楊益言創作〈紅岩〉過程中我參加討論時寫的發言要點》，沒有正式發表。

中「行動卻有著自身存在的權利，構成文學快感的獨立來源。」〔註 54〕羅廣斌大概是在更晚的時候才認識到馬識途這些說法的意義，在和上海的連環畫作者們談話時表示「從目前多種改編情況看，有的選驚險，有的選平淡，……我們不喜歡過於驚險。」〔註 55〕但從他們最後的成果看，他們還是更多地保留了馬識途指出的那些格外凸顯的吸引人的情節。從以後的接受效果看，人們被《紅岩》吸引的很大部分原因就是小說情節的驚奇性，如在一次電影《烈火中永生》的受眾調查中，很多人對電影中雙槍老太婆的戲太少表示大為不滿〔註 56〕。

相對於情節，馬識途更重視的是作品中的人物刻畫，因為通過對理想人物的刻畫才能體現黨性。所以他認為情節是為塑造典型人物服務的：「所有情節都必須為某一個或幾個典型人物的形成服務，鬥爭愈尖銳化，人物性格愈明朗化。」〔註 57〕但作者們在這個階段的人物塑造還很不成功，「人物上實際著力寫了三個人，江姐、成崗、劉思揚，其次是許雲峰、於新江、陳松林、宣浩……」〔註 58〕許雲峰此時還是一個沒有塑造成型的次要人物。馬識途很敏銳地指出「工農兵」在羅廣斌他們作品中的缺席：「認真說沒有寫出一個真正的工人和農民來，寫出的是共產黨員，且是知識分子的共產黨員為多（雖然有出身工人的，仍是知識分子型的）。」〔註 59〕他也明確指出作為典型知識分子的劉思揚應該是一個需要批判和在鬥爭中成長的形象：「劉思揚身上的情調還要改一下，（小資產味是批判，不是歌頌，一會兒作詩是沒有必要的）。」〔註 60〕

〔註 54〕童慶炳主編《文學理論要略》，人民文學出版社，1995 年，第 207 頁。

〔註 55〕吳穗《文藝作品應該刻畫出活生生的人——〈紅岩〉連環畫編輯札記》，《連環畫研究》1980 年第 12 期。

〔註 56〕如團支委劉玉榮說：「好些人就想去看看雙槍老太婆，這麼一點，不突出。」團員朱敬春說：「雙槍老太婆在書裏說的『劫刑車』可神秘了，現在瞅著平常點。」見《對〈烈火中永生〉的意見》，未發表稿，原件存中國電影集團。

〔註 57〕馬識途《羅廣斌寫第二條戰線〈錮禁的世界〉》，《羅光斌、劉德彬、楊益言創作〈紅岩〉過程中我參加討論時寫的發言要點》，沒有正式發表。

〔註 58〕馬識途《羅廣斌寫第二條戰線〈錮禁的世界〉》，《羅光斌、劉德彬、楊益言創作〈紅岩〉過程中我參加討論時寫的發言要點》，沒有正式發表。

〔註 59〕馬識途《廣斌寫小說的缺點》，《羅光斌、劉德彬、楊益言創作〈紅岩〉過程中我參加討論時寫的發言要點》，沒有正式發表。

〔註 60〕《題目很彆扭，還不如改一下，比如叫「煉獄」、「第二條戰線」》，《羅光斌、劉德彬、楊益言創作〈紅岩〉過程中我參加討論時寫的發言要點》，沒有正式發表。

在後邊的幾次發言中，馬識途每次都提到作品文字風格上的缺陷，如「文字沒有個人的風格，是屬於一般文學語言，甚至有的是知識分子的『學生腔』。寫四川的事，沒有充分利用四川語言，可惜。」〔註 61〕但馬識途也覺得這個要求是太高了些，「這要進一步鍛鍊才成，不能要求過高，求全責備不好的。」不過，一個不是「過高要求」的問題就是馬識途指出的「有一些生僻的形容詞，自造的詞兒。」〔註 62〕這些「自造」的詞在正式出版的《紅岩》中還是比比皆是，如「余新江抗聲說道」、「神色自若的許雲峰，已經屹立在牢門邊」、「出去放風、找水、倒便桶的人們，一一回進牢房」等。

6、沙汀的「慧眼」和貢獻

在 1958 年 10 月中青社社長朱語今到達四川前夕，四川省文聯主席沙汀也收到了重慶市文聯報送上來的「獻禮」作品《錮禁的世界》，1959 年 9 月修改完鉛印出來的「徵求意見本」應該是也送給了沙汀。多年後沙汀就當年這部稿子的情況寫道：

> 「我記得《紅岩》大約是 1956 年前後完成初稿的，中國青年出版社印發的第一第二兩次徵求意見稿，都送過我。要我提意見，但我都沒有擠出時間看（管）它，1958 年，也可能是 1959 年，因為四川省文聯組織建國十週年獻禮的作品，有人提到這部作品，而大都持否定態度，彷彿連修改加工的基礎都很單薄。這引起我很多疑問，接著就翻出第二次徵求意見的版本，即最近的一次修改稿本，一氣把它讀了。當時不叫《紅岩》，叫《禁錮的世界》。
>
> 「看完之後，我覺得對這部作品（東西）抱悲觀態度的同志（人）是有根據的。因為作者對敵人的刻畫描寫，相當生動，對於共產黨人的刻畫描寫，則相當概念化，不怎麼吸引人。但要點還在這裡：把敵人寫得很囂張，幾乎處處處於主動的地位，而共產黨人，主要一些因為組織遭到破壞被捕入獄的領導幹部，儘管作者也寫了他們在敵人面前的堅貞不屈，卻都顯得被動，缺乏那種革命的進攻精神。

〔註 61〕馬識途《廣斌寫小說的缺點》，《羅光斌、劉德彬、楊益言創作〈紅岩〉過程中我參加討論時寫的發言要點》，沒有正式發表。
〔註 62〕馬識途《對廣斌著「紅岩」稿的意見》，《羅光斌、劉德彬、楊益言創作〈紅岩〉過程中我參加討論時寫的發言要點》，沒有正式發表。

幾經考慮，我認爲這種顛倒了的（極爲錯誤的）安排刻畫和描寫，是完全可以扭轉過來的，也就是說，這（本東西）部作品，具有修改的基礎，（可以加工改好），否則（爲什麼——作者加）中國青年出版社一再印製徵求意見本。」〔註 63〕

在沙汀的這段手稿中，括號中的字是沙汀寫了又用槓子劃去的，低下加線的字是沙汀補加的，用以代替括號中劃去的字。那些用槓子劃去的對《紅岩》很不「尊敬」的字眼可能恰恰是沙汀本眞的想法。從這段手稿殘稿可以看出，在沙汀的日程安排中，本來沒有多少時間可以去看這樣一部經常會送到他手上的業餘作者的習作。他之所以「擠出時間」來看這個《禁錮的世界》，只是由於疑惑和好奇：對一個文聯的同志「大都持否定態度」、「彷彿連修改加工的基礎都很單薄」的作品，爲什麼中國青年出版社卻彷彿情有獨鍾呢？〔註 64〕

由此可見，當年沙汀看完《錮禁的世界》後得出的結論，並不是如多年後人們所說的，沙汀「獨具慧眼」，認爲這是一部大有可爲的作品。實際上，沙汀基本上是支持否定該書的大多數人的觀點的。只是在「幾經考慮」之後，才認爲書中「極爲錯誤的」安排、刻畫和描寫是可以扭轉過來的，而且能夠得出這種認識也是和中青社對此書的重視有關的。沙汀「獨具慧眼」的地方，主要不在於他看出了這部作品日後的潛力，而更在於他看出了其它人沒有看出來的「錯誤」：把敵人寫得很囂張，幾乎處處處於主動的地位，而共產黨人，主要一些因爲組織遭到破壞被捕入獄的領導幹部，儘管作者也寫了他們在敵人面前的堅貞不屈，卻都顯得被動，缺乏那種革命的進攻精神。這種「低沉壓抑」、「滿紙血腥」很多人都感覺到了，覺得羅廣斌他們的一稿、二稿「太

〔註 63〕沙汀《從〈禁錮的世界〉到〈紅岩〉——有關〈紅岩〉修改、加工瑣記》的手稿殘稿，原件存中國現代文學館手稿室。

〔註 64〕從這裡可以看出，在朱語今一行到達四川成都拜訪沙汀的時候，沙汀還沒有看過《錮禁的世界》這個稿子，王維玲在《話說〈紅岩〉》中所說的：「沙汀懷著極大的熱情，把重慶市文聯剛剛寄給他的慶祝建國十週年的獻禮計劃拿出來，指著署名羅廣斌、劉德彬、楊益言三人名字的反映『中美合作所』獄中鬥爭的長篇線索，興致勃勃地對我們說：『這可是個大題材！不僅在重慶、在四川、在全中國、就是在全世界，『中美合作所』集中營也是出了名的！搞成了會是一部很有價値的書！』他要語今親自掛帥把這部書抓出來。語今深知這這個題材的分量，他誠懇地要求沙汀出面來抓。沙汀高興地說：『好，你也抓，我也抓，我們一起抓！』」只能理解成沙汀對這個題材的興趣，並非他極力推薦這本書給朱語今，相反，是中青社對這本書的興趣使他感到好奇，促使他「管」這個事。

沉悶，太壓抑，不能鼓舞鬥志，只能流眼淚。」〔註 65〕但也只是把它當做是作品的「色彩」、「氣氛」問題，但沙汀卻認爲這是「極爲錯誤的」，甚至是「思想路線問題」。三年後，幾經修改的《紅岩》已經出版發行，沙汀在觀看一部話劇的彩排時又遇到了同一個問題，沙汀在 1962 年 1 月 18 日的日記中記載說：

> 「晚上看《悲壯的頌歌》。是人藝演的。這是第二次彩排，第一次彩排，杜書記、李書記都去看了。又說，大家的印象是氣氛有點壓抑，低沉，滿臺都是資產階級在那裡張牙舞爪……
>
> 「一直演到十一點半才完結。氣氛雖已有改變，資產階級也沒有那麼猖狂了。但是這戲總覺並不怎麼樣好。我前年讀劇本，興致就並不怎麼高，覺得在三部曲中，這本戲不大好。看完彩排，我的看法更明確了。在上臺的幾個共產黨員中，一個成了貪污分子，一個退了黨，一個發生動搖，好像列寧在孤軍作戰……
>
> 「由於別人提出，這才恍然大悟。看來《頌歌》是在某種錯誤路線指引下的產物……」〔註 66〕

想清了《錮禁的世界》的問題和錯誤，沙汀於 1960 年 4 月，專程從成都到重慶指導年輕的作者們修改作品。在和市委宣傳部文藝處負責人王覺談了自己的設想和意見後，「沙老的意見立即引起了市委的重視，派文藝處的林彥、向曉等同志陪同沙老到長壽湖，……到達農場的當天晚上，沙老不顧旅途勞頓，立即把羅廣斌、劉德彬、楊益言找來，徹夜長談，第二天又談了大半天。」〔註

〔註 65〕1991 年 5 月 23 日張羽對陳家俊、向洛新的訪談記錄手稿，未公開發表。

〔註 66〕《沙汀日記選》，《新文學史料》1988 年第六期。

〔註 67〕見曉鐘《沉默三十年，〈紅岩〉作者署名起波瀾》，《舞臺與人生》，1993 年第 11 期。沙汀到長壽湖輔導羅廣斌他們寫作的事情，在二十七年後由於沙汀紀念羅廣斌逝世 20 週年的一篇小文章而引起了一點小波折，曉鐘在他的文章中說：「羅廣斌逝世 20 週年前夕，1987 年 2 月 7 日，沙汀同志在《重慶日報》上發表文章《我的悼念》，……他在文章結尾時指出：『茲值他逝世 20 週年前夕，因應他的寫作夥伴劉德彬之約，特寫此表示我的悼念之情。』就是這麼千把字的一篇短文，不想楊益言頗爲不滿。他在文章中『羅廣斌和他的創作夥伴們』這句話下邊畫出黑線，將剪報和劉德彬 84 年那篇聲明《我的幾點更正》複印下來，連同他的信一併寄給沙汀。」
在中國現代文學館手稿室，筆者看見了沙老寫給楊益言的一封信：
　益言同志：來信及兩個附件都收到了，萬沒料到一篇短文，竟會給您招來那麼多麻煩！實在抱歉！隨信附上給重慶日報副刊編輯鳴鏗同志的聲明，

67〕當年沙汀談話的內容，沒有詳細的記錄公開發表，但從不同地方的不同說法也可看出一二。沙汀自己曾說：「我的看法得到王覺同志的贊同，他認爲我把作品成敗的關鍵一下子抓住了。作者們的注意力彷彿只看到那個『禁錮的世界』，沒有放眼於當年渣滓洞以外天翻地覆的大好形勢。其實，蔣家王朝已經面臨總崩潰了！而那些劊子手、獄吏才眞是被『禁錮』的囚徒！……」〔註68〕王維玲對沙汀談話的說法是：「沙汀對『徵求意見本』給予了充分的肯定和鼓勵，同時一針見血地指出：小說稿寫得過於沉悶和壓抑，他很同意白戈同志說的那句話：『小說的精神狀態要翻身！』沙汀說：你們要以勝利者的姿態，眉飛色舞地寫這段生活，不要還像關在渣滓洞、白公館監獄裏那樣帶著手銬、腳鐐寫獄中的鬥爭生活，也不能只拿個小本本記錄當時的材料，原封地寫進小說裏去。……要看看當時全國是怎麼回事，不能只寫獄中這個小圈圈、小天地，要跳出來，寫出局部與整體，解放區戰場和白區第二條戰線的關係，把獄中鬥爭、重慶地下黨活動和全國的革命形勢聯繫起來。當時解放戰爭勝利在望，人民精神振奮，認識了這個大背景，在安排情節、組織結構時就不同了。下一步應該著重考慮的是貫穿全書的精神面貌問題！」〔註69〕

其實，在那個「寫得很不好」的第二稿的寫作過程中，「更掌握意識形態含義」的人們就開始介入了，而且在寫作前的討論會上就爲作者們如何按照意

請予審閱並轉給鳴鏗同志。如果您感覺這個聲明仍有不當之處，您可以或增或刪，加以改正。是否得約同王覺、林彥和德彬商酌，由您裁決。

廣斌逝世是否是二十週年了，也可更正，是林彥、向曉和您一道陪我去的長壽湖，是否也得聲明？您們都可考慮，我沒意見。

這裡我只想聲明一點，兩年前，我的確請您寫過我在長壽湖、在成都省文聯宿舍向您和廣斌提過些什麼意見，可是您回信說，您所記錄的材料，文革中散失了，沒有寫。從來信看，您的記憶力比我強，那就煩您擠時間寫點，怎樣？沙汀 八七年二月二十八日

楊益言對沙汀這篇文章的不滿主要是因爲提到了劉德彬，而事實上當年沙汀確實是與羅廣斌、劉德彬、楊益言三個人談的他的意見；另外，就是沙汀在文中說到由市委宣傳部林彥、向曉陪同到長壽湖，楊益言認爲當時陪著去的還有他，所以，覺得冷落了他。對此，在重慶，林彥老人曾對筆者說：「眞是奇怪，沙汀就是去找他們，他楊益言是主人，怎麼能說是他陪著呢？」另外，可能沙老把羅廣斌逝世20週年寫成了19週年，也被楊益言作了更正。所以，沙老說：「看來您的記憶力比我好」，讓楊益言寫一點沙老輔導他們時說過的話，但楊益言似乎對此記憶力並不好，故一直沒有寫什麼東西。

〔註68〕沙汀《我的悼念》，劉德彬編《〈紅岩〉·羅廣斌·中美合作所》，重慶出版社，第67頁。

〔註69〕王維玲《話說〈紅岩〉》，花山文藝出版社，2000年，第29頁。

識形態的要求來「構架（framing）」重慶集中營的那個歷史事件提供了很完善的「架構」:「（1）充分估計解放前夕敵潰我勝的形勢，因此在描寫監獄鬥爭時，色彩宜更加鮮明、有力；（2）適當地反映當時地下黨的堅強領導以及獄中黨的領導活動；（3）要注意描寫群眾鬥爭的場面，通過群眾鬥爭來反映黨的領導。」而且，對於作者怎樣來實現這一敘事目標也指出了明確的方法和門徑：「關於怎樣改寫，一致的意見傾向於：人物和事件需進一步概括，在歷史事實的基礎上加以適當的開展和提高，使之更能感人。因此在形式上更應帶有小說的味道。」〔註 70〕沙汀所感覺到的問題也是許多審讀過一、二稿的審稿把關者如馬識途等同時感覺到的問題。中青社文學編輯室主任江曉天在 1960 年 6 月作者來京參觀學習時的討論會上也提出「應該像國際共產主義戰士季米特洛夫那樣，把敵人的監獄和審訊『法庭』當作戰場，鬥志昂揚。」〔註 71〕這些說法角度不同，但主要的目的是一致的，就是幫助羅廣斌他們從「眞實的經歷、事件和眞實的人物、場景」之中「解脫出來」，王維玲對此回顧說：「在羅、楊創作的過程中，周圍的同志，花精力最大，花時間最多，反覆說服、開導、啓發羅、楊的問題，就是如何使他倆人從眞人眞事的束縛中，從狹小的個人經歷的圈子中，從有限材料的瞭解中，跳出來，站在時代的最高點，……從整體上動員他們解放思想，打破框框，大膽虛構，大膽想像，大膽創作。」〔註 72〕

問題一次次提出來了，而且幾乎都是同一個問題。「監獄應該是革命戰場」，「革命者應該鬥志昂揚」，「眞正的囚徒應該是那些獄吏」，這些個「應該」的道理通過不同的人一次次重複給羅廣斌他們聽，可是怎麼解決問題呢？王維玲的辦法就是鼓動作者的一連串的「大膽」。但是，膽量又從何而來呢？有了膽量又如何找到表現的手段呢？理解羅廣斌的革命戰友陳家俊曾對張羽說：「你們也曾提出修改意見，但意見好提，要通過設計人物、情節表現出來，解決了，就不容易了。」〔註 73〕

7、「毛澤東思想」的作用和小說的「翻身」

爲了幫助作者從渣滓洞「跳出來」，敢於「大膽虛構、大膽想像、大膽

〔註 70〕羅廣斌、楊益言給中青社王維玲的信。

〔註 71〕江曉天《早該還歷史眞面目》，《江曉天近作選》北京，大眾文藝出版社，1999 年，第 102 頁。

〔註 72〕王維玲《話說〈紅岩〉》，花山文藝出版社，2000 年，第 30 頁。

〔註 73〕1991 年 5 月 23 日張羽訪問陳家俊、向洛新談話實錄，未公開發表。

創作」，沙汀提出了一個實際的建議，就是讓作者們到北京去開闊視野，參觀剛剛建成的軍事博物館和革命歷史博物館。1960 年 6 月，羅廣斌、楊益言來到北京，在中青社的安排下開始參觀學習。張羽在一篇寫於六十年代的文章中把作者們這次在北京學習的收穫概括爲毛澤東思想對文學創作的指導作用〔註 74〕。

毛澤東思想首先「解決」了作者們書寫歷史的「膽量」問題。在還沒有正式對外開放的兩個博物館，他們看到了還沒有正式結集出版的毛主席在解放戰爭時期的一些文章，對解放前夕的歷史局勢有了進一步瞭解，這有助於他們做到王維玲所說的「站在了時代的制高點」上。

> 「看了《目前形勢和我們的任務》、《蔣介石政府已處在全民的包圍中》、《將革命進行到底》、《中國的軍事形勢起了變化》，明白了當時的局勢。……全國範圍是一片大好形勢，對獄中鬥爭自然也會產生有利的影響。……讀過毛主席的著作，認識了戰爭形勢，認識到敵人是處在全民包圍中這一眞理時，思想解放了，筆下也就自由了。」〔註 75〕

學習毛主席著作，不只是增加了「膽量」，同時也學到了怎樣和敵人鬥爭的藝術：

> 「通過學習，作者進一步領會了毛澤東同志最靈活最巧妙的鬥爭藝術。看了毛主席對濟南戰役的指示，對三大戰役的指示，《關於西北戰場的作戰方針》等，眞是千變萬化，巧妙無窮。……他們學習了毛主席靈活巧妙的鬥爭藝術，重新研究了獄中鬥爭的情況。」〔註 76〕

對這次北京之行對創作的影響，作者們曾說：「這次學習，是小說翻身的契機。」〔註 77〕當年中青社陪同作者們參觀的王維玲也說：「他們在瞭解了大時代、大背景之後，對自己的構思便發生了根本性的變化。……羅、楊這時才眞正從

〔註 74〕張羽在文章中說道：「走進這些高大的建築，眞像進了寶山一樣，有文件，有檔案，有圖表，有實物，眞是琳琅滿目，光彩耀人。……有了這些具體生動的實物、文電稿、手稿……毛澤東思想的光輝照亮了年輕革命者的心扉。久久苦思的問題，一下子豁然開朗，直感到耳聰目明。用中國一句老話叫做『茅塞頓開』。」張羽《〈紅岩〉的誕生》，未發表稿。

〔註 75〕張羽《〈紅岩〉的誕生》，未發表稿，原稿存張羽家。

〔註 76〕張羽《〈紅岩〉的誕生》，未發表稿，原稿存張羽家。

〔註 77〕張羽《〈紅岩〉出版大事記》，未發表，見附錄一。

禁錮的小圈圈中走出來，這對他倆來說是一次革命，一次昇華，一次心靈的震撼，一堂對他們倆今後的創作和修改十分有益的必修課。」〔註 78〕9 月，《毛澤東選集》第四卷出版，他們在革命歷史博物館看到的那些毛主席的手稿大多收入此卷。作者們又用了一個月的時間集中學習了一遍那些曾經令他們激動不已的文章。通過學習毛主席的哲學著作，作者們找到了之所以產生「基調低沉」、「滿紙血腥」的方法論上的原因，運用辯證唯物主義和歷史唯物主義的思想方法對集中營裏的生活進行重新認識，就從事情的「表面」看到了「本質」，從敵人表面上的殘暴看到了敵人「內心」的虛弱：

> 「作者通過學習《實踐論》、《矛盾論》等哲學著作，學會了運用辯證唯物主義和歷史唯物主義的觀點和方法來觀察問題和解決問題，認識生活和表現生活，認識人物和表現人物。原來，在《錮禁的世界》裏，所以產生『基調低沉，滿紙血腥』的原因，主要是對生活理解的深度問題。……監獄生活從表面上看，鐵鐐啷噹，行刑毒打，敵人的殘暴狠毒，被囚者的受難，可能是常見的現象。問題是必須通過生活的表面現象，深入到生活的底層去，到人們的精神世界裏去，才能深刻地揭示這些鬥爭。敵人是殘暴的，是有統治經驗的敵人，是武裝到牙齒的敵人，這只是一面。根據毛主席的『一切反動派都是紙老虎』的論點，敵人表面上是鐵老虎、活老虎、眞老虎，而本質上是紙老虎、死老虎、豆腐老虎。一切反動派的規律是搗亂、失敗、再搗亂、再失敗，直到滅亡；而人民則是失敗、鬥爭、再失敗、再鬥爭，直到勝利。徐鵬飛不管多麼兇惡、狡猾，但無法挽救必然毀滅的命運，這是階級本質決定的。有了這樣的認識，才能恰如其分地塑造出這個特務頭子外強中乾、色厲內荏的形象。反轉過來，如何準確地描寫革命者，也要從本質上去觀察、去描寫。魔高一尺，道高一長〔註 79〕。我們的同志定要壓倒敵人的威勢，才能顯示革命者的氣概。」〔註 80〕

10 月，中青社爲作者向市委請准了三個月的創作假，羅廣斌他們立即開始了小說第三稿的修改工作。經過幾個月的苦戰，從 1961 年 1 月中旬到 2 月底，作

〔註 78〕王維玲《話說〈紅岩〉》，花山文藝出版社，2000 年，第 38 頁。

〔註 79〕在張羽的手稿上，開始寫的是「道高一尺，魔高一丈」，後來又把「魔」和「道」字做了顛倒，改成了「魔高一尺，道高一丈」。

〔註 80〕張羽《〈紅岩〉的誕生》，未發表稿。

者們把寫好的小說共 31 章分成四次寄到中青社。1961 年 3 月 7 日，羅廣斌、楊益言帶著重慶團市委的公函輾轉來到北京，和編輯部一起討論修改好的第三次稿。這次修改稿和前幾次稿相比取得了巨大的成功。羅廣斌在 3 月 8 日編輯部召開的討論會上說：「怎麼寫？毛主席教導我們：美帝和各種反動派都是紙老虎。又教導我們：戰略上，戰術上怎樣對待，我們只能按毛主席的教導辦事。」〔註 81〕到這時，羅廣斌終於擺脫了長期的困境，找到了感覺和自信。

1956 年寫初稿時，他們也意識到不能就事說事，想出第二個備用題目「紅岩」意味著他們從一開始就試圖跳出「渣滓洞」的那個小圈圈，但是如何克服「中共中央南方局所在地紅岩村」和「渣滓洞」的空間距離，把密閉的監獄生活和獄外地下黨的堅強領導產生鉤連，對他們來說產生了困難。1959 年改寫第二稿之初，「同志們」就提出了很是「正確」的路徑：「充分估計解放前夕敵潰我勝的形勢，因此在描寫監獄鬥爭時，色彩宜更加鮮明、有力」，而且，瞭解解放前夕全國形勢的領導同志也給他們講解過當時全國的「大好形勢」。但是，直到 1960 年在北京的兩個博物館看了毛主席對當時形勢的分析，他們才眞正「充分」估計了當時全國的形勢背景，並且由此得出推論，「全國範圍是一片大好形勢，對獄中鬥爭自然也會產生有利的影響。」這就爲小說「精神狀態的」的「翻身」找到了依據，同時，也把獄外「勢如破竹」的革命形勢和獄內「鬥志昂揚」的革命精神連爲一體，這樣，「紅岩」一名就不再只是直接意指「嘉陵江邊上紅色的壁崖和中共南方局所在地紅岩村」，而是含蓄意指在全國革命大好形勢鼓舞下集中營中革命者像「紅色的壁崖」一樣的堅強意志。

實際上，對全國範圍的「一片大好形勢」，解放前夕的重慶地下黨也是瞭解的，而且，這種「大好形勢」對重慶的地下鬥爭確實產生了影響，甚至正是在這種「全國大好形勢」的「影響」下，重慶地下黨產生了「左傾」盲動情緒，積極展開了「對敵攻心」戰術，才發生了本不該發生的「挺進報案件」和隨之而來的重慶大逮捕。對此，當年重慶地下黨幸免於難的領導人蕭澤寬和鄧照明在事件發生後，曾對重慶發生的黨受到的「如此慘重的損失」進行了認眞的總結，其結論是：「首先，是我們的輕敵思想與對於『攻心戰術』的誤解與誤用。我們把全國的戰略反攻的優勢和重慶地區這個局部的敵強我弱的特點混淆了。重慶與川東地區這個局部的敵強我弱的特點必須認清和肯定。這是客觀存在的現實，離開了這一點，就會產生輕敵冒險的思想與做法，

〔註 81〕張羽《〈紅岩〉出版大事記》，未發表，見附錄一。

《挺進報》攻心與城市工作是這樣，川東農村的公開的武裝起義也是這樣。」〔註 82〕對解放前夕由於對「全國大好形勢」的誤解而產生的「過左」的錯誤在羅廣斌交給重慶市委的《關於重慶組織破壞的經過和獄中情形的報告》中也有清楚的描述。

我們可以看到，正是由於「把全國的戰略反攻的優勢和重慶地區這個局部的敵強我弱的特點的混淆」和由此造成的輕敵冒險的思想，才造成了幾百個革命者的被捕入獄和慘遭屠殺，所以，蕭澤寬和鄧照明在 1948 總結經驗教訓時才強調必須把「重慶和川東地區這個局部的敵強我弱的特點認清和肯定」。但是，在小說寫作中，需要「肯定和認清」的不再是「重慶和川東這個局部的敵強我弱」，而是「全國範圍的我強敵弱」。在修改小說的時候，「周圍的同志」「反覆說服、開導、啓發」羅廣斌和楊益言的就是要從這個曾經認眞總結過的歷史眞實和血的經驗教訓當中「解脫」出來，認識到「眞正被『禁錮』的囚徒不是革命者，而是那些劊子手、獄吏。」〔註 83〕在完成小說《紅岩》之後，羅廣斌又用同樣的道理來「啓發」別人，如羅廣斌就曾對話劇《紅岩》的改編者席明眞提過別人給他提過的幾乎同樣的意見，席明眞說：「羅廣斌對我改編《紅岩》的劇本提的意見是：正確表現地下鬥爭。以全國形勢說，我強敵弱；以重慶情況言，敵強我弱。大包圍，小包圍，我們反包圍。」〔註 84〕表面上看，還是在這個「全國範圍內我強敵弱和局部範圍內敵強我弱」上做文章，但這時候不能再像蕭澤寬和鄧照明他們那樣強調「局部範圍的敵強我弱」，而是要重新「混淆」那個曾經給革命造成重大損失的「全國的戰略反攻的優勢和重慶地區這個局部的敵強我弱的特點」。在眞實的革命鬥爭過程中，這樣的「混淆」曾給革命事業造成重大損失，而在作爲政治神話的革命講述中，這樣的「混淆」卻是必須的，只有這樣，才是「正確表現地下鬥爭」。毛澤東的文章的作用就是給一個先定的「立論」找到了可以成立的論據。看過了毛主席關於全國形勢的論述，「敵人是處在全民包圍中」就成了可以用於推論的「眞理」，再加上毛主席「一切反動派都是紙老虎」的「論點」或說「原理」，就推導出了「正確」的結論，徐鵬飛的「兇惡」、「狡猾」和革命者的被

〔註 82〕鄧照明《巴渝鴻兆》，重慶出版社，1991 年，第 109 頁。

〔註 83〕曉鐘《沉默三十年——〈紅岩〉作者署名起波瀾》，《舞臺與人生》，1993 年第 11 期。

〔註 84〕吳禨《文藝作品應刻畫出活生生的人——〈紅岩〉連環畫編輯札記》，《連環畫研究》，1980 年第 12 期。

捕、受刑就成了事情的「表面現象」，而敵人必然滅亡、我們必然勝利才是事情的本質。

革命文學要建立革命的合法性，就需要在作品中出現敵人的形象，這正如 16 世紀英國文藝復興時期的戲劇文學「故意產生顛覆，爲的是將它包容其中。」因爲，「權威之所以得以維持，有賴於某個惡魔式異己的存在——或產生。」〔註 85〕中國當代文學的生產不僅不排除在作品中出現革命的「顛覆」因素——敵人，反而高度依賴某個敵人的存在。羅德里克．麥克法誇爾和費正清主編的《劍橋中華人民共和國史》就把解放後革命歷史題材小說創作長盛不衰的原因歸結爲對作品中「反面人物」的「需要」：「由於新社會中缺乏符合創作要求的反面人物，導致小說家轉向戰爭主題，尤其是轉向了 1949 年前黨領導的地下鬥爭。」作者認爲「有兩部重要的長篇小說以很不相同的結果來安排這種素材。」〔註 86〕其中之一是《青春之歌》，另外一部就是《紅岩》。需要敵人是一回事，但是怎麼表現敵人卻是另一回事。毛主席的「紙老虎」理論爲所有革命文學表現敵人提供了原理。羅廣斌在寫作過程中曾說，他「不願意把敵人寫得都是一個臉譜，表面化的、橫眉怒目的蠢東西。實際上，不是所有的敵人都是窮兇極惡的樣，……他們也有他們那一套反革命的鬥爭經驗來對付我們的，如果都寫成那樣，不僅正面人物出不來，相反的倒是把正面人物降低了。」但羅廣斌同時也擔心這樣「會不會把敵人寫得太高了」〔註 87〕從羅廣斌在《紅岩》出版後的 1963 年說過的一段話也可以看出他在處理敵人上的想法：「俗話說，道高一尺，魔高一丈，把敵人刻畫得太愚蠢，刻畫得太簡單，對我們是不利的。不過也要注意，我們寫徐鵬飛，寫他狡猾陰險，但那只是一種外表，在同志們面前，他很虛，很害怕，唯恐對付不了。他在許雲峰面前就很虛，對付不了，就不能顯得很有辦法。」〔註 88〕注意，在這裡，羅廣斌先是使用「道高一尺，魔高一丈」的傳統說法來說明不必要把敵

〔註 85〕〔美國〕吉恩．霍華德《文藝復興研究中的新歷史主義》，《文藝學和新歷史主義》，社會科學文獻出版社，1993 年，第 117 頁。

〔註 86〕羅德里克．麥克法誇爾、費正清主編《劍橋中華人民共和國史》（1966～1982）海南出版社，1992 年，第 823 頁。

〔註 87〕見 1991 年 5 月 23 日上午張羽對陳家俊、向洛新夫婦的訪談記錄，原件存張羽家。

〔註 88〕吳穠《文藝作品應刻畫出活生生的人——〈紅岩〉連環畫編輯札記》，《連環畫研究》，1980 年第 12 期。

人描寫得很渺小，因爲只有面臨一個強大的敵人才能顯示革命任務的艱巨和革命力量的強大，但是，和智慧、剛烈、堅強的革命力量相比，陰險、殘暴、毒辣的敵人只具有「表面的」「強大」，是最終要被革命的力量壓倒的。這樣，按照一個似乎很矛盾的邏輯，羅廣斌說的「道高一尺，魔高一丈」就變成了張羽在前邊所說的「魔高一尺，道高一丈」。把「道高一尺，魔高一丈」翻過來，改成「魔高一尺，道高一丈」，是革命文學生產中「處理」「敵人」時具體的操作方法和常用「公式」，是對「紙老虎」「原理」的延伸。例如，在楊成武的《層層火陣燒野牛》中直接就說：「魔高一尺，道高一丈。在粉碎日寇『駐屯清剿』的鬥爭中，冀中人民的天才創造——地道戰，大顯神威。」在雪克的《戰鬥的青春》第八章中寫道：「油燈的光線照著曹福祥嚴肅的面孔。這段時間，曹福祥活動得異常大膽，到哪村他就在維持會一坐，群眾就圍上去哭訴。他就爲群眾撐腰，打擊漢奸封建勢力。許鳳勸他隱蔽一些，他反而說：『我不能爲自己安全叫區公所這杆大旗倒下去。黨叫我代表政權，我就得矗住個兒。敵人魔高一尺，我就來個道高一丈！』」當然，這個模棱兩可的成語最著名的出處還是革命京劇《紅燈記》。《紅燈記》第六場「赴宴鬥鳩山」中寫道：

鳩　山：呃……（尷尬一笑）老朋友，我是信佛教的人，佛經上有這樣一句話，說是：「苦海無邊，回頭是岸」。

李玉和：（反擊）我不信佛。可是我也聽說有這麼一句話，叫做：「道高一丈，魔高一丈」！

1967 年，周恩來、陳伯達、康生、江青審查京劇《紅燈記》的時候，對這個中國成語的使用有一段很有意味的討論：

江青：「魔高一尺，道高一丈」不好，沒有力量。

總理：這句話你們念倒了，應該是「道高一尺，魔高一丈」，你們念成「魔高一尺，道高一丈」。

江青：（對陳伯達同志）對嗎？

陳伯達：（點頭）對！

江青：這句話要改，可以從鳩山那句話改。「苦海無邊，回頭是岸」兩句話要改掉，不要這樣的話。……

…… ……

康生：「苦海無邊，回頭是岸」要改，「魔高一尺，道高一丈」這句不好，我想了一句，工作一忙又忘了。〔註89〕

羅廣斌擔心按照「道高一尺，魔高一丈」的邏輯有可能把敵人寫得太高，這是很有道理的：沒有一個強大的敵人存在，不能顯示正面人物的力量；但是，如果不能讓正面力量壓倒這個敵人，就會得到適得其反的效果，出現沙汀在觀看《悲壯的頌歌》後感到的「滿臺都是資產階級在那裡張牙舞爪」和《禁錮的世界》中出現的「低沉壓抑」、「滿紙血腥」。對「道高一尺，魔高一丈」的反用，解決了如何既把革命的異己因素「包容其中」同時又對它進行有效的遏制，但同時也表現了通過革命文學講述的革命鬥爭歷史的建構性和人爲性。但即使是這個人爲建構的故事模式，在更爲激進的「文革」文藝中也受到了懷疑，用「魔」和「道」的對立來比附敵我的對立並不是很恰當的，周總理無意識的「較眞」，就更「解構」了這個成語的可用性，所以江青、康生才說「這句不好」。

任白戈和沙汀所說的「翻身」，實際上就是把其潛在邏輯爲「道高一尺，魔高一丈」的對敵人的「揭露」改爲以「魔高一尺，道高一丈」爲邏輯的對革命先烈的「歌頌」〔註90〕，這就需要大量的「增刪」，增加能夠長氣的內容，刪除容易泄氣的東西，如給監獄鬥爭「配」上監獄外的鬥爭，使得監獄外的篇幅占到全書的三分之一，把局部的暫時的失敗和整體的最終的勝利結合起來；如把被動的逃獄改寫爲主動的劫獄等情節上的重新「設計」；細節的刻畫上刪除大量對行刑和受難的「自然主義」的描寫，而大量增加對正面人物革命精神和豪邁氣概的審美化描寫。總的來說，就是作品要重點描寫能夠引導、啓發、激勵、教育群眾的正面人物、理想人物、英雄人物。當然，作品中肯定還會寫到反面人物，這是革命鬥爭實踐中不可或缺的對象，但他們是鬥爭

〔註89〕《周恩來、陳伯達、康生、江青等同志對修改〈紅燈記〉的指示》，新北大公社《文藝批判》編輯部編《江青同志關於文藝工作的指示彙編》，1967年，第61頁。

〔註90〕這和新聞報導中對「事件」、「災害」的報導原則是一樣的，就是對一個負面的事件做正面報導。從某種意義上說，重慶集中營逮捕、關押了那麼多的革命者，是由於大量共產黨高級幹部的墮落和叛變，而且，「11·27」大屠殺損失了那麼多的革命力量，是革命的挫折和失敗，因而並不是一個太適合宣揚的好題目，但是，如此惡劣的形勢和生死未卜的情形，又是表現優秀的革命者的革命氣節和革命意志的好題材，英雄往往就是在這種非正常的環境中出現的。

的對象、批判的對象、挖苦的對象。這樣，在按照「魔高一尺，道高一丈」的邏輯方法精心設計了整個情節和結構之後，不但作品的精神狀態翻了身，《紅岩》第三稿中所講述的歷史事件也「翻了身」，一場在革命勝利前夕發生的集體被捕和集體犧牲的悲劇事件變成了「破壞與反破壞」、「屠殺與反屠殺」、最後勝利突圍的故事情節，就連江姐、許雲峰的被捕也不再是革命的損失，而是革命的勝利。羅廣斌曾說：「江、許被捕，從敵人看，是勝利；從我們看，也要清楚地指明是勝利，也就是許、江自我犧牲，保全了組織和同志。」〔註 91〕同時，敵人也不是破壞了差不多整個重慶市地下組織，而是由於他們狗咬狗式的內部矛盾和爭功邀寵，使得本來可以更大的戰果沒能繼續擴大下去。對這個經過多年摸索終於得到的「巨大突破」，羅廣斌在小說《紅岩》完成後曾「慨而言之」：「我們有了生活，寫了多少年，可是寫來寫去，只是坐在渣滓洞裏寫渣滓洞，跳不出生活，為生活所淹沒，不能高於生活，也不能指導生活。那時即使寫出作品，也只能是平庸的貨色。我們是參觀了博物館，看到毛主席著作後，才豁然開朗的。毛澤東思想照亮了生活，使我們瞭解了生活的眞諦，像大海中迷失方向的航船，看見了燈塔，明確了航向〔註 92〕，使所有的材料都煥發出生命，一切都活了起來。三稿以後出現的轉機，就是毛澤東思想照亮的。」〔註 93〕

〔註 91〕見羅廣斌 1964 年 1 月 8 日給北京電影廠水華、於蘭的信，原件存張羽家。

〔註 92〕羅廣斌的這個「燈塔」的說法大概是來源於林彪，《毛澤東》一書的作者說：「9 月，毛的『選集』第 4 卷出版了，這給林彪提供了恭維和吹捧毛的一個機會。他說：『毛澤東同志的這個思想（關於紙老虎）像燈塔照亮了我們前進的道路。」〔英國〕迪克・威爾遜《毛澤東》，中央文獻出版社，第 401 頁。

〔註 93〕張羽《格子上的銘文——回憶和羅廣斌共同修改紅岩的日子》，《編輯之友》，1988 年第 1 期。

第 5 章　中國青年出版社與《紅岩》的生產

出版社是文學生產的一個重要環節。因爲出版社最終決定一部作品的存在形態和流通方式。對《紅岩》來說就更是如此。文學生產專業機構中青社的主動介入，是《紅岩》生產過程中的一個轉折點。沒有中青社，《紅岩》的生產活動也許就會終止在手稿階段，永遠封存在重慶市文聯的書稿檔案櫃裏。從這個意義上講，進入中青社的運轉軌道後，才是《紅岩》生產的眞正開始。

即使《紅岩》有幸能夠在其它的某個出版社、如重慶人民出版社獲得出版，我們看到的也將不是今天的《紅岩》，甚至不是一本叫做《紅岩》的書。因此，對羅廣斌他們的寫作活動來說，從在重慶地方黨委的組織、領導階段過渡到在文學專業生產單位中青社的指導下的寫作階段是一個重大的事件，這兩個階段的偶然「接合」使得《紅岩》的寫作活動進入到了實質性的出版階段。從對這個階段的考察和描述，我們可以看出，中青社在《紅岩》小說生產過程中所起的遠非「出版者」一詞的常規含義所能涵蓋的主導作用。而實際上，在五六十年代，中國的文學生產的主要推動者就是出版社，尤其是人民文學出版社、中國青年出版社、上海文藝出版社、天津百花出版社等不多的幾家文學書籍的主要出版社。中國當代文學史上的大多數經典名著就是他們策劃、設計、運籌、加工的結果。

1、出版社「約稿」的重要性

在中國當代文學的生產中，約稿是一個重要的環節，一部作品生產的開端往往並不是寫作而是約稿。擅長寫作的專業作家不再是出版社工作的主要目標或者說唯一目標，尤其是中青社，其中心任務是配合團中央搞好青少年的革命化教育，專業作家有寫作技巧但卻不一定具有在典型革命事件中的切身體驗，而後者對於旨在「教人革命」的革命文學來說是更重要的，這樣，有豐富革命鬥爭經驗又有一定創作能力或者創作熱情的人就成爲重要的人才資源，但是這些人主要的任務是各種實際工作，搞寫作對他們來說往往熱情有餘而能力不足，但是，如果出版社找上門來主動約稿，也會點燃他們參與革命歷史編撰的極大熱情。這就凸顯了出版媒介在當代文學生產中的主導作用。

實際上，中青社大多數書籍的生產都是出版社主導的，甚至有的就是出版社自己編輯的。從中青社 1984 年編輯的「歷年暢銷書選目中」可以看出，有不少的書籍是由團中央辦公室或宣傳部編輯的，也有不少書的署名是「本社編」，如《青年團的基本知識》、《毛主席的好戰士雷鋒》等等，這類書在列出的 170 種圖書中有 47 種，占總數的 27%。但是，出版社自己的編寫力量畢竟是有限的，尤其是專業性很強的知識類書籍和文學書籍，還是要依靠社會力量。但是，「無米下鍋」、稿件奇缺是當時所有出版社都遇到的窘境，一時之間，就出現了不少出版社之間重複出版和搶稿「打架」的事情〔註 1〕。這樣，開闢稿源和組織稿件就成爲出版社的一項十分重要和需要不斷改進的工作，中青社在這方面用了很多辦法、下了很大工夫。1959 年 11 月 27 日，第五編輯室的編輯張羽在單位的年終總結會上總結了自己一年來完成的和未完成的工作，同時總結了沒有完成工作計劃的原因和改進工作方法的計劃。在「改進計劃」中有如下幾項：「①全力以赴，完成今年計劃；②大力開闢稿源，傳記回憶錄線索，逐步建立基礎；③工作辦法改進一下。編寫。」〔註 2〕

「大力開闢稿源」的第一步就是瞭解約稿線索、制定選題計劃。約稿線

〔註 1〕如何處理此類「打架」防止稿件流失的事情，也就成爲出版社約稿工作中需要面對的一個問題。1960 年 12 月 30 日張羽日記中記載了第二編輯室主任闕道隆轉達出版社社長邊春光的指示：「①報紙質量，力爭高速度；②約稿，盡早盡先，不溫不火，不爭不讓，落實……。」

〔註 2〕見張羽 1959 年 11 月 27 日的工作日記，未公開出版。

索的主要來源，一是通過閱讀在緊跟形勢、服務政治方面比書籍更爲快捷的報紙和時政刊物。如 1958 年初張羽從二編室調到五編室編輯單行本回憶錄後，尋找約稿線索就成了一個很迫切的事情。1958 年 1 月 27 日張羽在日記中記載：「看《新觀察》1955、56、57，找資料和線索。」〔註 3〕尋找約稿線索的第二條途徑就是通過地方作協等組織機構，獲得當地的創作情況和作者情況。張羽在 1959 年年底的工作改進計劃中，在開發稿源方面除了「開源」的設想之外，還有「節流」的措施：「改進工作方法，編寫」。來稿有限，除了開發新稿源，還要善於利用現有來稿，辦法就是張羽所說的「編寫」。張羽處理作者楊植霖的《王若飛在獄中》的過程就是這種「改進工作方法」的典型案例。在總結 1959 年工作後不到一個月，《紅旗飄飄》的一篇擬退稿《王若飛在獄中》轉到張羽手中，張羽經過反複審讀，認爲這篇稿子有「編寫」的價値。1960 年 2 月 25 日到 3 月 26 日，張羽用 20 多天的時間到內蒙古，在作者楊植霖同志的指導下，把原爲 4 萬字的稿子整理加工成 7 萬字的新稿件，再經過周恩來、董必武、烏蘭夫、胡耀邦等中央領導的審查指導，一份差點被退掉的稿子被「編寫」成爲「革命回憶錄中里程碑式的作品」〔註 4〕。

不管是「開源」也好，「節流」也好，中青社進行判斷的主要依據都不是稿子本身的質量，而是稿子所反映的內容如何，如果內容「豐富」、有很高的教育價値，那麼，就可以作爲約寫或者編寫的對象。「約寫」的例子如羅廣斌的「中美合作所血案」，張羽約寫的依據是「血案」這件他在上海就知道、到中青社後又聽同事說過的「事」；「編寫」的例子如《王若飛在獄中》，張羽認定這篇稿子有編寫的價値，也是根據楊植霖不符合要求的文字背後所反映的事件。這種工作流程與正常的書籍出版的流程是不同的，倒是與新聞採編的工作程序頗爲相似。張羽通過各種途徑所搜尋的「線索」，實際上類似於新聞單位的「報料」。他看中的不是羅廣斌、楊植霖這些作者的寫作能力和他們所

〔註 3〕見張羽 1958 年 1 月 27 日的工作日記，未公開出版。

〔註 4〕對張羽「編寫」《王若飛在獄中》的過程，黃伊寫道：「《王若飛在獄中》，原是黃伊在傳記文學組時約的稿。但到作者交稿時，張羽和黃伊、王扶三個人已全部離開了《紅旗飄飄》。由於作者把它寫成了一部思想修養稿，不像回憶錄，刊物審稿人表示不打算採用。怎麼處理呢？因爲這是我們當年的約稿，所以就又轉到張羽手裏去負責處理。張羽到底是一個富有經驗的老編輯，他認眞審讀該稿後，認爲『材料充實，內容豐富，涵蘊著強烈的思想光輝。如能重新改寫當會成爲一部進行革命傳統教育的生動教材。』……」（見黃伊《張羽的編輯生涯》，《無名集》，山西人民出版社，1985 年，第 115 頁。）

寫成的作品，而是他們所掌握的「事實」〔註5〕。如果作爲線索的「事實」「內容豐富」，就可以進行不斷的開掘，如對羅廣斌他們掌握的「中美合作所血案」線索，中青社就從 17000 字的單篇文章發展到 47000 字的單行本再到 400000 字的長篇小說，這也類似於新聞報導中「深度報導」的運作規律，即從短消息中發現可以深度發掘的線索，然後重新進行深度採訪，並大量補充與該事件相關的新聞背景。

所不同的是，新聞單位有一支專門進行採寫的記者隊伍，一旦發現並確定了一條新聞線索，即可派出相關記者進行採寫。而出版社則只能依賴一個合適的作者和這個作者所寫的初稿，最多是在這個初稿的基礎上進行加工。但不管編輯對寫作的參與有多深，都屬於「整理加工」的範圍，即使編輯參與進行了實際的寫作，也只能作爲幕後的匿名作者。中青社就是通過「改進工作方法」，有效地解決了出版社普遍面臨的稿件缺乏的狀態，在競爭激烈的出版行業異軍突起。這個「改進」的「方法」就是變被動爲主動，變坐在出版社被動等稿爲出門約稿；變單純地尋找好稿爲編輯自己把作者不成熟的初稿「編寫」爲好稿。中青社能夠在五六十年代接連推出一系列的暢銷書如《紅旗譜》、《紅日》、《王若飛在獄中》、《紅岩》，就是這種主動出擊和主動「編寫」的結果。對於編輯自己操刀上陣的編輯方式，當年中青社編輯黃伊說：「一般說來，編輯最好不要在作者原稿上大動干戈，可改可不改的，盡量不改爲好。但這並不妨礙一個負責任的編輯，在徵得作者同意後，對原稿作必要的甚至是較大的增刪。」〔註6〕黃伊這段話的第一句是對的，對於一個有個人風格的成熟的作家的作品，編輯過程中就要盡量減少編輯的介入，以保持作品風格的完整性。但顯然，五六十年代的大多數作家和作品不屬於這個「一般」的範圍，如果還嚴守這個「一般來說」的原則，那麼，就不是所出版的作品好不好的問題，而是有沒有作品出版的問題。這就是張羽所說的「改進工作方法」的歷史情境。實際上，當年交到出版社的「作品」沒有幾部是拿來就能出版的，大多數都是藝術上很粗糙的「毛坯」，離出版所要求的水準還有遙遠

〔註 5〕事實上，中青社早期的出版活動由於追求緊跟形勢和配合政治，使書籍幾乎成爲一種特殊形式的新聞報導，這種出版方針的弊端很快就暴露出來：書籍的出版周期長，很難跟上變化很快的政治形勢，造成了不少人力物力的浪費。後來，出版社的領導認識到，書籍出版和報紙不同，不應該像報紙一樣成爲社會的記錄，而應該擔負更重要的責任，要出精品，出經世之作。

〔註 6〕黃伊《張羽的編輯生涯》，《無名集》，山西人民出版社，1985 年，第 119 頁。

的距離，即使是《紅旗譜》這樣讓作家蕭也牧「看了稿件，興奮地不得了，給作家打電話時，激動得聲音都變了。」〔註 7〕的作品，在張羽給梁斌的信中也還是指出了一大堆基礎問題「作品還寫得粗糙，有些章節還缺乏很好的剪裁。在人物形象的塑造上，幾個主要人物，除了朱老忠寫得較好，其它幾個還不夠豐滿，細緻，性格特徵不夠突出。」〔註 8〕。

這樣，出版社的約稿對象或者說出版社看中的就不再是或主要不是「一般」約稿時的對象——作者，而是作者初稿中所寫的或者作者所經歷過和熟知的那段革命歷史。許多作者實際上從來沒有寫作的歷史和能力，因而只是潛在的作者。對於這種作者而言，約稿往往是一個人一生中寫作的開始。約稿之所以重要，就是因爲這個約稿的對象主要不是或不只是作者，同時也是或更是作者所「代言」的那段歷史，「約稿」的過程也即是「選題」的過程，約稿也就意味著作者所寫的題材已經通過了作爲意識形態把關人的出版社的初步審查。作爲把關者和意識形態專家，出版社的編輯深諳當前的政治形勢和黨的需要，因此，出版社確定的選題一般來說都有成功的把握。這樣，我們也就可以認爲，當代的文學生產機構尤其是出版社不只是生產出了當代文學作品，同時還生產出了當代文學作家。

2、中青社的「重點稿」和「大盤菜」

當年，中青社編輯對一部書稿在進行初審後會做出不同的審讀意見，有的是「修改後出版」，有的是「修改後作爲重點書出版」。1958 年以後，中青社逐漸明確了「大力提高書籍質量，不能單純追求數量」和「抓重點書，搞『大盤菜』的原則，「規定每年的選題計劃中要有百分之二十左右的重點書，並且要集中大約一半以上的編輯力量，努力完成重點書的計劃。」〔註 9〕作爲出版社工作的指導方針，集中力量「抓重點書」是中青社在眾多出版社當中不一般的地方之一，也是它能夠在五六十年代生產出一批「經典」之作的「經驗」。但我們在這裡更關心的問題是：什麼書可能被作爲重點書出版？什麼書只能作爲一般的書出版？什麼書可能作爲可出可不出或乾脆不能出版的書？它所依據的原則是什麼？

〔註 7〕黃伊《編輯的故事》，金城出版社，2003 年，第 49 頁。
〔註 8〕張羽、梁斌《關於〈紅旗譜〉的通信》，《編輯之友》，1985 年第 2 期。
〔註 9〕見 1964 年 1 月文化部召開農村讀物出版工作座談會上邊春光的發言《抓重點書的一些情況和體會》（非出版物），中青社檔案室，1964 年。

在中國五六十年代的文化語境中，「教育」、「教育意義」是文學生產中很重要的關鍵詞。「任何統治機構都試圖把『正當的』觀念灌輸到它所統治的人們心中」〔註 10〕。協助黨完成對青少年的革命化教育和幫助一代新人的成長，成爲中國五六十年代文學生產的動力和功能所在。當時，國家頻繁地進行了一系列的教育運動，如「傳統教育」、「革命化教育」、「共產主義教育」，教育的主要對象是青少年。幾乎每一次的教育運動都是和現實政治任務相互配合的社會動員。如五十年代初的反美、抗美；五十年代中期的社會主義改造和建設；五十年代末期的「大躍進」和「獻禮」運動；六十年代初期的克服困難，渡過難關。通過文學藝術的形式進行教育、宣傳被認爲優於「主觀的靜止的」說教。有沒有教育意義，有多高的教育意義，是判斷一個素材或一部作品價值高低的核心標準。「有深刻的教育意義」、「有很大的教育意義」、「有一定的教育意義」、「有反面教育意義」構成文學作品由高到低的等級體系。這個體系系統地將文學的評價標準從審美的角度轉換成了政治的角度，思想性或政治的高／低取代了文學性或審美價值的高／底，成爲判斷作品價值的主要標準。盡可能提高作品的思想高度，將作品修改得更有教育意義，也是文學作品修改時主要的用力方向。當然，作品被確定爲「重點稿」後，出版社就會調集精兵強將對它進行加工修改，使之同時具有一流的文字質量。用當時的語言說，叫做「政治第一，質量第一」〔註 11〕。這個看似有語病的矛盾說法表明，對於文學來說，它所表現的政治內容是最主要的，是前提條件，有了好的政治內容還要用好的技術形式來表現，但也只有好的政治內容才能用好的技術形式來表現。因此，這裡的「質量」並不是一個具有獨立價值的絕對標準，而是在政治標準基礎上的次一級標準。這樣，「題材」，也即是作品的「內容」成爲五六十年代文學生產中一種主要的規定性。「重大題材」或說「題材重大」是成爲重點書的關鍵所在，而所寫的「內容」即所取的素材有無教育意義、有多大的教育意義，又是判斷該素材是否「重大題材」的主要依據。

對於「重點書」和「重大題材」，當年的中青社社長兼總編輯邊春光總結說：「要出好重點書，就要抓重大題材。就我們出版社來說，就是抓有強烈的

〔註 10〕雷蒙德・威廉斯《文化與社會》，北京大學出版社，1991 年，第 391 頁。
〔註 11〕見 1964 年 1 月文化部召開農村讀物出版工作座談會上邊春光的發言《抓重點書的一些情況和體會》（非出版物），中青社檔案室，1964 年。

教育作用的作品。我們在選擇重點時，首先要從當前的政治形勢出發，從黨教育青年的需要出發，從最大多數青年的需要出發。這幾年，我們在文學讀物方面，集中力量抓了反映革命鬥爭，反映社會主義建設的現代創作，和進行革命傳統教育的回憶錄。最近一個時期我們又抓了進行階級教育的『四史』讀物，出版了一些在讀者中比較有影響的讀物，如《紅岩》、《紅旗譜》、《紅日》、《創業史》、《王若飛在獄中》、《在烈火中永生》等。目前出版的有關『四史』讀物〔註 12〕，雖然還不夠理想，但是由於適應了當前的政治需要，也受到了廣大讀者的歡迎。如《血和淚的回憶》出版僅八個月，印數即達一百七十一萬冊；《三代人的腳印》去年九月出版，前後印了九次，共印了八十六萬冊。在政治讀物方面，我們也著重抓了進行階級教育和革命人生觀教育讀物。前幾年出版的《團章講話》、《青年修養十二講》印數都在幾百萬冊以上。去年下半年出版的《農村階級鬥爭知識講話》，至今已印二百一十七萬冊。中國少年兒童出版社出版的《萬惡的地主階級》，半年內共印十八次，達二百五十八萬冊。」〔註 13〕這段話不憚其煩地羅列了一大堆的書名和發行數字，在當時的文化語境中必定是有它的必要性和重要性，在今天看起來很像是「文物」的「『四史』讀物」實際上是很有意義的文化症候和文化「遺蹟」，它是與被我們後來「定」爲經典的「三紅一創」等文學讀物並列的一類「讀物」，而且更重要的是，它和「三紅一創」同屬中青社的「重點書」和「重大題材」，同樣擁有廣大的讀者和龐大的發行量，這一堆數字讓我們對《紅岩》令人不可思議的發行量變得可以思議。這種並列和並置，讓我們可以探究貫穿這些看似風馬牛不相及的文本之中的話語規則，從而把《紅岩》等文學文本視爲是一套話語網絡中的構成成分，因爲，「四史」讀物也好，文學讀物也好，正是它們的集合構成了一個年代出版物的「系列」，而一部作品的價值和意義正在於它在系列中所處的位置。正如福柯所說：「一本書從來沒有斷然分明的邊界。它超越標題、超越第一行和最後一個句號，超越內在結構和獨立形式，而陷入一個與其它書籍、其它文本、其它句子相互參照的系統中。它是這個

〔註 12〕《中國青年報》1963 年 10 月 19 日發表黃伊的文章《一批階級教育好讀物出版》，介紹了中青社出版的「四史」讀物：「中國青年出版社爲了加強青年的階級教育，幫助青年讀者瞭解舊社會裏反對壓迫、反對剝削的鬥爭歷史，準備有計劃地出版一批『村史』、『公社史』、『工廠史』和『家史』。」

〔註 13〕見 1964 年 1 月文化部召開農村讀物出版工作座談會上邊春光的發言《抓重點書的一些情況和體會》（非出版物），中青社檔案室，1964 年。

網絡中的一個結。……只有基於一個複雜的話語場，它（一本書）才得以顯示和構築。」〔註 14〕

3、作爲「重點書」出版的《紅岩》

《紅岩》是中青社當年的「重點書」，這從中青社的編輯檔案中可以看出：在中青社出版的所有書籍中，《紅岩》的檔案卷宗是最厚實的，雖然這種「厚實」不能說明一切。而中青社檔案中的其中一份文件——署名「中國青年出版社」的《抓重點書的一些情況和體會》卻明白告訴人們，《紅岩》是中青社「重點書」中的「重點書」：這篇文章（實際上是社長邊春光 1964 年 1 月在文化部召開的農村讀物出版工作座談會上的發言稿）由兩部分組成，第一部分是「怎樣出好重點書？」第二部分是「《紅岩》是怎樣抓的？」很顯然，《紅岩》是作爲中青社抓重點書的最大成果和典型個案來展示和剖析的〔註 15〕。

《紅岩》是中青社文學書出版史上最爲「成功」的案例，同時它的出版過程又有很大的特殊性，但是，《紅岩》是作爲中青社的重點書來運作和生產的卻是確定無疑的。

從約稿階段來說，中青社編輯的約稿大約是這樣的幾個類型：最穩妥的是拿到稿件，像《紅日》那樣已經寫完而又不需要多少修改的稿子就是這樣，這就等於是把稿子扣死了；第二種情況是簽訂出版合同，對於「認準的」重要的線索和稿件，出版社在稿件完成之前就會和作者簽署出版合同，並預付一定的稿費，如梁斌的《紅旗譜》就是如此，這也是一種沒有多少變化餘地

〔註 14〕轉引自劉北成《福柯思想肖像》，第 201 頁，上海人民出版社，2001 年。

〔註 15〕當然，這篇文章只是《紅岩》成名後的事後總結。事實上，在事前也就是《紅岩》成爲事實上的「暢銷書」之前，沒有人能夠明確地預知它出版後的殊榮。在責任編輯張羽五六十年代的工作日記中，幾十年之後用紅色毛筆勾出因而變得相對醒目的有關《紅岩》的事情也不過是他諸多編輯事項中的一項，並沒有過多的特異之處。在《紅岩》剛剛出版之後，有關《紅岩》的轉載、評論也只是在和中青社同屬一個行政系統的中國青年報和《中國青年》雜誌上運作，《紅岩》的清樣也曾經送《人民文學》、《延河》等正統文學刊物，希望能夠得到刊用，但都被認爲文學性不夠而泥牛入海，中國少年報在《紅岩》定稿之後也曾拿去兩節，但被認爲「不適合該報」而原樣退回。實際上，即使在《紅岩》的文學史地位已成定局的今天，中青社的一些老編輯還是認爲《紅岩》從文學上講不是一部成熟的作品，還不到或者說還沒有修改到出版的水平，還有進一步提高的餘地。因而，如果當年的編輯們能夠準確的預知《紅岩》出版後的盛譽，他們就會把它抓得更緊，下的工夫還會更大。

的做法，這兩種約稿方式顯然是對待重點書的方式；第三種就是一般的口頭約定，當時常用的說法是「君子協定」。中青社第二編輯室在和《紅岩》作者約稿時，手頭並沒有拿到甚至也沒有看到什麼稿子，社長朱語今到重慶和作者們約談寫作事項時，也並沒有和他們簽訂什麼出版的協約，看起來只是最不牢靠的口頭約定。但是，這裡沒有簽約並不表示中青社對《紅岩》重視不夠，而是因爲中青社與《紅岩》作者的關係不是一般的出版社與作者之間的關係，中青社和《紅岩》作者所在單位重慶市團市委是同屬團委系統的上下級關係，作爲團中央常委、中青社社長的朱語今和重慶團市委常委羅廣斌、楊益言關於革命小說寫作的談話就不是一般的約稿，而是上級領導給下級單位安排部署的工作任務，如果要簽訂什麼的話也是「責任狀」而不是出版協約。實際上，中青社的約稿對象與其說是作者羅廣斌、劉德彬、楊益言，毋寧說是重慶市委，因爲，從小說寫作所需要的工作量來看，如果沒有市委的「組織安排」，羅廣斌他們以個人行爲的方式來完成寫作任務是幾乎不可能的。1957 年《紅旗飄飄》約寫的「字數不限」的回憶錄就讓編輯張羽足足等了 7 個月才有了回音；1958 年 7 月，二編室副主任蕭也牧給作者們寫信聯繫約稿時，五編室編輯張羽向作者們約寫中篇回憶錄已經 6 個月，卻依然毫無動靜。由此可以想見，爲什麼在朱語今到四川組稿之前，蕭也牧的約稿沒有產生什麼實質性的效果；如果沒有朱語今的重慶之行，僅靠二編室和作者們的書信往來，比回憶錄規模差不多大十倍的小說修改稿不知道要等到何年何月才能問世。正是朱語今向重慶市委看似不太牢靠的口頭約稿，使得《紅岩》小說的修改成爲一項要當作「嚴肅的政治任務來考慮」的組織行爲，使得羅廣斌、楊益言能夠從繁重的日常工作當中抽身而出，一次次獲得市委批准的創作假。這樣，小說《紅岩》的修改就和羅廣斌他們應第五編輯室編輯張羽之約「整理」回憶錄不同，也與梁斌、楊沫等人寫作、修改小說時與出版社的關係不同，羅廣斌他們實際上是由重慶市委指定的完成寫作任務的主要「責任人」。

當然，我們也可以設想，如果中青社沒有發現《紅岩》這個線索並抓住它緊緊不放，自然會有其它出版社來做同樣的事情。這樣的出版社似乎是有的，那就是有地利之便的重慶人民出版社。1956 年底，羅廣斌他們的長篇寫作完成後，楊本泉就曾幫助作者們和重慶人民出版社聯繫過，但顯然重慶人民出版社當時的態度並不是很積極。在中青社約羅廣斌他們修改小說後，重慶人民出版社也積極起來。1959 年 2 月 16 日，羅廣斌、楊益言給出版社來信，告訴出版社他們已經開始整理材料、準備寫作。除此之外，還彙報了一件對中青社來說至關重要的事情：「最近，重慶人民出版社數次來人要我們把稿子交給他們出版，我們沒有同意，並說明已交中國青年出版社出版。但他們仍可能直接找你們聯繫。」1959 年 5 月 5 日羅廣斌、楊益言給出版社來信，講了稿件寫作的進度和寫完後準備排印幾十份發給有關領導審查的想法，也說了地方出版社在爭奪稿源上的進一步行動：「據作協分會同志講，稿件可能改由地方作協統一安排，由地方出版。我們未表示態度，也不瞭解最近有無此規定。順便向你們彙報這件事。」就這個問題，中青社的態度很堅決，文學編輯室主任江曉天在羅廣斌他們的來信中批示道：「同意他們排印，費用由我社負擔，並寄給我們兩份。稿子不能由地方出版，希望他們來北京修改。」6 月 12 日，二編室王維玲給羅廣斌、楊益言回信，詢問修改稿「何時脫手」，更重要的是擔心「脫手」的稿子流失到其它出版社：「重慶人們出版社最近有沒有又找你們去？初稿排印出來之後，千萬不可發得太廣，要慎重地考慮發的對象。我對這一點很不放心，這種心情，想你們也是可以理解的。」針對中青社的擔心，羅廣斌他們 6 月 16 日回信說了排印和散發修改稿時準備採取的幾個確保「安全」的措施：「我們打算，根據組織部和宣傳部對原稿所提意見，加以修改後，即行排印。準備在七月內排出初稿，並徵求意見。以便進一步修改。根據您兩次來信說的不要發的太寬，我們考慮三條辦法：一、用我們的名義注明『係徵求意見稿，不得發表』；二、只送有關領導同志，不送報刊單位；三、擬加上『中國青年出版社排印』字樣，以免發生其它意外。」在 6 月 12 日王維玲給作者的信中又說道：「聽張羽同志講，重慶經常沒電，並且時常有些單位請你們去作報告，等等，這些情況確實對寫作是不利的，如目前狀況仍未改觀，我建議你們來北京寫，不知你們覺得怎樣？」請作者到出版社住社修改作品，有保證寫作時間的考慮，但也不排除有保證稿件「安全」的意圖。也許正是由於重慶人民出版社與中青社在稿源上的這种競爭，使得中青社在《紅岩》的初稿階段就投入了很大的人力和物力，這就出現了一個很值得注意的現象：一方面，《紅岩》的初稿「油印稿」「還很粗糙、零亂」、「從現有的水平看是談不到出版的」〔註 16〕；《紅岩》二稿和初稿相比雖然「有了很大的變化和進展」，但是「從出版的角度要求，差距還很大、存在

〔註 16〕王維玲《話說〈紅岩〉》，花山文藝出版社，2000 年，第 8 頁。

的問題還很多，修改的工程還很大。」〔註 17〕另一方面，對這樣一個「談不到出版」的「粗糙」之作，中青社卻投入了巨大的力量，把它作爲勢在必得的重點工程來經營。

實際上，對羅廣斌他們 1956 年寫作的這個初稿，當初並沒有誰有過什麼正面的肯定的看法，雖然在「大躍進」的政治氣候下，重慶市文聯把這個初稿作爲向國慶獻禮的作品上報省文聯，但根據沙汀所說，省文聯大多數人對這部稿子的看法基本上是否定的，認爲「甚至連修改的基礎都沒有」，沙汀本人則連看「這個東西」的時間都沒有，只是由於一次次把稿子送給沙汀看，更因爲 1959 年完成的修改稿上印有「中國青年出版社排印」的字樣，沙汀對中青社如此看重這個很多人都持否定態度的稿子感到好奇，才騰出時間看了一遍，經過反覆思索，才考慮出了使「這個東西」「起死回生」的辦法。由此可以看出，中青社確定重點稿和稿子的寫作質量沒有多少直接的關係。作爲文學讀物生產的專門機構，向社會提供一定數量的出版物是出版社的基本職能和職責所在，所以出版社在文學作品的生產上就比其它機構的人們要急切和主動得多。也就顯得較少其它機構的人們可能會有的瞻前顧後和猶豫不決〔註 18〕。因爲，如果既考慮作品的寫作水平、又顧慮作品的政治背景，那麼，就不是有沒有好作品、而是有沒有作品可出的問題。實際上，對重慶集中營這段複雜歷史的寫作，人們有著複雜的心態和不同的說法。獄中出來的幾位

〔註 17〕王維玲《話說〈紅岩〉》，花山文藝出版社，2000 年，第 8 頁。

〔註 18〕解放後發生在文藝界的多次思想鬥爭尤其是五七年反右派運動之後，文壇成爲一個是非之地，寫作也就成爲一個充滿危險的行業，馬識途回憶沙汀拉他到文壇的經過時說：「說實在的，我那時負責創辦科學分院，忙得很。另一方面，想起 1957 年文藝界捉右派的事，不能不心有餘悸，不想涉足文壇。我對沙老說了這個意思，沙老說：『你寫的都是過去革命鬥爭的故事，有什麼問題？』說的倒是，可是我還是猶豫著。」這種猶豫是有道理的，到 60 年代，階級鬥爭的弦越拉越緊，寫「過去革命鬥爭的故事」也成爲很危險的事情，馬識途寫的《清江壯歌》人民文學出版社決定出版，馬識途說：「可是這個時候，『千萬不要忘記階級鬥爭』和『以小說反黨是一大發明』之說出來了，殺氣騰騰的，叫人一聽，膽戰心驚。這個時候，我已經是西南局宣傳部的副部長，到北京去開會，中宣部部長陸定一說過一句話：『作家是最危險的職業』，印象深刻。我到我的老上級錢瑛家裏去玩，她當時是中央監委副書記，是參加了北戴河會議的。她說她回來就把中國青年出版社出版的她的一部已經印好尚未發行的回憶錄也叫銷毀了。她知道我寫了《清江壯歌》，告誡我還是不出版的好，以免惹出是非來。」（見馬識途《問天赤膽終無愧——悼念沙汀同志》，《四川文學》，1993 年第 3 期。）

老同志就曾對羅廣斌說過：「你們想寫這個，你們知道：渣滓洞、白公館裏的那些事，中央有結論嗎？有那一級組織對它作過結論？也倒是，他沒有話可講。」〔註 19〕對於這樣一個不好說清楚的事情，重慶市委的領導人也並不是沒有難言之隱，尤其是對於當年地下鬥爭的參與者蕭澤寬來說，進退的把握就更爲困難，弄得不好就有爲自己樹碑立傳的嫌疑〔註 20〕。當然，作者人選也是讓重慶市委領導頗費斟酌的問題，劉德彬在五七年反「右派」運動中犯了好幾項「錯誤」，已經被批判，正在偏僻的長壽湖接受勞動教育；而羅廣斌在長壽湖農場當漁場場長，他因爲提出了一個和「以糧爲綱」相「對抗」的口號「以魚爲綱」而正在被貼大字報，更何況，羅廣斌他們的出獄問題始終被市委某些領導所懷疑〔註 21〕。實際上，羅廣斌一直屬於「內控審查」的對

〔註 19〕楊益言《他，還活在我們中間……》，見劉德彬編《〈紅岩〉·羅廣斌·中美合作所》，重慶出版社，1990 年，第 135 頁。

〔註 20〕儘管蕭澤寬很謹慎，羅廣斌也很謹慎，唯恐被人理解爲替自己樹碑立傳，但「文革」開始後，他們唯恐出現的事情還是出現了。一張「文革」小報《八一五烽火》就說：「1958 年 11 月，原中國青年出版社社長朱語今來重慶約稿。朱是蕭澤寬的老熟人，老朋友，先在私下談好組織羅廣斌一夥寫《紅岩》的事，當時，蕭澤寬正在悄悄地搞重慶地下黨黨史，準備給西南師範學院歷史系作教材，撈取政治資本。中國青年出版社一約，正中蕭的下懷：能夠用文藝的形式把他編纂的重慶地下黨黨史兜售出去，政治影響更大，撈的『資本』更多。何樂而不爲呢？」（見《小說〈紅岩〉與反黨黑幫、文藝黑線的關係》，1967 年 9 月 10 日，重慶《八一五烽火》，第三版）在另一張「文革」小報中說：「羅還在小說中拼命表現自己。小說中劉思楊被特務頭子審訊的一段，實際上是和他自己編造的自傳中寫的『受審』情節完全一致的，甚至連文字都沒有多大的更動。他用了大量的筆墨，精心地描繪了這個人物，小說自第十一章至最後三十一章描寫的獄中鬥爭，都是以劉思楊爲主線寫的。其它烈士的英勇事蹟，只不過是他的襯托而已。從這裡可以看出羅廣斌爲了突出個人，簡直不擇一切手段。」（見《羅廣斌是周楊反黨黑線的走狗》，）

〔註 21〕1959 年，在羅廣斌他們修改小說的過程中，在押犯人張界供認：羅廣斌在獄中曾交待組織關係，於是對羅廣斌進行了一次秘密的審查。對這次審查，當年重慶市委組織部副部長雷雨天曾說：「1959 年，羅廣斌寫《紅岩》，重慶市委在作品發表之前，對羅廣斌還進行過一次審查。這次審查是由當時市委組織部幹部處處長梁子平（後來任組織部副部長）看的材料，主要是採取背靠背的方式，我和蕭澤寬都參加研究。在看材料的過程中，曾發現羅在出獄的一些具體情節上前後說法有矛盾：一說是羅廣斌教育了楊欽典，楊給了鑰匙，然後開門越獄的；一說是越獄之前，羅曾自己僞造過鑰匙；還有一說當時牢門並沒有上鎖。最後，蕭澤寬、梁子平和我一致認爲這些具體細節的出入並不影響問題的實質。」（見雷雨天，《羅廣斌同志的歷史審查情況》，紅岩村編輯部翻印，《批紅岩揪叛徒參考材料之五，羅廣斌問題》，未公開出版，1968 年。）

象，即使是在《紅岩》出版之後。他在 1959 年的小說修改工作就是在對他的懷疑和審查之中進行的，馬識途說，羅廣斌「是在一種痛苦甚至有幾分屈辱之中，爲對烈士負責，才硬挺著寫下去的。」〔註 22〕在這麼複雜的情況下，如果沒有中青社的強力推動，《紅岩》小說的修改工作能否進行下去還是一個問題。

朱語今從四川回到北京後，二編室即把《錮禁的世界》列入了出版計劃。編輯部指定王維玲與小說作者保持經常性的聯繫。11 月下旬，王維玲給三位作者寫信說：「語今同志回社之後就召集了二編室同志對你們這部創作做了具體安排，編輯部指定我經常和你們聯繫，並確定在明年三四月到你們那裡去作這部稿件的編輯工作，這樣作的目的是爲了保證這部長篇在明年國慶前出版。」1959 年 2 月，重慶市委給羅廣斌、楊益言三個月的創作假，集中力量撰寫小說。《錮禁的世界》二稿 50 萬字於八月中旬寫完，共印了 50 本，送出徵求意見。1959 年 10 月 22 日，出版社給羅廣斌、楊益言信，對《錮禁的世界》提了意見，希望他們到北京來修改：「我們經過反覆考慮，並且請示了領導以後，希望你們來北京修改稿子，這一方面我們可以充分地交流意見，一起研究作品的故事梗概、主題思想、主要人物、結構布局的安排方案等等，我們覺得，這樣作起碼有兩個好處，第一，時間上比你們在重慶修改要經濟；第二，修改好的保證比較大。依靠通訊辦法，很難把意見談得具體，談得清楚，談得充分。因此，我們希望你們來，當然越快越好。」1960 年 6 月上旬，羅廣斌、楊益言第一次來到北京，第二編輯室主任江曉天和編輯陳碧芳、王維玲與兩位作者對《錮禁的世界》進行了長達一周的座談，之後，由團中央備介紹信參觀了軍事博物館和革命歷史博物館。1960 年 6 月 21 日，出版社給中共重慶市委組織部、宣傳部負責同志信：告知羅、楊已回重慶，並談了書稿意見。而更重要的是向市委給作者請假，爭取此書明年作爲向黨成立 40 週年獻禮的重點作品：「我們已把它列爲向黨獻禮的重點作品，要在七一之前出書，要求市委考慮從現在起，給他們四、五個月時間專門作這部稿件的修改工作。」1960 年 10 月 4 日，出版社派王維玲帶著出版社的介紹信到重慶，專門去給羅廣斌、楊益言請假。市委准假三個月。羅廣斌他們立即上馬，開始了第三稿的修改。

〔註 22〕馬識途《公子·革命者·作家——憶羅廣斌》，見劉德彬編《〈紅岩〉·羅廣斌·中美合作所》，重慶出版社，1990 年，第 126 頁。

不明原因的是，在《紅岩》的所有檔案資料中，沒有能夠發現在其它重點書那裡常見的一個重要文件：審讀意見書或者編輯報告書。從以上描述可以看出，中青社的編輯有多次審讀稿件的過程，但卻始終沒有人填寫似乎是編輯過程中重要環節或手續的「審讀意見」或「編輯報告書」，自然也就沒有「審讀意見」或「編輯報告書」中的最後一項內容「處理意見」。常規的「處理意見」不外以下幾種：退稿；退修；退修後出版；作爲重點書出版〔註 23〕。但這幾種處理辦法似乎都和對《紅岩》的處理不太符合：既非像《紅旗譜》、《青春之歌》那樣退回去讓作者修改，根據修改的情況考慮出版與否；也非像《在烈火中永生》那樣直接作爲重點書出版，而是在出版社編輯的直接參與下甚至就在出版社一次次修改、直到達到重點書的標準，然後出版。因此，沒有填寫「編輯報告書」，是因爲沒有這個必要。在責任編輯張羽 1961 年秋進入《紅岩》的編輯工作之時，中青社已經有多人參與此事，進行了大量的工作，因此，《紅岩》事實上已經成爲無論如何也要出版的重點書了，即使一時達不到出版要求，也要千方百計修改好，然後出版。這種「千方百計修改好，然後出版」的書在中青社也不只是一部《紅岩》。1957 年出版的《紅旗譜》如此，1961 年出版的《王若飛在獄中》如此，1964 年出版的《風雷》也是如此。實際上幾乎所有的中青社重點書的出版過程都是如此。因爲「編輯部下工夫做工作」是中青社保證「重點書」成功的三條原則之一〔註 24〕。但是在

〔註 23〕如張羽 1955 年 9 月 27 日審讀完《紅旗譜》第一部的上部後就寫了如下的「處理意見」:「甲：把這部稿件列入我社選題計劃，向作者約稿。待改好到出版水平時再出。乙：待作者把第一部寫完後，請幾個有經驗的作者看一下，進行討論，再請作者修改，再考慮出版。丙：因此稿涉及冀中鬥爭歷史，有必要請黨委、特別是當時的領導同志審查，審查其歷史的眞實性。」(見張羽《〈紅旗譜〉審讀意見》,《編輯之友》，1985 年第 2 期。) 1955 年 11 月 19 日張羽撰寫的《燒不盡的野火》(即《青春之歌》) 的「讀後意見」中的「建議」是：「1、請陽翰笙同志審查；2、之後，把意見提給作者修改；3、我們可以給作者一個肯定回答：修改到可以出版時出版。但不必訂約。」(見張羽整理的《〈青春之歌〉檔案一束》) 1958 年 11 月 27 日張羽撰寫的《在烈火中永生》的「編輯報告書」的「處理意見」是：「建議作重點書出版，裝幀設計盡可能好些。印數可力求多些。」(見張羽《〈紅岩〉成書之前》,《編輯之友》，1986 年第 3 期。)

〔註 24〕「保證重點書成功」的三條成功經驗是「(1) 根據當前的政治形勢和黨的要求來愼重地擬定選題；(2) 認眞地選擇作者；(3) 編輯部下工夫做工作。」(見 1964 年 1 月文化部召開農村讀物出版工作座談會上邊春光的發言《抓重點書的一些情況和體會》(非出版物)，中青社檔案室，1964 年。)

這個「編輯部下工夫做工作」上，恐怕沒有那部書比《紅岩》「做」得更到位，更能體現中青社抓重點書的經驗。如「集中力量打殲滅戰」，即「一部書稿除指定責任編輯外，還指定若干人參加審讀，共同討論，發揮集體智慧。」〔註 25〕先後參加《紅岩》審讀、討論的人有兩任文學編輯室主任江曉天、闕道隆和編輯張羽、陳碧芳、王維玲等；如「要出好重點書，還要加強領導，有嚴密的組織工作」〔註 26〕，兩任中青社社長朱語今、邊春光都親自參加了《紅岩》的約稿、審讀和討論工作；如「凡是重點稿，我們都要指定專人與作者經常聯繫，要密切掌握作者的寫作動向，及時瞭解寫作中的困難和問題，盡量幫助解決。」〔註 27〕這個專門負責和《紅岩》作者聯繫的人就是王維玲，與作者的大量來往信件都是由他執筆擬寫並以個人或單位的名義發出的；如「在幫助作者修改作品的過程中，首先注意解決思想方面的問題，同時還要注意藝術方面的問題和文字技巧方面的問題。」〔註 28〕用責任編輯張羽的話說，做責任編輯「難」，「最難者跡近合作進行創作」〔註 29〕。對五六十年代中青社的編輯來說，組織稿件固然很難，但是，把一件組織到的稿件加工成可以出版的成品則更難，那個時代的「大編輯」就是有能力做到這一點的人，他們是編輯部在處理「粗糙」的「重點稿」過程中的「主刀醫生」，是他們最終決定著作品成稿的水平和面貌。

4、責任編輯對《紅岩》的修改和加工

中青社能夠在五六十年代出版一系列很叫響的革命文學，其中的一個經驗或者說「訣竅」就是，編輯處理初稿時不只是「編」，而是「編寫」。從前面的敘述我們知道，中青社抓到手裏的稿件，即使是當作重點稿處理的稿件，也往往和出版的要求相距甚遠，那麼，怎麼把一部部粗糙的「毛坯稿」鍛造成暢銷書，辦法就是一個字：改。

〔註 25〕見 1964 年 1 月文化部召開農村讀物出版工作座談會上邊春光的發言《抓重點書的一些情況和體會》（非出版物），中青社檔案室，1964 年。

〔註 26〕見 1964 年 1 月文化部召開農村讀物出版工作座談會上邊春光的發言《抓重點書的一些情況和體會》（非出版物），中青社檔案室，1964 年。

〔註 27〕見 1964 年 1 月文化部召開農村讀物出版工作座談會上邊春光的發言《抓重點書的一些情況和體會》（非出版物），中青社檔案室，1964 年。

〔註 28〕見 1964 年 1 月文化部召開農村讀物出版工作座談會上邊春光的發言《抓重點書的一些情況和體會》（非出版物），中青社檔案室，1964 年。

〔註 29〕張羽手稿《張羽作爲編輯的感言》，1991 年 4 月 20 日。

中青社出版的長篇小說大都有一個很大的修改過程，如在《紅岩》出版兩年後的 1964 年出版的陳登科的長篇小說《風雷》，就有一個巨大的修改經過。《風雷》最初的名字叫《尋父記》，1963 年 4 月，分管華東地區約稿任務的張羽向陳登科約稿，陳登科答應把他新寫的《尋父記》給中青社。5 月份，《風雷》的徵求意見稿寄到了中青社，張羽審讀完稿子後，「覺得這部描寫農村階級鬥爭的小說，題材重大，內容充實，情節生動，引人深思。」但和中青社收到的大多數稿子一樣，「初稿寫得還比較粗糙」〔註 30〕，建議對初稿進行修改。對《風雷》的修改經過，當年中青社編輯黃伊寫道：「8 月份，陳登科來京後，由編輯室主任及江曉天、張羽三人陪同陳登科，一齊到西山八大處相處一周，對稿件從主題思想到結構布局，人物描寫，逐人分析，逐章研究，安排了已寫的二十二章，制定了後二十八章的修改方案。接著，由江曉天陪同作者加工整理，歷時八個月修改定稿，改名《風雷》出版。」〔註 31〕對此，當年該書的責任編輯江曉天說：「這個《風雷》改大了。這部稿子是五八年我給他約的稿子，後來寫成《尋父記》。我們是老朋友了，沒辦法，就收了。最後，這部稿子改動比較大，當然主要是他自己改了，他就住到團中央的招待所，我們倆就搞流水作業，他改一部分，我給他看一遍，我把意見提出來，再給他，這樣子來回輪流著改，在團中央住就兩次，都住了好長時間，最後第三次定稿。」〔註 32〕《風雷》如此，在《風雷》之前的《紅岩》同樣如此，不同的是，《風雷》的修改還是編輯擬定修改方案，然後主要由作者自己修改，《紅岩》修改的前三稿也是如此，但到第四稿、第五稿的時候，責任編輯張羽的工作就不僅是制定方案、指導修改，而是直接動筆修改。

1960 年從春到秋，中青社第五編輯室編輯張羽〔註 33〕全力進行《王若飛在獄中》一書的「編輯」工作，此書已排出了初稿，並得到了很多方面的賞識，正在四處送審過程中〔註 34〕。在此書大體告一段落以後，中青社的工作

〔註 30〕黃伊《張羽的編輯生涯》，《無名集》，山西人民出版社，1985 年，第 123 頁。

〔註 31〕黃伊《張羽的編輯生涯》，《無名集》，山西人民出版社，1985 年，第 123 頁。

〔註 32〕本文作者 2005 年 11 月 17 日電話採訪江曉天的電話錄音，見附錄八。

〔註 33〕張羽，1921 年 5 月 1 日生於河南靈寶縣，又名張甲，早年在家鄉參加革命，1938 年加入中國共產黨，1947 年在上海參加由中共領導的上海地下學聯的報紙《學生報》的工作，1949 年解放後，先後在上海參加《青年報》和華東青年出版社的工作，1953 年 3 月，調中國青年出版社工作。

〔註 34〕書稿的送審是當代文學生產過程中很值得研究的一個重要的環節。如《紅旗譜》的審稿意見第一條：「因此稿涉及冀中鬥爭歷史，有必要請黨委、特別是

又在進行調整。8 月底，明確回憶錄應爲文學讀物、文學樣式，不應放在五編室，應該歸二編室，張羽也隨之轉回二編室，參加創作組的工作〔註 35〕。

從 9 月 9 日開始，張羽參加了創作組的工作。這時，張羽獨立進行的《王若飛在獄中》排印後還在各處審查之中，沒有定稿付印，張羽只好把工作帶到二編室完成。張羽到二編室後接手的第一件工作，就是交到他手裏的《錮禁的世界》，要他擔任該書的責任編輯，專職完成這件工作〔註 36〕。讓張羽做《紅岩》的責任編輯不是偶然的，而是從實際需要出發的。中青社安排重點書的責任編輯是有講究的，這個責任編輯不僅要有過硬的文字工夫，還要對作品所描寫的內容有一定的經驗和體驗。最初看《紅旗譜》初稿的是張羽，但最後做責任編輯的是經歷過晉察冀革命鬥爭、對梁斌所描寫的冀中地區的鬥爭生活深有體會的蕭也牧；審讀《紅日》並決定出版的是早年參加革命、

當時的領導同志審查，審查其歷史眞實性。」又如柳青的《創業史》初稿出來後，柳青開了西安以及各地黨政負責同志大量名單，作家很少，多爲黨政領導。《王若飛在獄中》涉及到黨的高級幹部，因此，送審的級別相應的就更高。張羽於 1960 年 5 月，分別把《王若飛在獄中》的稿樣送給董必武、徐特立、吳玉章、烏蘭夫、喬明甫、周恩來、康生等人審查，張羽和原稿作者揚植霖整理補充《王若飛在獄中》，從 4 萬字擴充到 7 萬字，僅僅用了 28 天，而審查卻花了 1 年左右的時間。當然，《紅岩》的歷次改寫稿都在重慶市委的詳細審查之中，就連《紅岩》出版後三位作者寫的創作總結稿，就是後來在 1963 年 5 月 13 日《中國青年報》上公開發表的《創作的過程，學習的過程》，也是經過嚴格仔細的審查的。

〔註 35〕張羽原來就在第二編輯室，和黄伊、王扶編輯著名的叢刊《紅旗飄飄》，《紅岩》作者羅光斌、劉德彬、楊益言所寫的《在烈火中得到永生》就是由張羽約寫的稿件，發表在《紅旗飄飄》第六集。1957 年 12 月 20 日張羽和社長朱語今談話，調到新成立的第五編輯室，專門編輯單行本的革命回憶錄，1958 年 1 月 20 日，張羽給三位作者寫信約稿，請他們在《在烈火中得到永生》的基礎上，加以擴充，寫作出版中篇的回憶錄，1959 年 2 月，《在烈火中永生》正式出版。

〔註 36〕在張羽調來二編室擔任《紅岩》責任編輯之前，已經有多人參與《紅岩》的生產。據當時文學編輯室主任江曉天回憶，1958 年 7 月，他從作協「獻禮」小組的一份簡報中，發現四川報上來的材料中有羅光斌、劉德彬、楊益言三人的《錮禁的世界》，回到機關，馬上讓副主任吳小武給三位作者寫了信，10 月，社長朱語今帶二編室的王維玲（原來在總編室工作，剛內定調二編室，做主任的行政秘書，協助處理一些日常事務）到四川約稿，江即把《錮禁的世界》的線索告訴朱，請他到重慶時幫助聯繫此事。朱從四川後來後，即把該稿交二編室處理，1960 年 5 月三位作者攜帶修改過的稿子來北京參觀學習，開闊視野，在此期間，江曉天、王維玲、陳碧芳和三位作者進行了討論交流。

曾經在《紅日》所反映的華東軍區工作過的江曉天；選擇張羽做《紅岩》的責任編輯，和他曾經編輯過作者們同一題材的回憶錄有關，也和他剛剛編輯了反映獄中鬥爭的《王若飛在獄中》有關，但也與張羽有豐富的革命經歷尤其是他在上海見識、參加過各種各樣的地下鬥爭有關。同《紅岩》的作者相比，張羽的成熟不只是因爲他的年齡稍長〔註 37〕，更重要的是他革命工作的歷練和寫作經驗的豐富。

對修改、加工小說《紅岩》的「條件」和「方法」，張羽晚年曾做過一些初步的總結，在一張稿紙上就有張羽隨手記下的這樣一段「小說內容」和他「本人經歷」的對比：

> 挺進報——學生報
>
> 成崗——嚴庚初、穆漢祥、宋良鈞
>
> 許雲峰——王孝和、周國強、朱俊欣、工人領袖的形象
>
> 雙槍老太婆——蘇區的五個老大娘
>
> 南方局——長江局黨訓班認識的一批老革命家
>
> 重慶槍廠——法商電力公司的生活經歷
>
> 重慶大學——上海交通大學
>
> 特務頭子——特務頭子盧旭的生活經歷
>
> 華鎣山——伏牛山經歷過的鬥爭
>
> 我想，我有大量的生活感受可以融進這部作品裏去，成爲它的組成部分。即輸血功能。〔註 38〕

對如何完成「輸血」，從張羽在這份手稿上寫下的幾個零星的詞語「生活、對比、參照、印證、補充、增刪、輸血」可以得到說明。具有和小說所描寫的生活相類似的生活經歷，是責任編輯進行修改、加工的條件，有了這個條件，才能進行張羽在這段話中所說的：「對比、參照、印證、補充、增刪」，這幾個零星的沒有來得及系統闡述的詞語，實際上是對責任編輯遞進式的工作流程的一種概括，而「輸血」這一隱喻式的術語則是對這一工作流程的總結。

〔註 37〕張羽、羅廣斌、劉德彬、楊益言分別出生於 1921 年、1924 年、1922 年、1925 年。

〔註 38〕見張羽晚年的手稿殘稿《張羽接受〈紅岩〉時的個人歷史》，原件存張羽先生家。

1960 年 12 月 29 日，二編室討論第二年發稿計劃時，把《錮禁的世界》列入計劃，決定由張羽擔任責任編輯。1961 年 1 月初，張羽把《錮禁的世界》的初稿找來粗讀一遍，寫了初步意見。這時，他忽然接到父親病危的電報，1 月 7 日，他回河南老家看望病中的父親，一周後趕回北京，開始看羅廣斌他們的修改稿即第三稿。20 日，張羽又一次接到老家不祥的電報——父親病逝了，張羽決定不回去，回電報請二弟料理喪事〔註 39〕。在接到父親病逝電報的同一天，張羽給羅廣斌、楊益言草擬了關於稿件的第一封信，即關於三稿 1～8 章的讀後意見。此信 1 月 27 日發出。2 月 2 日，讀完 9 到 16 章，又寫信。2 月 13 日，去聽胡耀邦對《王若飛在獄中》的意見。到 1961 年 2 月，三稿修改完畢並分三次從重慶寄到北京，張羽也分三次給作者寫信提出看法和意見。3 月 7 日，羅廣斌、楊益言持重慶團市委介紹信第二次到京進行小說第四稿的修改。3 月 8～9 日，文學編輯室新任主任闕道隆、編輯張羽、王維玲和羅廣斌、楊益言共同討論書稿，提出修改意見。從 4 月 3 日，張羽開始加工《紅岩》，到 6 月 10 日，《紅岩》第四稿全稿發完。6 月 19 日，《紅岩》校樣送審。9 月中旬，羅、楊第三次來京，住出版社宿舍繼續修改《紅岩》，這是《紅岩》修改的最後一稿。從 1961 年 11 月 1 日到 21 日，張羽停止其它工作，乾脆般到隔壁宿舍——羅廣斌、楊益言所住的房間，三個人三張床三張桌，進行流水作業，楊益言改第一遍，羅廣斌改第二遍，張羽改第三遍，然後拍板定稿。江曉天編輯《風雷》時和作者陳登科的「流水作業」還是以作者修改爲主，編輯只是指出修改的方向，而張羽和《紅岩》作者的「流水作業」卻沒有了編輯和作者的區別。

上世紀六十年代末，張羽自己看《紅岩》原稿，在每頁 500 字的稿紙上發現有差不多 200 頁是自己寫的，因而留下了有 10 萬字是自己所寫的印象，雖然這個字數只是一個不准確的「印象」，但編輯在《紅岩》修改加工中的工作量之大還是可以想見的。因此，羅廣斌在 60 年代曾多次對人講，張羽是《紅岩》這部小說不具名的作者。八十年代，由於其它的原因，張羽又曾經幾次查看《紅岩》原稿，並記錄了《紅岩》修改、加工的一些細節，現將張羽摘錄的第四稿、第五稿中的增刪情況展示如下：

第四次稿增刪記錄：

第一章，刪 2000 字，補 1000 字；

〔註 39〕見張羽 1961 年 1 月 20 日的日記。

第二章，約刪 1800 字，補 500 多字
第三章，刪 2000 字，補 1000 多字
第四章，刪 2500 字，補 1100 字（從「一個背背兜的農民」後面都重寫）
第五章，刪 700 字，約補 700 字
第六章，約刪 200 字，補增二三百字
第七章，約刪 1500 字，補六七百字（開頭重寫）
第八章，刪 1500 字，補五六百字（甫志高的開頭重寫）
第九章，刪 1500 字，補五六百字
第十章，刪 1700 字，補 300 字
第十一章，刪 1200 字，補 300 字
第十二章，刪 700 字，補三四百字
第十三章，刪 800 字，補 500 字
第十四章，刪 800 字，補 200 字（修改較少）
第十五章，刪 400 字，補 150 字
第十六章，刪 1100 字，補 200 多字（414 頁明顯是改後重抄的）
第十七章，刪 1400 字，補 100 多字（開頭重寫）
第十八章，刪 2100 多字，補 600 字
第十九章，刪 600 字，補 100 多字（修改最少的一章）
第二十章，刪 400 字，補 300 字
第二十一章，刪 1300 字，補 400 多字
第二十二章，刪 500 多字，補 200 多字
第二十三章，刪 100 多字，補訂文字和標點符號 100 多個
第二十四章，刪七八百字，補訂六七十字
第二十五章，刪 1500 字，補訂 400 字
第二十六章，刪 1700 字，補訂 300 字
第二十七章，刪 350 字，補訂 150 字
第二十八章，刪 700 多字，補 200 多字
第二十九章，刪 1000 字，補 200 多字（後半部分重寫）
第三十章，刪 1000 字，補 150 字
第四稿全稿共計刪掉約 3 萬 3 千多字，補充約 1 萬 1 千多字

《紅岩》第五稿增刪情況

第一章：刪 1600 字，增 350 字；

第二章：刪 1200 字，增 200 字；

第三章：刪 1400 字；

第四章：刪 900 字；

第五章：刪 1200 字；

第六章：刪 2000 字；

第七章：刪 2000 字，增一二百字；

第八章：刪 800 字；

第九章：刪 200 字，增近百字；

第十章：刪×字，自增四五百字的一節，我作了修改，此節由我提出意圖，羅、楊思考了一周，才形諸文字，反覆斟酌補上的。

第十一章：自刪 300 字，自增 600 字，我增補五六十字；

第十二章：自刪百多字，自增 400 字，我改文字和標點上百處；

第十三章：自刪 200 字，自增 700 字；

第十四章：自刪 500 字，自增 700 字；

第十五章：共刪 400 字，自增 500 字；

第十六章：自刪 700 字，自增 200 字；

第十七章：共刪 900 字，我增 200 多字；

第十八章：共刪 300 字，自增 300 字，我增 60 字；

第十九章：自刪近百字，我增近百字；

第二十章：刪 1000 字，增 600 字，我增 100 多字；

第二十一章：刪 1200 字，自增 1300 字，我增 100 多字；

第二十二章：刪 400 字，自增 400 字；

第二十三章：刪 100 字，自增 300 字；

第二十四章：刪 650 字，增改 3500 字，我增近百字；

第二十五章：刪 200 字，自增 600 字；

第二十六章：刪百餘字，增 200 字；

第二十七章：刪 300 字，重寫 2000 多字；

第二十八章：刪 300 字，增補 500 字，我作了文字修改；

第二十九章：刪 800 字，重寫 5000 字，我增補 700 字；

第三十章：刪 800 字，增 300 字；

共刪約 20600 字，重寫 40000 多字，我增約 2000 字。〔註 40〕

除了「輸血」，對於編輯和作品的關係以及編輯工作的性質，張羽在晚年曾用一系列的醫學術語進行了總結：

> 編輯對一部作品的加工是使用手術刀，就是去掉多餘的、腐爛的東西，另外，也是去腐生肌，編輯要給作品輸血，又要植皮。有些書就是貧血，有的地方需要修飾，需要植皮，有些地方還要使用針灸。我有個想法，編輯的血液最好屬於 O 型，不管是什麼樣的作品，只要是貧血，就能給它輸；如不是 O 型，輸了以後它不能接受，要輸到每一個作者的血管裏去。因此，編輯就應該是醫生，既是外科，還要是內科、婦科各個方面的，是萬能的。當然，也可能是專科醫生，那他就專門看某一種作品，他看外科，你看內科。這就是編輯分工，分工以後他就是個專業編輯。編輯本人既是助產士，又是護士、醫生。

沿用張羽使用的醫學話語，我們就可以把他查錄的這個《紅岩》初稿的增刪情況看作是一個《紅岩》當年「病例本」的縮略本〔註 41〕，刪削的字數就是動手術刀的次數，補增的字數就是當時輸血的數量。由於《紅岩》第三稿已經佚失，張羽查看的只是原稿中的第四稿和第五稿，另外按張羽所說：「其中經修改後，作者重新抄過的篇幅，因修改稿已消失，所以無法查考，也無法計算。但凡需重抄的，就是因爲修補過多，擠得滿紙見紅，排字不便，必須重抄才好發排。」〔註 42〕因此，究竟張羽動筆刪削、增補了多少字是不好計算的。對第四稿和第五稿張羽增補的文字，權威部門曾經進行過核查，認爲是 2 萬多字，這似乎和張羽在「文革」時有 10 萬字的印象有不小的距離，但即使是 2 萬多字，也已經是一個不小的數目。更重要的是，張羽究竟對《紅

〔註 40〕見張羽手稿《1983 年 7 月 18 日查原稿摘記》，未公開發表。

〔註 41〕原始的「病例本」應該是包括「編輯審讀報告」和歷次修改稿本在內的出版檔案，「編輯審讀報告」就應當是病例本的首頁和病人入院治療時醫生填寫的首次診斷情況記錄，《紅岩》沒有填寫這個「編輯審讀報告」就顯得《紅岩》的病例記錄沒有一個開頭，而爲什麼沒有這個重要的文件的原因，我們已經在前邊有過分析。

〔註 42〕見張羽手稿《1983 年 7 月 18 日查原稿摘記》，未公開發表。

岩》原稿輸了多少血，恐怕並不是僅僅靠數字數所能計算出來的，更主要的應該是看他爲作品輸入了那些核心思想。對這方面輸血〔註 43〕的情況，張羽自己也有大致的總結〔註 44〕。

問題是，不管是「輸血」也好，「植皮」也好，責任編輯仍然只是責任編輯，印到書上的名字還是那個最初生產出渾身是病、需要「輸血」、需要「植皮」、需要針灸的怪胎的作者。不看當年診治時的那個「病例本」，就沒有人知道責任編輯爲這個新生兒的誕生做了多少工作，甚至根本不知道他們的名字。更成問題的是，正因爲這些責任編輯做了過多的工作或準備要做很多的工作，作者們對他們的態度有時候就表現爲「愛恨交加」，出現矛盾也是常有的事。如中青社對《青春之歌》的初稿《燒不盡的野火》提出了過多的修改要求，作者楊沫開始很感激審讀者的工作，也承認他們說的有道理，但很快就對如此巨大的修改工程產生了厭煩，就把稿子給了人民文學出版社；如梁斌的《紅旗譜》出版之後，又寫出了《播火記》，中青社的編輯黃伊提出了一些修改建議，作者生了氣，乾脆把稿子拿到了作家出版社；又如曲波的《林海雪原》，人民文學出版社的責任編輯龍世輝在編輯《林海雪原》時，在原稿上做了很大的修改，作者曲波卻在外邊放風說龍世輝把他的小說改壞了云

〔註 43〕如果一般的文字增補是輸血的話，那麼「思想」的輸入就應該是比血液還珍貴的某種東西的輸入。

〔註 44〕他說：「除了開頭我做了很多的加工外，有幾個地方大段、大段地寫。如江姐如何看見人頭，看見以後她的思想怎麼變化；在小店裏，外頭雨下著，她和華爲在一起，思想感情怎樣變化；後來又怎麼上山，見到雙槍老太婆後怎麼對話。對於山區生活，劉德彬瞭解以外，我也瞭解。我在生活的描寫上做了很大的修改，有些地方甚至是重寫的，包括他們見了面後說：『孤兒寡母也要鬧革命』。過去寫小說有個清規戒律，革命者不能哭，我就給它加上雙槍老太婆對江姐說：『在親人面前你要想哭就痛痛快快地哭吧』。還有許雲峰和毛人鳳唇槍舌劍，這裡是我出了主意，提出構思，他們再補上去的。後來突圍越獄，有些人物形象，我整段地改，其中有的地方改幾百字。另外一個改動多的是吳浩，他給黨的一封信，這封信我幾乎大部分給他重寫的。查原稿，特別突出的有一個地方，是一個字，但這個字是個要害，當時已經在中學課本上出現的《我的自白書》，已經到處流傳，廣播電臺也廣播了，但我還是認爲有個地方文字不准確，我就問羅廣斌，有沒有文字根據，羅說沒有，是大家回憶紀錄下來的。雖然課本已經用了，但必須改這個字，就是最後的一句：『高唱凱歌，埋葬蔣家王朝』，原來是『高唱葬歌』，我說你給敵人唱什麼葬歌呢，自己要唱歌就是唱著自己勝利者的歌曲來埋葬它，不是唱葬歌，應該以勝利者的氣概，高唱凱歌埋葬蔣家王朝。後來課本上也都改過來了，這個字就是我改的。」見張羽未公開發表的手稿《談談〈紅岩〉》，原件存張羽先生家。

云，龍世輝只得把原稿拿出來讓社長王任叔做鑒定，王任叔看後說：「這個稿子不改就不能出嘛！」。

但不改就出的書也有，比如曲波在中青社出版的《山呼海嘯》。其結果無非就是沒人看，賣不掉。江曉天回顧《山呼海嘯》說：「不光是文字差，還有個問題，我說曲波你是不是太浪漫主義了，你搞錯了吧，比如，膠東地區根本不能打地道戰，那裡都是山區，不能打地道戰。他寫日本鬼子追我們，追到一個農民家裏，鍋蓋一掀，下面是地道。還有一個情節，我們的小漁船打日本的鋼船，打得日本鬼子到處找地方鑽，這是不可能的，你的小木船怎麼能打他的大鐵船呢。他找我看他的書，我說我不能給你看，我正在搞《李自成》。後來曲波還不高興，因爲當時給他許過願，說印多少多少，但印出來後賣不掉，就不再印了。」〔註 45〕對《山呼海嘯》的「沒人看」，張羽曾回顧說：「陳志華，中青社看大門的，那時候他上夜班沒事幹，什麼書都拿著看，就連他這個要求不高的人吧，也說，這是什麼書啊，看不下去。」〔註 46〕所以，人們有理由認爲，「能看」的《林海雪原》肯定和責任編輯的修改有關，對此，當年中青社的英文編輯施竹筠說：「我相信龍世輝在《林海雪原》上做了很多的修改，就是因爲我看過曲波的《山呼海嘯》，看校樣，眞的看不下去，太差了，這怎麼能出書呢？所以我相信龍世輝同志應該是做了很多工作的。」〔註 47〕

《紅岩》出版後能夠成爲發行量最大的當代小說，其中的一個經驗就是不搶時間、不做夾生飯，一遍遍修改直到成功。但是，成功之後，有的《紅岩》作者卻對成功的過程諱莫如深，盡量縮小責任編輯在作品修改中的工作量。如作者之一楊益言就曾說過：「中國青年出版社文學編輯室的同志當時告訴我們：小說《紅岩》這部書稿對編輯部門來說，加工量算最小的書稿之一，只有不多一些字句的校正。」〔註 48〕做了一輩子責任編輯的張羽在晚年對責任編輯這個行當總結說：「這種工作猶如其它行業的加工業——同性質、同內容、同效果，但表現形式不同。食品業，加工糧食、肉類、果品及其它食品；服裝業，把來料或存料加工成各式服裝。衣食方面這種加工，最明顯，最容

〔註 45〕2005 年 11 月 17 日本文作者對江曉天的電話採訪錄音，見附錄八。

〔註 46〕見張羽在八十年代對施竹筠、周振甫等人的採訪錄音，原件存張羽先生家。

〔註 47〕見張羽在八十年代對施竹筠、周振甫等人的採訪錄音，原件存張羽先生家。

〔註 48〕楊益言《祝賀·感謝·希望》，中國青年出版社編《中國青年出版社的三十五年》，未正式出版，第 36 頁。

易瞭解。而編輯是一種精神產品的加工業，誰也沒見過底稿，加工工程又難易不同，所以讀者不瞭解，只有作者心裏明白。這種工作，現在一般叫做責任編輯。難，最難者跡近合作進行創作。」〔註 49〕

5、中青社和當代文學的「當代化」

不像人民文學出版社，中國青年出版社不是出版文學作品的專業社，但是中青社卻生產出了中國五六十年代文學的典型作品：《紅旗譜》、《紅日》、《紅岩》、《草原烽火》、《烈火金鋼》等等，這些作品後來被人們總結爲「三紅」和「二火」。與此現象相對應的是，這些五六十年代的暢銷書的作者同樣並非是專業作家，而是名不見經傳的「業餘作家」。非專業作家在非專業社生產出了一個時代的文學經典，這並不是一種偶然，而是文學的歷史性和不同時代對文學樣式的不同需要的體現。

但中青社在文學出版上並不是從一開始就有明確的出版目標和理想，甚至在創辦之初還沒有自己的編輯隊伍，這時他們曾委託社外力量編輯了一套符合「傳統」文學觀念的《青年文學叢書》，叢書收入了蕭也牧等人的作品，受到《人民日報》的批判。與此相反的是，《紅旗譜》、《紅日》、《紅岩》等日後紅遍全國的文學名著在當時卻並不被「傳統」的文學觀念所認同，也並不被更爲專業的文學出版社所看好，從具體每一部作品的出版過程看，中青社能夠出版這些作品實在帶有一定的偶然性，但作爲一個被人們形象地總結爲「三紅」的文學類別，這些特定年代的「暢銷書」由同一個出版社來出版卻也有一定的必然性。「三紅」的共同性不只是其巨大的發行量，在此更爲重要的是，它們都是由中青社出版的，而且實際上這些書也只有中青社來出版。在中青社編輯張羽寫於 1964 年的一篇未發表文章中有一段他和《紅旗譜》作者梁斌的很有意味的對話：

「前些時北京圖書展你去看過嗎？」

「沒有。原先是想去看看的。」

「搞的不錯。有個櫥窗，專門陳列發行百萬冊以上的創作，第一排陳列的三本，都帶有『紅』字。」

〔註 49〕見張羽未公開發表的手稿《張羽作爲編輯的感言——1986 年 12 月想起，1991 年 4 月 20 日再思》，原稿存張羽家。

「當然有《紅岩》了。」

「還有《紅旗譜》和《紅日》。」我說，「中宣部有個負責同志說，在最上邊放這三本書，是有個意思的。因為這三本書，都是人家不出，你們出版了。」在著重講了「人家不出，我們出版」這句富有深意的話以後，我看了看梁斌的表情。接著又說：「當然這三本書的情況也各有不同。《紅日》是旁處不出我們出的；《紅岩》是我們一直抓的；《紅旗譜》是在排出校樣後，送給幾家刊物請考慮，幾個文學刊物都不發表的。有相同，也有不同。」〔註 50〕

張羽和梁斌講《紅旗譜》出版過程的「深意」是想提醒梁斌注意中青社在《紅旗譜》問世上所起的作用，希望梁斌能夠把他正在寫作的已經決定給天津百花出版社和作家出版社出版的《戰寇圖》給中青社出版。但是，中宣部「負責同志」所說的在第一排陳列這三本書的「意思」，就不只是因為這三本書都是「人家不出」而中青社出版了，更不是因為這三本書都帶有個「紅」字，而是因為這三本「人家不出」的書正是中宣部所想像和需要的「當代」文學，把這三本書擺在「最上邊」，體現的是權力機關對一種文學方向的肯定。雖然不能肯定這裡「人家不出」的「人家」是誰，但可以肯定的是中青社是和「人家」不同的，還可以肯定的是中青社的文學生產準確地契合了五六十年代的文化語境和這個文化語境對文學的要求與想像，因此能夠生產出引領時代文學風尚的「暢銷書」。

中宣部「負責同志」所說的「人家不出，你們出版了」有兩種情況，一是「沒有人會出的書，你們出版了」，《紅旗譜》和《紅岩》就都屬於這種情況。50 年代，梁斌在中國作協文學講習所任支部書記，白天工作，晚上偷偷寫作《紅旗譜》。對梁斌的《紅旗譜》，張羽和黃伊曾說：「梁斌同志花了多年心血，寫成了《紅旗譜》，但在文藝界無人問津，看過稿的人也不置可否。」〔註 51〕文學講習所的負責人馬烽和蕭也牧是老朋友，馬烽把梁斌寫了小說的信息告訴了蕭也牧，蕭也牧跑到文學講習所把一大摞稿子抱回了中青社，和張羽一起看完《紅旗譜》的初稿後，「蕭也牧興奮地告訴中青的出版部主任唐

〔註 50〕張羽完成於 1964 年 6 月 13 日的未發表稿《訪問梁斌談話紀要》。該稿是作者 1964 年 6 月 11 日在天津南海路永康裏梁斌家的談話記錄，曾送《天津書訊》編輯部，編輯部在徵求了梁斌的意見後，遵照梁斌「還是不發為好」的意見退稿給張羽。

〔註 51〕張羽、黃伊《我們所認識的蕭也牧》，《茼舊文藝》，1980 年第 4 期。

錫光說：『我們發現了一部傑作，請你做好出版準備吧！』」〔註 52〕張羽在 1955 年 10 月 10 日在看完初稿後給梁斌寫了信，雖然在信中指出了梁斌的《紅旗譜》的一大堆缺點，但還是隨信寄去了合同二紙和稿費 200 元，確定了出版關係。

《紅旗譜》和《紅岩》寫完後的初稿無人問津，在經過蕭也牧、張羽這些「高人」費心修改之後的定稿最初也並不被文學界所認可。《紅旗譜》的校樣「送給幾家刊物請考慮，幾個文學刊物都不發表。」《紅岩》同樣如此，初稿《錮禁的世界》寫完後，楊本泉「積極推薦給《重慶日報》、《西南工人日報》、《紅岩》文學雜誌、重慶人民出版社，……有的單位認爲文學性不強，未予採用。」〔註 53〕1961 年年底《紅岩》小說排出清樣後，中青社把清樣送到《人民文學》等文學雜誌，希望能夠發表其中的一些章節，同樣遭到了拒絕。

「人家不出，你們出版了」的另一種含義是「人家看了以後沒有出版的書，你們出版了」，《紅日》就是這個情況。據江曉天回憶：「1957 年 5 月，他從中央黨校學習一年回到出版社，一天，沈默君來訪，談他的電影劇本《海魂》的出版事宜。說完《海魂》的事情，沈默君換了個話題對江曉天說：『介紹一個長篇小說給你看看。作者是三野時的文化部長，轉業到上海，寫了一個長篇小說，先寄給人民文學出版社領導，等了很長時間沒有音訊。他跑到出版社把稿子要回來，送到總政文化部《解放軍文藝叢書》編輯部，給了馬寒冰同志，快半年了，也沒人和他聯繫。』第二天，沈默君把書給拿了過來，牛皮紙包著清清爽爽的一包打印稿，名字叫《紅日》。」〔註 54〕江曉天一口氣讀完了這本 40 萬字的書，當天晚上，找來副主任陶國鑒，讓陶做該書的責任編輯，作爲重點書稿推出。1958 年《紅日》出版，被推薦爲優秀長篇小說重點書目之一，大量印行。日後，人民文學出版社的負責同志見了中青社的社長朱語今，埋怨中青社搶了他們的稿子。

說起「搶」稿子，中青社的編輯們認爲眞正被「搶」走的稿子是從中青社轉到人民文學出版社出版的《青春之歌》。《青春之歌》1958 年 1 月在人民文學出版社出版，但最初《青春之歌》（這時候的《青春之歌》還叫做《燒不

〔註 52〕張羽、黃伊《我們所認識的蕭也牧》，《簡舊文藝》，1980 年第 4 期。

〔註 53〕恭正《追蹤〈紅岩〉傳說之謎》，重慶《聯合參考報》，1993 年 8 月 14 日第三版。

〔註 54〕2004 年 12 月 20 日筆者在北京江曉天家採訪的口述實錄。

盡的野火》）卻是中青社的蕭也牧約的稿。1955 年 11 月 19 日，編輯張羽看完了《燒不盡的野火》，寫的「讀後意見」看起來也很平常，但最後的處理「建議」卻是「我們可以給作者一個肯定回答：修改到可以出版時出版。但不必訂約。（可以出版的基本條件是：一、符合歷史的眞實，符合黨當時提出的政策路線；二、作品的人物及其思想感情是健康的。）」〔註 55〕在此之後，編輯部和作者又把稿子送中央戲劇學院的歐陽凡海審讀，歐陽凡海審讀後提出了比張羽更嚴重的問題和「苛刻」的修改建議。需要修改的工程量超出了作者楊沫能夠承受的極限，因此，她把作品拿給她以前的老戰友秦兆陽看，適逢 1956 年「雙百方針」的提出，秦兆陽看後認爲稿子可以，在不知道有中青社約稿情節的情況下把稿子給了人民文學出版社。多年後，當年中青社的老編輯們對《青春之歌》的「花落人文」還是「耿耿於懷」。

幾十年之後，張羽談起這件事時說：「當時我編輯工作很忙，我手上有幾部稿子要處理，編輯室裏也還有《紅旗譜》、《創業史》等稿子正在處理之中。中青社當時是有點名氣，出了幾部好書，如《青年英雄的故事》等。所以出版事業搞得紅紅火火的，大家都很忙。中青社當時有個指導思想，就是放長線，釣大魚，編輯和室主任都整天到外面去組稿、約稿，四面八方，到處跑，蕭也牧、江曉天、陳碧芳都外出，大家幹勁很大，約了很多的稿子，而人民文學出版社是坐在家裏等稿子，因此我們在家的時候需要看的稿子也就很多，我也整天從早到晚看稿子，忙得很。我們搞得比人民文學出版社等出版社更紅火，當時在出版界出版的東西有影響，人們幹勁也大，所以就發生了人民社和我們搶稿子（的事），因爲它沒有約到什麼稿子，他們是等米下鍋，我們則是四處約稿。」〔註 56〕

要說中青社對《青春之歌》「一直沒表明態度」有點兒「冤枉」，但也很難把《青春之歌》「花落『人文』」的「責任」完全說成是人文社「搶」稿子。中青社其實也是「有苦難言」，從當年中青社的「審讀處理意見」可以看得出來，這看似偶然的事情背後卻有著必然的邏輯。

張羽的處理意見是「修改到可以出版時出版，但不必訂約。」這看似只是很簡單的一句話，實際上並不簡單。和當時正在文學編輯室修改、加工過程之中的《紅旗譜》的情況做一比較，就可以看出其中的端倪。就在張羽寫

〔註 55〕錢振文《「難產的〈青春之歌〉》，《南方文壇》，2005 年第 5 期。

〔註 56〕見張羽晚年未發表的手稿殘篇，原件存張羽先生家。

出這個審讀報告前 26 天的 10 月 24 日，《紅旗譜》的作者梁斌剛從出版社拿走帶有出版社意見的上部初稿。《紅旗譜》在修改前出版社就和梁斌定了約，並預付了 200 元的稿費。所以，《燒不盡的野火》的「審讀報告」中編輯給作者的「肯定回答」，其實是不太「肯定」的，最多也只能算是一個有條件的「肯定回答」。對此，張羽在晚年的回憶中也是公開承認的。他說過：「當然這同《紅旗譜》是不同的，《紅旗譜》是描寫農民鬥爭的，是肯定要出的，千方百計修改然後出版的，對《青春之歌》則是改好了就出。《紅旗譜》我們是定了合同的，還預先支取了稿費約 200 元，對《青春之歌》我們就沒有定合同，怕萬一不能出，錢就拿不回來了。」〔註 57〕

一個是「改好了可以出」，言下之意顯然是要是改不好，就不出。能否出版，看作者修改後的結果；一個是「千方百計也要改好，然後出版」。這裡的「千方百計」，言下之意是，即使作者修改的結果並不理想，也還是要想辦法修改，直到能夠出版，這裡的辦法甚至包括編輯自己操刀上陣。比如《紅岩》，編輯張羽就曾經和兩位作者同住一室，「三人三桌三床」，進行流水作業。這種「千方百計也要改好，然後出版」的稿子，在中青社也不只是《紅旗譜》一部，而是很多很多，甚至差不多每一部當年中青社的暢銷書都是如此，如《紅岩》，如《王若飛在獄中》，那一部都滲透了編輯們大量的勞動和心血。很清楚，按照中青社當年出版「重點書」過程的常規，對楊沫的這部稿子可以說是很不主動、很不積極。因此，對當年曾在出版社主事的人所說的、發現此書的時候「欣喜若狂，作爲重中之重的書稿，進行編前準備。」〔註 58〕的說法就需要打個折扣。這種說法，就把《青春之歌》沒能在中青社出版的原因歸之於其它的因素，而不是中青社「伯樂們」的「眼力」有問題，沒能看出一部在日後會發行 200 多萬冊並風靡一時的暢銷書。當然，說這話的時間是 1996 年，《青春之歌》在中國當代文學史上的地位業已成爲定論。但是，如果把時間往前推到《青春之歌》受到批判的 60 年代，那麼，中青社編輯們的「眼力」不但沒有問題，而且可以說是「很有眼力」。

《青春之歌》最後沒能在中青社出版，並不是一件偶然的事情，而是很合乎邏輯的事情。因爲，這樣一部寫知識分子題材、而且所寫的內容有明顯的太多的小資產階級情調的小說是不符合當時中青社的指導思想的。「文藝要

〔註 57〕張羽晚年的口述記錄，原件存張羽先生家。

〔註 58〕見《江曉天近作選》，江曉天著，北京：大眾文藝出版社，1999 年。

爲工農兵服務」既是當時中國青年出版社的指導思想，也是張羽本人的指導思想〔註59〕。張羽自己說：那時候，「中青社出版的東西都是教育青年的，教育青年要熱愛鬥爭，如果裏面有太過龐雜的小資產階級情調的東西，那是不行的。我本人以及其它的人（當時）都有一個指導思想，就是，盡量（選）描寫工人、農民、戰士的作品，《青春之歌》寫的（是）青年知識分子，蕭也牧本人就是因爲寫青年知識分子才被打了一棒子，成了右派，受到了批判。對《青春之歌》這部作品，我個人看了後，還是比較喜歡的，因爲我對一二·九運動也比較瞭解，但是修改後究竟會怎麼樣，符合不符合當時的階級政策呢？」（括號中的文字爲本書作者所加）〔註60〕由此可以看出，在什麼樣的書可以作爲「重點書」，什麼樣的文學作品是優秀作品，甚至什麼作品算是文學作品這些問題上，中青社和人文社的評價標準並不完全一致，這才是《青春之歌》和《紅日》互換「婆家」的更爲內在的原因。

實際上，當年各個出版社都爲稿子發愁，因此，時常會發生這種所謂的「搶稿」事件。但是，實際上，凡是被「搶」的稿子，大都是屬於在「出」與「不出」之間猶豫不定、模棱兩可的書，如果是確定爲「千方百計改好也要出版」的「重點書」，如中青社的《紅旗譜》、《紅岩》，那就可以肯定不會出現這種被人搶走的事情。這裡的關鍵問題是，不同的出版社有不同的可能導致「猶豫」的內容。實際上，和《紅岩》作者發生過關係的也不只是中青社一家，早在1956年羅廣斌他們在南溫泉寫作《錮禁的世界》的時候，重慶人民出版社就與《紅岩》的作者們發生了聯繫，對這個情況，當年重慶文聯的老人林彥說：「從思想上來講，因爲他們不是正規寫東西的，那麼，寫了東西以後總想看到效果，能夠發表出來，因此，在寫的過程中，他們就這裡掛鈎、那裡掛鈎，到處掛鈎。作協組織他們在那裡寫，寫了以後他們自己找了

〔註59〕張羽晚年曾總結自己的文藝思想：「我的政治思想和文藝思想，是一直緊跟著黨的教導形成的。解放前反覆閱讀過1942年毛澤東同志的《延安文藝座談會上的講話》，1952年，十週年，參加了上海文藝整風，再次系統地學習了主席的講話，形成了我對文藝問題的觀點，並在工作中堅持下來，並在來京之後，在出版工作中，約稿、選稿、審稿，一直堅持工農兵方向，寫正面人物、理想人物、英雄人物，創辦《紅旗飄飄》叢刊，重視反映革命歷史題材，革命傳統教育，選定《紅旗譜》、《紅岩》等書，加工整理，爲「三紅」起家的青年出版社打下基礎。這個過程，也就是我的文藝思想的具體體現。」見張羽晚年手稿殘篇。

〔註60〕見張羽自己的手稿殘稿，原件存張羽先生家。

重慶出版社。他們從稿子中選擇一些在這個報紙那個報紙上發表，也是基於這個道理。」〔註61〕我們今天不清楚究竟爲什麼重慶人民出版社沒有及時地抓住這個題材不放，大概來說楊本泉所說的「有的單位認爲稿子文學性不強，未予採用」中的「有的單位」就包括和楊本泉熟悉的重慶人民出版社。實際上，重慶人民出版社和中國青年出版社最初看到的本子是一樣的，都是還很不成熟的、「連草稿都不能算是」的《錮禁的世界》〔註62〕。所不同的只是，中青社能夠根據那個不成形的毛坯預見到它的可加工性，因爲，與那些以文學性高低爲衡量標準的組織機構不同，中青社是根據「材料」的性質來判定作品的價値，因此，他們能夠在作品的材料階段就決定作品的前途和命運。這樣，到1958年11月中青社社長朱語今親自出面和重慶市委約定了寫作出版的事宜後，一直在「猶豫」的重慶出版社才開始感覺到似乎是丢了什麼東西。林彥老人說：「後來他們把稿子又弄到了中青社，所以重慶出版社的老編輯至今還覺得，這部稿子本來是他們聯繫的，是他們的組稿對象。」〔註63〕和中青社比較，重慶人民出版社雖然和作者發生過聯繫，卻是作者主動的「掛鈎」而並不是出版社主動的組稿。出版社和作者發生過聯繫並不能說明什麼問題，關鍵是對稿件的處理方式，是不置可否、猶豫不決，還是主動出擊、抓住不放，而從出版社主動出擊、抓住不放的作品則可以判斷一個出版社的傾向和性質。《紅旗譜》、《紅日》、《紅岩》這些在其它出版社「不置可否」的小說，到了中青社編輯的眼中就是「彗星」、「稀有的、閃光的」「礦石」，其原因固然與趙樹理等成熟的大作家更願意在更專業的人民文學出版社出書、使得他們只能發掘無名小輩有關，但更與中青社的出版方針有關。

作爲團中央的直屬社，中青社的出版方針就是配合團中央做好青少年的革命化教育工作。因此，「在選擇重點時，首先要從當前的政治形勢出發，從黨教育青年的需要出發，從最大多數青年讀者的需要出發。」〔註64〕寫作《紅岩》時的政治形勢是，「由於『大躍進』、人民公社運動連續三年多的失誤，

〔註61〕筆者對林彥電話採訪的記錄，見附件六。

〔註62〕王維玲曾對《紅岩》的初稿說過：「嚴格的說，當時它還不能算是草稿，僅僅是把他們積累的素材，把他們聽到、看到、感受到的一些片斷，如實地寫了出來。」（見王維玲《話說〈紅岩〉》，花山文藝出版社，2000年，第7頁。）

〔註63〕筆者對林彥電話採訪的記錄，見附件六。

〔註64〕中國青年出版社《抓重點書的一些情況和體會》（1964年1月中青社社長邊春光在文化部召開的農村讀物出版工作座談會上的發言）。

國家生產建設和人民生活都出現了嚴重困難。」〔註 65〕「困難」、「嚴重困難」、「極度困難」成爲描述中國五十年代末、六十年代初社會形勢的關鍵詞。在物質極度貧乏的時候，整個國家需要精神的支撐。1960 年 10 月 20 日文學編輯室主任闕道隆傳達胡耀邦的指示，對報刊工作，胡耀邦提出要「鼓舞士氣，增強信心。（講）偉大前途，偉大事業。搞朝氣，反暮氣。」顯然，這裡對報刊提出的要求也同樣適用於出版。第二天，編輯室討論如何貫徹胡耀邦同志的指示，闕道隆提出要把「革命觀點和革命精神」作爲審稿的標準，在重點要抓的稿件中，有如下幾項：1、充滿革命理想的著作；2、反映農村建設的中短篇；3、革命領袖、烈士、英雄的小傳和生平；4、反映毛主席思想的革命回憶錄；5、文學基本知識。隨後，編輯張羽按照這五個方面分別檢查整理了自己的編輯計劃，第一部分，關於革命理想、革命精神的創作中，有《禁錮的世界》、《播火記》、《太平歲月》、《中原突圍》等 11 種〔註 66〕，《禁錮的世界》列在了首位。

1961 年，是三年困難時期的尾聲。1 月 6 日，出版社傳達胡耀邦同志對共青團 1960 年工作的意見和 1961 年工作的出發點，其中「今年工作總的出發點」中總的要求是「按照黨的情況和要求辦事，在很困難和大規模整頓了工作作風的基礎上，爭取工農業特別是農業的繼續躍進。」需要狠抓的兩件事，一是「整頓基層組織，健全團的組織作用。」二是：「狠抓思想工作，解決青年思想問題」，因爲：「青年思想問題比較多，政治覺悟不能提高。」因此，他要求「要抓活的思想，（而）不是主觀、靜止地進行思想教育。」在這一條又分別講了三點，第一點是：「部分團員和青年對渡過困難信心不足。怎麼辦？放任是不對的，粗暴的壓服也不解決問題，成功的經驗是大講革命歷史，大講艱苦奮鬥的革命故事，大講英雄主義的故事，講得動人心弦，發人深省，從中進行革命精神、革命風格、道德品質的教育。講了以後，勇氣就來了，英雄氣概就來了，這是個很好的方式，……因此，全團要振奮精神，狠抓這件工作，不只搞解放戰爭史，搞劉胡蘭，搞黃繼光。越困難，越要有精神，越（要）顯示精神原子彈的威力。」〔註 67〕《紅岩》之所以在六十年

〔註 65〕薄一波《若干重大決策與事件的回顧》第 1015 頁，中共中央黨校出版社，1993 年。

〔註 66〕見原中國青年出版社文學編輯室編輯張羽 1960 年工作日記。

〔註 67〕張羽 1961 年 1 月 6 日的工作日記。

代能夠成爲中青社「重中之重」的「重點書」，就是因爲它描寫了革命者在遠比「三年困難時期」還要困難的監獄環境下所表現出來的「不怕鬼、不怕死、不怕困難」的「大無畏」革命精神，這符合了國家對「鼓舞士氣，增強信心」的「精神原子彈」的需求。正因爲如此，當 1961 年底《紅岩》出版並在全國出現閱讀的熱潮後，胡耀邦表揚說，《紅岩》不只是一本好書，而是在三年困難時期，發揮了鼓舞士氣和鬥志的特殊重要的作用〔註 68〕。

《紅岩》出版後在報刊評論界迅速引起了反響，以權威報刊《文藝報》、《人民日報》發表的權威評論家的長篇評論爲開端，全國各地的報刊迅速跟進，一時間，有關《紅岩》的評論文章成爲全國報紙副刊的重要選題，眞可謂「全國報紙一片紅」。這種盛況對於中青社的編輯們來說，既在預料之中，又在預料之外。《紅岩》的成功在出版界引起了不小的震動，中青社編輯出版重點書的工作方法作爲經驗成爲其它出版社學習和倣仿的對象〔註 69〕。但實際上，從中青社排出《紅岩》稿本的清樣開始，文學生產系列中的下一個階段就已經開始了，這個階段的生產主體已經不是出版社，而是評論界和他們所掌握的報紙刊物。

〔註 68〕王維玲在《話說〈紅岩〉》中寫道：「1962 年中秋節，全國青聯在北海公園舉行聯誼活動，當時羅廣斌正在北京，應邀參加了聯誼會。在白塔下優美秀麗的漪瀾堂內，團中央第一書記胡耀邦同志親切地握著羅廣斌的手，動情地說：『你們寫了一部《紅岩》，我不說你們寫了一部好書，因爲用好書這兩個字，已經不能概括它的意義了。在三年困難時期，你們出版的《紅岩》，以出色的描寫，感人的事蹟，吸引了廣大青年讀者，以革命烈士高尚的犧牲精神，成功地進行了一場革命理想和革命氣節的教育，使人們從關心自身的熱量（原文如此——本書作者注），到樹立樂觀的信心，保持高昂的革命精神境界，去戰勝困難。《紅岩》對社會的貢獻，已經遠遠超過了一部好小說的作用。』」見王維玲《話說〈紅岩〉》，花山文藝出版社，2000 年，第 185 頁。

〔註 69〕王維玲曾說：「《紅岩》出版後，強烈的社會反響，引起了團中央書記處和中國青年出版社領導的重視，也引起了新聞界、出版界的注意，一時間紛紛要求我們介紹抓重點書的經驗（這裡說的『重點書』，是指六十年代影響大、發行量也大的『精品佳作』）。」見王維玲《話說〈紅岩〉》，花山文藝出版社，2000 年，第 224 頁。

第6章 《紅岩》的閱讀和評論

《紅岩》在中國當代文學史上的不可忽視很大程度上來源於它所創造的高達 800 萬的發行數量，它是小說《紅岩》的標誌性成就，也是當代文學史論者每當談到《紅岩》時總要首先提到的一點。它成了人們多年後不能忽略《紅岩》和還要提說《紅岩》的由頭。

「800 萬」在今天看來即使不可思議也只是一個乾枯的數字，但在創造這個數字的當年卻是一個很是生動的社會事件。很多發生在「《紅岩》熱」時期人們對《紅岩》求「書」若渴的故事，至今仍然讓人津津樂道〔註 1〕。實際上，在 800 萬這個「天文數字」背後是一場規模巨大的閱讀活動。這個閱讀活動是《紅岩》生產過程的一部分，因爲《紅岩》的價值有很大一部分就是在這種社會性的閱讀活動中實現的。「文本的價值像其它任何價值一樣，是關係的產物，是一種關係值，而不是永恒不變的東西。」〔註 2〕「《紅岩》熱」現象所表明的並不只是文本本身所具有的某種特質，而是表明小說與當下的某種政治需要產生了高度的契合，正是這種契合使得讀者能夠很容易從當下的政治需要出發「讀入」文本，並從文本中「讀出」與社會主流話語一致的意義。《紅岩》的價值就在於對於特定歷史階段的人們來說所具有的高度的「可讀入性」或者說「可生產性」。

〔註 1〕如曾德林曾回憶當年他經歷過的一件「十分感動」的事：「1963 年初，我隨團到西藏慰問邊防部隊，在同一個駐防在國境線上的連隊的指戰員開座談會時，在那樣艱苦的條件下，他們沒有提出任何物質上的問題而竟提出看不到《紅岩》，要求能幫助解決。」（見劉德彬編《〈紅岩〉・羅廣斌・中美合作所》，重慶出版社，第 71 頁。）

〔註 2〕馬海良《文化政治學——伊格爾頓批評理論研究》，中國社會科學出版社，2004 年，第 183 頁。

如果我們不是滿足於從今天的歷史條件出發去臆斷發生在60年代的那場文化活動，並且進一步希望能夠對那個「不可思議」的事情有所理解，我們就要試著回到歷史的現場，盡可能地梳理這場活動得以發生的歷史條件或偶然機遇。本章試圖從宏觀的歷史背景出發，對《紅岩》熱的生成過程進行梳理；同時，通過對《紅岩》出版後的大量評論文章和「讀後感」的解讀，分析在「閱讀生產」〔註3〕階段，這些「傾向式閱讀」活動是如何積極地在編碼者設定的主控性意義系統中進行意義的再生產的。

1、評論家的作用和「《紅岩》熱」的生成

1961年年底，《紅岩》排出清樣並趕在年終之前裝訂出40冊樣書〔註4〕，這樣做，主要是爲了實現通常新聞業追求的那種「時效性」，即趕向中國共產黨建黨四十週年獻禮的「由頭」。但出人意料的是，這樣的時間安排，使得《紅岩》成爲業績平平的1961年長篇創作的「頗有分量」的「壓卷之作」〔註5〕。

〔註3〕馬海良在他的研究中對伊格爾頓的「閱讀生產」理論說到：這樣，伊格爾頓的意識形態理論就「明確提出『閱讀是一種意識形態活動，將意識形態性質延伸到整個文本過程；另一方面也將『生產』概念的外延擴展到閱讀環節，將閱讀稱爲『閱讀生產』。」（馬海良《文化政治學——伊格爾頓批評理論研究》，中國社會科學出版社，2004年，第183頁。）

〔註4〕張羽日記1961年12月19日～31日記載：「①《紅岩》趕在年終前，裝出四十冊。給羅寄四冊，向洛新一冊。各報刊、評論者送出。」

〔註5〕1961年出版的長篇小說計有：上海文藝出版社出版的《草原新史》（烏蘭巴幹）、《姊妹船》（陸俊超）、《他是個礦工》（陳見堯）、《寬廣的世界》（蕭木）、《金色的秋天》（劉勇）《多浪河邊》（周非）；春風文藝出版社出版的《巨人的故事》（韶華）、《風雨旗》（敬信）、《爐匠老大》（朱贊平）；山東人民出版社的《紅旗飄揚》（張揚）、《民兵爆炸隊》（翟永瑚）、《沂蒙山的故事》（知俠）；作家出版社出版的《三家巷》（第一卷）（歐陽山）、《醒了的土地》（李喬）；中國青年出版社出版的《朝陽花》（馬憶湘）、《紅岩》（羅廣斌、楊益言）；百花文藝出版社出版的《黎明時刻》（魯荻）、《勇往直前》（漢水）、《紅心向太陽》（紀寧）。資料來源，見仲呈祥編《新中國文學紀事和重要著作年表》（1949～1966），四川省社會科學院出版社，1984年，第234頁。從這個名單可以看出1961年的長篇小說創作數量有限，質量也一般，日後寫入文學史的就只有《紅岩》和《三家巷》，且《三家巷》是再版書。和1958年、1959年、1960年相比都要少得多。其中的一個原因大概是大量的力量都集中在了向國慶十週年獻禮上，《紅岩》本來也是向十週年獻禮的產品，如果《紅岩》如期在計劃中的1959年出版，1961年的長篇創作將更其可憐。

文學作品的生產是由多個環節構成的把關系統來共同運作的，出版社編輯將一部作品由毛坯活兒加工成成品，送入印刷廠，只是整個生產過程中一個環節的完成。如何將完成的作品送入讀者手中，形成閱讀和消費關係，是由把關系統的下一個環節——新聞界和評論界來完成的。但即使如此，出版社也不是無所作爲。爲了把自己的出版物尤其是其中的「重點書」打入新聞媒體和評論界，中青社有一套成形而穩定的做法，如在書籍出版前後聯繫報刊進行連載或選載，如在書籍出版後組織不同形式的座談會，如由相關人員撰寫書評或出版消息向報社投稿，如主動和評論界聯繫評論文章的寫作等〔註6〕。張羽編輯的《在烈火中永生》在出版前社領導就指示出版後要「好好宣傳一番」。正式出版的同時即在《北京晚報》進行了全文轉載；隨即出版社又組織召開了由「烈士家屬、革命幹部、共青團領導人等」參加的座談會，座談會的發言實況由中央人民廣播電臺的記者錄音後播放，這些出版後的措施很有效，《在烈火中永生》很快發行到 100 萬冊以上。同樣由張羽編輯的另一部「重點書」《王若飛在獄中》也是如此，在出版的同時即在《中國青年》雜誌分兩期進行了全文連載。

作爲重點書的《紅岩》當然是中青社的重點宣傳對象。書籍出版前的 1961 年 11 月，《中國青年報》和《中國青年》雜誌就開始連載《紅岩》中的部分章節。《紅岩》定稿後，張羽又把其中的兩節給《中國少年報》，把其中的江姐部分給了《延河》，把整個清樣送《人民文學》。《紅岩》在 1961 年年底裝出 40 冊，除了給羅廣斌寄去四冊外，張羽首先送出的是下一個把關環節的專家包括報刊編輯和評論家。1962 年初，《紅岩》開始大量印刷，張羽寫出了第一篇《紅岩》評論文章《冬夜圍爐話〈紅岩〉》，發表在 1 月 13 日的《中國青年報》。這篇文章的署名並不是張羽而是一個筆名張念苓，文章以「主」、「客」兩個虛擬人物對答的形式寫成，從表面上看，這裡「主」、「客」的交談很像是和《紅岩》的生產者無關的兩個讀書人很隨意的談話，這樣的效果，能夠避免「自賣自誇」的嫌疑。但實際上，這裡的「主」，顯然指的是作者（作者用了筆名張念苓）本人和他所代表的出版社，這裡的「客」，是假想中的「讀

〔註 6〕對中青社書籍出版後的「宣傳介紹」，當年中青社的編輯黃伊說：「宣傳介紹可以分爲一般宣傳和重點宣傳。一般宣傳包括給報刊發出版簡訊，刊登新書目，撰寫新書評介；重點宣傳包括主動召開各類座談會，專題討論會，有計劃地組織一批重點評論文章，在有影響的報刊、電臺、電視臺發表和播映等。」（見黃伊《編輯的故事》，金城出版社，2003 年，第 82 頁。）

者」。因爲是《紅岩》的第一篇評價文章，所以作者（主）爲讀者（客）所做的介紹是從解讀《紅岩》的封面、插圖、書名等等明顯要素的直接意指和含蓄意指開始的，然後，分別介紹了《紅岩》在情節安排、人物刻畫、結構布局上的獨到之處，由於是作品的生產者本人來寫評介，所以能夠處處說到點子上。如作者花大段的篇幅闡釋了《紅岩》與一般驚險小說的不同；在人物塑造上，作者除了簡單介紹《紅岩》正面人物塑造的特點，主要介紹了這部小說在反面人物塑造上所下的工夫。做過多年暢銷書的張羽在 1 月 1～12 日的日記中寫道「估計今年前半年，此書將引起普遍注意。」他的估計不無道理，雖然作爲編輯，他所能做的差不多也就如此而已，但此後沒有幾天，張羽就接到李希凡的電話，稱「《紅岩》爲 1961 年最好的一部小說」。2 月初，侯金鏡、閻振鋼約張羽在春節後面談《紅岩》，這種種信息又的確都在印證著張羽在一個月前的估計。2 月中旬，張羽夥同同事黃伊到中青社的「定點單位」北大中文系，召集學生十人召開座談會，聽取讀者的意見和看法〔註 7〕，這也是中青社對「重點書」進行宣傳推廣的常規做法。但 1962 年春節過後不久，張羽的工作重點就已經不再是《紅岩》。1962 年 2 月 26 日，張羽出差上海，到自己負責約稿的華東地區進行約稿，這一去就是兩個多月。

中青社的優勢是他們的出版計劃和出版活動可以與同爲團中央系統的主流大眾媒體《中國青年報》和《中國青年》雜誌進行密切的配合。他們的重點出版物在出版之前或剛剛出版的關鍵時候，往往會在這兩份在廣大青年讀者中很有影響的報紙和刊物上進行連載或選載；出版之後則通過策劃座談會和發表書訊、書評等形式進行炒作，在報刊上發表參加座談會的「典型讀者」的「典型發言」，可以起到帶動閱讀和示範閱讀的作用。1962 年 2 月中旬，中國青年報召開了小說《紅岩》的讀者座談會，2 月 17 日，《中國青年報》在第四版以一個整版的篇幅發表了座談會的發言記錄〔註 8〕。整組文章顯然經過編

〔註 7〕 張羽日記「1962 年 2 月 10～25」日記載：「①去北大開座談會，中文系一年級學生十人，談《紅岩》，黃伊同去。中午在校外食堂就餐。午後 2 時許返社。對劉思楊、甫志高提了意見。看似理解水平問題，團報文章也有影響。⑧中央召開《座談會》講話二十週年籌備會。何其芳、張天翼、張光年、陳荒煤等 17 人讓人來買《紅岩》各一冊。」

〔註 8〕 該版編輯的「編者按」說：「《紅岩》出版後，受到了廣大讀者的熱烈歡迎。書中英雄人物的光輝鬥爭事蹟，氣勢磅礴，驚心動魄，悲壯感人，是一部向青年進行革命傳統和共產主義品德教育的生動教材。爲了幫助讀者更好地學習這本書，我們邀請了一些同志舉行座談，下面就是這個座談會的部分發言紀錄。」（見《中國青年報》1962 年 2 月 17 日，第四版。）

輯的精心策劃和安排，頭條《不怕鬼的英雄譜》總述小說的思想內涵和與當下現實的主要關聯：一不怕鬼，二不怕死，三不怕困難。二三四條分別從不同角度講述江姐、許雲峰對青年的教育意義；倒頭條和二條是關於反面典型劉思揚和甫志高對當代青年思想改造的教育意義，中間一小篇由「中美合作所烈士家屬」所寫的《難忘的仇恨》，敘述作者自己的親人們在集中營遭到的血腥屠戮。這些文章的作者都是普通的青年讀者，但卻都能正確地提煉出作品的政治教育意義。這種閱讀方式很快成爲全國各家報紙的普遍方式。當然，除了利用本系統的報刊媒體，中青社的優勢還在於它所隸屬的權力集團團中央，共青團的一個重要的工作就是指導青年進行讀書活動〔註 9〕，團中央可以把自己確定的書目列爲某一時期或某一青年群體的必讀書目，中青社的出版物當然有「近水樓臺」的優勢。

但即使如此，中青社的權力範圍畢竟還是有限的，要想把自己的出版物確定爲經典讀物，通過更權威的專家把關系統的篩選、得到他們的評介和推薦是重要的一環。在這個專家把關系統中，「兩報一刊」即《人民日報》、《文藝報》和《人民文學》是最重要的，它們是五六十年代的文學權威實施他們的文化領導權的重要論壇。坐鎮這些「論壇」和與這些「論壇」有密切關係的文學權威們如李希凡、馮牧、張光年、侯金鏡、羅蓀、王子野等是決定一部文學作品是否合格和是否優秀的「大法官」，能否進入他們的「法眼」和獲得他們的肯定評價，是一部作品能否暢銷和得到讀者「喜愛」進而成爲經典之作的重要因素。日後進入中國當代文學史的文學作品差不多都與這個很小的權威圈子的高度評價有關，或者在某種意義上也可以說，作爲概念的「中國當代文學」差不多就是這個很小的圈子生產的〔註

〔註 9〕《紅岩》作者之一楊益言在一篇文章中說：「五十年代初，它（指中青社——本書作者注）剛誕生之時，我還在共青團的團齡之內，我在共青團重慶市委工作。它所出版的書刊，它在全團推動和輔導的讀書活動，不僅給了我工作上以極大的幫助，更在精神上給予了我以多方面的營養和啓迪。可以說，要是沒有這一切，那是很難想像自己該怎樣去進行團的工作的。」見楊益言《祝賀．感謝．希望》，中國青年出版社編《中國青年出版社的三十五年》（非正式出版物），1985 年。

〔註 10〕當然，進入文學史的作品並非都是得到正面肯定和評價的作品，有相當的文學史敘述是關於引起爭論和在政治運動中成爲靶子的作品。但即使是這些作品，能夠成爲文學史的論述對象，也和這個「兩報一刊」對它們的論述有關。如有關蕭也牧的《我們夫婦之間》等作品的激烈批評就是首先在《文藝報》展開的。

10〕。在當代文學史上曾經走紅的幾部「紅色經典」如《林海雪原》、《紅旗譜》、《紅日》、《創業史》等，就都曾經得到過以上所說的幾位文學界權威在「兩報一刊」上發表的肯定性評價〔註 11〕。《人民文學》的權威性和「審查」職能主要是通過選擇優秀的長篇作品在出版前後進行連載或選載來體現的，對此，研究者李紅強的研究結果認爲：「目前眾多版本的文學史選擇『入史』的作品，大都來自《人民文學》。短篇小說、詩歌、散文等『短』篇文章自不必說，就是此一時期最著名的長篇小說，也幾乎全在《人民文學》上出現過。」就長篇小說的連載來說，李紅強認爲：「就這一時段來說，長篇小說最爲繁榮，《人民文學》則通過分『等級』的連載、選載等手段，幾乎將這一時期最優秀的長篇小說一網打盡。……50 年代中期以後，《人民文學》對年輕作家的長篇小說不再『連載』，而是『選載』，如杜鵬程的《長城線上》（《保衛延安》之一章），吳強的《勝利的序曲》（《紅日》之一章），柳青的《蛤蟆灘的喜劇》（《創業史》之一章），曲波的《奇襲虎狼窩》（《林海雪原》之一章），金敬邁的《歐陽海之歌》等；『連載』的作品是來自『地位』更高的作家的作品，如趙樹理的《三里灣》（連載於《人民文學》1955 年 1～4 期），張天翼的《寶葫蘆的秘密》（連載於《人民文學》1957 年 1～4 期），周立波的《山鄉巨變》（連載於《人民文學》1958 年 1～6 期）等。」〔註 12〕五六十年代的長篇小說生產有個規律，就是在出版社出版之前先在報紙、刊物上連載或選載，其作用有如今天的商家在推銷產品中經常採用的免費試用，當然，這樣做更主要的作用是先在報紙上探探風聲，根據「讀者」的意見再決定是出版還是修改後出版還是趕緊刹車。但選擇連載的報刊不同，所得到的收益也就不同。能在最高級別的文學專業雜誌《人民文學》上得到連載或選載，所得到的象徵收益也就最高。它像一個衡器，用來衡量每一部就要出產的長篇小說的分量。

12 月初，《紅岩》定稿並簽字複印，在出版之前，中青社把《紅岩》的清

〔註 11〕這些評論作品如侯金鏡的《一部引人入勝的長篇小說——讀〈林海雪原〉》（載《文藝報》1958 年第 3 期）、方明的《壯闊的農民革命的歷史圖畫——讀小說〈紅旗譜〉》（載《文藝報》1958 年第 5 期）、馮牧的《革命的戰歌，英雄的頌歌——略論〈紅日〉的成就及其弱點》（載《文藝報》1958 年第 21 期）、《初讀〈創業史〉》，（載《文藝報》1960 年第 1 期）、李希凡的《漫談〈創業史〉的思想和藝術》（載《文藝報》1960 年第 17、18 期）。

〔註 12〕見李紅強先生的博士論文《權威期刊與特定年代的文學生產——〈人民文學〉（1949～1966 年）研究》，2004 年。

樣送給了《人民文學》〔註 13〕，希望能夠像《紅日》、《保衛延安》、《林海雪原》等作品一樣得到連載或選載〔註 14〕，其結果和 1956 年《紅岩》雜誌對《紅岩》初稿的說法差不多：文學性太差。〔註 15〕1956 年，羅廣斌他們的小說初稿完成後，羅廣斌他們的「寫作教練」楊本泉把稿子拿給了一些報紙和雜誌，其中的一些章節在《中國青年報》、《重慶日報》等報紙得以連載發表，而《紅岩》等文學雜誌則認爲初稿文學性太差不予登載。五年後，幾乎相同的情景又一次出現。1961 年 11 月小說修改即將最後完成，中青社把稿子拿給一些報紙刊物，《中國青年報》從 11 月 10 日至 23 日連載《紅岩》小說中描寫許雲峰的有關章節，同時，《中國青年》雜誌也開始選發描寫白公館的有關章節，但在《人民文學》卻被退稿。兩次投稿的結果都是作品中的一些片斷被時政性的報刊採用而被文學刊物退稿。聯繫 1956 年《紅岩》初稿寫出後在《紅岩》

〔註 13〕張羽工作日記中記載：「12 月 12 日～18 日，①……⑦18 日，《紅岩》清樣一份給《人民文學》。江姐部分給《延河》。⑧和《中國青年》宋文郁通話，《紅岩》該刊下期發 13 章」。

〔註 14〕就《紅岩》清樣送《人民文學》和沒有能夠在《人民文學》刊登的事情，我曾經向當年中青社第二編輯室主任江曉天瞭解情況，他說沒有刊登是因爲《人民文學》只刊登短篇作品，沒有刊登長篇小說的慣例，所以就沒有登載《紅岩》。這個說法是可疑的，如果《人民文學》不登載長篇作品，中青社不會不知道這個慣例。從閻綱寫的《一九六一年長篇小說印象記》開列的名單，可以看出，1961 年《人民文學》選載的長篇有《大波》。

〔註 15〕對於《紅岩》清樣在文學刊物的遭遇，作者之一楊益言回憶說：「在小說最後定稿之前，《中國青年》、《中國青年報》已決定選刊一點。中國青年出版社出於宣傳的目的，把稿子送給了全國幾家重要的報刊，想讓它們也選載一點。他們沒有想到，得到的答覆卻是：『沒有可以選用的章節』，『只有政治語言，沒有文學語言。』他們把這個意見坦率地告訴了我們。老羅卻一點也不氣餒，說：『我們寫的本就是嚴肅的政治鬥爭嘛！怎麼能不用政治語言？！』。」（見楊益言《他，還活在我們中間……》，劉德彬《〈紅岩〉·羅廣斌·中美合作所》，重慶出版社，1990 年，第 147 頁。）對於《紅岩》和《人民文學》的距離，編輯張羽寫道：「羅廣斌同志在辛勤寫作的時候，文藝界從沒有人關心過他們的創作。他們是無名小卒，周楊根本不知道他們的名字。小說排出清樣後，送到周楊所直接控制的《人民文學》雜誌，徵求意見，看可否發表一兩個章節。清樣送去兩次，那個雜誌的負責人正熱衷於發表吳晗之流的反黨毒草，瞧不起這部小說，說選不出可以發表的章節。」（見張羽《不許誣衊〈紅岩〉》，上海交通大學紅岩戰鬥隊《〈紅岩〉與羅廣斌》第一、第二集，第 32 頁）張羽的這篇文章寫於 1967 年，張羽寫作該文的目的是爲正在重慶受到攻擊的羅廣斌和《紅岩》辯護，以便使這部和自己的命運休戚相關的小說擺脫與所謂「周楊脩正主義黑線」的關係。其實，《紅岩》沒有能在《人民文學》得以刊用和周楊毫無關係。

雜誌的同樣遭遇，可以認為，《人民文學》編輯部「瞧不起這部小說」、「說選不出可以發表的章節」倒是多少符合實情。由此可見，即使經過六年之久的修改和中青社編輯們「跡近合作進行創作」的加工和潤色，《紅岩》的文學性仍然沒有達到《人民文學》所要求的水準。

但是，一部讓《人民文學》的編輯們「選不出可以發表的章節」的小說，《文藝報》的把關者卻有不同的看法。1961 年底，《文藝報》分管小說評論的副主編侯金鏡帶領「專職負責長篇小說評論」的年輕編輯閻綱躲到清淨的北京頤和園，對 1961 年全年的長篇小說進行「巡視」和「盤點」，在閱讀了全年生產的長篇小說之後，閻綱他們得出的結論是：「《紅岩》是一九六一年的長篇小說中，值得向讀者、特別是青年讀者們推薦的好作品。」〔註 16〕閻綱回憶當年的情景說：「一九六一年底，他（指侯金鏡——本書作者注）親自出馬，帶我到頤和園雲松巢閱讀全年的中、長篇小說，邊讀邊議，耳提面命，幫助提高我的辨別能力、分析能力和鑒賞水平。在他的具體指導下，我寫出《一九六一年長篇小說印象記》在《文藝報》發表，並寫出《共產黨人的「正氣歌」——〈紅岩〉的思想力量和藝術特色》一文在《人民日報》發表。後一篇在當時發生了影響，一夜之間形成『《紅岩》熱』。寫這篇文章時，侯金鏡同志就叮囑我：『現在是困難時期，人民群眾物質生活貧乏，我們要發展創作，把好的小說奉獻給人民群眾，使他們的精神生活變得豐富。』在他的鼓勵下，我又應約寫了《悲壯的〈紅岩〉》的小冊子。」〔註 17〕在筆者對閻綱的訪談中，閻綱補充說：「我們在頤和園看稿，這時候李希凡來約稿，我說《紅岩》不錯。我們覺得在三年困難時期，我們在經濟上很困難，不能在精神上也跨下來。我就給他寫了《共產黨人的「正氣歌」》，發表以後很轟動，有人叫我『閻紅岩』。後來我又在中央人民廣播電臺講了一次，也是稿子中的內容。我覺得《紅岩》寫得好，它把矛盾衝突推向了生死關頭，給人相當的震撼；

〔註 16〕閻綱（署名為「本刊記者」）《一九六一年長篇小說印象記》，《文藝報》，1962 年第二期。閻綱的文章在對 1961 年小說生產的總體情況作了簡單介紹後，第一個單獨介紹的作品就是《紅岩》，他說：「羅廣斌、楊益言合寫的《紅岩》，使記者發生了很大的興趣。」在《紅岩》之後，閻綱也對李六如的《六十年的變遷》、胡正的《汾水常流》、周非的《多浪河邊》、徐光耀的《小兵張嘎》、漢水的《勇往直前》等作了單獨的分析。值得注意的是，閻綱這篇文章的兩幅配圖用的是《紅岩》小說中的木刻插圖，這也說明作者和編輯對《紅岩》的重視。

〔註 17〕閻綱《文學八年》，花山文藝出版社，1987 年，第 574 頁。

而且作品有可讀性，因爲所描寫的內容有神秘性。《共產黨人的「正氣歌」》發表後，《文藝報》又組織了一個『五人談』〔註 18〕，這樣『《紅岩》熱』就掀起來了。」〔註 19〕這個「五人談」的組織和發表是和侯金鏡、閻綱 1961 年年底的「看稿」有著直接關係的。1962 年 2 月到 4 月，《紅岩》大批量印出的第一個月，中宣部組織文藝理論家在北京新僑飯店召開了爲紀念《在延安文藝座談會上的講話》發表二十週年的理論會議，這次會議也是中央紀念毛主席《在延安文藝座談會上的講話》發表 20 週年大會的籌備會。正是在這個文藝理論界「大腕」雲集的會議上，侯金鏡把《紅岩》介紹給了所有的與會人員，並且在會議期間組織參加大會的王朝聞、李希凡、王子野、羅蓀寫出了「《紅岩》五人談」。作者黎之曾回顧這次會議的情形說：

> 會議的主題是：一是研究當前的文藝現狀和理論問題；二是起草紀念《講話》的社論（由袁水拍、陳笑雨、李希凡和我）；三、各自寫出紀念《講話》的文章，並參加社論的討論。
>
> 新僑會議安排了四個專題發言：陳荒煤介紹電影的情況和問題；張光年介紹文藝理論的情況和問題；陳冰夷介紹蘇聯文藝情況；侯金鏡介紹文學創作的情況和問題。
>
> 侯金鏡人品文品都好。爲人善良、淳厚、持重；爲文實事求是，以理服人。他觀點鮮明，但並不聲言厲色。講話微有口吃，反而加重了每一句話的分量。對新人新作充滿熱情。由他介紹文學創作情況，自然是最合適的人選。
>
> 侯著重介紹了一九六一年的長篇小說。……
>
> …… ……
>
> 侯熱情讚揚並深入分析了《紅岩》的巨大成就。他並在這期間組織了一次座談會，發言在《文藝報》上發表。〔註 20〕

〔註 18〕「《紅岩》五人談」專題包括：王朝聞《戰鬥的心理描寫》、羅蓀《最生動的共產主義教科書》、王子野《震撼心靈的最強音》、李希凡《一部衝擊、滌蕩靈魂的好作品》、侯金鏡《從〈在烈火中永生〉到〈紅岩〉》，發表於《文藝報》1962 年第三期。

〔註 19〕本書作者 2006 年 2 月 14 日對閻綱先生的電話採訪。

〔註 20〕黎之《回憶與思考——所謂「全民文藝社論」和知識分子「脫帽加冕」》，《新文學史料》，1997 年第一期。

《紅岩》的責任編輯張羽在他的日記中曾記載：「中央召開《座談會》講話 20 週年籌備會。何其芳、王朝聞、張天翼、張光年、陳荒煤等 17 人讓人來買《紅岩》各一冊。」〔註 21〕今天看來，《紅岩》日後能夠賣到 800 多萬冊，恐怕和這次賣出去的 17 冊有很大的關係。《紅岩》的機遇在於，它趕上在文學生產整體水平偏低的 1961 年出版，所以能夠被「把關者」侯金鏡、閻綱相中。《紅岩》的機遇還在於，在它大量印出的最初階段，趕上了這樣一個「理論會議」，並在這個會議上通過侯金鏡的一系列推介活動使之成爲文學權威們關注的對象。作爲某種意義上的「初始解釋者」（primary definers）〔註 22〕，閻綱和王朝聞、羅蓀、王子野、李希凡、侯金鏡在權威報刊《人民日報》、《文藝報》推出的評論文章從不同的角度確立了《紅岩》的「意義」和「思想高度」，使得《紅岩》的出版成爲 1962 年初引人關注的事情，對於其它新聞媒體的及時跟進也起到了示範作用。

2、《紅岩》的閱讀方式

從 1962 年 3 月 2 日《人民日報》發表閻綱的評論文章開始，全國各地的報紙開始連篇累牘地發表有關《紅岩》的評論文章和「讀後感」，這樣的勢頭一直延續到了 1962 年年底。發表評論文章的報刊幾乎包括了全國所有的省市級黨報，不少報紙的評介採用了開闢「專版」、「專欄」的「重點報導」的形式，如《四川日報》從 3 月 11 日開始在第三版發表了一系列和《紅岩》相關的文章，每篇都在題目位置刊發一個以小說《紅岩》封面製作的小刊頭；如《雲南日報》從 1962 年 3 月 22 日開始在第三版「文化生活」專版就開設了「《紅岩》人物贊」專欄〔註 23〕，《浙江日報》在副刊開設了「紅岩風格贊」〔註

〔註 21〕見張羽 1962 年 2 月 10～25 日的工作日記。

〔註 22〕這裡是借用的傳播學的概念。「初始解釋者」的原義是指對特定事件、情景與問題確立和發布最初的解釋的官方部門，「初始解釋者」代表對某一新聞事件官方的正統的看法。相對於作爲「初始解釋者」的新聞部門就是「次級解釋者」，「次級解釋者」只能在「初級解釋者」的解釋框架下進行報導。（見〔美〕約翰·費斯克等《關鍵概念——傳播與文化研究辭典》，新華出版社，2004 年，第 222 頁。）

〔註 23〕該專欄發表的文章計有：3 月 22 日，《烈火金鋼許雲峰》，作者文華生；3 月 26 日，《成崗和「誠實注射劑」》，作者文華生；3 月 29 日，《寫給「瘋老頭」華子良》，作者黃登科；4 月 2 日，《在鬥爭裏成長的劉思揚》，作者文華生；4 月 26 日，《紅岩蒼松齊曉軒》，作者黃登科；4 月 30 日，《暴風雨中的海燕——江姐》，作者文華生。

24〕專欄，《新華日報》的「新華副刊」開闢了「我讀《紅岩》」專欄。在各地發表評介文章的同時，不少地方的報紙如《重慶日報》、《成都晚報》、《河北日報》、《河南日報》、《浙江日報》等開始對小說進行連載。這樣，《紅岩》的名字和小說《紅岩》極富象徵意味的「青松、紅岩」封面圖案成爲 1962 年報紙副刊上一再重複出現的象徵符號，以至於我們可以把 1962 年的報紙副刊稱爲「《紅岩》年」。

到 1963 年，報紙評論文章開始明顯減少，但隨之出現的是在《文學評論》、《哲學研究》等專業雜誌上發表的學術性更強的文章和由上海文藝出版社出版的《悲壯的〈紅岩〉》、天津人民出版社出版的《永葆革命青春——從〈紅岩〉中學習些什麼》的小冊子，這些學術文章和帶有總結性的讀物是《紅岩》開始走上經典化過程的重要標誌。

在對《紅岩》的各種評價中，「教材」、「教科書」是一種普遍的說法。1962 年 2 月 17 日《中國青年報》專版的「編者按」中就說《紅岩》「是一部向青年進行革命傳統和共產主義品德教育的生動教材」；1962 年 2 月 25 日《大公報》上發表的吉墨寅的文章題目即是《〈紅岩〉——鼓舞革命鬥志的教科書》〔註 25〕，《文藝報》1962 年第三期「《紅岩》五人談」中羅蓀的文章就直接以《最生動的共產主義教科書》爲題，文章說：「《紅岩》是一本用生命寫下來的書，是一本傑出的共產黨員的最生動的教科書。」〔註 26〕朱寨在評論文章中說：「《紅岩》不僅吸引了廣大的讀者，而且深深地激動了他們的革命心弦，激起了他們參與當前國內階級鬥爭的政治熱情，激起了他們在建設社會主義工作崗位上的更大幹勁，我們從出版社編輯部那裡讀到很多《紅岩》讀者表白這種心態的來信。從讀者的來信裏可以看出，讀者把《紅岩》當作了一部生動的革命教材。如果說『文學作品是生活的教科書』的話，那麼《紅岩》

〔註 24〕「紅岩風格贊」專欄的文章如下：6 月 17 日，《在又一種考驗面前》，作者魏橋；說華子良的忍辱負重的精神，「革命鬥爭是複雜的，鬥爭的形式是多樣的。」6 月 24 日，《革命者的警惕性——從劉思揚智鬥「紅旗特務」想起》，作者海虹，「劉思揚這幾想，強烈地啓示我們，要時時刻刻提高警惕性，不要在安逸的環境裏生惰心，鬆戒備。」；8 月 15 日，《光華永耀》，作者張有煌；8 月 22 日，《致江姐》，作者孜牧；8 月 30 日，《無限忠心無限愛》，作者 高鹽。

〔註 25〕作者在文章中說：「《紅岩》的前身，是回憶錄《在烈火中永生》。根據這些無產階級戰士的英雄事蹟，《紅岩》塑造了光輝的英雄群像。這些英雄身上煥發出了『人類最偉大最高尚的一切美德』。……而我以爲最寶貴的是『忘我』、『愼獨』和革命的樂觀主義。」

〔註 26〕羅蓀《最生動的共產主義教科書》，《文藝報》，1962 年第三期。

是一部革命的生活教科書。」〔註27〕其實，「革命教材」在五六十年代並不是什麼稀罕的東西，中青社的整個出版方向就是「革命教材」，它的不同的編輯室就是以所出「教材」的不同種類來劃分的，文學編輯室的職能就是生產「文學樣式」的「教材」而非其它的什麼東西，在「文學」和「教材」兩者之間，前者只是遠不及後者重要的表現形式。在相對複雜而難以掌握的「文學樣式」的「教材」還不成熟的時候，「革命回憶錄」就是五六十年代一種重要的「文學」樣式。即使到了《紅岩》出版後的 1962 年，「革命回憶錄」仍然是報紙上常見的專欄〔註28〕。

羅廣斌、楊益言他們的「可貴」之處就在於他們把「小說」形式和「教材」功能進行了最好的結合，他們毫不可惜地完全捨棄了原本屬於小說內在特徵的以「個人經驗」來取代「集體傳統」的傳統，甚至不理會小說傳統中情節、主人公這樣的基本要素，轉而完全把精力投放在了對一個政治組織所提倡的核心價值觀的演繹和解釋。《紅岩》傳達思想的「教科書」性質最明顯的體現在小說中人物所說出的那些帶有哲理性的語言〔註 29〕。但是，小說所傳達的「思想」畢竟主要是通過故事和人物的言行體現出來的，這種方式傳達的思想形象但也隱晦，因此，普通讀者要想有效地吸收「教材」中的「思

〔註27〕朱寨《時代革命的光輝——讀〈紅岩〉》，見《文學評論》1963 年第六期。

〔註28〕如《解放日報》1962 年 5 月 1 日有張英的《紅旗在前》；5 月 3 日有上海港務管理局《海港風雲》編寫辦公室的《團結就是力量》；21 日有魏克明的《洞中十一日》等。實際上，當時的許多報紙都經常開設有「革命回憶錄」的專欄。中青社出版的「回憶錄」和「紅旗飄飄」叢刊上發表的文章就有不少在報紙上連載，如張羽編輯的《在烈火中得到永生》、《王若飛在獄中》、《我的一家》等就都曾經在報紙上得到連載或轉載。馬鐵丁在 1959 年第 19、20 期的《文藝報》上就撰文高度評價革命回憶錄，文章的題目就是《時代的聲音，生活的教科書——革命回憶錄讀後記》。

〔註29〕在 1962 年 7 月 15 日的《新華日報》副刊版上就有一篇小文章《〈紅岩〉人物語錄》，專門輯錄了這類哲理語言。如「△……我們共產黨人有更豐富、更崇高的感情，那就是毛主席講的：『全心全意爲人民服務！』（許雲峰）△不能把對黨的忠誠，變成對某個領導者的私人感情，這是危險的，會使自己迷失政治方向！……（許雲峰）△……你還得注意身體，我們的日子還長得很呢！我們這一代，要實現馬克思主義的偉大理想，親手建成共產主義社會。那時，你還是要像今天這樣年輕有爲才好。（江姐）△眞正的無產階級先鋒戰士，應該敢於和自己的非無產階級思想作鬥爭，而不是逃避這種鬥爭。灰塵不掃會越積越厚，敷敷衍衍，終會爲歷史所拋棄。（許雲峰）△人民革命的勝利，是要千百萬人的犧牲去換取的！爲了勝利而承擔這種犧牲，是我們共產黨人最大的驕傲和愉快！（許雲峰）」

想」，就需要權威專家對作家埋藏在故事背後的思想進行解析，這些專家有從故事中抽象出思想的能力。從《文藝報》發表「《紅岩》五人談」開始，文學界的權威就一直在對這部「教科書」進行解讀。而在所有的專家解讀活動中，最集中的成果就是天津人民出版社 1963 年 2 月編輯出版的《永葆革命青春——從〈紅岩〉中學習些什麼》，如果說《紅岩》是一部「教科書」的話，那麼天津人民出版社出版的《永葆革命青春——從〈紅岩〉中學習些什麼》就是針對「教科書」的「輔導教材」。在翟向東爲該書所寫的「序」中，作者說：「天津人民出版社爲了幫助讀者加強對《紅岩》的理解，不止於瞭解故事的情節，更重要的是從中吸取深刻的教育，約請一些同志撰寫了這本《永葆革命青春》。」〔註 30〕該書所收的 18 篇文章顯然經過了精心的策劃，每篇集中闡釋在《紅岩》中表現出來的「革命精神」、「共產主義世界觀」的某一個方面，如第一篇《飛翔吧，永遠向著東方》，闡釋的是《紅岩》故事中體現出來的「每一個革命者應該首先解決的政治方向問題」，即「對黨、對共產主義事業、對革命前途的信賴問題」〔註 31〕；第二篇《頌革命烈士的自我犧牲精神》，闡釋的主題從題目即可看出；第三篇《至人無憂，鬥爭最樂》，闡釋的主題是「革命的樂觀主義精神」等等。本來，《紅岩》就是對抽象的革命理論主要是毛澤東思想的形象化、具體化，而《永葆革命青春——從〈紅岩〉中學習些什麼》則是從形象再回到抽象，目的是防止讀者專注於小說中的故事情節，而影響對其思想內涵的領略。

除了專家解讀文章，報刊上發表的更多的文章是普通讀者的「讀後感」。這些「讀後感」和專家們的解讀活動所致力的目標是一樣的，都是從人物和故事中抽象出一種「思想」。只不過普通讀者所「發現」的「思想」往往是大理念下的一些小道理，分析的對象也是小說中所描寫的一些小細節。這些小道理，有的是革命者應該具有的某種精神品格，有的是革命者應該掌握的某種鬥爭方法。如作者馮健男通過分析甫志高在家招待工人余新江時兩個人的對話，來解析甫志高叛變革命的內在原因，「甫志高由共產黨員一變而爲共產黨的死敵，自然還有別的原因，但他喜歡龍井、香片之類的愛好也要承擔一定的『責任』。」所以，作者得出的結論是：「所以說，保持艱苦樸素的生活，

〔註 30〕《永葆革命青春——從〈紅岩〉中學習寫什麼》，天津人民出版社，1963 年，第 1 頁。

〔註 31〕《永葆革命青春——從〈紅岩〉中學習寫什麼》，天津人民出版社，1963 年，第 1 頁。

對於一個革命者來說，是非常必要的，也是很自然的事情。」〔註 32〕如作者筱山在《李敬原刻蠟紙的啓示》一文中說：「《紅岩》眞是一本好書。讀了一遍，還不過癮，再讀第二遍、第三遍才好。一句話，愛不釋手。如果有人問：『你讀了一遍，有沒有受到啓發？』我會立即答：『有，有，李敬原同志幫助成崗刻寫蠟紙的那件事，對我啓發最大。』」作者從這段小情節所得到的最大「啓發」是革命鬥爭的一個工作經驗和工作方法，即對於一個領導者來說最好的領導方法是：「親自動手，以一個普通勞動者的身份出現。」因此，作者建議大家，「仔細讀讀這段書，學學李敬原同志的領導方法和領導作風。」〔註 33〕當然，這些革命道理的解析是和對小說人物的分析結合在一起的，小說所表現的革命精神和小說中的人物是相對應的，因此，《浙江日報》開設的「《紅岩》風格贊」和《雲南日報》開設的「《紅岩》人物贊」內容上是相似的，都是分析人物所體現的某種或幾種風格，這些風格如「忠誠」、「樂觀」、「堅強」、「勇敢」、「智慧」等等都是黨性內容的具體化，《紅岩》中的主要人物如許雲峰、江姐和非主要人物的區別就是從他們身上可以體現出多種黨性。除了正面人物以外，反面人物甫志高也是眾多讀者經常分析的對象，不過常常是把他和另外一個正面人物如工人余新江、陳然、知識分子劉思楊等進行對比，從對比中來顯示出美與丑、是與非的區別。

不管是專家也好，普通讀者也好，他們對小說的解讀實際上都不過是對作者在小說中所傳達的「現實」和所表現的「思想」的一種「重說」和「複製」。如重慶讀者殷白在《讀〈紅岩〉》一文中就讀出了這樣的信息：「《紅岩》表現了成批的共產黨員的被捕，不是由於行動路線的錯誤，鬥爭策略的失算，或者由於這些革命者個人性格中有什麼弱點，而僅僅是出於革命鬥爭中的不可避免（革命隊伍中出現叛徒，作爲一種社會現象，也是不可避免的）。要革命，就會有犧牲。爲了整體的勝利，局部的犧牲是難免的，有時是必要的。《紅岩》旨在描寫革命全局勝利中的局部犧牲的偉大意義，」〔註 34〕而歷史的實際情況和殷白從小說中所讀出來的東西幾乎正好相反，重慶地下共產黨員的成批被捕，正是由於重慶地下黨「行動路線的錯誤」和「鬥爭策略的失算」。重慶地下黨遭到破壞後，中共南方局領導曾對到香

〔註 32〕馮健男《龍井、香片和冷水》，《人民日報》1962 年 8 月 21 日，第六版。

〔註 33〕筱山《李敬原刻蠟紙的啓示》，《新華日報》1962 年 7 月 15 日。

〔註 34〕殷白《讀〈紅岩〉》，《四川日報》，1962 年 8 月 19 日，第三版。

港彙報工作和接受指示的重慶地下黨幸存幹部說：「誤用『攻心戰術』，輕敵冒險，是『左』傾思想與做法。在農村搞大規模的武裝起義，在策略上是過左的；從組織紀律上講，也是不對的。因爲過去作過規定，要搞大規模的武裝起義，要得到上級黨的批准。」〔註 35〕而且，如果重慶地下黨主要領導沒有急功近利的思想，這場在革命勝利前夕發生的給革命帶來很大損失的毫無意義的大屠殺本來是可以避免的。由此看來，小說在描寫過程中對眞實的歷史事件做了很大的塗飾甚至是公然的歪曲，而殷白對這種歪曲後的「事實」的「重述」看似誤讀，實際上是閱讀的歷史規定性的表現。因爲，「閱讀總是歷史性的，它在特定的文化語境中發生，爲解釋者所在群體的需求所塑造。……閱讀深深地打上了文化的烙印，是文化決定了我們觀察世界的方式（或曰眼界），爲我們劃定了一條分界線：在一個給定的文化語境中，什麼東西可以被說、讀、寫、看，什麼東西不能。……閱讀什麼，如何閱讀，必須得到期待、驅使或允許。」〔註 36〕

被「期待、驅使、允許」的還不僅是「閱讀什麼」，即能夠「看出」和「復述」小說的對話和情節中表現出來的思想，更「有意義」的是「如何閱讀」。被要求和鼓勵的經常的閱讀方式是在閱讀的過程中聯繫自己的思想改造實際和聯繫當前的生產鬥爭實際。大多數的「讀後感」並不只是復述自己對小說的理解，更重要的是這種理解之後產生的「感想」、「啓發」、「心得體會」。這時候，《紅岩》成了一塊「試金石」和「照妖鏡」，一個人從小說中讀到了什麼和產生了什麼感想，也就標誌著這個人思想境界和政治覺悟的高低程度。這種情形正像丹尼·卡瓦拉羅所說的：「斯坦利·費什（Stanley Fish）證實了這樣一種觀點：讀者是一個文本性的功能（textual function）——讀者是可讀的。費什一方面強調文本由解釋者產生，另一方面又認爲讀者自身就是文化背景的產物——具體說來，是讀者所屬解釋群體的解碼程序的產物。任何一個群體都會採用某種閱讀策略，並將其逐步灌輸給群體成員，以便指導群體成員的解釋活動。由於讀者成了受其群體決定的文本，讀者與文本之間的分界線變得模糊了。與此同時，文本成爲了讀者，

〔註 35〕鄧照明《巴渝鴻爪——川東地下黨鬥爭回憶錄》，重慶出版社，1991 年，第 165 頁。

〔註 36〕〔英〕丹尼·卡瓦拉羅《文化理論關鍵詞》，鳳凰出版傳媒集團、江蘇人民出版社出版，2006 年，第 56 頁。

它們期待著按照文化群體所能接受的方式得到解釋，我們閱讀文本時文本也在閱讀我們。」〔註 37〕《紅岩》出版後，正在戰犯管理所接受改造的《紅岩》中的頭號反面人物徐鵬飛的原型徐遠舉，就被管理所領導要求「認眞閱讀，並希望他能寫出讀後感，以小說中所反映的歷史進行對照，更深刻地認識自己當年的罪行，更加堅定思想改造的決心。」〔註 38〕當然，被期待和督促按照特定的方式閱讀小說並寫出「讀後感」的並不只是被當作戰犯的當年戰爭的參與者，普通讀者也在官方媒體的期待和「邀請」下寫作「讀後感」〔註 39〕。之所以有如此的要求和期待，是因爲青年人也被認爲需要不斷地改造自己的思想，努力樹立共產主義的世界觀。在讀者夏祥鎭的「讀後感」文章中，在對比學習了劉思揚的思想進步過程後，作者就說：「我們青年人，在革命道路上，應該更嚴格地要求自己，不斷地改造自己，把自己鍛鍊成一個堅強的革命戰士。」〔註 40〕

作者們除了經常聯繫自己的思想改造解析小說中的思想之外，一般還會聯繫「當前鬥爭和生活」的實際情況，來說明《紅岩》所描寫的革命精神在今天的教育意義。很多讀者都會聯繫六十年代初期官方宣揚的「國內外反動勢力給國家造成的」種種困難，把《紅岩》中的革命英雄在更艱苦的條件下勇於克服困難的革命精神和善於克服困難的革命智慧當作學習的榜樣。1961 年初，在毛主席的倡導下，中國科學院文學研究所編輯出版了一本書叫做《不怕鬼的故事》。這本書從古代筆記小說中選編了幾十篇人和鬼魂鬥爭的故事，但編輯這本書的目的並不是讓人消遣娛樂，而是如編選者所說：「是想把這些故事當作寓言、當作諷喻性的故事來介紹給讀者們的。」編選者是想借這些故事說明「帝國主義、反動派、修正主義、一切實際存在的天災人禍」等「類

〔註 37〕〔英〕丹尼·卡瓦拉羅《文化理論關鍵詞》，鳳凰出版傳媒集團、江蘇人民出版社出版，2006 年，第 60 頁。

〔註 38〕任可《徐遠舉與〈紅岩〉》，《文史精華》，2001 年第 7 期。

〔註 39〕1962 年 5 月 19 日的《陝西日報》「秦嶺」文藝副刊發表了作者金正、小蕾的《爲了崇高的理想——談華子良的形象》，文後的「編者按」說：「受到廣大讀者熱烈歡迎的長篇小說《紅岩》，被譽爲『革命的正氣歌』，它描繪了十幾個高大、感人的無產階級英雄形象。華子良就是其中的一個。我們革命的文藝作品塑造了許許多多像華子良這樣的英雄形象，他們是鼓舞我們前進的力量，是我們學習的榜樣。每個人讀了《紅岩》後都受到極大的鼓舞，有深刻的感受和體會，爲了使大家交流學習這些英雄的心得體會，我們準備陸續發表些讀後感。希望大家拿起筆來，寫下自己的感受。」

〔註 40〕夏鎭祥《在嚴峻的考驗面前》，《貴州日報》，1962 年 5 月 3 日，第三版。

似鬼的東西」都是「看起來可怕但似乎實際上並沒有什麼可怕的事物。」〔註41〕對這本書，作者黎之說：「據我所知毛最初提出編不怕鬼的故事是說不怕帝、修、反，不怕國內困難。要戰略上藐視敵人，戰術上重視敵人。」〔註42〕在同一年年底出版的小說《紅岩》雖然在內容上和《不怕鬼的故事》大相徑庭，但人們的確是把書中的「反面人物」當作「鬼魅」來閱讀的，這樣，1961年年底出版的《紅岩》和年初出版的《不怕鬼的故事》不期然地構成了一種呼應。作者陸石說，《紅岩》正是一部「不怕鬼的英雄譜」，「它寫出了革命者的氣魄：一不怕鬼；二不怕死；三不怕困難。毛主席教導我們，共產黨人不要怕鬼。《紅岩》寫出了這個精神。」〔註43〕這樣，我們可以認爲，和《不怕鬼的故事》一樣，《紅岩》也是一部「諷喻」之作，一部在國家遭遇嚴重困難之際鼓舞人民群眾鬥爭意志的寓言。

這樣，我們也就可以看出，「革命歷史小說」的寫作和閱讀的動力與目的遠不是出於對歷史本身的關懷，而是出於更爲急迫的現實需要。從民主革命取得成功的過程中挖掘可以利用的精神資源，來調動全體國民的政治熱情，投入到正在進行的並不順利的社會主義革命事業當中去，是這些小說回顧歷史的動力和目的所在。而「革命歷史小說」所承擔的這種文化使命很大一部分是通過閱讀來實現的。正是通過閱讀，把革命前輩和需要接受教育的廣大讀者聯繫了起來〔註 44〕，把「革命傳統」和「當前鬥爭」聯

〔註41〕中國科學院文學研究所編《不怕鬼的故事》，人民文學出版社，1961 年，第 2 頁。

〔註42〕黎之《回憶與思考——所謂「全民文藝社論」和知識分子「脫帽加冕」》，《新文學史料》，1997 年第一期。

〔註43〕陸石《不怕鬼的英雄譜》，《中國青年報》，1962 年 2 月 17 日，第四版。

〔註44〕作者江平在《讀「紅岩」隨感》中說：「比起烈士們所經歷的艱辛和曲折的生活道路，眼前我們所遇到的困難又算得什麼！」（見《湖北日報》，1962 年 4 月 8 日，第三版。）作者徐立堯在《忍辱負重贊》的文章中先對《紅岩》中華子良的「忍辱負重」精神進行了一番解析：「忍的是由於失敗而蒙受的損失、痛苦，敵人的折磨、摧殘；負的是革命的重擔。任何時候，沒有忘記自己是一個革命者，把一切艱難困苦，毅然擔當起來。」然後就是由此所受到的「教育」、「啓發」：「當然，在今天，我們不再忍辱而生，但是，我們卻還需負重。就是說，在任何時候都要聽黨的話，自覺地承擔一切任務。見到困難就上，見榮譽就讓，埋頭苦幹，竭盡忠誠。」（見《人民日報》，1962 年 7 月 12 日，第六版。）作者益木在《爲保衛紅旗而貢獻問心無愧的一生——長篇小說〈紅岩〉讀後》一文的最後寫道：「現在，凶焰不可一世的牛鬼蛇神、魑魅魍魎已被驅除殆盡，我們再也不是生活在天是棺材蓋、地是棺材底的活棺材裏，而

繫了起來，正是這種「聯繫」潛力的巨大使得人們把《紅岩》稱爲是「最生動的共產主義教科書」〔註 45〕，因爲是「共產主義教科書」而並不是因爲「最生動」，使得「老是顧不上看小說」的讀者沈千，「這一次卻一口氣讀完了這本四十萬字的『紅岩』。」〔註 46〕這種閱讀效應，正如朱寨在 1963 年的一篇帶有總結性的長文中所說：「《紅岩》不僅吸引了廣大的讀者，而且深深地激動了他們的革命心弦，激起了他們參與當前國際國內階級鬥爭的政治熱情，激起了他們在建設社會主義工作崗位上的更大幹勁，在精神上給予他們一種戰鬥的力量。」〔註 47〕

3、生產者們關於生產過程的措辭

1962 年前的兩三年，《紅岩》的修改是沙汀、馬識途日常生活中的重要內容，他們把相當多的精力投入到了這個和自己無關又有關的事情上。1962 年《紅岩》出版後，沙汀開始更多地考慮自己的但卻更難產的長篇創作，但有關《紅岩》的事情還是他總是掛在嘴邊的話題。看 1962 年的沙汀日記，很多日子尤其是前幾個月都有和《紅岩》有關的事情發生。尤其是這年的三月份，沙汀到北京參加全國人代會，在會上會下和李劼人、王朝聞、周揚、韋君宜等人都談到了剛剛出版的《紅岩》，聽到大家對《紅岩》大多表示肯定的態度，曾經付出過巨大勞動的沙汀的心裏肯定也有一絲的安慰。但是，當某些知情者對他幫助修改《紅岩》所做貢獻表示欽佩和肯定時，他也表現出很是謹愼和謙讓的態度。如 1 月 11 日的日記說到在重慶和組織部副部長雷雨田等人聊天時的情形時說：「回家的路上，我記起雷的這句話：『他幫羅廣斌他們修改過嘛！』沒有做什麼申明。因爲事實上我只提過一些建議，並未動筆。到了家裏，一想起這件事，就感到一點歉然。」〔註 48〕3 月 31 日，中青社的同志

是沐浴著毛澤東時代的幸福的陽光。和革命前輩比較起來，我們的生活實在太美好了，在前進的道路上遇到的一些困難眞是算不上什麼，我們完全有條件對黨、對人民做出更大的貢獻。」（見《寧夏日報》，1962 年 3 月 31 日，第三版。）

〔註 45〕「最生動的共產主義教科書」是羅蓀在《文藝報》「《紅岩》五人談」中文章的標題。

〔註 46〕沈千《任何時候也不忘爲黨工作——讀〈紅岩〉的一點感想》，《湖北日報》，1962 年 5 月 25 日，第三版。

〔註 47〕朱寨《時代革命精神的光輝——讀〈紅岩〉》，《文學評論》，1963 年第三期。

〔註 48〕吳福輝編《沙汀日記》，山西教育出版社，1997 年，第 149 頁。

們拜訪沙汀，對他在《紅岩》創作過程中的貢獻表示感謝，沙汀在日記中說：「但我趕快把話題拉開了，談到黨委的領導和作者本人的努力。」〔註 49〕當人民文學出版社的韋君宜懷疑作者們的才能和出版社在作品寫作中的幫助到底有多大時，沙汀還是肯定了羅、楊的才能。

這年的 3 月以後，《紅岩》逐漸成爲人們讀書生活甚至政治生活中的熱點，報刊雜誌開始主動組織評論文章，與《紅岩》和《紅岩》作者有特殊關係的沙汀、馬識途也成爲人們約稿的對象。5 月，《紅旗》雜誌向沙汀約稿評論《紅岩》，這件事讓沙汀猶豫了好幾天，「考慮到自己的健康情況，文章的分量，結果還是沒有把握承擔下來。」〔註 50〕最終還是回信推掉了約稿。與此同時，馬識途也接到《中國青年》、《紅旗》、《河北日報》等報刊的約稿，開始馬識途也是想辦法拖延和推辭，但終於經不住編輯們的軟磨硬泡，在 6 月 13 日《河北日報》上發表了《〈紅岩〉是怎樣寫成的？》，在 1962 年第 11 期《中國青年》雜誌上發表了《且說〈紅岩〉》。

作爲參與過《紅岩》寫作的當事人，馬識途的評論文章沒有像其它的職業評論家一樣論述《紅岩》的思想內容和藝術特色，而是主要敘述別人還很少說到的《紅岩》寫作的經過和取得成功的原因。在敘述了《紅岩》作者們「不怕失敗、堅韌頑強的戰鬥精神」後，作者主要給我們講述了作品成功的客觀原因：「毛澤東思想的指導，黨的關懷，群眾的支持，烈士們的英雄事蹟和作者的生活經歷，給《紅岩》這一本小說的成功，提供了客觀的條件。」〔註 51〕在說明這些外在因素、客觀條件的重要性的同時，馬識途指出作家主觀條件、寫作技巧是第二位的但也是非常重要的，《紅岩》正是在這方面還存在許多缺點和不足，接下來似乎馬識途要論述《紅岩》的「不足之處」了：「是的，《紅岩》仍然是有些缺點和不足之處的，應該給作者指出來，使他們知道百尺竿頭，如何更進一步，應該在那些方面去繼續努力。」但是馬識途的文章在此「駿馬收繮」、突然結束了：「但是我的『殼子』已經『沖』得很不少，我又已經把這本小說的某些缺點和不足之處寫信告訴了作者，我就不再在這裡優點、缺點的進行分析，浪費篇幅了。」〔註 52〕

〔註 49〕吳福輝編《沙汀日記》，山西教育出版社，1997 年，第 167 頁。
〔註 50〕吳福輝編《沙汀日記》，山西教育出版社，1997 年，第 211 頁。
〔註 51〕馬識途《且說〈紅岩〉》，《中國青年》1962 年第 11 期。
〔註 52〕馬識途《且說〈紅岩〉》，《中國青年》1962 年第 11 期。

馬識途在《且說〈紅岩〉》中欲言又止的《紅岩》的「缺點和不足之處」，我們可以從他本人的一份寫作提綱中得到解答。這份提綱的名字叫做《〈紅岩〉評論（大綱）》，很可能這個「大綱」就是《且說〈紅岩〉》的底稿，只是在後來正式寫作的時候進行了較大的調整。這份「大綱」中關於作品的「成功之處」只有很短的幾行：「成功之處，在於眞實，眞實地反映了當時歷史背景下舉世聞名中美合作所的革命與反革命的鬥爭，眞實地通過幾個典型人物反映了共產主義戰士的崇高氣節，博大胸懷，那種先能舍己、視死如歸的偉大人格，那種敢於鬥爭、敢於勝利的無畏精神，那種革命樂觀主義和高度機智靈活的戰略戰術。」〔註 53〕第二部分作者寫的是《紅岩》取得成功的主客觀原因，也即是後來《且說〈紅岩〉》的主要內容，而寫的最多的是《且說〈紅岩〉》中沒有說出來的第三部分「缺點（或不足之處）」：

> 1、作品已經從回憶錄升高得多了，脫胎於回憶錄而作了很大的加工，使之豐實完善、突出，但是似乎還有一些回憶錄限制性的痕跡，……
>
> 有人説寫的是群像，群像是寫的不錯，可惜還是沒有寫集中的典型人物，沒有一貫到底的中心人物，人物的集中塑造不足，……
>
> 2、人物性格的發展不夠，特別是在監獄裏發展不夠，除了劉思揚有一些發展（但是劉的發展並不鮮明突出，有些勉強），要算『小蘿蔔頭』了，小蘿蔔頭的進步顯然體現了牢里黨的教育的成功，其餘則很少發展了。……
>
> 3、歷史背景寫了，內外結合了，且寫得很好，但是和當時歷史實際情況比仍有不足，對於當時黨所領導的各條戰線的群眾鬥爭，除學校外，都是採取側寫、隱寫辦法的，氣氛是有的，但不過癮。城市農村鬥爭中的工人、農民英雄人物沒有一個清楚面貌，其中寫了陳松林等人，還不夠血統工人的摸樣，其它就更少出現。……
>
> 4、人物個性不足，都是英雄，人物不夠鮮明深刻，不在於群像問題，而在於賦予英雄人物以個性，也有，但不夠，如丁地平、劉思揚、如小蘿蔔頭，如龍光華，如華子良等，都開始有，但是不足。

〔註 53〕馬識途《〈紅岩〉評論（大綱）》，《羅光斌、劉德彬、楊益言創作〈紅岩〉過程中我參加討論時寫的發言要點》，沒有正式發表。

5、語言是流暢的，有些章節寫得很深刻鮮明，描寫心理比較深刻，但也有些寫得一般化，特別是沒有形成一種風格的語言，這是要求過高了，須長久鍛鍊才成，……

6、兩個監獄地點，長期冷下去，受具體事實限制，這正是回憶錄的影響，當中通過劉思揚聯繫上了，但又冷了那一個。〔註54〕

馬識途在這裡所說的「缺點和不足之處」，幾乎每一點都在《紅岩》寫作過程中召開的討論會上指出過，這些到最後也沒有解決的老問題對馬識途來說當然是知之甚深，但他還是從維護作品聲望的角度考慮把話收了回來：「缺點是微小的，但可以提出，原因是缺乏生活的某些感性知識，和藝術能力的限制，有的是對將來的希望，以客觀分析不能算作這本書的缺點的。」〔註55〕也許正是出於這樣的考慮而不是因爲「殼子已經沖得很不少了」，所以在《且說〈紅岩〉》中才沒有把這段本來想好的文字寫進去。雖然《紅岩》在評論家和普通讀者當中已經得到高度評價，但參與過寫作的人們在閱讀同一本作品的時候卻有很不相同的感覺和體會。如重慶市委秘書長、團市委書記廖伯康在選看了一些段落後就「感覺並不精彩」。這時候，沙汀提醒他說：「這很可能是書中不少重要事件，他早已知道了。他承認這個看法，說：『收集材料的時候，我參加工作了呀！』」〔註56〕與這些寫作的參與者相比，作者們更清楚他們的小說並不是沒有缺點的「奇書」，馬識途對《紅岩》缺點的意見通過信件告訴了羅廣斌，也通過《中國青年》的編輯宋文郁轉告了羅廣斌。在到文聯從事專業創作的前夕，羅廣斌給馬識途回信說：「《紅岩》有許多毛病，有缺乏經驗的問題，有藝術表現能力的問題，有些是旁人提到的，有些是我們目前正在思索，尚未清楚的。」〔註57〕

但是，即使有這麼多缺點和不足之處，《紅岩》卻還是在一夜之間成爲人們爭相搶購的「奇書」。沙汀、馬識途和中青社的張羽等參與過勞動做出過貢獻的人們爲了避嫌，都很有意識地避免說起自己和《紅岩》的關係，馬識途在八十年代還說：「我給《中國青年》寫《且說〈紅岩〉》，又給《紅旗》寫文

〔註54〕馬識途《〈紅岩〉評論（大綱）》，《羅光斌、劉德彬、楊益言創作〈紅岩〉過程中我參加討論時寫的發言要點》，沒有正式發表。

〔註55〕馬識途《〈紅岩〉評論（大綱）》，《羅光斌、劉德彬、楊益言創作〈紅岩〉過程中我參加討論時寫的發言要點》，沒有正式發表。

〔註56〕吳福輝編《沙汀日記》，山西教育出版社，1997年，第204頁。

〔註57〕羅廣斌1962年4月16日寫給馬識途的信，未發表稿。

章，發表後很後悔，人們會以爲（我）利用寫文章竊取榮譽，……我做了爲黨做的工作。」〔註 58〕

《紅岩》的成功讓羅廣斌和楊益言受到各方面的注意，一夜之間成爲名人。但他們在高興之餘還是很謹愼地有意避開一些社交活動，以至造成馬識途兩次到重慶都沒能找到羅廣斌的「事故」〔註 59〕當然，對於公開的表態發言他們更是小心，因爲老領導蕭澤寬曾經及時提醒過他們要：「冷靜下來，傾聽意見，反覆思考，暫不發言。」爲此羅廣斌和楊益言還商定了幾條他們共同遵守的章約：「一、少做報告；二、少出頭露面；三、少寫文章，特別是創作談一類文章；四、多聽取批評意見，注意自己的不足。」〔註 60〕因此，當調到重慶當副市長的陳荒煤要他們總結寫作經驗時，他們也沒有什麼積極的反應：「陳荒煤同志調到重慶作副市長，和我們見過幾次面，他也說要我們總結經驗。我們素來對此膽怯，沒有多吭聲。」〔註 61〕1962 年，他們的確是按照他們保持低調的想法，用很長的時間在北京廣泛聽取文藝界人士對小說的意見，而並沒有對外發表任何文章。1963 年，已經是市文聯創作員的羅廣斌、劉德彬、楊益言在組織要求下進行了《紅岩》創作的總結，經過組織多次審閱通過後定名《創作的過程 學習的過程——略談〈紅岩〉的寫作》發表於 5 月 13 日的《中國青年報》，署名羅廣斌、楊益言。

如果說此前的少發言是保持低調的話，在《紅岩》事實上已經成爲暢銷書的情況下，如果還一直保持沉默就顯得是對名人光環的默認和「貪天之功以爲己有」〔註 62〕因此，作者們在這篇調子很低的文章中把自己確定爲「學寫小說」的人，而把小說的「眞正作者」歸結爲創作者之外的三個集體：先烈、群眾、黨委。這種寫作者的自我否認在文章的第二段就開始了：「大家知道，《紅岩》這本小說的眞正作者，是那些在『中美合作所』裏爲革命獻身的

〔註 58〕《四川文聯主席馬識途同志談羅廣斌》，1980 年 10 月 6 日晚張羽對馬識途的採訪記錄，未發表稿。

〔註 59〕羅廣斌在 1962 年 4 月 16 日給馬識途的信中說：「因爲我們有意避開一些社會活動，結果便產生了你找不到我們的『事故』，這是我始料未及的。」

〔註 60〕王維玲《走向成功之路——記成名作〈紅岩〉的誕生》，劉德彬編《〈紅岩〉·羅廣斌·中美合作所》，重慶出版社，第 246 頁。

〔註 61〕王維玲《走向成功之路——記成名作〈紅岩〉的誕生》，劉德彬編《〈紅岩〉·羅廣斌·中美合作所》，重慶出版社，第 248 頁。

〔註 62〕見羅廣斌、楊益言《創作的過程 學習的過程——略談〈紅岩〉的寫作》，《中國青年報》1963 年 5 月 13 日。

許多先烈，是那些知名的和不知名的無產階級戰士。我們只是做了一些概括、敘述的工作。」〔註 63〕這裡的「大家知道」表明，社會主義現實主義削減作家能動性和想像力的創作理論已經成爲不言而喻的原則。在這種創作理念中，作家、知識分子只是創造了歷史的人民群眾的「代言人」，這種創作理念也是集體創作和「三結合」創作方法的依據和源頭，「因爲『生活本身就是工農兵創造的』，如果『工農兵不參加反映他們生活的文藝創作』，『也很難反映出生活的本質來』。」〔註 64〕《紅岩》的作者也「曾在美蔣反動派的集中營『中美合作所』裏被囚禁過」，也是當年地下黨革命鬥爭的參與者，這也是他們獲得「發言權」和成爲「代言人」的原因，但他們經歷的生活並不就是群眾的生活，因爲他們「知道的事情是很有限的。直接經歷的鬥爭雖然有一點，也是非常不夠的。」〔註 65〕所以從解放開始，他們就通過參加烈士追悼會籌備工作和報告會，「搜集參考了一千多萬字的資料；又訪問了許多革命前輩，向他們學習了不少革命鬥爭的知識。」〔註 66〕當然，群眾不光是生活的創作者，他們還是作品的「收件人」和服務對象，他們的接受傾向也是作者們創作時的依據：「爲了適應群眾的需要，不得不一方面捨棄一些現成的材料，另一方面又去補充搜集未曾掌握的材料。」1956 年初，羅廣斌還和馬識途開玩笑說，他們的寫作也就是「一本書主義」，寫完便了。但到他們開始小說修改的 1958 年，「一本書主義」和這個「主義」的發明人丁玲已經遭到嚴厲的批判，作家的個人名望和私人利益已經成爲修正主義的代名詞。看了下面這段出自多位大人物執筆、經毛澤東三次審閱的文章中的話，也就很能理解羅廣斌所說的《紅岩》的「眞正作者」是「爲革命獻身的許多先烈」和爲什麼這是一個「大家知道」的不言自明的事情：

> 「一本書主義」者把寫書看得比一切都更高貴，好像作品只是依靠個人的天才創作出來的。他們不瞭解，任何天才的創作，離開了當前人民群眾的鬥爭，離開了世世代代勞動人民所共同創造的物

〔註 63〕見羅廣斌、楊益言《創作的過程 學習的過程——略談〈紅岩〉的寫作》，《中國青年報》1963 年 5 月 13 日。

〔註 64〕周天《文藝戰線上的一個新生事物——三結合創作》，轉引自洪子誠、孟繁華主編《當代文學關鍵詞》，廣西師範大學出版社，第 108 頁。

〔註 65〕見羅廣斌、楊益言《創作的過程 學習的過程——略談〈紅岩〉的寫作》，《中國青年報》1963 年 5 月 13 日。

〔註 66〕見羅廣斌、楊益言《創作的過程 學習的過程——略談〈紅岩〉的寫作》，《中國青年報》1963 年 5 月 13 日。

> 質財富和精神財富的積累，是不可想像的。只有勞動人民，只有那些用自己的勞動、智慧和生命創造歷史的人們，才是不朽的。書的不朽也只是因爲它眞實地記錄和描繪了勞動人民的豐功偉績於萬一，表達了人民的思想和感情，說出了人民心裏的話而已。古人講立德、立功、立言；首先是立德、立功，然後才是立言。沒有人民之德、之功，又哪裏有什麼「言」可立呢？〔註 67〕

既然「功」和「德」都是群眾的，作者能做的也就只是替群眾「立言」，而這個「立言」的成功也主要是因爲「領導」「爲我們出了一些好主意」，這些「好主意」，一是學習《毛澤東選集》；二是堅持勞動鍛鍊，作基層工作；三是到北京參觀革命博物館、軍事博物館。對這些「主意」和「辦法」的作用，作者逐一進行了詳細的陳述，而對於寫作也即作者說的「學習」的具體過程則只有一句話：「領導上採取的這些辦法，給了我們很大的幫助和提高。然後，再次給了我們充分的時間反覆重寫、修改，前後共寫了約三百萬字。這些重寫、修改的過程，是我們學習寫作的具體過程，也是我們在政治上、藝術上得到鍛鍊的過程。」〔註 68〕那些所謂「好主意」中只有第三項即到北京參觀革命博物館和軍事博物館是沙汀的建議，而其它兩項雖然不是無中生有但也顯然是做總結的固定套式。

雖然在總結文章中把創作的主體推讓給了無名的烈士和群眾，但實際工作還是由具體的人來完成的，小說熱銷所產生的眞實收益也是由具體的人來享用的。作者們的創作總結雖然很是謙卑和謹慎，但《紅岩》出版後產生的大筆稿費和他們明顯變化了的生活方式還是引起了人們的議論和批評，爲此，1964 年秋天，重慶市文聯黨組召開擴大會議，羅廣斌代表他和劉德彬、楊益言對稿費的使用情況作了說明和檢查，並由三人署名寫了書面檢查，三人一致同意把剩餘的 2 萬元上繳黨費。雖然在他們的總結文章中只是說「省市領導」曾經給他們「多次校閱稿件」和「提出寶貴意見」，而並沒有出現任何人的姓名，但到「文化大革命」開始後，當曾經給《紅岩》提供過幫助的「省市領導」們多數都被打倒後，還是給《紅岩》作者們造成了直接的麻煩，

〔註 67〕周揚《文藝戰線上的一場大辯論》，洪子誠主編《中國當代文學史・史料選》（上），長江文藝出版社，2002 年，第 442 頁。

〔註 68〕見羅廣斌、楊益言《創作的過程 學習的過程——略談〈紅岩〉的寫作》，《中國青年報》1963 年 5 月 13 日。

到最後，當《紅岩》的作者本人羅廣斌也成了「披著革命作家外衣」的「資產階級反動分子」時，羅廣斌他們卻沒有辦法把《紅岩》的「眞正作者」推卸給他們之外的烈士、群眾和黨委。

第 7 章　作爲政治罪證的文學寫作

本章關注的是在一個很特殊的歷史背景下即「文革」時期，《紅岩》所遭遇的和前一階段很不相同的解讀方式和結果。雖然這一時期《紅岩》的批判者對《紅岩》的作者和小說做出了否定性的「判決」，但我們可以發現，這些批判者實際上和《紅岩》的作者認同的是同一個意義系統，只不過是希望通過一種更激進的姿態來獲得在權力關係中更爲有利的位置。因此，這個時期對《紅岩》的閱讀活動只是一種「協商式閱讀」而非「否定式閱讀」。雖然是出於同一個意義系統之下，但是《紅岩》批判者的「競爭性」閱讀活動卻在一定程度上破壞了主流意識形態的閉合和完整，某種程度上暴露了小說寫作中的人爲操作蹤跡和意識形態意圖。

1、「文革」的開始和對文學作品的索隱式解讀

從《〈紅岩〉評論文章目錄》〔註 1〕中可以看出，從 1966 年「文革」開始到 1977 年打倒「四人幫」後《紅岩》和它的主要作者羅廣斌被「平反」的十多年當中，關於《紅岩》的評論文章完全是一片空白。這可以解釋一種說法，即《紅岩》是五六十年代最沒有爭論和異議的小說〔註 2〕。這種說法顯然沒有

〔註 1〕關於《紅岩》評論文章的目錄有兩個不同的版本，即中國當代文學研究資料的兩本不同的專集，一個是《〈紅岩〉專集》，一個是《長篇小說專集》。

〔註 2〕如李楊就說：「50～60 年代出版的長篇小說，大都經歷過讀者和批評家的批評，無論是最早的『革命通俗小說』《林海雪原》，還是『成長小說』《紅旗譜》與《青春之歌》，甚至是以刻畫社會主義新農民爲主題的、帶有強烈理想主義色彩的《創業史》，其價值、成就乃至『眞實性』都曾引起爭論。《紅岩》大約是唯一的例外。」（見李楊《50～70 年代中國文學經典再解讀》，山東教育出版社，2003 年，第 178 頁。）

考慮到「文革」期間關於《紅岩》是「最紅的小說」還是「最黑的小說」在形形色色的「文革小報」上所產生的巨大爭議。當然，這些「文革小報」只是某種意義上的民間出版物，並不能代表官方的意見。但是，顯然的是，即使是號稱「最紅的小說」的《紅岩》也沒有能夠經受住「文化大革命」的「考驗」。之所以如此，一是由於革命不斷「深入」，革命陣營內部發生分解，到了「文革」，「革命」和「反革命」的所指與《紅岩》出版的時候相比發生了巨大的變化，原來小說所維護的整體革命利益已經分化成更小的團體利益；二是因爲政治運動歷來是「上有所好，下有甚焉」。經過「文化大革命」的「歷練」，群眾的「政治覺悟」「提高」到了神經質的程度。由此產生了一種索隱式的文學解讀方式。只要成爲這種「閱讀」的對象，沒有什麼文學作品能夠逃脫被批判的命運，《紅岩》自然也不例外。不過，在「文革」開始之初，《紅岩》的作者並不是被批判和被「閱讀」的對象而是批判者和這種批評方式的實踐者。

1966 年，「史無前例」的「文化大革命」開始了。依照慣例，人們想當然地以爲這又是一次針對文人知識分子的批判運動，因此，屬於宣傳文化系統的重慶市文聯成爲這次「大革命」的「重點單位」。《紅岩》出版之後成爲重慶市文聯專業創作員的羅廣斌、楊益言、劉德彬自然也被捲入其中。不過，剛開始他們並不是被批判的對象，而是以黨的幹部和革命者的姿態「挺身而出，保衛黨的事業」〔註 3〕的批判者。對「文革」開始時《紅岩》作者的表現，作者甘犁在一篇文章中介紹說：「重慶市文聯作家群中，恰好有兩位特殊人物，……在文聯環境中，他們更表現出黨務工作者的幹練和政治警覺性。還在『文革』醞釀之時，他們就得到江青的『親切接見』和關照，還曾在狠批『文藝黑線』時被用作雹擊夏衍等『修正主義分子』的石頭。他們回到重慶後，開口閉口『江青同志』如何如何，『文藝戰線』怎樣怎樣。因爲得風氣之先，『文革』一開始，他們就聞風而動，以『左派作家』的姿態，在文聯公開提出：文聯主辦的文學刊物《奔騰》上毒草占 40%，存在『黑線專政』問題，必須嚴加追查。」〔註 4〕顯然，「革命小說」作者的身份使得羅廣斌、楊

〔註 3〕羅廣斌、楊益言《向市委書記處的報告》，見 1966 年 11 月 1 日重慶市文聯紅衛兵戰鬥組編輯的材料。

〔註 4〕甘犁《「焚琴煮鶴」詩案——老詩人鄧均吾之死》，文革博物館通訊二二九期（華夏文摘增刊第三九三期），中國新聞電腦網絡（CND）主辦，二〇〇四年九月六日出版。

益言獲得了相對於文聯的其它「黑幫」們更多的優越感和話語權，因此，在運動開始的時候，他們是以居高臨下的激進姿態進入「戰鬥」狀態的第一批「闖將」，他們「最先揭發文聯機關的問題，揭發刊物的路線問題，揭發走資本主義的當權派。」〔註 5〕重慶市文聯的機關刊物《奔騰》文學月刊創刊於 1959 年 10 月，羅廣斌、楊益言他們發現「問題不少，性質嚴重」的《奔騰》雙周刊是 1960 年 9 月月刊因國家紙張供應緊張停刊後從 1961 年 11 月 19 在《重慶日報》三版以雙周刊形式出版的文學副刊，開辦之初的《奔騰》雙周刊顯然受到了 60 年代初文藝政策調整的影響。在第一期的《告讀者》中說：「黨和毛澤東同志給文學藝術所制定的方針，工農兵方向下的百花齊放，給我們的文學創作開闢了極其廣闊的天地。在文學創作上提倡題材、體裁、形式、風格的多樣化，對繁榮和發展文學創作的重要意義，在我們文學工作的經驗中，已十分顯明。」〔註 6〕這裡對「百花齊放」的重提和對創作「題材、體裁、形式、風格的多樣化」的提倡是和 1961 制定的《文藝八條》相一致的〔註 7〕。由此不難想像，以羅廣斌、楊益言高度政治化的閱讀框架和高度敏感的政治警覺來裁度政策寬鬆時期的文學副刊會是一個什麼樣的結局。果然，「戰果」卓著，「據前 30 期的粗略統計，反黨反社會主義的毒草約占 40％。」〔註 8〕1966 年 6 月，市委派出工作組到文聯「領導」運動。「派來整文聯的工作組，是從市文化局和當時的『紅旗單位』四川美協選調的。重慶文聯和四川美協，是同一個黨組領導。用一句俗話說，是同一根線上拴著的螞蚱。但此時『文革』舞臺上要他們扮演的角色是蜥蜴，自然也就迅速變色，本諸上命，把文聯作爲一條尾巴拋將出來，讓它在大張撻伐中去蹦跳。」〔註

〔註 5〕羅廣斌、楊益言《致文聯機關全體同志的一封信》，見重慶市文聯紅衛兵戰鬥組 1966 年 11 月編印的小報。

〔註 6〕轉引自林彥《歷史沒有空白》，香港新天出版社，2003 年，第 89 頁。

〔註 7〕《文藝八條》爲：「（1）進一步貫徹執行百花齊放、百家爭鳴的方針；（2）努力提高創作質量；（3）批判地繼承民族文化遺產和吸收外國文化；（4）正確地開展文藝批評；（5）保證創作時間，注意勞逸結合；（6）培養優秀人才，獎勵優秀創作；（7）加強團結，繼續改造；（8）改進領導方法和領導作風。」見薄一波《若干重大決策與事件的回顧》，中共中央黨校出版社，1993 年，第 989 頁。

〔註 8〕羅廣斌、楊益言《向市委書記處的報告》，見重慶市文聯紅衛兵戰鬥組 1966 年 11 月編印的小報。

〔註 9〕甘犁《「焚琴煮鶴」詩案——老詩人鄧均吾之死》，文革博物館通訊二二九期（華夏文摘增刊第三九三期），中國新聞電腦網絡（CND）主辦，二〇〇四年九月六日出版。

9〕工作組的「工作」方法，是在幾十年來的整風運動中被證明效果很好的「互查互揭」:「工作組來到文聯，也要像農村『四清』那樣搞『紮根串連』，尋訪『苦主』，然後用突然襲擊的方式開『見面會』，號召拿起筆做刀槍，鋤毒草，挖黑幫。既然長期以來被『黑線』專了政，文聯中人除極個別外，幾乎全都入了黑籍，負有原罪。所謂通過大鳴大放大字報形式的互查互揭，實際就是吠形吠影的互咬互噬。被指定入棚搞大批判的文聯禮堂，天天腥氣撲鼻，人人刺刀見紅。角鬥士們此時私心最爲害怕的，是在這場『橫掃一切牛鬼蛇神』的大混戰中不要被圈定。」〔註10〕不知道這裡所說的沒有「入了黑籍」的「極少數人」是否包括羅廣斌和楊益言，但他們自己大概沒有把自己列入到這個「負有原罪」的「大多數人」〔註11〕當中去，因爲在毛主席做出對文學藝術重要批示的1964年，羅廣斌他們進入到這個「不熱心提倡社會主義藝術」的、「『死人』統治」〔註12〕著的文藝界才不過兩年。自以爲擁有這樣的「原始資本」，羅廣斌、楊益言他們在這場「互查互揭」、「互咬互噬」的「大戰」中就比其它的人包袱輕、下手重。看看他們對1962年6月7日發表在《奔騰》雙周刊第16期上的重慶市文聯副主席鄧均吾的一首小詩的解讀方式，我們就可以大致理解他們何以能夠從30期的《奔騰》周刊上「發現」百分之四十的「毒草」。

鄧均吾〔註13〕是重慶市文聯的副主席，聲名卓著的老詩人。被羅廣斌、楊益言解讀爲「毒草」的詩歌題名《觀人畫柳》:

老幹長條倚碧霄，

虯髯紅拂入揮毫。

〔註10〕甘犁《「焚琴煮鶴」詩案——老詩人鄧均吾之死》，文革博物館通訊二二九期（華夏文摘增刊第三九三期），中國新聞電腦網絡（CND）主辦，二○○四年九月六日出版。

〔註11〕毛主席在1964年6月27日對文學藝術所作的「批示」中說:「這些協會和他們所掌握的大多數（據說有幾個好的），十五年來，基本上（不是一切人）不執行黨的政策。」轉引自洪子誠編《中國當代文學史．史料選》（下），長江文藝出版社，2002年，第513頁。

〔註12〕見毛澤東《毛澤東對文學藝術的批示》（1963年12月12日），轉引自洪子誠編《中國當代文學史．史料選》（下），長江文藝出版社，2002年，第513頁。

〔註13〕鄧均吾，又名鄧成均，筆名默聲、微中，1898年生於四川古藺，創造社和淺草社的老詩人，與郭沫若、郁達夫、成仿吾一起編輯過《創造》雜誌。抗戰時期，協助車耀先編輯《大聲》。50～60年代，歷任重慶市文聯秘書長、副主席並先後擔任文聯主辦的文學雜誌《紅岩》和《奔騰》的主編。

金城柳是英雄種，

豈向西風一折腰。〔註 14〕

就是這樣一首本來有明確的語境和固定的所指的、思想內容很是健康的詩歌，落到了羅廣斌、楊益言他們手中，從 1966 年的「政治高度」來「審視」，竟從中看出了令人意想不到的「反骨」：

在他們看來，陳子莊的畫和鄧均吾的詩，出籠於 1962 年春，其中必有微言大義。用這種政治眼光作刀，他們一下子就從詩的第三句中解剖出了反骨。原來，「金城柳」出典於桓溫，桓溫是東晉時帶兵之帥，他在西征北上途中看到當年種的柳樹已經成圍，而他統一

〔註 14〕對這首詩歌寫作的背景和該詩的本意，甘犁的文章是這樣寫的：中共中央在 1962 年初的「七千人大會」後，開始檢查過去的政策措施，著手糾正「共產風」、「浮誇風」等偏失，對「反右傾」等運動中受到批判、處理的一些幹部、共產黨員和群眾進行甄別、平反。從農業「十二條」開始，在文化和教育科技方面也擬製了一些糾偏規定，知識分子頭上那頂戴了多年的「資產階級」帽子也被周恩來和陳毅宣佈摘掉，承認其爲勞動人民的一部分。根據這樣的精神，在這年春風駘蕩的 3 月中，美術家協會四川分會在重慶開了個氣氛寬鬆的座談會，把一些知名畫家請來雅聚。祝酒中，重慶市文聯和四川美協領導人，對過去反「中、下游」，拔「灰、白旗」，傷害知識分子感情的做法，說了些寬慰的帶甄別性的話。對國畫這一畫種受到冷落表示了歉意，並答應要爲陳子莊、馮建吳這樣的畫家籌辦畫展。目的是爲了調動各方的積極性，大家心情舒暢地共渡時艱。儘管過去幾年中有過物資匱乏，也有過過火批判，但中國知識分子是很能顧全大局，很講「忠恕」之道的。既然有文化方面的領導人主動致歉，那還不是在以國士待我，而由是感激嗎？陳子莊先生就感動得流了熱淚，並當場展紙揮毫，畫了一幅「老幹長條倚碧霄」的春柳圖，藉以表達他「律回歲轉冰霜少，春到人間草木知」的振奮心情。鄧均吾作爲重慶市文聯負責人，這次雅集也是主賓，看到陳子莊先畫柳樹老幹，椿頭上殘椏戟立，能使人意識到過去的嚴冬之冷和人爲的芟伐太過；繼而見畫家揮筆畫出了柔條，用似有若無的綠色點舒了柳眼，頓時就感到了瑞氣蔥蘢，整個畫面充盈著不可阻遏的勃勃生機；宣紙上的大片留白，也因此透出了天高雲淡的亮色。鄧老不由詩興就來了。「虬髯紅拂入揮毫」，就是借用文學形象表達畫面黑白相生、剛柔相濟給他的審美感受。更重要的寄興是在思想層面上，鄧均吾是老共產黨人，看到在困難形勢下，執政黨和知識分子如此的肝膽相照，由衷地感到高興。當時宣傳中強調困難形勢與「帝修反」的干擾破壞有關，號召中國人民在「帝修反」的「反華大合唱」面前要自力更生、發奮圖強。陳子莊的壬寅春柳，不正是形象地體現了這種骨氣和志氣嗎？「金城柳是英雄種，豈向西風一折腰」，就是對這種風骨的肯定和讚揚。那些年人人皆知「東風壓倒西風」這一口號，「東風」與「西風」是有其具體的不容混淆的指向性的。

> 中國的功業尚未實現，不禁泫然說：「木猶如此，人何以堪！」將東晉時的桓大將軍拿來和今天的現實一加比附，不是也有一個轉戰大西北的彭大將軍嗎？彭德懷在 1959 年廬山會議被定成了「反黨集團」、「右傾機會主義」頭子，1962 年，正是被偉大領袖認定有人大刮「翻案風」、「黑暗風」的時候，恰在這時，陳子莊畫老幹新枝，鄧均吾的詩寫「金城柳是英雄種」，不正是與彭德懷翻案之心暗通而遙作呼應嗎？
>
> 這樣的上綱批判，因符合運動的期求目標，工作組聽來就有些味道了，稍加鼓勵。「左派作家」又在鄧詩的第二句上有了突破性發現：「虯髯紅拂入揮毫」，所寫何人何事？據唐人傳奇，原來隋末大亂，在群雄中有位虯髯客，想與李世民爭天下而沒有得手，只好去海外稱王，退出爭奪前曾與李靖、紅拂談過：「此後十年，當東南數千里外有異事，是吾得事之秋也。」在 1949 年爭天下失敗而被趕下海的不是蔣介石嗎？臺灣正好距北京數千里，蔣介石正是在 1961、1962 年之交叫囂反攻大陸，不正好與虯髯客所預言的「得事之秋」暗相契符嗎？……這不是在公開爲蔣介石反攻大陸作輿論準備嗎？在「左派作家」的揭發中，還把蔣介石是在 1962 年某月某日叫囂「反攻大陸」，鄧均吾是在幾天之後拋出「反詩」，詳加對照，說得清楚而又具體。「黑畫反詩」也就如此這般地「鐵證如山罪責難逃」了。〔註 15〕

通過這種歪曲性的上綱上線式的解讀，鄧均吾的詩歌就成了他「反黨、反社會主義」的罪證。

2、「革命」和「不許革命」

羅廣斌和楊益言自以爲身處負有原罪的「文藝黑線」之外，所以，在「文革」開始，他們顯然以爲這是又一次「爲革命立新功」的好機會。雖然在運動的開始他們的確佔有一定的上風，但他們也不是沒有「問題」。在小說寫作過程中起了指導、幫助作用的馬識途、沙汀在「文革」剛開始就被打成了四川的「三家村」；在小說寫作過程中起領導作用的重慶市委組織部長蕭澤寬更在「文

〔註 15〕甘犁《「焚琴煮鶴」詩案——老詩人鄧均吾之死》，文革博物館通訊二二九期（華夏文摘增刊第三九三期），中國新聞電腦網絡（CND）主辦，二〇〇四年九月六日出版。

革」之前就已經被打成了「反黨集團」的成員。所以，運動一開始，羅廣斌他們就貼出大字報，主動「揭露」馬識途、沙汀、蕭澤寬的「反動」言行，希望能夠擺脫和這些反革命「黑幫」的干係。但是很快，革命就革到了羅廣斌他們自己的頭上，成爲了被「圈定」的「閱讀」對象。市委工作組在「鼓勵」羅廣斌他們鬥爭了鄧均吾之後，就轉而把鬥爭的矛頭指向了羅廣斌和楊益言。1966 年 7 月 22 日，市委工作組找羅廣斌談話，指出他們對馬識途、沙汀和蕭澤寬的「揭發」材料與他們和這些人的接觸「不相稱」，並從羅廣斌、楊益言、劉德彬家中「接受」了「有關材料和筆記本」。這對羅廣斌他們來說當然是很鬱悶的事情，但實際上可能也就是像羅廣斌他們所「懷疑」的，是想讓他們「背上包袱，束縛住手腳，不敢再向黨內走資本主義的當權派作鬥爭」〔註 16〕如果他們就此「偃旗息鼓」、採取略爲低調的姿態，興許也就會相安無事，因爲市委工作組收走他們的材料後確實也沒有什麼更進一步的行動，所謂的「遭遇」也不過是「不讓我們參加某些會議，甚至叫我們和脫帽右派等人在一起聽政策傳達。」〔註 17〕但不幸的是羅廣斌他們採取了比此前更爲激進的行動。10 月 23 日，認爲「革命無罪」的羅廣斌、楊益言貼出了《致文聯機關全體同志的一封信》的大字報，遵照中央的指示，在重慶率先扯起了「造反」的旗幟，成立了「重慶市文聯紅衛兵戰鬥組」的造反組織，向市委工作組和市委領導公開叫板。在紅衛兵運動起來後，羅廣斌又成爲重慶乃至全國各地激進學生的精神偶像，他也積極支持造反學生的「革命」行動：「在革命大串聯的高潮中，六六年十月重慶文聯機關造反組織衝破了資產階級反動路線的封鎖，趕走了黑市委工作組，從走資派手中奪取了文化大革命的領導權。敞開機關大門，歡迎革命的大串聯。全國各地成千上萬的紅衛兵來到山城進行革命串聯，每天都有上千的革命小將來到文聯。這時，羅廣斌同志擔任接待工作，從早到晚都熱情接待紅衛兵小將。他總是對小將們說：『我是向你們學習的，你們是先生，我們是學生。你們的包袱少，我們的包袱多，還有不少資產階級的思想。』僅六六年十一月份，羅廣斌同志就接待了紅衛兵小將五萬餘人。」〔註 18〕

〔註 16〕羅廣斌、楊益言《向市委書記處的報告》，見「重慶市文聯紅衛兵戰鬥組」1966 年 11 月編印的小報。

〔註 17〕這裡的「脫帽右派」可能是指的劉德彬。見羅廣斌、楊益言《向市委書記處的報告》，見「重慶市文聯紅衛兵戰鬥組」1966 年 11 月編印的小報。

〔註 18〕《軍工井岡山》編輯部、《紅岩戰報》編輯部、《八・二六之聲》編輯部《評山城羅廣斌事件》，紅岩村編輯部翻印《批紅岩揪叛徒參考材料之五・羅廣斌羅廣斌的這些激進行動使得他反對的「當權派」相應地向他展開了更加猛烈的進攻，因爲羅廣斌他們不是普通的青年學生，而是有影響有資歷的黨員幹部，「這在黨員幹部中爲數很少，是個危險人物。雙方已是生死之戰，必欲在政治上置對手於死地。這時『費厄潑賴』自然是『緩行』的了。於是舊話重提，1966 年 8 月 3 日，根據市委指示，市某強力部門一天連續提出三份《對羅廣斌被捕的幾個問題開展調查的報告》(之一、之二、之三)，把以往的結論完全推翻，來一個 180 度大轉彎。」〔註 19〕本來，羅廣斌也是負有「原罪」的，他沒有其它文聯大多數人所背負的三十年「文藝黑線」的「原罪」，但他卻有從敵人的監獄活著出來的「原罪」〔註 20〕，更有出身於大地主、大軍閥家庭的「原罪」。當年從「中美合作所」活過來的人，解放後大多數都因爲「叛徒」的嫌疑而受到懷疑和虐待，羅廣斌同樣是被懷疑和「控制使用」的對象。他能夠獲准寫作《紅岩》這樣的革命小說，主要還是因爲這樣一部反映重慶地下黨革命鬥爭事蹟的小說的寫作，是和權力集團尤其是重慶權力機構中原地下黨領導人員的利益一致的。但是，到了「文革」這一「革命的新階段」，既然重慶地下黨甚至整個地下黨都犯有「路線錯誤」，原來支持小說寫作的原地下黨幹部蕭澤寬、馬識途、沙汀、參與小說改編的夏衍、水華等等都紛紛落馬，成爲「黑幫」，羅廣斌怎麼能夠獨免呢？這樣，在羅廣斌向「黨內走資本主義道路的當權派」挑戰和「造反」的同時，重慶市委的「當權派」也在把羅廣斌作爲「重點打擊」的對象，組織材料，羅織罪名。

雖然具有背負雙重「原罪」的「軟肋」，雖然他自己也知道自己的「包袱多，還有不少資產階級的思想」，但是羅廣斌並沒有「後退」或者「止步」，「革命」的步伐反而步步升級。在 1967 年一月奪權風暴中，紅衛兵組織「重大八・一五」「單方面奪權」成功，並決定籌建全市最高權力機構「革聯會」。在權

問題》。署名三個編輯部的這篇爲羅廣斌翻案的文章的作者實際上是四川省文聯的陳朝紅。

〔註 19〕石化《說不盡的羅廣斌》，《紅岩春秋》，2000 年第一期。

〔註 20〕埃利亞斯・卡內提（Elias Canetti）說過：「獨裁者對幸存者普遍懷有反感，因爲他們視幸存爲自己的特權，那是他們固有的財富和最有價值的產業。如果誰膽敢在危險的，尤其是有眾多遇難者的境況中引人注目地幸存下來，他就侵犯了他們的權利，從而遭到他們的仇視。」見埃利亞斯・卡內提《群眾與權力》，中央編譯出版社，2003 年，第 172 頁。

力再分配中被甩在一邊的其它造反組織如「工人造反軍」、「西師八・三一」等反對「重大八・一五」的「單方面奪權」，認爲應該「聯合奪權」，他們並且認定「重大八・一五」在奪權過程中和黑市委有「勾勾搭搭」的嫌疑，因爲奪權後成立的新的政權機構中還是舊市委的一班人馬在掌權。於是，「西師八・三一」和「工人造反軍」等被「排斥」在奪權行動之外的造反組織成立了「聯絡站」，對抗「黑市委」和他們認爲「犯了右派機會主義錯誤」的「重大八・一五」。這時候，羅廣斌又站出來積極支持「眞正的左派」「西師八・三一」。對這個過程，當年造反組織「西師八・三一」的組織者楊向東回憶說：「我在『文革』中陷得比較深。我代表的是『西師八・三一』，和我們對立的是『重大八・一五』。我們當時認爲他們犯了右傾機會主義錯誤，因爲他們和黑市委拉關係，我們當時認爲他們比較右。這時候羅廣斌自己找上來，通過我到西師講話，宣傳他們的主張。羅廣斌、楊益言他們把我們的觀點加以發揮、擴大，認爲『重大八・一五』是執行了一條右派機會主義路線，投降了黑市委。羅廣斌說，『重大八・一五』它那個奪權是假的，和市委有君子協定，是市委把權交給你『八・一五』。這樣，我們和羅廣斌他們認爲造反派並沒有把權眞正奪到手。」〔註 21〕這樣，羅廣斌、楊益言就積極支持「聯絡站」的造反組織「重新奪權」。

雖然羅廣斌和楊益言積極支持青年學生的造反奪權活動，但是，學生們對這兩個有影響但是面貌不清的人物的態度卻是複雜的。造反派中的「重大八・一五」就接受了市委的觀點，認爲羅廣斌有問題；而和羅廣斌站在一起的更「革命」的「西師八・三一」的「小將」們也並非鐵板一塊。楊向東說：「當時我們年輕，覺得他們有威望。但下邊的群眾不贊成和他們沾邊，主要是害怕，因爲羅廣斌的問題說不太清楚。但是，我們學生頭頭覺得上了賊船了，沒辦法擺脫關係了，」〔註 22〕最後，在「革命」和更「革命」的兩派學生組織之間，羅廣斌和《紅岩》終於成爲鬥爭的焦點，不把有影響和有力量的羅廣斌和他的《紅岩》打倒，奪權成功的「重大八・一五」的政權合法性就始終得不到保障。從 1967 年 2 月開始，「重大八・一五」發動了向羅廣斌

〔註 21〕2005 年 7 月 28 日下午 3：00～5：00 本書作者在重慶上清寺皇僑大酒店對楊向東先生採訪的口述實錄。

〔註 22〕2005 年 7 月 28 日下午 3：00～5：00 本書作者在重慶上清寺皇僑大酒店對楊向東先生採訪的口述實錄。

的進攻。楊向東說：「眞正要批判《紅岩》是在 1967 年，在這以前，羅廣斌和《紅岩》沒怎麼受到批判，1966 年 11 月 27 日，『重慶大屠殺』紀念日，羅廣斌還在體育場講話，講完話以後還被人們簇擁著繞場一周。『12・4』事件發生後，他還以革命作家、脫險志士的身份代表重慶造反派到北京開會。……二月份發生了急轉彎。剛開始還沒有成篇的文章，就是一些大標語，就在你現在住的上清寺這一帶，通街的大標語拉起，說『羅廣斌是叛徒』、『《紅岩》是叛徒寫叛徒的大毒草』。」〔註 23〕2 月 5 日，羅廣斌被「八・一五」派從家中綁架，在禁閉他的地方，羅廣斌「堅貞不屈，他給江青同志寫了一封信，又給親人留下了響當當的遺言：『永遠堅持毛主席的革命路線！』」〔註 24〕2 月 10 日，羅廣斌在被禁閉的地方「墜樓」身亡，「八・一五」說羅廣斌是「畏罪自殺」；而支持羅廣斌的人們則認爲羅廣斌是被「李任死黨所殺害的」，到底孰是孰非，至今也沒有定論。

解放後，在歷次政治運動和平時的革命工作中，羅廣斌都表現得很是積極。但是，在「文化大革命」這場革命者內部對革命純正性的無限競爭中，歷史問題成了羅廣斌的沉重包袱，他遇到了想「革命」但「不許革命」的難題。和紅衛兵小將相比，他有革命資歷長的優勢，但是也有出身不好和歷史問題複雜的劣勢。在「文化大革命」中，羅廣斌認爲自己的「大方向始終是正確的」，因而一直是衝鋒在前，但他卻被無情地剝奪了革命的資格，其中的「張力」之大可想而知。即使羅廣斌眞的是跳樓自殺，也是可以理解的。1946和羅廣斌一起到重慶郊縣秀山教書的革命戰友陳家俊說：「過去在鬥爭當中一切都可忍受，不管多苦，我後面有個強大的支持，有力量。文化大革命中，難支持了。……那個時候，敵人是扣紅帽子，他不怕，爲此而犧牲是光榮的，他應付了。但現在是自己人，帶著靈光的人，送來了黑帽子，又是無法抗拒的，他接受不了，他反感，但又說不出來，無法理喻，他結束了自己的生命。」〔註 25〕

〔註 23〕2005 年 7 月 28 日下午 3：00～5：00 本書作者在重慶上清寺皇僑大酒店對楊向東先生採訪的口述實錄。

〔註 24〕《軍工井岡山》編輯部、《紅岩戰報》編輯部、《八・二六之聲》編輯部《評山城羅廣斌事件》，紅岩村編輯部翻印《批紅岩揪叛徒參考材料之五・羅廣斌問題》。

〔註 25〕《羅廣斌和〈紅岩〉》，張羽 1980 年 7 月 12 日下午 3：00～9：00 對陳家俊的訪談筆錄，原件存張羽家。

3、「紅」與「黑」的辯證法：革命文學的內在矛盾和自我顛覆

在最初的標語攻勢之後，「批判」羅廣斌和《紅岩》的大字報隨之而來。看來羅廣斌的對手在事前下了一定的「工夫」，他們從查獲的羅廣斌給馬識途的通信中發現了不少羅廣斌和《紅岩》的「罪證」。但總的來看，在羅廣斌自殺前後，對羅廣斌和《紅岩》的批判還只是在《紅岩》作品的外圍主要是和《紅岩》寫作有關聯的人上做文章，而對《紅岩》中的具體內容少有涉及。當年，羅廣斌他們寫作《紅岩》時，參與該寫作活動的組織領導者、寫作輔導者、參加意見者以及後來小說出版後的電影改編者、宣傳評論者對小說的成功是起了關鍵作用的，但如今，這些人中的大多數都成了「黑幫」、「反黨分子」，因此，《紅岩》的批判者認爲只要查實了《紅岩》和這些「黑幫」確有某種密切關係，《紅岩》幾乎就可以不批自倒、因株連而獲罪。在一份羅廣斌被綁架前一天拋出的叫做《撕開羅廣斌的畫皮》的「大字報」中，「作者」〔註 26〕「揭露」說：

> 《紅岩》小說的作者到底是誰？
>
> 提出這個問題，可能有人會發笑：『書上不是明明白白寫著羅廣斌、楊××嗎？』不，不止。這部小說是馬識途、任白戈、蕭澤寬、沙汀（按：以上均爲黑幫分子）……等人的共同產物。
>
> 一、看過稿子的編輯××說：「稿子有五分之三是楊本泉寫的。」（按：楊本泉是極右分子。）據說還有×××。
>
> 二、任白戈、蕭澤寬最關心這個題材，不惜「血本」，出主意、給時間、給地點、給資金，蕭澤寬特地用兩瓶茅臺酒，叫羅廣斌拿去送給沙汀，由沙汀逐字逐句逐章加工。……
>
> 三、馬識途在解放初期，就竭力要羅寫地下黨的書，並多次與羅一起研究，一起謀劃。
>
> …… ……
>
> 任白戈親自爲羅廣斌的小說命名《紅岩》（按：原名《禁錮的世界》）。周楊一手提拔羅廣斌，要羅出國到日修訪問，後因市委有人

〔註 26〕這份大字報的落款是：「四川工農兵業餘文藝革命造反兵團重慶團、重慶市曲藝團《輕騎兵》革命造反戰鬥隊、重大『八・一五』文藝造反縱隊、西農『八・二六』戰鬥團、北航紅旗駐渝聯絡站」。「文革」時期的各種大字報的署名一概都是某團體，一大堆「戰鬥組織」的名字捆綁在一起署名的情況更爲常見。

不同意未去成。羅在很多場合吹捧周楊。羅在成都請沙汀加工《紅岩》時，稱沙汀爲「老師」，並且到處說：「我們是小學生，規規矩矩的上課。」〔註27〕

夏衍、水華、趙丹（按：均繫黑幫）來渝期間，羅「大宴賓客」。土皇帝李井泉對羅特別器重，要提拔羅當文聯主席。

夠了，從以上簡略情況，可以明顯的看出：周楊——馬識途——沙汀——任白戈——文藝黑線在重慶文聯的粗尾巴是那一個了。〔註28〕

對於和這些在「文革」初期就紛紛落馬的「黑幫」難以擺脫的干係，羅廣斌他們是知道的，所以，「文革」剛開始，他們就貼出了揭露這些人的大字報；在給市委書記處的報告中，他們對此也專門做了「澄清」:「我們認識的人中，確實有一些現在是反黨反社會主義分子的。但是我們和這些反動分子根本沒有招降納叛，結黨營私的關係。我們寫作《紅岩》時，是組織部門管的幹部，蕭澤寬是當時市委組織部長，所以管我們的工作；找沙汀看稿子，是組織上叫去的；馬識途曾是地下黨負責人之一，所以找過他對小說提意見。在《紅岩》的寫作過程中，提過意見的人很多，我們對各種意見都是經過獨立思考，努力按照毛主席思想來寫的。」〔註29〕羅廣斌一方面盡量刪減自己和這些落難「黑幫」的關係，另一方面把作品的源頭歸之於具有「超話語地位」的「毛主席思想」。但是，羅廣斌的對手們並不認爲羅廣斌和「黑幫」只是「認識」的關係，從1962年4月16日羅廣斌給馬識途的一封信中，他們發現了羅廣斌和馬識途緊密的私人關係，也發現了馬識途在作品的「設計和構思」中所發揮的作用〔註30〕。

〔註27〕羅廣斌在寫小說時說沙汀是老師，到了「文革」，紅衛兵小將又成了他的老師，他在「文革」中說的：「我是向你們學習的，你們是先生，我們是學生」和他向沙汀說的話何其相似。這兩種老師都使羅廣斌成爲風雲人物，但也正是這些「老師」使得羅廣斌失去了革命的資格和生命，正所謂「成也蕭何，敗也蕭何！」

〔註28〕《撕開羅廣斌的畫皮》，文革小報。在這個「大字報」的末尾，有一個「附注」：「上面提到的周楊、林默涵、李井泉、馬識途、任白戈、沙汀、李累、蕭澤寬、水華、袁水拍、郭小川、趙丹、夏衍等都是黑幫。」。

〔註29〕羅廣斌、楊益言《向市委書記處的報告》，「重慶市文聯紅衛兵戰鬥組」輯印的小冊子。

〔註30〕羅廣斌的信中說：「五哥，應該這樣說，這本書的寫作中，不僅有你的心血，設計和構思，還有著你多年的關切、耽心、喜悅、焦慮……沒有你的指點，

而且，他們沒有滿足於此，他們在小說和歷史眞實之間進行比較，發現了「利用小說進行反黨」的更「直接」的「證據」。原來，在羅廣斌給馬識途的信中有一段話是：「如果今天叫我寫中美合作所題材的小說，我將走更艱苦、更困難的路，不會像寫《紅岩》這樣：不寫群眾、不寫社會各階層的動向、不寫黨內鬥爭，甚至避開凡是涉及路線的問題。」從這一段話發難者提問說：「一、爲什麼不寫工農兵及群眾的革命鬥爭？二、爲什麼避開黨內兩條路線的鬥爭？」而且得出了結論說：「原來，解放前四川地下黨的某些領導人，曾經違背毛澤東思想，犯過路線性錯誤。當時，川康特委負責人就是馬識途。川東特委負責人之一是蕭澤寬。他們極力要羅廣斌寫反映地下黨鬥爭的小說，而又避開黨內路線鬥爭，歪曲歷史，企圖借寫小說爲違背毛主席的革命路線而堅持錯誤路線的人翻案。用心何其毒也！」實際上，在「揭露」出來的羅廣斌給馬識途的信的這段「黑話」的前邊還有話：「《紅岩》有許多毛病，有缺乏經驗的問題，有藝術表現能力的問題，……前幾天，《中國青年》雜誌社宋文郁來，談了你的意見，聽了很高興。因爲我們現在認爲不足的地方，正是你提到的問題。」原來，所謂「《紅岩》的秘密」：「不寫群眾、不寫社會各階層的動向、不寫黨內鬥爭，甚至避開凡是涉及路線的問題。」正是羅廣斌認爲的「毛病」和「不足的地方」，而且這些「不足的地方」正是馬識途曾經「提到的問題」，而並非是馬識途「極力要羅廣斌寫反映地下黨鬥爭的小說，而又避開黨內路線鬥爭」。恰恰相反，從馬識途在《紅岩》寫作過程中給作者們所提建議的提綱可以看出，馬識途曾經多次建議過作者們要寫「黨內的路線問題」和「工農兵群眾」。如關於寫「黨內的路線錯誤和路線鬥爭」，馬識途在「廣斌寫小說」中說：「關於『挺進報』的正確估計，即實不應那樣冒險打陣地戰，應打游擊戰。重慶組織的破壞原因很多，但是打陣地戰而不善於迂迴，是一個原因。」〔註 31〕關於寫普通群眾，「廣斌寫作時注意」中說：「寫群眾活動，寫普通的革命人民，不光寫幾個英雄在縱橫，特殊的才智聰明，是群眾中湧出的英雄，不是脫離群眾的英雄人物，不是呼風喚雨的人物，不是神，是人，普通的人。」〔註 32〕

我們不可能站在較高的角度來處理這個龐大的題材。這本書的成功或失敗、高興和失望，是和你共有的。」

〔註 31〕馬識途《廣斌寫小說》，《羅光斌、劉德彬、楊益言創作〈紅岩〉過程中我參加討論時寫的發言要點》，沒有正式發表。

〔註 32〕馬識途《廣斌寫作時注意》，《羅光斌、劉德彬、楊益言創作〈紅岩〉過程中我參加討論時寫的發言要點》，沒有正式發表。

由此可以看出，最初對《紅岩》的批判完全是粗暴的斷章取義式的「誣衊」。但是，如果羅廣斌他們當時真的按照馬識途的建議來寫的話，不但不會安然無恙，反而會死的更早，也許用不著「文化大革命」，作品出來的時候就會成為批判的靶子。馬識途的建議實際上是要以文學的超越功能寫出革命鬥爭生活中的複雜性和真實性，而批判羅廣斌的人則是從政治功利的角度考慮，認為《紅岩》應該在小說中反映在「文革」中已經遭到批判的四川地下黨在當年所犯的「王明機會主義左傾路線」。而這樣的想法，在地下黨還沒有被從革命隊伍中「分解」出去成為「敵人」的時候是不可思議的，當時需要做的和能做的恰恰是要「歪曲歷史」。《紅岩》之所以能夠在 1962 年紅火一時，就是因為對解放前夕重慶地下革命鬥爭中的「左傾」路線錯誤和某些地區群眾對革命的冷漠表示了沉默，如果羅廣斌他們接受了馬識途的「歪主意」〔註33〕，《紅岩》就會成為一部文學性更多一些的作品，當然，放在 1962 年的語境來看問題，沒有接受馬識途的建議，也許正是羅廣斌他們的「精明」之處。但是，革命文學寫作的部分困難就在於，革命的對象是不斷變化的。在解放過後，過去國共兩黨之間的黨派鬥爭，很快就轉換成了黨內不同派別之間的權力鬥爭。對於五六十年代的革命歷史小說來說，把革命過程中的複雜性寫出來，對權力機構來說就失去了寫作的意義，因此，對文學中的革命歷史就要進行某些裝飾性的描寫，但政治鬥爭或者說革命鬥爭的對象是不斷變化的，對革命的裝飾隨時有可能轉變成為對某人的裝飾，這就有為某人翻案的嫌疑，不管是作品中的人物原型，還是環繞在作品周圍的寫作團隊，只要所涉及到的某個人物有了問題，作品就會受到牽連。因此，對革命文學的作者來說，誰都沒有辦法保證一部作品能夠永遠「政治上正確」，即使是像《紅岩》這樣「最紅的小說」也是一樣。

不過，對紅岩的批判不期然地暴露了革命文學的建構性和意識形態性。正如皮埃爾・馬歇雷所說：「實際上，鏡子和它所反映的事物（歷史現實）之間的關係是局部的：鏡子有所選擇，它並不選擇一切事物。選擇本身並不是

〔註33〕張羽在為羅廣斌翻案的文章《不許誣衊〈紅岩〉》中說：「馬識途出過什麼主意沒有？就我們所知，他給作者出過一些『歪主意』，譬如說，他曾建議作者，一部小說裏，既要寫渣滓洞集中營，又要寫白公館集中營，不好處理，最好只寫一個。作者沒有接受這個建議。」（見張羽《不許誣衊〈紅岩〉》，《紅岩戰報》第一期。）

偶然的，它帶有表徵性；它能把鏡子的性質告訴我們。」〔註 34〕紅衛兵指責羅廣斌在小說中沒有寫的「路線錯誤」和「群眾鬥爭」，其實羅廣斌是寫過的，在重慶解放之初他給市委寫的「內參」文本《關於重慶組織破壞的經過和獄中情形的報告》中，就有大量的篇幅是關於這方面的內容，尤其是其中的「獄中意見」部分，主要就是談的重慶地下黨領導層的腐化和路線錯誤問題。可見，對於在小說中沒有寫出來的這部分「現實」，羅廣斌有著清楚的認識。而在小說寫作中對這個歷史眞實進行掩飾和扭曲並不是一種偶然，而是精心「設計、構思」的結果。把全國解放前夕重慶地下黨高層領導在城市、農村工作中的「左傾」盲動情緒和由此而引發的大批革命者的被捕、犧牲歸罪於一個級別很低的重慶市沙滋區委委員甫志高，並不只是羅廣斌、楊益言的私人想法，也並不是爲某個與羅廣斌他們有私人關係的當年地下黨的領導辯護，而是爲了維護黨的利益。但是，即使如此設計，人們仍有「投鼠忌器」的擔憂，因爲甫志高畢竟曾經是革命陣營中的一員，弄得不好就會影響黨的形象。1961 年 1 月 27 日責任編輯張羽審讀《紅岩》三稿前八章後給作者的信中就談到了這個問題：「四、關於叛徒甫志高的嘴臉的勾畫：1、他的極端個人主義的思想根源，伏筆似乎還應點得重一些，給讀者以預感；2、他的欺騙手法、兩面作風、蒙蔽伎倆及其內心活動，應求更深刻些；3、應寫到黨是瞭解他的，並進行過教育，而未收到效果。稿中寫許雲峰說：因爲初到一起工作，對他過去不瞭解。這樣來寫黨的工作，對細心的讀者來說，是不能滿足的。」〔註 35〕1961 年 7 月 12 日中青社文學編輯室給《紅岩》作者寫信，對如何把甫志高「替罪羊」的角色塑造好提出了更高的要求：

> 對甫志高的發展，以及叛變，現在的處理還嫌太粗了一些。……要讓讀者站在明處，清楚地看到他如何善於僞裝自己，如何狡猾地欺騙黨。使讀者對他的墮落、被捕、叛變有充分的思想準備。……甫志高在很長一段時間裏欺騙了黨，儘管黨對他的個人主義有所覺察，但覺察的程度，並未超過信任的程度。正因爲這樣，許雲峰才同意他作爲聯絡站的負責人。……問題是怎麼寫得既不有損黨的威信，也不有損黨的領導者的形象，這就是你們在藝術上所要解決的

〔註 34〕〔法〕皮埃爾・馬歇雷《列寧——托爾斯泰的批評家》，陸梅林、陳桑等譯《西方馬克思主義美學》，灕江出版社，1988 年，第 599 頁。

〔註 35〕張羽《我與〈紅岩〉》，《新文學史料》，1987 年第四期。

> 問題了。總之，要把甫志高的發展寫得自然一些，把他的罪惡加重，把許雲峰、江姐、成崗、小余、劉思楊等人的被捕的責任，全部歸咎於他，而不使讀者對黨產生任何誤解。〔註 36〕

從中青社的這封信可以看出，即使是把革命者集體被捕的責任設計爲「全部歸咎於」一個虛構的小人物甫志高，人們還是擔心讀者會置疑，爲什麼黨不能明察秋毫、及時識破甫志高「假革命」的「嘴臉」，從而使黨的事業免遭偌大的損失。所以，人們認爲應該把甫志高寫得盡可能的「狡猾」、「陰險」、「善於僞裝」，當然，也要寫黨對這種陰險小人是有所覺察的。由此，我們可以看出爲了「不寫」某些事情而又能夠把事情說圓，作者們是何等的「煞費苦心」。

但是，作者們「煞費苦心」建構起來的話語網絡，僅僅過了五、六年，就遭到革命陣營內部的自我拆解。在《評大毒草〈紅岩〉》中，作者就「揭露」了《紅岩》寫作中極力想要掩飾的革命者被捕的「內幕」:

> 小說《紅岩》又是一部爲叛徒翻案的宣言書。一九四八年重慶地下黨遭到美蔣匪特的破壞，其重要原因是當時地下黨市委書記劉國定、副書記冉益智先後叛變自首，交出地下黨員名單，使重慶地下黨遭到非常嚴重的破壞。可是小說《紅岩》歪曲歷史事實，把已經叛黨、在敵人面前卑躬屈膝、苟且偷生、出賣革命、出賣組織、出賣靈魂、成爲可恥叛徒的地下黨市委書記美化成黨的化身。小說中出現的市委書記老石同志、副書記李敬原，他們完全代表黨的正確領導，把重慶地下黨的鬥爭描寫成在市委的正確領導下進行。……作者如此吹捧叛徒，大造反革命復辟輿論，爲叛徒翻案的狼子野心，豈不是昭然若揭了嗎？〔註 37〕

爲了把黨沒有能夠及時識破叛徒眞相且讓叛徒負責一定工作的責任「歸咎」於叛徒自己的「狡猾」和「善於僞裝」，《紅岩》對甫志高叛變之前的描寫，就要把他寫得酷似一個好人，比如他在地下工作中的「老練」、「敏感」，比如他對工人生活困難的「關切」、對下級的「關心」和「體貼」，以及他在毛主席的《目前的形勢和當前的任務》發表後的「激情」、「興奮」。對甫志高身上的這些「優點」，作者是把它當作小資產階級的「虛情假意」和「急功近利」

〔註 36〕轉引自王維玲《話說〈紅岩〉》，花山文藝出版社，2000 年，第 96 頁。

〔註 37〕《評大毒草〈紅岩〉》，重慶建工學院八一八主辦《八・一八戰報》，1967 年 10 月 15 日。

的表現來批判的。但是，《紅岩》的批判者卻把這些表現甫志高「狡猾」的東西從上下文當中抽出來，得出了「似是而非」的結論：「看吧，這就是作者筆下甫志高當叛徒的原因。小說《紅岩》的作者在這裡炮製了一部黑三部曲：『好黨員』——『學毛著』——『失敗』。」〔註 38〕與此類似的是對敵人的描寫。羅廣斌和馬識途都認爲不能把敵人寫得臉譜化、概念化、簡單化、公式化。雖然從意圖上講，作者們是「故意」把反面人物寫得很強大，其目的只是爲了更好得表現革命者的強大。但是，從實際效果看，《紅岩》中對革命者的描寫的確並沒有對敵人的描寫生動形象〔註 39〕，這些對敵人的生動形象的描寫被紅衛兵說成是「爲階級敵人大唱頌歌」。

這種把某些細節和形象從文本的結構中分離出來進行斷章取義式的解讀的另一個例子，就是對知識分子革命者劉思楊的批判。對初稿中劉思楊身上的「小資產階級」的習性，許多把關者如馬識途都做出過修改的建議，即使是經過修改後的劉思楊，當革命「深入」到「文化大革命」的時候，人們還是從《紅岩》中讀出了許多「小資產」情調：「『細骨嫩肉的資產階級出身的三少爺』劉思楊，有豪華的公館、花圃、假山等供他遊玩。作者筆下的這位共產黨員，在深夜和他的未婚妻孫明霞『收聽來自解放區的廣播』後，孫明霞就把鋼精鍋從電爐上拿下來，倒出兩杯滾燙的牛奶，『在寒星閃爍的窗前，倆人激動而興奮地吃著夜餐，心裏充滿著溫暖。』這就是劉思楊的革命鬥爭。看！這種舒舒服服的階級鬥爭，多麼像三十年代的『芙蓉鎮』。」〔註 40〕實際上，「細骨嫩肉」、「資產階級出身的三少爺」在小說中是反面人物徐鵬飛對劉思楊的一種認識和說法；小說中固然有對劉思楊在劉家公館豪華的物質享受和充滿溫情的生活方式的描寫，但是作者要表達的恰恰是主人公對這種生活方式的鄙棄。小說第 11 章確實描寫了劉思楊和孫明霞很有「小資產」味道和浪漫情調的「夜餐」生活，但劉思楊他們眞正進行的卻是和物質享受毫無關係的革命工作，而且正是在這個時候，他們倆同時被捕，離開了這個「舒舒服服」的「芙蓉鎮」。在小說的第 18 章，寫劉思楊被假釋回到「有豪華的公

〔註 38〕《評大毒草〈紅岩〉》，重慶建工學院八一八主辦《八・一八戰報》，1967 年 10 月 15 日。

〔註 39〕這大概和羅廣斌的出身有一定的關係，有材料說，《紅岩》中的徐鵬飛就吸收了他哥哥羅廣文的形象。

〔註 40〕《評大毒草〈紅岩〉》，重慶建工學院八一八主辦《八・一八戰報》，1967 年 10 月 15 日。

館、花圃、假山」的家，但小說眞正要說的是「這一切，豪華的公館，漂亮的設備，對劉思楊來說，彷彿都隔得很遠很遠，是那樣的陌生。回到了家裏，卻絲毫沒有『家』的感覺，他的思緒還留在那遙遠的充滿戰鬥激情的渣滓洞樓七室。」〔註 41〕由此可以看出，作者在有關劉思楊的章節鋪陳了大量「資產階級」的生活方式，但所要表達的卻是劉公館物質生活的優越和劉思楊對這種生活的厭棄之間的張力，把這種「小資產階級」生活方式描繪出來，就是爲了讓主人公去排斥它、祛除它。

在此，我們眞正關心的是「文革」中《紅岩》的批判者所採用的一種「故意」歪曲的解讀方式。爲什麼這些解讀者會把眼光集中在甫志高、徐鵬飛、劉思楊以及他們的物質生活方式這樣一些形象上邊。這些形象是和主導意識形態相背逆的「負形象」，作者把這些形象設置、包容在作品當中，本來是用來讓「正形象」克服、排斥的對象。如果把這些形象安放在作品的上下文中進行連貫的閱讀，自然會得出作者在文本中有意引導的「正面解讀」，「《紅岩》熱」時期在專家引導下的「讀後感」就是這樣來閱讀《紅岩》的。但是如果把這些形象單獨抽出來進行凝視，就會得出令作者始料不及的「似是而非」的閱讀效果。和上面的「正向解讀」相比較，這種解讀方式就是一種「反向解讀」。對這種媒體影響現象，道格拉斯·凱爾納說：「偶而，某一引起共鳴的形象的效果與記憶會從其敘述結構中分離出來，文本信息可能是『犯罪得不償失』，或者『通姦導致不幸』，而恰恰是有關犯罪或通姦的記憶駐留在人們的心頭，影響著他們的思想和行爲。這可能就是 20 世紀 30 年代犯罪劇的眞實情況，其中有個叫卡格尼或博加特的人的能量與權勢（而非其被捕或遭致謀殺）或許成了人們難忘的東西，從而導致叛逆或犯罪行爲。」〔註 42〕當然，我們不能說對於《紅岩》的批判者而言，這些被他們批判的形象正是和他們「引起共鳴」的形象。但是，想想看人們在六十年代看電影，與觀影者引起共鳴的形象就往往是那些被命名爲「壞人」尤其是「壞女人」的人。史鐵生回憶他們小時候看電影的生活說：「正在上演《列寧在一九一八》，裏面有幾個《天鵝湖》的鏡頭，引得年輕人一遍一遍地看，票於是難買。據說有人竟看到八九遍，到後來不看別的只看那幾個鏡頭，估摸『小天鵝』快出來

〔註 41〕羅廣斌、楊益言《紅岩》，中國青年出版社，1978 年，第 352 頁。

〔註 42〕〔美〕道格拉斯·凱爾納《媒體文化——介於現代與後現代之間的文化研究、認同性與政治》，商務印書館，2004 年，第 183 頁。

了才進場。」〔註 43〕因此，我們有理由相信，即使《紅岩》的批判者對那些從小說敘述中抽出來的關於物質生活的描述的批判是真誠的，在物質貧乏的三年困難時期，起碼這些「負形象」還是對人們構成了挑戰和衝擊，甚至在人們的潛意識中，正是《紅岩》小說中關於地下工作者的都市生活和對其中「壞人們」的飲食男女之事的描寫成爲閱讀動力的一部分。這樣，「文革」當中《紅岩》的「民間」批判者斷章取義式的解讀雖然近乎「吹毛求疵」，但從特定年代人們的閱讀習性來看也不乏一定的「道理」。

4、爲《紅岩》「翻案」和「翻案」活動的無效

雖然羅廣斌和《紅岩》在重慶「被群眾推上了審判臺」，雖然羅廣斌在群眾運動中死於非命，但這並不表示事情已經有了定性，因爲所有的關於羅廣斌和《紅岩》的言論都還只是「社會上的議論」而並非官方的定論。在羅廣斌「墜樓身亡」後，楊益言、劉德彬以及羅廣斌的妻子胡蜀興先後來到北京，寄希望於更高的當權者能夠爲羅廣斌和《紅岩》正名。2 月 23 日，楊益言到中青社尋求支持。對於中青社的人們尤其是《紅岩》的責任編輯張羽來說，羅廣斌和自己可說是「拴在一根繩子上的螞蚱」，能否爲《紅岩》和羅廣斌「翻案」，也關係著自己的前途和命運。因此，張羽等中青社的編輯們積極地介入了爲《紅岩》和羅廣斌「翻案」的一系列活動〔註 44〕。

關於羅廣斌的「在社會上議論」的問題有三個，一個是歷史問題，一個

〔註 43〕史鐵生《記憶與印象》，北京出版社，2004 年，第 126 頁。

〔註 44〕對於自己當時的「思想活動」和積極爲羅廣斌翻案的「政治的、思想的基礎」，張羽在 1971 年所做的一份「檢查」《我爲什麼積極爲羅廣斌翻案》中說：「文化大革命開始後，接受群眾性的大審查，自己寫的、編的書以及未完成的未出籠的貨色，受到批判，很多是毒草。……只有一本《紅岩》當時還被當作革命小說，沒有對它進行批判。自己常想，如果能有一本自己編過的書，並且是花過點心血，有一定影響的書還是好的，也算對人民多少做了點好事。」對於當時的「形勢」和認爲《紅岩》「可保」的「依據」，張羽「交待」說：「第一，中央負責同志讚揚過這本書，江青同志找羅、楊多次談過小說，並認爲『寫的是好的』，而且正在改編爲京劇。姚文元同志撰文讚揚過這本書，而文元同志的論文站得高，看得深，是帶有指導性的。這是對小說評價的依據。第二，從作者情況來說，過去他們來京，每次都帶來組織介紹信，自己也曾聽說，他們經過審查，都有肯定的結論。……第三，從小說的影響，國內外一致叫好來看，它曾經起過『教育作用』，即使有問題，有缺點，也不會全部抹殺書的『積極』作用。爲了革命利益，即使需要批判，也不一定會完全否定。」

是羅廣斌在「文化大革命」中的表現，一個是小說的是非。張羽的發言權主要在最後一個問題上，所要做的就是針對重慶反對派對羅廣斌的各種「誣衊」進行「辯誣」。「當時，重慶小報上提的問題，主要是說羅廣斌是個大少爺，不會寫東西，小說是右派分子楊本泉寫的，我就說，這個問題容易回答，我們把知道的情況寫個材料。」〔註 45〕「後來，對立面 8·15 派公佈了羅廣斌和馬識途的來往信件，提出了蕭澤寬、沙汀等參與謀劃的問題，這樣問題就更多、更複雜了。」〔註 46〕張羽爲《紅岩》申冤的主要文章《不許誣衊〈紅岩〉》所要回答的主要就是這個問題，所針對的就是「重大八·一五」在 1967 年 2 月 4 日編寫的《撕開羅廣斌的畫皮》。這個問題看似簡單，但其實最不好回答，因爲這些人參與《紅岩》寫作確有其事，而且對方又有確鑿的證據在手。所以張羽的文章在這個問題上也只能是閃爍其詞，其說法大致和羅廣斌、楊益言在《向市委書記處的報告》中的解釋類似。到了 1971 年，張羽就不得不在自己的「檢查」中承認：「羅、楊等和蕭澤寬、馬識途、沙汀的關係，在炮製小說的過程中，是十分密切的，蕭澤寬從始到終，出主意，訂規劃，看稿件，找材料，是主要的策劃者；馬識途的確給他們出過不少的黑主意，沙汀等專門請了假，騰出時間，和羅、楊等談稿，提出修改的計劃等。這些都是鐵的事實，因爲當時這些人都被群眾揪了出來，就力圖和他們擺脫干係，說他們只是領導和被領導的關係，只是組織上的上下級關係，一般的朋友關係等，躲開他們策劃、密謀、指揮炮製毒草的實質。」〔註 47〕爲了給羅廣斌和《紅岩》翻案，中青社的張羽、吳小武、黃伊等人成立了一個專門的組織「《紅岩》專案組」，也叫「紅岩戰鬥隊」，「戰鬥隊」還編輯、印刷了 16 開的小報《紅岩戰報》，張羽爲《紅岩》辯護的文章《不許誣衊〈紅岩〉》就刊登在《紅岩戰報》的第一期上。這篇文章實際上是張羽在此前參加的共青團中央機關及其直屬單位聯合召開的一個爲羅廣斌翻案的大會上的發言稿，刊登在《紅岩戰報》第一期上的文章都是根據這次大會的發言錄音整理的，除了張羽的這篇文章以外，還有「首都大專院校赴渝戰鬥兵團代表」和楊益言、胡蜀興等的三篇文章。在 4 月 1 日團中央的這次大會前後，楊益言和張羽還參加了一系列由支持羅廣斌的首都紅衛兵組織召開的群眾集會。

〔註 45〕張羽《我爲什麼積極爲羅廣斌翻案？》，張羽手稿，原件存張羽先生家。
〔註 46〕張羽《我爲什麼積極爲羅廣斌翻案？》，張羽手稿，原件存張羽先生家。
〔註 47〕張羽《我爲什麼積極爲羅廣斌翻案？》，張羽手稿，原件存張羽先生家。

從 4 月初開始到 5 月中旬，中央連續召開解決四川問題和重慶問題的會議，周恩來、陳伯達、康生、江青等人幾次接見四川和重慶的造反派組織代表。這次會議似乎給羅廣斌以及和羅廣斌問題難解難分的重慶激進造反派獲得「平反」帶來了機會。4 月 24 日，中央文革小組的戚本禹派人到北京地質學院接見了楊益言、胡蜀興等人〔註 48〕。在「接見會」上，來人說了對小說《紅岩》的看法，說「還是部革命小說」〔註 49〕。這增加了爲羅廣斌申冤的人們的信心，因爲來接見他們的是來自「首長」身邊的人。雖然《紅岩》在重慶「議論紛紛」，受到「群眾」的污損，但是人們更看重的是來自中央高層的看法。江青在 1965 年 1 月曾「親切」接見過《紅岩》的兩位作者，並贈送給他們兩套精裝本的《毛選》。從北京回到重慶後，他們就遵照江青的指示，改寫《紅岩》的電影文學劇本〔註 50〕。「文革」旗手對《紅岩》曾經的「垂青」是爲《紅岩》「翻案」的人們最大的「砝碼」。另外，根據《紅岩》改編的京劇《山城旭日》傳說將在「五一」上演，這也是對他們有利的信息。5 月 17 日，中央宣佈了中共中央關於重慶問題的意見。這個「意見」沒有給正在掌權的造反派撐腰，而是宣佈給「在無產階級文化大革命中被打成『反革命』的革命群眾組織、革命群眾和革命幹部」「一律平反，一律釋放」〔註 51〕。但是，這個「意見」卻「迴避了羅廣斌的問題，連提都沒提，我們不知道是爲什麼？」〔註 52〕這種模糊不清的形勢不能不讓那些和羅廣斌問題綁在一起的人們感到「一則以喜，一則以憂」。

1967 年 10 月，中央號召北京外來人員回本地鬧革命。楊益言他們回到四川，住在支持他們的由「八・二六」掌權的四川大學，繼續爲羅廣斌和《紅岩》問題的解決做各種努力。1968 年第一期的成都《軍工井岡山》報發表了

〔註 48〕對這次接見的由來，劉德彬說：「我和楊益言上京告狀，當時就是想找江青，最後還是重慶造反派代表在京開會，由羅光遠寫了個條子給江青，說明楊益言要見江青。結果，第二天，江青派了戚本禹來地院找了楊益言。」見劉德彬 1993 年 9 月 25 日給張羽的信。

〔註 49〕張羽《我爲什麼積極爲羅廣斌翻案？》，張羽手稿，原件存張羽先生家。

〔註 50〕劉德彬在 1993 年 9 月 25 日給張羽的信中說：「羅廣斌在他家裏的客廳組織楊、劉參加，由我做記錄，主要是根據『江青同志的指示』寫電影文學劇本，寫成後曾送交江青。」

〔註 51〕《熱烈歡呼毛主席革命路線的新勝利！》，北京地質學院東方紅公社、中國青年出版社革命造反兵團合編《紅岩戰報》第二期。

〔註 52〕2005 年 7 月 28 日下午 3：00～5：00 本書作者在重慶上清寺皇僑大酒店對楊向東先生採訪的口述實錄。

署名爲「《軍工井岡山》編輯部、《紅岩戰報》編輯部、《八・二六之聲》編輯部」的《評山城羅廣斌事件》之一、之二、之三、之四的系列長篇文章〔註53〕。這四篇文章中的前兩篇分別是《評山城羅廣斌事件》、《毛主席革命路線的忠誠衛士》，評述羅廣斌在「文化大革命」中的表現；第三篇是《關於羅廣斌同志的歷史》，並附原重慶市委組織部副部長雷雨天的證明材料《羅廣斌同志的歷史審查情況》，講羅廣斌的歷史問題；第四篇是《關於小說〈紅岩〉》，這篇文章很明顯是針對我們在前邊分析過的《評大毒草〈紅岩〉》而寫的反駁文章。《評大毒草〈紅岩〉》中關於劉思楊、甫志高的說法本來就是一種很粗糙的評論方法，所以《關於小說〈紅岩〉》的作者很簡單地就能抓到要害的地方來反駁：「作者正是採用層層剝皮的辦法，把一個浸透了資產階級濃腥的甫志高，活活解剖在人們面前。自稱站在無產階級立場上的『打羅英雄』們一口咬定，說這些竟是作者在『讚揚』甫志高，把作者從甫志高身上層層剝下的『革命』外衣，一件件揀起來當『證據』，這不是天大的笑話嗎？」〔註54〕對於小說掩飾當年四川地下黨的路線錯誤問題是相對來說難以反駁的問題。反駁者先是用毛主席在「講話」中所說的「五個更」來說明對錯誤路線的掩飾是爲了從「側面反映在毛主席領導下我國人民正在奪取全國勝利、開闢世界新紀元的偉大斗爭，它不但應當描寫一個典型的獄中環境，還應當給它配上一個典型的合乎歷史發展的獄外背景。」〔註55〕接著，作者把這個問題歸咎到此時已經被撤職的南下幹部李井泉、廖志高和地下黨幹部之間的派系鬥爭：「『地下黨除了叛徒和混蛋，沒有一個好人』，這是地地道道的反動口號！……李井泉王朝強調什麼地上地下，是搞宗派主義，是反毛澤東思想的。」〔註56〕

就在這個頗有分量的「重磅炸彈」散發到成都街頭的時候，3 月 15 日，在中央領導人接見四川省革籌、成都軍區和 50 軍、54 軍領導人的會議上，江

〔註53〕這些文章的眞實作者據何蜀先生所說，分別爲「『一評』由四川省文聯陳朝紅執筆，『二評』、『四評』由楊益言執筆，『三評』由劉德彬執筆。」（見何蜀《被時代推上文學崗位的作家劉德彬》，《社會科學論壇》，2004 年第 2、3 期）

〔註54〕《關於小說〈紅岩〉》，紅岩村編輯部翻印《批紅岩揪叛徒參考材料之五・羅廣斌問題》，文革小報。

〔註55〕《關於小說〈紅岩〉》，紅岩村編輯部翻印《批紅岩揪叛徒參考材料之五・羅廣斌問題》，文革小報。

〔註56〕《關於小說〈紅岩〉》，紅岩村編輯部翻印《批紅岩揪叛徒參考材料之五・羅廣斌問題》，文革小報。

青說了不多幾句和《紅岩》及其作者有關的話，話雖然不多，但對《紅岩》來說卻是「毀滅」性的：「一九六八年春，江青竟向敬愛的周總理突然猖狂進攻。她叫嚷：『有一個劇叫我去調查，華鎣山我作了調查，碰見鬼啦！華鎣山根本沒有這麼回事』，『川東地下黨沒有一個好的』。」〔註 57〕江青對四川地下黨的判斷和李井泉的「反動口號」何其相似，但是，因爲是江青說的，就不但不是「反動口號」，而且等於是宣佈了羅廣斌和《紅岩》的死刑。楊向東對當年發生的事情回顧說：「1968 年，楊益言把我找去，在成都用《軍工井岡山》給羅廣斌翻案。楊益言提供的是江青對《紅岩》的評價。另外一個人就是四川省文聯搞評論的陳朝紅，當時我們在一起研究，楊益言具體策劃。這些文章剛剛發出去，在成都街上賣這個報紙，3 月 18 號，成都就傳達了江青的『3．15』講話。江青說『有人爲羅廣斌翻案，我們根本不理他』。當天晚上 12 點，川大『八．二六』就把楊益言『驅逐』了，對外搞宣傳表示他們和《紅岩》作者沒有關係了。」〔註 58〕對此，楊向東在當年曾埋怨「江青出爾反爾」，因爲「她不是不理，她理了，67 年她還派了人去看我們……」〔註 59〕實際上，在那個政治風雲變幻莫測的年代，「出爾反爾」的何止是江青一人，只不過江青的「出爾反爾」所造成的振蕩更爲嚴重而已。

5、革命文學的收益與風險：關於《紅岩》的稿費收入

上世紀九十年代在《紅岩》署名作者楊益言和未署名作者劉德彬之間爆發了一場曠日持久的著作權官司，在這場官司的進行過程中，許多參與者都一次次提到作者們當年的稿費收入，當然，人們關心的主要不是他們稿費收入的數字，而是當年稿費收入的分配方式，因爲一個大家都知道的事實是，《紅岩》出版後的最初幾年，《紅岩》的大筆稿費是由羅廣斌、劉德彬和楊益言三個人來共同享用和支配的，這成爲人們簡單地就可以斷定劉德彬是《紅岩》作者的重要依據。正如馬識途在一篇很是爲劉德彬鳴不平的文章中所說：「劉德彬如果自始至終沒有參加過《紅岩》的創作，那麼《紅岩》所得稿費爲什

〔註 57〕楊益言《叛徒江青爲什麼扼殺〈紅岩〉》，《人民日報》，1977 年 10 月 29 日，第三版。

〔註 58〕2005 年 7 月 28 日下午 3：00～5：00 本書作者在重慶皇僑大酒店對楊向東先生採訪的口述實錄。

〔註 59〕2005 年 7 月 28 日下午 3：00～5：00 本書作者在重慶皇僑大酒店對楊向東先生採訪的口述實錄。

麼在交了黨費之後要三個人平分呢？」〔註 60〕當然，像馬識途一樣，這些不得不「站出來說話」的人，都不是在此道聽途說，隨便說說，而是在《紅岩》寫作和出版前後曾經深度介入此事的當事者。如當年三位作者的直接領導、重慶團市委書記廖伯康說：「由於羅廣斌、劉德彬、楊益言三人都住過敵人的監獄，又共同創作《紅岩》，因此《紅岩》一書出版後的稿費也是由他們三人共同處理的。如資助一些烈士遺屬，以及將相當大筆稿費以他們三人名義交作黨費，所餘稿費由他們三人共同開支，買的生活用品大都是一式三份。他們常常是同吃、同住、同用，我曾和他們開玩笑說『你們現在已經在過共產主義生活了。』」〔註 61〕

對他們三個人曾經共同支配過一筆數目不菲的稿費這件事，大多數當事人記憶最深的不是他們買了一樣的傢具和穿著同樣款式的大衣，而是 1964 年秋天他們三個人一起在市文聯黨組擴大會上對稿費使用情況所做的說明和檢查。當年的重慶市作協辦公室業務組組長楊世元回憶說：「關於《紅岩》的稿費分配，是在黨組書記李少言主持的文聯黨組擴大會上提出的。作協和美協支部的黨員都參加。會上，羅、劉、楊三人口頭談了稿費的支用情況，後又用三人名義寫了書面報告。印象中，單是中國青年出版社支付的幾次版稅就有 7 萬多。這筆稿酬，羅、劉、楊三人是不分軒輊，共同使用的。」〔註 62〕

除了當事者們，重慶市高級法院的法官對當年稿費分配的情況也很重視，在一次庭審的時候還向楊益言詢問「文革」以後《紅岩》的稿費收入，楊隨口說了一個數字「200 萬」，但隨後又補充說「國家經濟困難，沒有發」。

對於當年的稿費收入，楊益言在一篇文章中說：「《紅岩》付印前，市委叫我先回渝。羅返回後告我：共得稿費六千元（千字 15 元，40 萬字），從 1959 年到 1961 年三年創作期間已支用四千元（包括羅帶回的一箱高價水果糖），尚存二千元。一致同意由我交去市委。我向市委常委、組長部長蕭澤寬報告。蕭說：『現在是困難時期，你們幾年熬更守夜的，拿回去自己用吧。』我只得拿回，和羅再商量，我提出：黨費還是交，但也尊重蕭的意見，交 1200 元，留 800 元。後來，留下的這八百元和一箱水果糖就是羅、楊分用的。這是 1962

〔註 60〕馬識途《我只得站出來說話了》，《文藝報》1983 年 8 月 28 日，第 6 版。
〔註 61〕見廖伯康寫的一份證明材料，未發表。
〔註 62〕楊世元《大樹不是從腰部往上長的》，未發表稿。

年初的事。再後來，劉調出來了，一起工作了，經濟上未分彼此。」〔註 63〕楊益言說這段話的意思是想反駁別人屢次提及的三人平分大筆稿費的說法，按他的說法，所謂「大筆稿費」其實並不大，只是 62 年初由羅廣斌從北京帶回重慶的 6000 元，而且還要扣除此前已經花掉的欠賬 4000 元，就是剩下的 2000 元也交了 1200 元的黨費，留下的 800 元也並不是和劉德彬共享而是和羅廣斌平分了。那麼，《紅岩》的稿費到底有多少呢？如果真的如楊益言所說只是並不太多的 6000 元，1964 年整風時重慶市委和重慶市文聯對他們稿費的格外關注不是顯得有點小題大做嗎？

其實，關心這件事情的人們說的並不錯，羅廣斌他們當年從中青社拿到的稿費收入的確是 6、7 萬，準確地說，是 71696.70 元，這是中國作家協會作家權益保障委員會 1993 年的調查結論。我們不知道這個數字進一步的來源，但其權威性是肯定無疑的。但是楊益言所說的 1962 年初羅廣斌從北京帶回稿費 6000 元大概來說也確有其事，而且當時作者們大概也是把這 6000 元當作是《紅岩》的所有稿費收入的。從 6000 元到 71696 元之間的六萬多元稿酬是在幾個月之後才開始給作者們發放的，這部分稿酬是和一本書的印數相關聯的，叫做印數稿酬，相對於印數稿酬的是按照一本書的字數和質量計算的基本稿酬，楊益言所說的按照千字 15 元、40 萬字計算出來的 6000 元稿費就是《紅岩》的基本稿酬。在《紅岩》出版時的 1961 年年底，包括中青社在內的中央級出版社的稿酬發放是按照 1960 年 9 月 24 日文化部黨組和中國作家協會黨組給中央的一個請示報告執行的，這個報告廢除了自 1949 年後一直執行的基本稿酬和印數稿酬相結合的稿酬制度，新的稿酬辦法規定：「出版社出版書籍，不論是沒有在報刊上發表過的原稿或者是由作者將其在報刊發表過的作品加以修訂編成的集子，一律按作品字數和質量付一次稿費，以後重印，不再付酬。」〔註 64〕這樣，1962 年初中青社按照千字 15 元發給作者一次性稿酬 6000 元就的確是《紅岩》的全部稿酬，而且這個稿酬標準也是很高的，當時的基本稿酬標準是根據作品質量分爲六級，即：每千字 4 元、6 元、8 元、10 元、12 元、15 元，可見中青社是按最高標準給《紅岩》作者們發放的。

〔註 63〕楊益言《關於〈紅岩》的一封信》，《文藝報》1983 年 8 月 28 日，第 6 版。

〔註 64〕《文化部黨組、中國作家協會黨組關於廢除版稅制、徹底改革稿酬制度的請示報告》，《中華人民共和國出版史料 10》，第 359 頁。

但是，幾個月之後，伴隨著政治氣候的逐漸好轉和對知識分子的短暫放鬆，稿酬制度又發生了變化。4 月 25 日，文化部黨組在給中央的請示報告中提出，1960 年 9 月請示報告中向中央提出的取消印數稿酬、實行按字數一次付酬的辦法是「不夠慎重的」，也「確有不合理之處」，因此，報告建議「停止實行一九六〇年規定的廢除印數稿酬，按字數一次付酬的辦法，恢復一九五九年文化部頒佈的基本稿酬和印數稿酬相結合，而以基本稿酬爲主的稿酬辦法。」1962 年 5 月 4 日，中央發文同意了文化部黨組的這個報告並指示各單位按文化部通知執行。《紅岩》的稿費收入由此發生了巨大變化，從年初《紅岩》出版到 5 月，短短幾個月，《紅岩》的印數已經達到 30 萬冊，按照最新的稿酬辦法，除了基本稿酬 6000 元，還應該付給作者印數稿酬一萬八千多元。當然，到政治形勢發生逆轉、文化系統開始大規模整風的 1964 年，《紅岩》的印數已經上升到二百萬左右，作者們的稿費收入也達到了開始所說的 7 萬多元。

當然，這 7 萬多元並不是作者們從《紅岩》得到的全部收益。除了有帳可查的中青社發給作者的 7 萬元稿費，在 1964 年的稿費說明會上，人們也注意到了作者們語焉不詳但估計爲數不菲的各種轉載費、改編費等收入，因爲，在這兩年多的時間裏，《紅岩》幾乎被包括歌劇、話劇、川劇在內的所有劇種所改編，電影和連環畫的改編也正在進行當中。

1964 年以後，《紅岩》的印刷數量還在不斷攀升，但是作者們的稿費收入卻差不多停止了。在 1963 年底和 1964 年初毛主席接連對宣傳文化系統發出兩次措辭嚴厲的批示後，文化部系統開始大力整風，爲了貫徹出版爲工農兵服務、爲社會主義服務的方向，1964 年 1 月 14 日至 31 日，文化部召開了全國農村讀物出版座談會。在這個座談會上，中青社社長邊春光談了中青社最近幾年抓重點書的體會，其中用一半篇幅談了《紅岩》的編輯出版過程。1965 年 8 月，文化部委託農村讀物出版社編輯了第一批「農村版圖書」14 種，其中文學作品只有兩種，分別是《紅岩》和《豔陽天》。現在我們不知道這套「農村版」《紅岩》的印數，但估計是一個很大的數字，因爲在 4 月的一次農村讀物座談會上，文化部副部長石西民曾說：「農村讀物沒有 100 萬下不去，印三、五萬的不叫農村讀物。」〔註 65〕在《紅岩》大量下鄉，「佔領農村文化陣地」

〔註 65〕《石西民在農村讀物座談會上的講話》，《中華人民共和國出版史料 13》，第 284 頁。

的同時，「三名三高」成爲逐漸高漲的修正主義批判的焦點。首先取消的是各種劇本的上演報酬。劇本上演報酬是 1956 年制定的，這個辦法規定上演話劇、戲曲的各劇團，要把演出收入的百分之三給劇本作者，其目的是鼓勵一向並不景氣的戲劇創作。當代文學史上的經典作品《霓虹燈下的哨兵》、《年青的一代》、《千萬不要忘記》成了高稿酬的典型案例，除了出版稿酬，他們的作者分別獲得了兩萬元、一萬一千元、七千元的上演報酬。7 月，原來每月從人民文學出版社預支 400 元稿費的專業翻譯周作人的預付稿酬也被降到了 200 元。10 月 26 日，文化部發出通知，從即日起各出版社停止向作者發放印數稿酬。這樣，可以肯定地說，10 月 26 日以後，《紅岩》作者們的稿費收入也就暫時劃上了句號，而這個時間也差不多即是《紅岩》作者們在重慶市文聯黨組擴大會上檢查高額稿酬使用情況的時候。

直到三十多年以後，楊益言也還是只能輕鬆地對外公開他們最初所得的基本稿酬，而避免提起他們後來得到的一筆筆多少有點出乎意料之外的印數稿酬。大概來說，如果只有那筆基本稿酬，人們包括他們自己都會覺得肯定不高但也合情合理。在文化部醞釀恢複印數稿酬的 1962 年 5 月 3 日，文化部出版局副局長陳原在全國圖書發行工作會議上講話說：「目前在一般情況下，稿費還不是太高的，沒有印數稿酬的稿費是發不了財的。」〔註 66〕就在陳原講話後的第二天，中央就批覆了文化部關於恢複印數稿酬的報告，而《紅岩》作者們也的確因爲印數稿酬發了財。當然，即使是那筆不算是發了財的 6000 元基本稿酬，甚至是楊益言所說的扣除消費和黨費之後剩下的 800 元，在 1959、1960、1961 這幾個曾經有無數人飽受飢餓之苦的特殊年份也絕不是一筆可以輕鬆說起的小錢。從中青社文學編輯室主任江曉天的一段回憶文章中，我們可以看出比 800 元少得多的 10 元錢對當年大多數的人們意味著什麼，江曉天的這段文字回憶的是和《紅岩》作者吃飯的事情，而他也正是由於如實向上級反映了他農村老家人們吃不上飯的事實而被打成了右派，如果你看過汪曾祺的《黃橋燒餅》，你就會知道，吃飯是那個年代人們的中心關切。江曉天說：「時間是在 1961 年底，《紅岩》定稿發排後，羅、楊要回重慶，新來的編輯室負責人要爲他們餞行，在萃華樓飯莊請吃飯，要大家湊份子，每人 10 元，多一人多分攤一份，這才找到了我。當時，我工資每月降了 50 多

〔註 66〕陳原《在文化部全國圖書發行工作會議上的報告》，《中華人民共和國出版史料 12》，第 55 頁。

元，一切待遇都取消了，全家老小五口糧食定量都降到最低的 25 斤，老母、妻子兒女陷於異常窘困、飢餓中，10 元幾乎是我全部工資的百分之十！爲了面子，我咬咬牙答應了。晚飯後，羅廣斌提出要到我家坐坐、聊聊。陪同他去的有張羽，楊益言是不是一起去了，記不清了。我一無所有，只好用白開水招待，唯一有的三根劣質香煙，羅、張、我一人一支就抽光了。」〔註 67〕

當然，我們不能說羅廣斌他們寫小說的最初的目的就是爲了掙稿費，他們畢竟都是共青團的幹部，教育群眾反修防修也是他們的工作職責，1957 年的反「右派」運動肯定也讓他們「受到了深刻的教育」，那時候對丁玲的「一本書主義」和劉紹棠的「爲存款三萬元而奮鬥」的批判，說的就是作家們成名成家的資本主義道路。1957 年 11 月 19 日，中組部部長安子文在中央國家機關青年團幹部會議上的講話中，就講到了幾個喜歡寫作實際上是熱衷於名利的年輕人的例子：「最近聽說有一個青年，寫了點東西，掙了三千多塊錢的稿費，他就天天遛馬路，打聽三千元能開個什麼樣的鋪子，可以看出來，他的思想已經變壞了。河南唐河縣一個青年農民，原在合作社中當副主任，寫了一篇小說，得了幾千元的稿費，他的生活馬上就變了，隨便揮霍，大擺排場，房子布置得富麗堂皇，煙捲不離嘴，整天閒逛，不下地勞動，後被合作社開除了社員資格。重慶市百貨公司有一個青年職員，寫了一本有關康藏公路的詩集，人民文學出版社編輯部大力幫助他修改後準備發表。此後他就到處吹嘘，自稱是『中國的普希金』，揚言要考大學、當作家。」〔註 68〕很有可能，作爲青年團基層幹部的羅廣斌、楊益言就通過什麼渠道學習過這篇重要的講話。

即使如此，收到大筆的印數稿酬後的變化還是從他們的生活方式上表現了出來，尤其是官僚世家出身、從小過慣優裕生活的羅廣斌，花錢時的大手大腳在有條件下就會不知不覺地表現出來。曾經幫助作者們修改《紅岩》的四川省作協主席沙汀在 1963 年 2 月 22 日的日記中說：「一整天都在同水華、于藍討論《紅岩》，羅們也參加了，主要是討論許同江姐的被捕問題。同樣的，羅們首先提供了一些同志們被捕的各種情況，然後進行討論。……晚上由羅們邀約到冠生園小吃。回來，老王拿賬單來了，數目之大，叫人吃驚！」〔註

〔註 67〕江曉天《早該還歷史眞面目》，《四川文學》1993 年第 11 期。
〔註 68〕安子文《千錘百鍊，改造自己》，《紅與專》，中國教育工會北京市委員會印發。
〔註 69〕吳福輝編《沙汀日記》，山西人民出版社，1997 年。

69〕引導羅廣斌走上革命道路也同樣幫助過羅廣斌他們寫小說的馬識途曾經回憶羅廣斌說：「當然，他有弱點，受原來生活的影響，有條件時容易冒出來。成名後，物質生活仍然冒了出來。我的弟弟去重慶，見了他，他們原來是好友，吃飯，進大飯館。那麼好的東西，他的孩子不喜歡吃。這說明有點變了。」〔註 70〕「文革」開始後，羅廣斌他們在六十年代初相對奢華的物質生活被他們的對立派別誇大其詞後作爲「靈魂深處的東西」被「挖出來示眾」：「至於生活上，解放前，羅過的是資產階級少爺生活；解放後，他又何嘗不是過的老爺生活。他經常大宴賓客，講排場，送大禮，吃吃喝喝，吹吹拍拍，阿諛奉承。例如，羅宴請馬識途到重慶來耍，信中說：『到時候我們會提前寫信給你，並且安排一個第二線，另外託人給你買票，買飛機票的錢請你放心，我們可以湊起來，讓你有去有回，你就不必向機關借支了。』何等闊氣啊！羅約沙汀、艾蕪到川北體驗生活，搞的是交際處的小臥車，東遊西逛，請沙、艾大吃大喝，並專爲沙、艾備有高級酒，隨車攜帶，揮霍浪費。」〔註 71〕

《紅岩》出版後迅速走紅大江南北，作者羅廣斌、楊益言也「一舉成名天下知」，一時間，讀《紅岩》，學英雄，成爲一代青年的風尚。有一次，北京電影製片廠的人們請來北京幫助改編《烈火中永生》的羅廣斌他們到飯店用餐，不巧客滿沒座，服務員聽說客人中有《紅岩》的作者羅廣斌，馬上和經理商量給他們臨時設置了一個雅座。除了名譽，他們還收穫了豐厚的也許超過他們想像的物質回報。比較一下當時人們的正常收入，就能更好地體會 7 萬元在 1964 年的含義。據資料統計，1961 年至 1965 年，百分之八十九的職工月工資爲 40～60 元，一個大學本科畢業生轉正後的工資是 50 元左右，革命文藝的「旗手」江青在「文革」時期的月工資是 342.70 元，和當時一級教授的工資相當。也就是說，《紅岩》兩年多的稿費收入相當於一個普通大學生 120 年的總收入，相當於江青或者一個一級教授 20 年的總收入。

但是，和其它在那個年代暢銷的紅色文學相比，《紅岩》的收入就顯得並不是太高。原因之一是，在《紅岩》出版的時候全國圖書報紙用紙非常緊張，在紙張不夠用的情況下，中央指示「今後出版書籍，種數要適當多一些，但數量必須嚴格控制。」因此，1961 年和 1962 年印數最大的兩本書《創業史》和《紅岩》分別印了 50 萬和 30 萬，與此前暢銷的《林海雪原》、《保衛延安》

〔註 70〕1980 年 10 月 6 日晚張羽對馬識途的訪談實錄，未發表。
〔註 71〕《撕開羅廣斌的畫皮》，文革小報。

的印數相比就差了很多。陳原在全國圖書發行工作會議上說起《創業史》的閱讀情形時說:「前一時期我到海南島的海口,那裡的書店發到 5 本《創業史》,他們拿出一本來出租,它的流轉頂上了十幾本書的作用。」〔註 72〕《紅岩》在 1962 年的閱讀媒介除了書還有報紙,也許有更多的讀者是通過報紙閱讀了《紅岩》,很多報紙如《重慶日報》、《成都晚報》、《河北日報》、《河南日報》、《浙江日報》等都連載過《紅岩》。原因之二是,雖說《紅岩》出版後幾個月趕上了恢複印數稿酬的好機會,但是,這個恢復了的印數稿酬和 1958 年以前相比也已經有了大幅度的調整。在 1958 年 7 月 14 日開始在北京、上海試行的《關於文學和社會科學書籍稿酬的暫行規定》出臺之前,稿費是按照蘇聯的稿酬制度發放的,即以千字爲計算單位,根據書稿質量規定每千字的稿酬,並按印數多少計算支付的次數,一般是按 1 萬冊爲一個印數定額,即每印一萬冊支付一次稿酬。而《紅岩》的印數稿酬是按累計印數遞減的,即 1 至 5000 冊每千冊 8%,5001 至 10000 冊每千冊 5%,10001 至 30000 冊,每千冊 3%,30001 至 50000 冊,每千冊 2%,50001 至 100000 冊,每千冊 1%,100001 冊以上,每千冊 0.1%。這樣,前些年印數很大的暢銷書就得到了比《紅岩》更爲驚人的高額稿酬。如 1954 年 6 月初版的《保衛延安》,基本稿酬是按並不高的千字 6 元的標準發放的,但在印數達到 55 萬冊的時候,作者杜鵬程就得到了 86833 元的稿費。由此可以推測,也是 1954 年出版的《鐵道游擊隊》和 1957 年出版的《紅旗譜》、《林海雪原》、《紅日》的稿酬一定也是非常可觀的,因爲這些小說的累計發行量都超過了百萬冊。如果是按照和《保衛延安》一樣的標準,《紅岩》在印刷到 30 萬冊的時候稿費就可以達到 18 萬元。

和其它紅色文學相比,《紅岩》的稿費收入也許並不是太高,但是如果是拿紅色暢銷書和同時期其它的文學作品比較,它們的稿費還是很高的,甚至是太高了。如 1953 年出版的曾經指導羅廣斌它們寫作的沙汀的小說《還鄉記》有 27 萬字,只得到稿費 2526 元,老舍的劇作《春花秋實》約有 8 萬字,只得稿費 708 元,阮章競的《在時代列車上》,約 8 萬字,只得稿費 930 元,張天翼的兒童文學作品《羅文應的故事》,約 1 萬 8 千字,只得稿費 830 多元〔註

〔註 72〕陳原《在文化部全國圖書發行工作會議上的報告》,《中華人民共和國出版史料 12》,第 55 頁。

〔註 73〕見 1955 年 12 月 12 日《文化部關於制定文學和科學書籍稿酬暫行規定的請示報告》,《中華人民共和國出版史料 7》,第 324 頁。

73〕。這些暢銷書的高額稿酬固然是因爲它們龐大的發行量根據出版慣例和條例計算出來的，表面上看是它們的作者理應收入腰包的合理收入，但是，杜鵬程《保衛延安》的稿酬比老舍的《春花秋實》高到 100 倍，人們直觀的感覺還是「十分不合理的」。對這些一時流行的暢銷書，作家們的態度是有保留的。如 1962 年在北京開會的沙汀和李劼人會後聊天時談到剛剛出版的《紅岩》和當時的流行小說《青春之歌》、《林海雪原》時，李劼人說：「慢慢看吧，雖然流行，終究經不住時間的考驗！」〔註 74〕作爲這些作品的生產者，出版社的人們比作家們對這些作品暢銷的具體過程也許更清楚。因此，《紅岩》作者們開始領取印數稿酬後，中青社也有人認爲《紅岩》的稿費是不是太高了，是不是應該拿出一部分來交黨費，責任編輯張羽也曾奉命同三位作者就此問題進行談話。

其實，早在 1955 年的時候，文化部就發現按照原來的稿酬辦法發放稿費出現的不合理現象，並開始制定《關於文學和科學書籍稿酬的暫行規定》，這個規定的主要目的就是限制發行量超大的流行著作尤其是文學作品的稿費收入，這個暫行規定特別爲不同門類的大量印行的書籍制定了印數定額，如「大量印行的文藝性散文」包括「小說和通訊等」的印數定額定爲 4.5 萬，而且從第二個印數定額起稿費支付是遞減的，從第二個印數定額的 70%一直遞減到第 15 個印數定額後的 5%。按照新的規定計算後，《保衛延安》的稿費就會從原來的 8 萬多元變爲 3 萬多元。「規定」對此的解釋是：「一本書籍印行量的多少，固然首先取決於書籍的質量和價值，但同人民文化水平的發展，報刊的推薦，黨、政府和人民團體的號召和組織閱讀等等社會因素都有很大的關係。如果不把這些因素考慮在內，不把印行量大的書籍的印數定額提高，並隨著印數的增加而遞減稿酬，那麼，有些付出相等勞動量的作品稿酬懸殊太大，少數作者的收入超過高級腦力勞動者太多，他們的生活距離一般社會生活水平太遠，是不合理的；而且這樣也可能使有的作者因一兩本書的高額收入，就不再努力從事新的著譯，對繁榮創作也是不利的。」〔註 75〕

從 1955 年到 1965 年，文化部有關稿酬的規定幾經周折，升升降降，印數稿酬也曾經取消、恢復、再取消。到 1965 年底，不僅取消了印數稿酬，「出

〔註 74〕見吳福輝編《沙汀日記》，山西教育出版社，1997 年，第 169 頁。
〔註 75〕見 1955 年 12 月 12 日《文化部關於制定文學和科學書籍稿酬暫行規定的請示報告》，《中華人民共和國出版史料 7》，第 324 頁。

一本書拿幾萬元稿費的事不可能發生了」，而且把基本稿酬降到了最低 2 元、最高 8 元。

值得注意的是，解放後稿酬制度的每一次變化，都主要的是一個政治問題而不是單純的經濟問題。每當實行激進的「左傾」政治路線，稿酬制度就被當成是「資本主義法權的殘餘」，作家們的思想就會被「躍進」、提高到共產主義階段，就會有人唱出「我們有共產主義思想的作家，是不會爲稿費而寫作的」這樣的高調；而每當政治形勢好轉、各行各業進行調整、整頓、提高的時候，人們就會發現以前降低稿酬的做法是「不夠愼重的」，因爲「廢除印數稿酬後，著作界許多人不贊成。」而爲了落實「百花齊放」的政治要求，就要「從精神上和物質上去團結作者」，調動作者們的創作積極性。從一個當時出版界叫得很響的口號可以看出當時人們的矛盾心態，這個口號就是「政治第一，質量第一」。要保證「政治第一」，在選擇誰來「爲工農兵服務」的時候，就會考慮政治上更爲可靠、不爲稿費而創作的勞動人民；而要保證「質量第一」，就要尊重專業知識分子勞動的特殊性和高額報酬的合理性。

正是因爲五八年之後稿費制度的變幻不定，忽升忽降，破壞了精神勞動產品價值標準的恒定性，使得拿到作家手裏的高額稿酬成了一塊燙手的山芋，因爲按照「物質鼓勵應與政治教育相結合，而以政治教育爲主」的方針，拿到高額稿酬的作家固然容易產生功成名就的感覺，但也更容易成爲需要教育和改造的對象。

附錄一　《紅岩》出版大事記

張羽　整理

1957 年 4 月 20 日

我社給羅廣斌同志寫信，請他給《紅旗飄飄》叢刊寫篇回憶錄，介紹解放前在重慶「中美合作所」裏，革命先烈和美蔣匪幫的鬥爭史實，向青年進行革命傳統教育和階級教育。

1958 年 2 月

羅廣斌、劉德彬、楊益言接信後，把他們過去的報告稿，做了文字整理，題爲《在烈火中永生》，寄來我社，在《紅旗飄飄》第六集發表。

在此之前，羅廣斌、劉德彬、楊益言等，在重慶、內江等地，做過多次報告，關於重慶集中營的鬥爭，有現成的報告稿。他們接到我社的約稿信後，就把報告稿做了文字整理，寄來我社。此稿當即在《紅旗飄飄》第六集刊出。原題爲《血花》，發表時改題爲《在烈火中得到永生》。

1958 年 3 月 15 日

《在烈火中得到永生在》發表後，青年讀者甚爲歡迎，希望出版單行本。根據讀者的需要，出版社又給羅廣斌、劉德彬、楊益言寫信，請他們在前稿的基礎上，再作補充，寫成中篇回憶錄。羅廣斌等接受了這個要求，同意撰寫新稿。

1958 年 11 月

我社同志到重慶約稿，得知羅廣斌等同志正在撰寫描寫重慶集中營敵我鬥爭的長篇小說，就向他們要來那部 70 萬字的草稿。儘管稿子還很粗糙，但生活內容很豐富，很有感情，烈士的鬥爭事蹟很感動人。

1959 年 2 月

重慶市委給羅、楊三個月的創作假，從 2 月開始，羅、楊集中力量撰寫小說。25 日，羅廣斌等寫的《在烈火中永生》出版，讀者熱烈歡迎。讀者提出希望能有描寫重慶集中營的小說出版。我們把情況告訴了他們，催促他們盡快把小說寫出來。

1959 年 4 月中旬

我社同志到重慶，訪問羅廣斌、楊益言同志。當時他們正在趕寫小說。我們看了新寫的若干章節，提了意見。

這時，他們的創作假期快滿期，稿件尚未完成，出版社又向重慶市委提出，續假三個月。

1959 年 5 月 5 日

羅、楊來信，初稿已寫出近 30 萬字，大約在六月中旬可以寫完。稿完後，請組織審查，較廣泛認眞地徵求一些意見，以便修改定稿。因爲，書中反映的內容，比我們自己設想的要複雜，有必要嚴肅對待，認眞徵求意見和修改後，再出版，更爲合適。

1959 年 6 月 18 日

出版社覆羅、楊信：同意你們的意見，初稿排印，印出後寄我們幾份。（排印費用，由出版社負擔）

1959 年 8 月 29 日

羅、楊來信：《禁錮的世界》二稿 50 萬字於八月中旬寫完，共印了 50 本，送出徵求意見。

1959 年 9 月 16 日

羅、楊來信，聽到《禁錮的世界》的意見，調子過於低沉，應當更開朗一些，鬥爭更主動一些，使獄中鬥爭步步開展，到最後以突圍爲中心，形成全書的高潮。

1959 年 10 月 22 日

出版社給羅、楊信，對《禁錮的世界》提了意見，希望他們到北京來修改。

1959 年 11 月 7 日

楊益言來信：根據收到的部分意見，曾醞釀過重寫和改寫的意見。今後怎麼改，來否？何時來？待組織決定後，另信彙報。上月中旬，廣斌同志到長壽湖農場黨委工作了，所以這封信是我一個人寫的。

1960 年 4 月 7 日

楊益言來信：等五月農忙過去，就由老羅來京研究修改問題。

1960 年 5 月 27 日

楊益言來信：已決定老羅和我來京研究和學習。幾天裏即可動身。

1960 年 6 月上旬和中旬

羅、楊由團中央備介紹信參觀了軍事博物館和革命歷史博物館。他們看到毛主席在解放戰爭時期寫的文章的手稿，思想豁然開朗。特別是從《蔣介石政府已處在全國人民的包圍中》、《關於平津戰役的作戰方針》、《將革命進行到底》等篇，感受尤深。羅廣斌回來說：「像迷霧中的航船見了燈塔」。當時，館裏不准筆記和拍照，他們站在櫥窗前，輪流背誦，用心領會，用主席的指示武裝思想，來解決他們遇到的疑難問題。從全國形勢來觀察集中營的變化，逐漸對許多問題，有了新的理解。用毛澤東思想，認識當時的鬥爭，才有了準確的認識和判斷。他們說：「這次學習，是小說翻身的契機。」

1960 年 6 月 21 日

出版社給重慶市委寫信，告知羅、楊已回重慶。並談了書稿意見。向市委請假，爭取此書作爲黨成立 40 週年獻禮。

1960 年 9 月底

《毛澤東選集》第四卷出版。羅廣斌、楊益言用一個月的時間，集中學習了這部寶書，爲修改小說，做了思想準備。

1960 年 10 月 4 日

出版社專人，帶著信到重慶市委，給羅、楊請假。市委准假三個月，他們立即上馬，開始修改。

1960 年 11 月 28 日

羅、楊來信：年底可望寄出一批稿，即一半左右。

1960 年 11 月 30 日

給羅、楊信：出版社十分關心這個作品的修改情況，希望能夠經常通氣。

1961 年 1 月 15 日

羅、楊來信：寄出修改稿第一部分（1～18 章）10 萬字。我們對已寫好和已寄出的稿件，在人物、情節、描寫、文字及個別結構上，都感到還需要作很大的加工、修改。如果要我們來，請你們直接和市委組織部聯繫，沒有組織的決定和指示，我們不能自己安排。

1961 年 1 月 23 日

羅、楊來信：寄出第二批稿（9～16 章）。

1961 年 1 月 27 日

出版社致羅、楊信：對 1～8 章稿提了意見。

1961 年 1 月 31 日

羅、楊來信；你們的意見嚴格，對我們的幫助很大。第三部分（17～26 章），12 萬字，現已完成，略加整理，即可寄上。

1961 年 2 月 3 日

出版社致羅、楊信，告知對第二部分的意見。

1961 年 2 月 4 日

羅、楊來信：17～26 章，已於今日提前一天航掛寄上。

1961 年 2 月 8 日

羅、楊來信：第四部分正在趕寫，所遺章節不多，春節前後即可寫完。是否來京修改，希望你們盡快決定。

1961 年 2 月 13 日

出版社致羅、楊電報：已函重慶市委給假，盼春節後來京。

1961 年 2 月 27 日

羅、楊來信：第四部分（27～31 章）共 5 萬字，於 28 日航掛寄上。我們到京後的工作，望能及早安排。

1961 年 3 月 7 日

羅廣斌、楊益言同志由漢到京，住出版社。

重慶團市委介紹信：茲介紹羅廣斌、楊益言前來研究修改《禁錮的世界》及有關工作，請予接洽。

1961 年 3 月 8～9 日

8 日晨，編輯室三個同志和羅、楊共同討論書稿，提出修改意見。9 日，羅廣斌同志談修改意見。進一步明確小說主題是：歌頌先烈，揭露敵人。小說中要努力塑造理想人物，寫他們在毛主席的教導下，敢於鬥爭，善於鬥爭。爲了突出小說的主題，要集中處理好江姐、許雲峰、成崗。這是正面人物方面。對敵人，要充分揭露蔣匪幫，揭露美帝。把美帝當現行反革命打。揭它的世界憲兵的面貌。從紅旗特務，誠實注射劑，美製刑具，要拉出這個劊子手。怎麼寫？毛主席教導我們：美帝和各種反動派都是紙老虎。又教導我們：戰略上，戰術上怎樣對待，我們只能按毛主席的教導辦事。

1961 年 3 月 17～24 日

羅、楊改出第一章。

1961 年 3 月 28 日

羅、楊交來改好的三章，討論書名，編輯部和作者共提出十多個書名，如《地下長城》、《紅岩朝霞》、《激流》、《嘉陵怒濤》、《地下的烈火》、《紅岩破曉》、《紅岩金浪》等，一起討論後，決定定名爲《紅岩》。

1961 年 4 月 3 日～5 日

3 日，編輯部開始加工《紅岩》。5 日，出版社致函重慶市委組織部、宣傳部，爲羅、楊延長假期。

1961 年 4 月 13 日～15 日

13 日，重慶市委組織部來信，同意羅、楊繼續留京，待全稿改好後返渝。

15 日，羅、楊表示，爭取 5 月底改完。

1961 年 5 月 1 日～3 日

1 日，是他們來京後僅有的休息天。晚，去景山參加節日活動。3 日，編輯部討論《紅岩》。

1961 年 5 月 10 日

《紅岩》1～10 章發排。

1961 年 6 月 10 日

《紅岩》全稿發完。

1961 年 6 月 19 日

《紅岩》校樣送審。

1961 年 6 月 27 日

晚 7 時 40 分，羅、楊乘車回四川。

1961 年 7 月 21 日

羅、楊來信：以後定稿時，是否需要我們來京，請來信告知，我們好早作安排。（覆信：請於九月初來京）

1961 年 8 月 9 日

羅、楊來信：關於插圖，我們和美協同志研究過，約定 9 月 10 日前交稿。

1961 年 9 月中旬

羅、楊來京，住出版社宿舍，繼續修改《紅岩》。

1961 年 10 月 8 日

讀《紅岩》1～18 章的修改稿。

1961 年 12 月 9 日

羅廣斌同志改完最後一頁，估計了一下，這次重寫的篇幅約 10 萬字。他說：「我現在改出勁頭來了，我真想把全稿全部重寫一遍。」我們說：「改無止境。今年是黨的 40 週年紀念，這時出版，有它的特殊意義。將來經過群眾考驗以後，把意見集中起來，再進行修改，也許更好些。」

《紅岩》付型，共 597 頁。

1961 年 12 月 15 日

晚，羅廣斌回渝。

1961 年 12 月底

《紅岩》裝訂出 40 冊，寄羅、楊 4 冊。小說正式出版。

附錄二　《關於重慶組織破壞的經過和獄中情形的報告》（部分）

羅廣斌

〔……〕

（三）獄中情形

一九三九年起，在歌樂山下，特務頭子戴笠就開始經營了「造時場」（中美合作所的對外名稱），作爲國民黨反動派統治全國的核心機構（特務組織）的司令部。勝利以後，周圍數十里的「造時場」便成爲西南區的總部，由徐遠舉、周霞民（養灝）分任正副主任（徐是雙重身份，對外是用長官公署二處的名義），特區內有醫院、銀行，存儲的武器足夠裝備國民黨兩個整編軍，以前，熄峰的政治犯都送到特區的渣滓洞，葉挺、廖承志、張學良、楊虎城、羅世文、車堯仙等都曾在那兒住過，後來才移到楊家山和白公館（一般稱白宮），楊、張住楊家山，較受優待，後來張被送臺灣，渣滓洞曾撤銷過，一九四七・一二・一五才重新成立，因六一被捕的羅克汀、李文釗等數十人及少數中原區新四軍俘虜，一九四八年四月以後挺案發生，因而被捕的三四百人（包括萬縣、開縣、廣安等地區的主要就囚於此地，案情較重的劉國鋕、陳然、鄧興豐、冉益智、李文祥、王樸、涂孝文、駱安慶則「寄押」白公館（渣滓洞屬二處，白公館屬國防部保密局），後來，叛變的叛徒們又多住楊家山，受優待，一九四九，五月以後渣滓洞人滿，後來捕的丁地平等以及民革的一批人便也寄押白宮，以前絕對禁止通信、送東西的白宮（劉國鋕例外）才改變了性質，一般說來，警備部、二處等地是「小學」，渣滓洞是「中學」，白宮是「大學」。

一九四八年八月，在白宮住了十三年的特務白祐生被調往渣滓洞作上尉訓導組長（所長李壘（少校），管理組長徐貴林（上尉），他呈報二處成立青年感訓大隊，想把六一被捕的加以「教育」，「青春一去不復還，細細想想，認明此時與此地，切莫執迷……」之類的標語口號就是那時搞的，李陰楓（一九四七年秋季被捕的民盟分子，原住白宮，後來移渣滓洞，有李子柏、何雪松、胡春雨、田一平、楊明、蕭鍾鼎等，留在白宮的，只有李陰楓）對這玩意很感興趣（他想立功，好出牢），打算擔任教官，主講三民主義，後來白祐生向二處邀功，報告渣滓洞政治犯要暴動，所長記了一大過，管理加緊了，他自己最終被李壘×掉，「青年感訓大隊」也就壽終正寢了，但在白的強制下，羅克汀、屈楚等都寫出了軟化的文章。

一九四八年，李陰楓呈准成立楊家山「經濟研究室」，從渣滓洞調來田一平、楊明（事先知道）藍國農、李康（事先不知道），強迫工作，由李陰楓領頭「研究」，每周作報告，後來還強迫涂孝文、蒲華輔也參加工作，他們拒絕了，四九年四月一日，楊、藍、李康釋放，李陰楓案子重，沒有放，是半自由。

一九四八年・十二・一五，渣滓洞週年紀念日，新四軍在勝利時復員的士兵龍光章（合川人）病死了，他們十一個人被捕，送到渣滓洞時已拖死了六個，他死了，牢裏空氣很沉重，每一個難友都覺得生命毫無保障，連應有的醫藥都沒有，因此發動絕食，要求追悼，所方終於認識了這種力量，而且讓了步，買了棺木，放火炮，正式開追悼會，由所長主祭，全體難友陪祭，在最困難的集中營裏，這次鬥爭的成績，是相當成功的，難友寫出了許多用草紙作的輓聯、黑紗、紙花，充分表現了靈活的創造性，和團結的鬥爭精神，「是七尺男兒生能舍己，作千秋鬼雄死不還家」就是那次的輓聯之一。

新年以前，聽說李文祥叛變，各室開了檢討會，又大量寫出慰問函件、詩文給李妻熊詠輝，鼓勵她，支持她，後來她明確表示不會叛變，而且以後要和李離婚，一方面是熊的堅持，另一方面，集體打氣，也起了不小的作用。

新年，又是一次靈活的鬥爭場合，球賽時，隊員穿著繡有「自由」二字的背心，各室利用放風的機會表演節目，早上，全體唱洞歌——正氣歌（各室預先約定），最後女室楊漢秀利用她的社會關係，正式要求所方准許女室表演，所方同意了，結果竟是一場化裝的秧歌，弄得所方苦笑不得。

一九四九・一・一七，是彭詠梧同志死難的週年紀念日，各室當天停止娛樂，開了追悼會，傳觀了許多紀念作品，最後向江竹筠致敬，江當天起草了一份討論大綱，內容分（1）被捕前的總結；(2）被捕時的案情應付；(3)獄中學習情形。每項有詳細的提綱，後來各室分別酌量進行了討論，不久，蔣引退，局勢好轉，各室的學習便開展了。陳丹樨等在這裡面起了相當的組織和領導作用。接著，教育、收買了個別管理員，渣滓洞的名單因此帶出來了（後來有人寄名單到香港，顧建平因此被捕），後來組織上的醫藥也帶進集中營了。

白宮原是關特務的，後來把政治犯也關在一起，書較多（什麼都有，看書要登記，以檢查思想，但大家仍選自己高興的書看），監視也較嚴，沒法進行集體學習，只能個別讀書。陳然專修生物、化學、數學、軍事科學和歷史；劉國鋕專讀歷史；王樸讀歷史和軍事科學，坐牢九年的老同志（黨員）許曉軒、譚沈明在牢中自修英語、俄文，十分精通了，一般書籍幾乎全讀過，在修養上也最好，連特務都尊敬他們，難友們曾說：「如果出去，老許、老譚當然領隊。」在白宮樓上，和談（一九四九・四月）以前，已經可以通過黃顯聲將軍（張學良手下副軍長）秘密看報，那時樓上住的陳然、鄧興豐我們三人便抄發消息，出版了「挺進報白宮版」，經常在看守人員不注意時丟給樓下角落裏住的王振華夫婦，轉給王樸、劉國鋕，再轉給許、譚及各難友，最後，一份七屆二中全會的宣言，許交給另一位難友看，被發見了，事情十分嚴重，甚至可能因而槍斃一兩個人，而且牽連起來，整個監獄都有關係。陳然自己想去承認，但這並不能解決問題，是許曉軒起來承認是他寫的，從廢報（垃圾中的）抄的，對筆跡也像了，於是釘上十幾斤的重鐐，關重禁閉，餓三天飯再罰苦工，老許的沉著、英勇那一次充分表現出來了，他的被害，不能不說是革命陣營的嚴重損失。

從今春起，對特務的教育爭取工作就開始了，這中間陳然是付了很大的勞力的，到十一月，六個看守中有五個都接了頭的，其中楊欽典、安文芳是由陳然、馮鴻珊和我負主要的教育責任，劉國鋕對付宋惠寬、王子民；王振華對付王×桂。除了王子民外，其餘四個收到了很大的效果，目前，楊、宋、王都還留在重慶，宋已參加公安部工作。當屠殺在進行中，我們能從楊欽典手中得到牢門的鑰匙，和一把鐵錘，就是由教育爭取所得到的一點成功。

與教育爭取特務同時，就是準備在獄中的暴動，用自己的力量衝出去。後來大家知道，解放軍到臨前夕，屠殺恐怕是免不了的，解放軍到的早便殺的早，到得晚便殺得晚，只有用自己的力量解放，才較安全，研究、設計這問題的主要是許、譚，到王樸、陳然犧牲後，周從化、劉國鋕我們五人共同研究，認為衝出白宮，首先解除管理人員的武器較易，但與白宮周圍警衛連作戰便很困難了，尤其單解放白宮是不行的，渣滓洞的難友一定會被當作「人質」而全體槍決（此前特務丁敏之任西安集中營所長時，政治犯幾百人跑了，戴笠便立刻到熄峰去殺了七個共產黨員，以目前情況說，當然更是嚴重）。以白宮的三四十個政治犯，衝出白宮，擊敗警衛之後，還要去擔負解放渣滓洞的任務，那是決不可能的。原來，一九四八年春李子柏（抗大的，精通游擊戰術）由白宮移到渣滓洞時，譚沈明也告訴過他策動「打監」，但兩處得不到聯繫，單獨行動，尤其在白宮是不能夠的，突圍的計劃，就終於沒有實現。

到最後，已經面臨死的考驗了，老譚提出，以前羅世文死的時候，臉色都沒有變，於是要求做到「臉不變色，心不跳！」結果，每一個人，臨死都是倔強的，沒有求饒，國歌和口號一直不停的在槍聲彈雨下響著，牢獄鍛鍊得每一個同志——黨員和非黨員，成為堅強的戰士。

〔……〕

（七）獄中意見

1、領導機構腐化——在蔣介石匪幫黑暗統治的地區，尤其是四川，地下黨的困難是相當多的，在秘密工作的原則下，橫的關係不能發生，下級意見的反映和對上級批評不容易傳遞，因此，總的鬥爭原則的把握必須是有相當經驗、能力的領導者，領導的是否正確，基本上決定了鬥爭的成功或失敗，這是很重要的一個特點。但是四川地下黨，由於歷史上的缺陷，成分一直不純，組織也複雜，步調上不一致、不平衡。若干老幹部在長期消極隱蔽政策下，並沒有嚴格地完成「消極隱蔽，長期埋伏，埋頭工作，努力學習」的要求，消極了，隱蔽了，長期埋伏了，但沒有工作，沒有學習，沒有積極地要求自己進步，逐漸地在思想上意識上產生了脫黨的傾向，甚至在行動上也反映出來，這些落後的，但資格很老的幹部，抓住了領導機構，造成了領導機構的無組織無紀律的腐化狀態，例如，石果和×××每次會面，不能說任何問題，稍微意見不合，就吵起來，這中間石果事實上是最好的領導人，但由於沒有大規模的群眾鬥爭和吸收鬥爭中的經驗，風浪來了，也仍然把不住舵，只好回家談「三國演義」，當然，他的失望、悲觀是可以想見的。

這種從上而下的腐化，是四川地下黨鬥爭失敗的基本原因，所以獄中一般反映認爲下級比上級好，農村幹部比城市幹部好，女幹部比男幹部好。陳然說：「四川黨是小資產階級的黨」。也有部分理由。

2、缺乏教育，缺乏鬥爭——由於領導機構的不健全，事實上沒法子領導任何大規模的鬥爭，也不能在鬥爭中教育幹部，提高幹部，已有的鬥爭，大多數是「製造」的，沒有群眾基礎的，不是從群眾要求而加以領導的，所以只有政治鬥爭而沒有生活鬥爭，就在這些鬥爭裏，也僅僅依靠幹部的原始熱情衝鋒，所以陳然說：「我們像礦砂一樣，是有好的成份，但並沒有提煉出來。」

3、迷信組織——下級幹部一般比較純潔，熱情，但鬥爭經驗不夠。始終崇拜上級，迷信組織，以爲組織對任何事情都有辦法，把組織理想化了。加上上級領導人高高在上，不可捉摸，故意說大話，表示什麼都知道，都有辦法，更使下級幹部依賴組織，削弱了獨立作戰的要求。江竹筠曾發現這問題，提出過：「不要以爲組織是萬能的，我們的組織裏還有許多缺點。」王樸在被捕前就一直認爲組織總是有辦法的，沒有想到自己就是組織裏的一份子，組織的有辦法，是靠組織的每個份子有辦法得來的，所以後來他說：「以前我對組織一直是用理想主義的觀點來看，今後，一定要從現實主義的立場來看了。」

4、王敏路線——地下黨經過長期隱蔽，沒有工作和鬥爭，而整個革命事業，隨著渡河進入高潮時，根據指示，川東黨發動了下鄉運動，亟力想準備地下武力，發動民變鬥爭，在執行這一任務時，發生了和原來的過右作風相反的過左的盲動作風，彭詠梧到雲陽立刻批准作戰，沒有仔細研究、調查和加以全面計劃，違反了「不得打得不償失之戰」的原則，他的犧牲，自己應負較多的責任，但這些毛病，集中地表現在王敏的領導上，首先，王敏指出，劉伯承已經渡黃河了，今年年底（一九四七），一定要進四川，如果我們還不幹，就來不及了。他開始調查從前脫黨的，已經腐化，落後的人物，而且一一恢復關係，事實上是強迫的，威脅的，具有「你從前當過共產黨，現在你若不參加，那就不得行」的念頭，表面上，他的發展很快，彭詠梧對劉國鋕說：「有位同志，在兩個月發展了三縣組織」。特別提出誇獎。對腳踏實地的工作者，像王樸等的地區，反而認爲「不行」。彭（或者石果）到鄉下走了一趟，轉來說：「眞好極了，簡直像解放區！」李大榮是十八年左右入黨的，但一直沒有聯繫。他自己雖然還保持著基本的革命的立場，但對政策，對理論，已經完全隔膜。王敏告訴他，群眾情緒很高，群眾大會的結果如何熱烈，要他辦一個兵工廠，造子彈，修槍，李很老實，很負責的從萬縣買回了機械、材料，但王敏沒有找好工人，沒有開工。後來李被捕說：「我以後不搞政治了，想出家當和尚。」王敏所恢復的，就是這樣政治水平的「同志」。但李是好的，其它的像張文瑞，根本就跑了。不回家。王敏根據他的工作，認爲幹起來，開頭至少是一兩千人，只要拿出旗子來，農民就會來的。結果鄧興豐和他起事了，只有一百個人，除了幹部，只有土匪，農民並沒有多少。原來由他接頭的「老同志」，根本就沒有到。當然，在那個時候，農民的覺悟程度比起以前，是大大地提高了，但王敏把這種覺悟程度視爲組織程度，過高的估計了自己。說一起事，國民黨政權便會垮臺，又過低的估計了敵人的力量。沒有踏實的群眾觀點，一點一滴的從教育農民，組織農民，從生活鬥爭開始，而一開始就是採取最高形式的「起義」，後來李大榮說：「我糟了王敏的吹工」。眞是很沉痛的話，達縣失敗後，王敏聽說受到嚴格的批評，停止了他的工作，後來因爲沒有人，才派他去營山，結果才一個月，又搞開了，圍剿下失敗了，自己被俘，像這樣沒有依照群眾利益，從根做起，永遠不可能成功，聽說在武勝，一支民變武裝，打開了鄉公所的穀倉，叫農民去分米，農民不去，後來挑來放在農民大門口，農民也不敢收，這說明鄉村的基礎是怎樣的了。王敏結了三次婚，王樸和他一道工作過，相當瞭解他，對王敏的意見主要是由王樸、劉國鋕、陳然、我討論過而提出的，當然，犯這種錯誤的，不只他一人，但正因爲不只他一人，所以應該提出，王敏被捕後，鄧興豐和他對質，王說：「現在我完了，一再犯錯誤，以後組織上不會再要我了。」但他是否交人，不清楚。劉國鋕認爲：「如果他不被捕，勝利了以英雄姿態出現，許多人眞會死不瞑目！」

5、輕視敵人——沒有認識敵人是有若干年統治經驗的反動政權，對於特務存著「是什麼東西？」的看法，沒有知道特務機構是統治的核心，是最強大的敵人，有些同志只是恨特務，但仍然不瞭解他們。從重慶組織開始破壞起，特務學會了許多鬥爭經驗、捕人技術，比如捕淩春波等是通知他到小龍坎接長途電話，特務後來是一開口便是「出身」、「階級」，我們的書刊他們有專人研究，通訊一律檢查，捕董務民時，給他看所收集的廈門、貴陽、各地的有關信件，加上有判將協助，結果是敵人是在暗處，我們是在明處，處處出事，後來程謙謀說：「我們把敵人估計得太低了。」

6、經濟、戀愛、私生活——從所有叛徒、烈士中加以比較，經濟問題、戀愛問題、私生活這三個個人問題處理得好壞，必然地決定了他的工作態度，和對革命的是否忠貞。彭仲益、蒲華輔在經濟問題、私生活上腐化傾向特別嚴重，而戀愛問題，是每個叛徒都有問題的，在工作上，因爲經常討論、報告，毛病容易發現，也有較多改正機會，而私生活一般是不大注意的，但是在這些問題的處理上卻清楚地反映了幹部的優劣。

7、整風、整黨——眼看著革命組織的被破壞，每個被捕的同志都希望組織上能夠提高一般的政治水平，嚴格的進行整風整黨，把一切非黨的意識、作風洗刷乾淨，不能容許任何細菌殘留在我們的組織裏面，被捕近十年的許曉軒同志很沉痛的口述過他對組織上唯一的意見，他們被捕前，重慶已發現消極隱蔽下，個別同志的思想、生活，有脫黨腐化的傾向，並已著手整風，沒有想到，後來這種腐化甚至破壞了整個組織，眞是太沉痛了、太難過了，這種損失，是對不起人民的！希望組織上能夠切實研究，深入地發現問題的根源，而且經常注意黨內的教育、審查工作，決不能容許任何非黨的思想在黨內潛伏！

8、懲辦特務——對於虐待「政治犯」，屠殺革命戰士的主要特務，應該緝拿候案，予以懲辦，包括叛徒在內。

附錄三　大樹不是從腰部往上長的——《紅岩》著作權爭執之我見

楊世元

一

儘管《紅岩》出書時只署了羅廣斌、楊益言兩人的名字，但在羅、楊所在的單位——市文聯內，盡人皆知：羅廣斌、劉德彬、楊益言是一個《紅岩》的創作集體。這部小說是在組織領導下，他們三人共同從事的一項任務。劉德彬之所以在最後出書時沒有落名，無非是因為他當過重慶教育工會主席，主持過鳴放。他在渣滓洞大屠殺越獄時帶過傷，57 年才幸免於「加冕」，但仍在這一劫中淪爲另冊，從此華蓋當頭，遂在《紅岩》出書時成了無名作者……。

《紅岩》的寫作有很大的特殊性，它既反映了創作者（主要是羅廣斌和劉德彬）的革命經歷和獄中磨難，也如林默涵所說，是部「黨史小說」。它既是羅、劉、楊的創作活動，從一定程度上講，也是列上組織日程，各方面盡力以促其成的一項工作任務。直接組織領導或鼎力輔助這項創作工程的，有重慶市委、重慶市團委、省、市文聯和中國青年出版社，參與謀劃策定和審讀把關的領導，有任白戈、蕭澤寬、沙汀、馬識途、曾克、王覺和朱語今等同志。市委組織部、市公安局、烈士的親屬和戰友，向他們提供了大量的烈士資料、檔案資料和寫作素材；至於幫助案頭打磨的編輯人如張羽等更不知凡幾了。正因爲《紅岩》成書在很大程度上是組織行爲，法院判決時想來也應該向上述單位和有關同志取證，這才能做到事實準確，評判公允。

1962 年春，也就是《紅岩》出書，羅、劉、楊三人作爲創作集體，一道調到重慶文聯做專業作家的時候，我也於重慶日報社再調回文聯工作。作協分會設在重慶的時候，專業作家的活動由創作委員會管；作協分會遷到成都，文聯機構縮小，這當子事就由辦公室業務組管。我當時做業務組組長，職責之一就是聯繫作家。雖說專業作家有點瞧不起這個職能部門，大一些的事都得由文聯副主席兼秘書長王覺同志直接負責，但具體活還得業務組操作承辦。和《紅岩》一書有關工作積累下來的來往函件、回憶紀錄、工作簡報、寫作計劃、創作總結、原稿、初版書和增改本以及所有表格、還有報刊上的評論文章剪輯等等，例由業務組作爲文書檔案保存。要是這些爲數雖不算太多，但畢竟是原文實物的東西還在，《紅岩》作者署名之爭就很容易解決了。可惜十年浩劫中文聯砸、抄，業務組辦公室是連傢具都被搗毀了的，文書之類的自然更是片紙無存了。但想來茲體事大，物證雖遭毀損，總可以從另一些地方找出孑遺，至於各個時限的知情者更是大有人在，本象當不難查明，這兒，謹就業務組工作所及，通過回憶，盡可能準確地說一說《紅岩》及其創作集體的一些情況。

二

當年文聯辦公室業務組保存的資料，《紅岩》的最初稿本和初版書都是有的，剪存的報刊評論文章就有一卷宗。可以一述的有：

1、《禁錮的世界》打印本。是打字後印在一種綠色土紙上的，分訂成了幾冊，署名的順序是：羅廣斌、劉德彬、楊益言。

2、《禁錮的世界》排印本。這是在打印本的基礎上又做了些增潤，再鉛印出來的徵求意見本。我記得是中國青年出版社排印的。素白封面，作者排名的次序仍是羅廣斌、劉德彬、楊益言。

打印本和鉛印本我都讀過。《紅岩》小說中的主要情節和主要人物，在這兩個本子中都出來了。但羅、劉、楊畢竟是初次從事小說寫作，資料消化還不充分，組織上批准他們的創作假也爲時不長，這兩部稿子都還帶有從紀實文學到小說創作的過渡痕跡；作者經歷的個人投影也比較濃。很明顯，關於白公館的獄中鬥爭部分是羅廣斌提供資料並寫作的，關於江姐和下川東武裝鬥爭部分，是劉德彬提供的資料並寫作的。最後的「11・27」大屠殺和越獄鬥爭是羅、劉分別提供情況和寫作的，只有渣滓洞獄中鬥爭部分，因羅、劉、楊都在這個監獄囚禁過，三人可以參照互補，即使如此，借用楊益言自己的話說：當時獄中政治犯有「硬大」與「軟大」之分，「硬大」是指在押的共產黨人，如羅廣斌、劉德彬等，楊益言屬於後者。因此他的渣滓洞獄中的見聞，皮相之見，耳食之言就多一些。這可以從他在 1949 年 12 月在《國民公報》上發表的《我從集中營裏出來》一文得到驗證。

3、長壽湖農場的文學小組簡報。記不准是在什麼報上讀到的楊益言的文章了，大意是說，1958 年，羅廣斌、劉德彬都下放到長壽湖農場，楊益言留在重慶。他根據他們在江津的詳細報告提綱和 56 年的《禁錮的世界》整理成《在烈火中永生》。他並把稿子帶到農場交給了羅廣斌看。但事實是長壽湖農場也成立了一個文學小組，這事是當時作協重慶分會副主席兼創委會主任曾克去促成的。因爲組織羅、劉、楊三人以反映重慶地下黨和中美合作所集中營獄中鬥爭爲題材的創作一事，已作爲作協分會的一個重要項目列上工作日程。當時各行各業都在爭上游，這個已有初稿的選題，是不能任其中輟的。文學小組由向洛新任組長，成員就是羅廣斌、劉德彬等人。文學小組的活動簡報大約有三四期，是打字後印在一種泛黃的紙上的。這事也說明，儘管劉德彬 57 年後已被迫他轉，但在有關組織的安排下，並沒有中斷文學寫作活動，曾克和向洛新都在北京，完全可以調查。

6、《紅岩》創作總結。《紅岩》出書之後，在組織要求下，他們三人做過創作總結，是經過多次審閱才定稿披露的。公開發表時雖然只是署羅、楊兩人的名字，但實際上作總結的是三個人一起進行的。業務組文書中就收存著他們的一份總結稿。我記得也是打印的。署名次序是羅、劉、楊。這份總結高度肯定了集體的作用，有「書是烈士用鮮血寫出的，我們只不過是紀錄人」這樣的話。

三

《紅岩》從開始醞釀到出書傳世，經歷了相當長的過程。這段時間中，社會上不斷開展著政治活動，羅、劉、楊三人都是在職幹部，要不是組織支持和三人共同努力，很難完成這項工程。三人在受到組織支持的同時，也受到不同的組織約束和條件限制。難免在一時一事中，勞動上有輕重多少之別，甚至有所空缺，但只要歷史地把它當成一個過程來看待，如實地把它當共同成果來看待，《紅岩》作者的署名就不應該有問題。如果在長過程中截取一段下來，加以定格放大，說某某不在場，因而不是創作組成員，那當然有失公道。在以後的文學史中，也難逃《春秋》之責了。

關心這個創作組又瞭解實情的是王覺同志，我每次回重慶，他都要找我談這一問題。對於重慶文藝界明顯存在著的大錯案沒能落實一直心存不安。現在發展到需要通過法庭才能解決的時候，他又因爲逝世而不能出面作證，這實在是很遺憾的事。

〔……〕〔……〕

附錄四　還歷史眞面目

劉德彬

一

《紅岩》小說的準備階段和初稿的寫成

羅廣斌、我和楊益，都曾在重慶中美合作所集中營關押過。羅廣斌，地下黨員，於 1948 年 9 月在成都被捕，關入渣滓洞監獄，1949 年春節後轉入白公館監獄，同年 11 月 27 日越獄脫險。楊益言 1948 年 8 月入渣滓洞，1949 年 3 月保釋出獄。我，劉德彬，地下黨員，1948 年 6 月在萬縣被捕，關入渣滓洞監獄，1949 年 11 月 27 日越獄脫險。

在《紅岩》小說出版以後，羅廣斌、楊益言曾說「動筆寫作《紅岩》以前，曾經經歷了一個較長的準備階段」。而這個準備階段也是從參加「重慶市各界追悼楊虎城暨被難烈士追悼大會」（以下簡稱「追悼會」）開始。歷史的眞面目正是這樣。

重慶於 1949 年 11 月 30 日解放，而在重慶市歌樂山下的「中美合作所」集中營，屠殺革命志士在 10 月下旬就開始了。因爲解放軍的節節勝利，分批屠殺的時間對特務們來說已不夠了，竟在 11 月 27 日晚上對集中營所有關押人員，進行了大屠殺。劫後餘生，白公館幸存 19 人（包括 2、4 歲兩個小孩），渣滓洞幸存者僅 15 人。一解放就很快成立了「楊虎城將軍暨『一一、二七』被難烈士追悼大會」籌委會，籌委會由部隊幹部主持，吸收了部份脫險同志參加工作。我和羅廣斌、付伯雍、鍾林以及從二監獄脫險的淩春波都是籌委會的工作人員，我和羅廣斌同志被分配在組織組工作。爲了盡快編出揭露美蔣罪行的資料，籌委會決定編輯《如此中美特種技術合作所——美蔣特務在重慶大屠殺之血錄》一書，編輯工作由部隊的張昕、丁一同志主持，我和羅廣斌同志作具體工作。「血錄」中的第一篇文章《中美合作所的眞面目》係當時國民公報記者李宗祿所撰寫，內容爲 1、西南特務驚天大暴行，2、特區輪廓速寫，3、兩口活棺材，4、美帝國特「合作臭史」，5、荒淫、無恥、欺騙、迷信，6、烈士鮮血凝成的仇恨，7、追還血債；等等，是一篇極有份量的文章（載血錄 1～8 頁）。我和羅廣斌同志合寫的一篇文章是《中美合作所血債》，內容包括四個部份：從楊虎城將軍殺起，血染白公館，火燒渣滓洞，松林坡上再一次大屠殺。（載血錄 20～31 頁）。《血錄》編後小記中說：本書「對於文稿採取較愼重的態度，（每篇文稿都經過幾次改寫並經本會常委會通過）」「本書編寫根據的材料，主要地係取自獄中脫險同志的口述，筆錄以及有關黨派社團和烈士家屬友好等所提供的材料」。這個特刊編輯過程中收集、整理、編寫的資料是記錄中美合作所集中營烈士英勇鬥爭事蹟和美蔣在集中營鎭壓屠殺革命志士罪行最原始的，最早的資料，可以說，這是《紅岩》小說最早的歷史起源。

楊益言既不是地下黨員，也不是「11・27」脫險，是由於我與他哥楊本泉在兼善中學是同班同學，他又是兼善中學低班同學，所以認識。（羅廣斌並不認識楊益言）因當時追悼會籌備工作緊張，人手不夠，特別我和羅廣斌同志編特刊，收集、組織、編寫忙不過來，我便介紹楊益言參加工作，主要在編特刊中，做些記錄，校對工作，並不是像楊本泉 1991 年 10 月 26 日寫文章介紹那樣，是編特刊的編輯之一。也不是像他自己說的「當敵特在重慶集中營大屠殺的槍聲仍猶在耳，渣滓洞牢房的大火剛熄滅的時候，我在脫險同志聯絡處意外地又見到了羅廣斌。……從此，我們日夜都忙著這幾件事：辨認，收殮解放前夕被敵特秘密殺害的烈士遺體；搜集烈士遺物；接待烈屬及烈士生前戰友；評審烈士」。追悼會籌委會在 50 年 4 月結束工作，對工作人員作鑒定時，楊益言就未被作爲正式工作人員參加鑒定。雖然如此，楊益言畢竟參加了當時接待烈士家屬記錄材料以及特刊的校對工作，重要的是從這開始，他走到了我和羅廣斌同志一起來了，也算參加了《紅岩》小說最早歷史起源這一段的工作。追悼會結束之後，又由我、羅廣斌、淩春波三人聯名介紹楊參加革命工作，隨後，羅廣斌、我和楊益言三人又分到團市工委，這就從客觀條件上促成我們三人一起走上了寫作《紅岩》的道路。

「追悼會」開過的第三天，1950 年 1 月 18 日，「烈士遺物展覽會」在大同路渝女師極其隆重地舉行。「11・27」脫險同志除已離開重慶和個別人住院以外，全部在「展覽會」現身說法，以親身經歷宣揚烈士英勇就義和揭露敵人的罪行，羅廣斌和我也無例外。這就是紅岩口頭文學的開始。

50 年至 56 年這一段時間，團市委組織了羅廣斌和我（因爲找上門的單位太多，小型報告會不能滿足群眾的要求）對廣大青、少年進行革命傳統和愛國主義教育，特別是配合肅反和抗美援朝運動，以見證人的身份（其它在渝脫險同志和烈士家屬也同樣在作報告，不贅）宣揚烈士的高貴品質、控訴美蔣特務罪行，前後報告達數百次。楊益言有時也一起去，有時也根據報告提綱作過報告。一次又一次的報告，經過集中、提煉，一些英雄人物的形象，逐漸在我們心中更加豐滿，產生了系統的口頭文學。

在編輯「血錄」搜集了許多資料之後，在作報告宣傳的同時，我們進一步搜集、不斷積累資料，已打算加工整理，寫成文章進行宣傳。從 50 年到 56 年，由於無數次作報告的思想醞釀和進一步搜集了很多資料，我們已有條件進行整理加工寫作，三人才一起向市委請創作假寫作。

經批准後，我們於 56 年秋住到南溫泉紅樓。先是集體湊材料，分析材料，寫出寫作提綱。又集體討論，並根據提綱分出章節，由三個人根據自己熟悉的人物事件，承擔了有關章節的寫作任務。例如羅廣斌寫的白公館的陳然、小蘿蔔頭；我寫江竹筠、老大哥、黑牢詩人蔡夢慰、流浪兒蒲小路等；楊寫龍光章、水的鬥爭等。分別寫好後，互相傳閱，討論提出修改意見，再修改。三個人認爲可以了的章節，則由楊本泉負責潤色（《重慶日報》副刊編輯，在南溫泉創作川北紅軍的故事，有三個月創作假，也住溫泉）。在 57 年春，一部數十萬字的書稿《錮禁的世界》寫出來了，是用打印和刻鋼版的油印稿，署名作者羅廣斌、劉德彬、楊益言。這個油印稿印數很少，後來有的稱《紅岩》第一稿，有的稱《紅岩》草稿。它是我們數年積累材料，經過整理初步加工出的作品，不免比較粗糙，比較原始。但它已突破寫回憶錄眞人眞事的局限，對主要人物的一些情節已有虛構、創造。

〔……〕〔……〕

二

《紅岩》小說的草稿列為建國十週年獻禮計劃

五七年初寫成的《錮禁的世界》油印稿，作者都諱言是小說稿，是因為羅廣斌同志打過招呼，對外只說「整理材料，不要說寫小說。我們都是新手，以後還不知寫成啥樣子」（大意）。所以，我們三個人都絕口不提在寫小說，包括向市委請創作假，也都沒有明確說是寫小說。直到58年中青社前來約稿，明確是寫長篇小說，並列入國慶十週年獻禮計劃，這才使我們思想上放開，不再諱言是寫小說了。

1958 年，文藝部門從上至下成立了一個臨時機構「迎接建國十週年向黨獻禮辦公室」（以下簡稱「獻辦」）重慶市文聯的「獻辦」將「《錮禁的世界》打印出來，列入獻禮計劃，送四川省文聯、市委宣傳部審查。

中國青年出版社二編室（文學編輯室）主任江曉天，代表中青社參加中國作協「迎接建國十週年文學出版規劃領導小組」，1958 年 7 月從獻禮簡報中得悉四川報有羅、劉、楊三人合作寫的長篇《錮禁的世界》；四川省文聯負責人沙汀同志於同年 10 月收到重慶市文聯報送的獻禮計劃《錮禁的世界》。正值中國青年出版社社長朱語今、王維玲（二編室秘書）到成都訪問沙老，沙老極力向朱推薦，說是個大題材，抓好了是一本很有意義的書。同年 11 月，朱、王二人來重慶，找三個作者。當時羅、劉正在長壽湖勞動，他們和三個作者在長壽湖見了面，聽老羅代表我們談了創作經過，並談了要我們修改的意圖。我們三人都表態接受這個任務。朱和王二人即帶走了重慶作協的打印稿。年末，王維玲給我們三人來了封信，談到書稿已列入二編室計劃，決定由他負責聯繫，擬於次年（59 年）二三月來渝編輯這本書稿，以便國慶節前出版。

由於是「獻禮」作品，市作協便代表我們向市委請假。我因「犯了錯誤」，於 58 年 3 月下放，未批准繼續參加修改。羅、楊二人於 59 年 3 月著手修改。我於 6 月從農場調回機關。當時，他們正在李子壩美協改稿。我幾次參加修改的討論。這一稿約在 59 年 7、8 月份改完，當時已趕不上十週年國慶了，但中青社仍作為重點作品來抓，出資將這一稿鉛印出 100 本，分送成渝有關單位徵求意見。這一稿的書名和作者仍和以前一樣：書名《錮禁的世界》；作者：羅廣斌、劉德彬、楊益言。

四

羅廣斌去世以後和我對《紅岩》著作權問題的提出

羅廣斌和我、楊益言這個三人創作集體，從 50 年合寫《聖潔的血花》開始，到 59 年合寫《在烈火中永生》，親密合作十餘年，從不分彼此。寫作《紅岩》的初衷就是爲了宣揚革命烈士，是自己的心願，也是黨組織交的任務。《紅岩》出版未署名，羅廣斌同志和許多同志都引爲遺憾。可我自己感到，《紅岩》的成功即是實現了最大的心願，個人署不署名算不了什麼，所以，《紅岩》出版以後，我們三人的親密合作一如過去，如前所述，他們並未因未署我的名而排開我，我也並不自外於這個創作集體。

羅廣斌同志是我們三個人的頭，是我們三人創作集體團結和親密合作的核心。羅廣斌的去世給我們帶來巨大悲痛。所以，68 年 3 月以前，我和楊益言都深深懷念著他，四處爲他受冤屈死而奔走，也是爲《紅岩》這部光輝著作的聲譽而奔走。

附錄五　談談《紅岩》

（談話紀錄）

張羽

在《紅岩》出版二十五週年前夕，有關《紅岩》，我想寫的題目很多。一個就是談《紅岩》的寫作；第二個就是它的成功裏一個重要的依據是社會性的關懷，（是）普遍的關懷，而不是哪一個人，是社會的力量，組織部、群眾、讀者等等使它得到成功，不是光靠作者；第三個題目，關於《紅岩》的修改與編輯加工，集中談，這上面有哪些事情，幾次稿的加工過程；第四個題目，《紅岩》的定稿、出版和社會影響（電影、連續劇、說唱、連環畫、國外的反映都包括在內）；第五個，《紅岩》究竟有幾個作者，那個沒有署名的作者情況是怎麼回事，為什麼他是不署名的作者，他對《紅岩》有什麼貢獻；第六個，《紅岩》究竟有幾個責任編輯，吹了那麼多，相互捧場，實際上只有一個，為什麼？根據責任編輯的規定，究竟有幾個責任編輯工作，其它人算什麼；第七，《紅岩》的加工量究竟有多大，根據楊益言說，這部書的加工量是最小的，是大還是小，哪些地方加過工，哪些地方加了工，舉出很多的例子；第八，《紅岩》的原型是什麼人，裏面有許多人有原型，比如雙槍老太婆的原型究竟是誰。〔……〕這一系列的問題，我準備在這次二十五週年時，聯繫實際情況，分別地，有的應該讓它們引起社會的注意，討論，有的則可以把實際的情況公佈出來。

下面再談談關於《紅岩》的創作和思考，分析前面談到的究竟有幾個作者，和這幾個作者的情況，我在這個問題上已經做了初步的設想。創作既離不開生活，也離不開作者。有的生活可以寫成這樣那樣的作品，但作者在反映生活時反映的角度不同，也帶來了作者的特點。《紅岩》的作者是三個人，三個人集體寫作，集體寫作如何統一起來，照現在這個作品，集中主要表現的是羅廣斌的風格，當然還有其它人，但統一是由羅廣斌同志。現在可以分別將這三個作者的性格加以分析（有些材料），分析三個人的性格特徵。一個羅廣斌，他是個世家子弟，後來他自己擔任職務，解放後，他擔任團裏的統戰部長。地下黨員，四八年入黨，不久被捕。個性方面，他要求進步，對自己要求嚴格。因爲他出身於那麼個家庭，所以特別注意和資產階級、剝削階級劃清界線，在劉思揚身上表現出來的，不止是劉國鋕，更主要的是表現羅廣斌自己，表現自己要改造，克服剝削階級的弱點，這個思想範疇，劉思揚是表現羅廣斌自己的。（當然）劉思揚表現的不是他一個人，有幾個人。他思想活躍，接受能力很強，他體現當時的思想，反應比較快，他是這部小說的靈魂，小說的主要的結構、表達、組織更大地取決於他。劉德彬是個老黨員，三八、三九年就入黨了，他長期搞地下工作，和江姐又是戰友，所以他在這部小說中最大的貢獻就是創作了江姐。他是她的戰友，江姐被捕的時候，劉德彬同時被捕，押到船上押到重慶去的。所以江姐的經歷他最熟悉，這是一，再就是他對農村生活比較熟悉，因爲這個，他反映農村生活比較充分，江姐上山之後有很多是劉德彬自己的生活。還有一個，他創作上比較有修養，因爲他是新聞學院畢業的。解放後他擔任的是團委學生部長。楊益言是團的辦公室主任，這個人是解放前的進步學生，是被錯抓進去的，他 1953 年入的黨，搞組織工作的，他是這本書的第三號人物。從生活上講，羅廣斌有幾件事情對我印象很深，他爲了對他母親劃清界限（他母親解放後還活著），有幾次處理相當生硬，因爲他的家庭出身，他老是怕界限不清。

因爲這三個人性格不同，如何統一起來，這本書都是由羅廣斌把三者統一起來。

關於社會支持問題。一個主要的幫助，關於組織部長蕭澤寬，他提供充分的材料，利用他的經歷和思想，給他們很大的幫助。沙汀、馬識途，他們是作家，可以給他們寫點東西，他們的藝術思想對他們有影響。編輯部分的工作就是大量幫助他們從一部作品要求的結構到人物到文字的表達，幫著修飾和加工，這些都是幫助他們使得這部作品獲得成功的重要因素。

《紅岩》成功的秘訣。紅岩的成功在哪些地方，它是緊緊地和時代的脈搏相結合，反映時代的重大事件和時代要求、時代特徵。這個時代很近，屬於現代史的範疇，這個重大的事件和當代人心靈最靠近。再一個成功的因素就是廣泛的社會性的關懷和支持，另外，和獨立的有個性的創作相結合，精心創作，不受干擾（有的作品只按一定的規格，如「三結合」之類的，按領導思想寫作），這樣就可以獲得成功。具體表現就是從它選取的題材說，是重大的史料。到很多地區給群眾宣講，宣講裏面帶來了作者的主觀意圖和群眾的客觀反映，群眾的要求就是想交流，從作者講給他們，群眾又提出意見要求，反覆地拿出具體思想、感情、人物各方面，群眾提出有的地方滿意，有的地方不滿意，有的地方大鼓掌，有的地方寂寞無聲，群眾反映重點寫。有這種長期的思想結合和交流，作者聽了讀者反映，讀者也爲作者提供了意見，這樣一個反覆的過程。

社會廣泛的支持和關懷裏包括黨的組織部、作家協會、作者、編輯、木刻家、演員等等人，是廣泛的社會活動，這不僅是一個作品，而成爲廣泛的社會運動了，爲了這部書社會都動了，形成了《紅岩》熱，進一步擴大了黨的影響。而這些東西，並不是每部書都能做到的，但你希望要做到的話，你如何動員這些社會力量，你既然向社會宣講，如何贏得社會的支持，在這上面做些組織。第四，紅岩的三個特點。具體情況，一，如何向古典文學學習成功的經驗，向《水滸》、《三國演義》這些口頭文學學習，古典文學有個口頭文學，講了幾十年幾百年，後來記錄下來就是文學作品；第二，紅岩是經過反覆修改的，並不是把一個半生不熟的青果拋出來，不成熟拋出來再修改補充就沒時間了、沒有機會了，如果不成熟時《禁錮的世界》就拿出來，印成書給人看這個半生不熟的作品，猶如讓人吃了一個又生又澀的青果，以後再改恐怕也沒有人看了，現在社會上沒能看到《禁錮的世界》，看了以後就會覺得沒有《紅岩》成熟了。這提供了一個經驗，人們不要把一個半生不熟的作品往外拋。正像我在鄭州發表的一篇文章中講的，編輯不要去催生，不要做催生婆，要做助產士，幫助它生，但不要催生，它不足月你一定要叫它出來，最後不行。

另一個，如何看《紅岩》，這本書，我自己的看法，什麼是書眼，這本書從哪看進去，通過誰的眼觀看世界，紅岩主要通過劉思揚的眼看世界，這就是書眼。紅岩這本書看世界，看各方面的事情，主要是通過劉思揚，而劉思揚就是羅廣斌的眼睛，改造的好不好是通過劉思揚來表現的，其它人也有個出來看世界的問題，但主要是通過劉思揚。

第五個問題，專門談編輯。編輯要有眼光，要有膽識，編輯對一部作品的加工是使用手術刀，就是去掉多餘的、腐爛的東西，另外，也是去腐生肌，編輯要給作品輸血，又要植皮，有些書就是貧血，有的地方需要修飾，需要植皮，有些地方還要使用針灸。我有個想法，編輯的血液最好屬於 O 型，不管是什麼樣的作品，只要是貧血，就能給它輸，如不是 O 型，輸了以後它不能接受，要輸到每一個作者們的血管裏去，因爲這樣編輯就應該是醫生，既是外科，還要是內科、婦科各個方面的，是萬能的，當然，也可能是專科醫生，那他就專門看某一種作品，他看外科，你看內科。這就是編輯分工，分工以後他就是個專業編輯。編輯本人既是助產士，又是護士、醫生，他爲人作嫁，但他自己又是工廠的給產品發合格證的質量檢驗員，通過他的手，要把作品拿出去，同讀者見面，這樣，如果出來不合格的次品，編輯也要負責，所以有人講編輯是個雜家，絕大多數編輯是雜家，但不一定每一個編輯都是雜家。首先，編輯需要當雜家，雜家可以對付各種各樣的書本，當然編輯中也有十分專業的專家，就編一種書，他本身就是某一方面的專家，這是複雜的，並不是人人如此。

要我擔任《紅岩》責任編輯的時候，我是怎麼想的？

在我擔任《紅岩》責任編輯的時候，是在我已經擔任了《王若飛在獄中》這本書的責任編輯之後，我幫楊植霖同志整理補充這本書，花了 28 天，而審查花了 1 年左右的時間。一年以後，當《紅岩》進入加工修改階段，派我來幹這個工作，這是 1960 年冬天。這時我沒有猶豫，我感覺我稱職。另外還有一條，他們爲什麼叫我擔任《紅岩》的責任編輯，在此以前，我搞了《王若飛在獄中》，他們覺得我具有這樣的水平，這樣的能力，而且，《在烈火中得到永生》和《在烈火中永生》這兩部回憶錄都是我擔任責任編輯，都是我發稿，從《在烈火中永生》發展到《紅岩》這本小說。他們從各方面來判斷認爲我適合於當責任編輯。是有背景的，不是偶然的叫我出來的，所以把我從五編室調到二編室，我調到二編室後，給我的第一件任務就是把《禁錮的世界》藍色打印稿讓我看，看了以後給他們發表意見，等待作者到北京來修改，我是 60 年冬天接受這個任務的，我相信自己，沒有猶豫，因爲我有這方面的條件，我已經熟悉它的主要情況，包括作者的寫作情況，在 59 年春天，在《在烈火中永生》出版之後，我到西南、重慶做了一次訪問，看到過羅廣斌、楊益言他們那時寫藍色打印稿，我知道作者的寫作情況，他們具有的能力和弱點，怎樣做他們的責任編輯，怎麼準備，我心中早有底子，主要是我做這部作品的加工、修改、編輯工作是要做高屋建瓴式的準備，要站得高，要從理論上、從主題的開掘上、從結構的構造上等等方面做準備，不是一般性地就事論事，添添補補，這裡修改一下，那裡調整一下，我做的準備工作是要全局的研究它。

三月他們都上北京來了。三月正是《王若飛在獄中》，出版以後，都給他們看了，看他們的反映，羅廣斌就很讚賞，認（爲）王若飛表現的氣概，達到了獄中鬥爭的水平，羅廣斌對我又感激又賞識又能談得來，我現在幫助他們的就是完成一部獄中鬥爭的書，同是獄中鬥爭的書，羅廣斌當然欣賞。另外我還具有一些條件。我在五九年就出版了《碧血紅花》，寫的是南方老根據地的東西，我在五三年寫了王孝和，是反映工人運動的，也是獄中鬥爭的，他們這本書中都需要這些東西，因爲南方老根據地表現了一批老大娘，她們「剩下孤兒寡母也要鬧革命」，這正是江姐和雙槍老太婆碰到的問題，雙槍老太婆是個什麼人呢，南方老根據地裏五個老大娘集中概括起來，也就是雙槍老太婆的處境，這樣在雙槍老太婆上我就可以大量爲他們提供生活形象，我就爲他們提煉出一句話，就是：「剩下孤兒寡婦也要鬧革命」，這是他們原來在主題思想上沒有的，我給他們來個突破、深化。有些話是我給他們加的，他們表達的雙槍老太婆的一些事情是我概括了南方根據地的老大娘的思想感情，並且加以神化、深化的。還有一個是工人階級的形象，他們寫許雲峰，老實講，他們這三個作者，他們對工人階級、工人運動中的工人領袖，沒有多少實際的經驗，並不瞭解，而我在上海其間，在法商電力公司工作，工作一段以後，就和工人領袖周國強、朱俊欣這些人相處在一起，周國強是參加過三次武裝起義的老工人，是上海的工人領袖之一。法商舉行大罷工，怎麼舉行起來的，怎麼策劃的，我都經歷過。（那時候），我到周國強家裏去，他們有的人幫助工人唱歌，周國強晚上開秘密會議，我都參加他們的會，他們怎麼策劃的罷工，怎麼一步步的布置，我都聽到了。周國強同志比許雲峰鬥爭的歷史還要長，許雲峰所要表達的原型許建業是三八年入黨，周國強是大革命時期的黨員，第一次武裝革命的時候他就是上海法商的老工人，就入黨了，有幾十年鬥爭的歷史，比許雲峰的原型許建業要老的多，鬥爭經驗要豐富的多，解放以後，是上海公用事業管理局的副局長。這樣就對獄中鬥爭、工人運動、工人領袖、老太婆等等方面具有優勢。

另外，包括學生運動。在上海地下鬥爭那個年代，我一直住在上海交通大學，交大學生的地下工作我也幹過，我是《學生報》的編輯，寫軍事述評，與被捕的烈士嚴庚初（等）都很熟悉，我本人也參加學生隊伍，在南京路上游行過，我站在中間，四路縱隊，邊上都是學生，怕把我抓出來引起麻煩。交大學生如何逼迫火車站把火車開到南京，雖然我沒有參加，但過程全部知道，地下小報如何辦？《紅岩》是《挺進報》，我們是《學生報》。他要描寫什麼我都經歷過，他們還未必都經歷過，包括山區鬥爭，華鎣山和伏牛山就差不多，華鎣山的鬥爭也就劉德彬一個人參加過，羅、楊也沒參加過。他所涉及的領域，我可以從全面的，從生活內容到藝術表達，我都可以承擔。

講起藝術表達，我解放前就寫過東西，在解放初參加過華東的文藝整風，同胡風、唐弢、柯藍、魏金枝、谷斯範、賈植芳這些人在一個組裏參加文藝整風。寫作《紅岩》中概括的這幾個方面的東西，我都具備，重點是地下鬥爭、工人運動、學生運動、文化鬥爭。我在上海關於這些領域都接觸過，不僅都接觸，而且有些方面還遠遠的超過了重慶的水平。交通大學的學生運動在全國來講超過重慶大學的水平，在上海是民主堡壘，交大力量比較大，比較單純，因爲都是理科，一些壞學生混不下去，因爲功課跟不上，壞蛋混不下去。工人運動、武裝鬥爭，上海的水平也比較高，反動人物上海也是集其大成，作爲帝國主義侵略這個來講，美蔣匪幫達到的水平也是遠遠超過重慶的，只不過沒有那麼個集中營。要講到農村革命根據地的武裝鬥爭，我所調查過的閩、粵、贛邊區十年內戰時紅軍的鬥爭的殘酷性、深刻性，群眾發動的普遍性、長期性各個方面都遠遠超過華鎣山，閩西地區軍屬、烈屬老大娘的鬥爭遠遠超過華鎣山的鬥爭，拿這麼多的東西引證到這個作品中去是綽綽有餘的，是採了富礦來支持貧礦，不但夠用，還遠遠超過，用這樣的優勢來補充、豐富，作爲工人運動，我不但有一個法電的基礎，還要一個上電的基礎，王孝和是上電的，我就是法電工務隨員，現在還有證件，拿了證件乘公共電汽車，不要錢，我還有一批工人朋友，現在的老萬就是我的表叔，我很熟悉他們，我有實際經驗，不是道聽途說，我本身就是你們値得訪問的對象，你這裡有犧牲的成崗，我有嚴庚初，嚴同我並肩戰鬥，他後來叫敵人給殺掉了。宋良鈞犧牲後，把他的腦袋掛在浙東的一個城頭上，他們都是我的戰友，書中講的所有之點幾乎我都有深刻的感受，有些我本身就具有寫這些東西的能力，也有這個意圖，我同袁鷹就曾商量過，想把上海解放前的地下鬥爭、青年運動、工人運動寫下來，如果有興趣，我們合作寫，後來因爲忙，沒有寫成，如果我們寫，可能也有我們的弱點，但也有我們的優勢。《紅岩》出版後，上海當時的宣傳部長張春橋就曾經說過，上海也需要有上海的《紅岩》，有這個條件，只是沒寫出來，沒有人集中精力來搞，上海的條件應該說有些地方超過了重慶。我擔任《紅岩》的責任編輯是有充分的條件的，不是現在若干年以後來吹噓一下，這些條件是擺得出來的，是有說服力的。

我在看書稿的時候，特意做了個筆記，我給《紅岩》究竟加工了多少字數，核查組調查有 2 萬多字，有的章就增加了一千多字或五百多字，除了開頭做了很多的加工外，有幾個地方大段大段地寫，如江姐如何看見人頭，看見以後她的思想怎麼變化，在小店裏，外頭雨下著，她和華爲在一起，思想感情怎樣變化，後來又怎麼上山，見到雙槍老太婆後怎麼對話，對於山區生活，劉德彬瞭解以外，我也瞭解，我在生活的描寫上做了很大的修改，有些地方甚至是重寫的，包括他們見了面後說：「孤兒寡母也要鬧革命」，另外，過去寫小說有個清規戒律，革命者不能哭，我就給它加上雙槍老太婆對江姐說：「在親人面前你要想哭就痛痛快快地哭吧」，語言的改變，整個情景，大段大段地給他重寫，有些地方他自己抄了以後貼上，現在稿上還看的出來。還有許雲峰和毛人鳳唇槍舌劍，這裡是我出了主意，提出構思，他們再補上去的。後來突圍越獄，這時有些的人物形象，我整段地改，其中有的地方改幾百字，另外一個改動多的是吳浩，他給黨的一封信，這封信我幾乎大部分給他重寫的。查原稿，特別突出的有一個地方，哪怕是一個字，但這個字是個要害，當時已經在中學課本上出現的《我的自白書》，已經到處流傳，廣播電臺也廣播了，但我還是認爲有個地方文字不准確，我就問羅廣斌，有沒有文字根據，羅說沒有，是大家回憶紀錄下來的。雖然課本已經用了，但必須改這個字，就是最後的一句：「高唱凱歌，埋葬蔣家王朝」，原來是「高唱葬歌」，我說你給敵人唱什麼葬歌呢，自己要唱歌就是唱著自己勝利者的歌曲來埋葬它，不是唱葬歌，應該以勝利者的氣概，高唱凱歌埋葬蔣家王朝。後來課本上也都改過來了，這個字就是我改的。

附錄六　我擔任《紅岩》責任編輯時特定的背景

張　羽

（上世紀八十年代，《紅岩》責任編輯張羽曾經接受中國人民大學一位學生採訪，以下是當時採訪的部分錄音整理。）

學生：您是《紅岩》的責任編輯，而且對《紅岩》作了大量的修改、加工工作。我想請教您，您是如何編輯這本書的？請您談談您編輯這本書的條件。

張羽：說請教，不敢當，我可以談我對《紅岩》的編輯工作，談談我的看法供你參考。

《紅岩》這部小說，是以解放前重慶的集中營「中美合作所」內中國共產黨人和進步人士同美蔣反動派的鬥爭作爲主線的。但是它又不是只寫獄中鬥爭的，涉及的面很廣，既有獄中鬥爭，也有獄外鬥爭；既有地下鬥爭，又有公開鬥爭；有工人運動、學生運動，有平原鬥爭、山區鬥爭，內容十分豐富。

我欣然接受責任編輯這個任務，也考慮了我自己修改這部作品的條件：

一、熟悉題材和作者。

在接受任務前，我對這部作品（開始稱《錮禁的世界》）的題材已有所瞭解。我是 1953 年 3 月調來中國青年出版社的。此前，在上海工作時，我就看到過「中美合作所」重慶大屠殺的《血錄》這本書，瞭解了美蔣反動派對待共產黨人和進步人士的殘暴。來到北京後，我又從同事——重慶來的劉令蒙和文讚揚那裡知道了更多的這方面的情況。因此我們才會在 1956 年剛創辦《紅旗飄飄》叢書時就擬請羅廣斌等寫《江竹筠傳》。

另外，我已經擔任了同一題材的回憶錄《在烈火中得到永生》和《在烈火中永生》（作者都是羅廣斌、劉德彬、楊益言）的責任編輯。作品已經在社會上產生很大影響。

由於這兩部作品，我同作者有過一段時間的交道。1959 年《在烈火中永生》出版後，我到西南、重慶作了一次訪問，看到作者羅廣斌、楊益言正在寫稿，知道他們的寫作情況，我對他們的寫作能力和工作熱情有所瞭解，有信心同他們合作。

二、熟悉書中的生活內容。

1、那時我正擔任著《王若飛在獄中》的責任編輯，參觀過若飛同志被押的監獄，調查過獄中鬥爭生活，幫助楊植霖同志加工、整理了這部稿子。初稿出來就已得到賞識。若飛同志在獄中的表現、他的鬥爭精神、氣慨以及水平都是相當高的。

1961 年 3 月羅廣斌、楊益言來京改稿期間，《王若飛在獄中》已出版，開始在全國發行、轉載。我把這本書拿給兩位作者看，想聽聽他們的反應。羅廣斌看後就大加讚賞。他認為，這本書的風格和筆調正是他們所需要的風格和筆調。

若飛同志在獄中的鬥爭生活、精神，對於修改《紅岩》中的獄中鬥爭生活是有借鑒作用的。

2、我在 1951 年隨中共中央南方老根據地訪問團，訪問了瑞金、長汀、上杭、才溪、古田、龍岩、河田村等地，調查了那裡人民的革命鬥爭事蹟，回來後曾發表了多篇通訊、採訪記、報告文學、配圖文字等。我根據在那裡採訪到的英雄婦女形象，寫了本 12 萬字的《碧血紅花》，1959 年由作家出版社出版。這本書表現的五位革命老大娘的精神境界，即「剩下孤兒寡婦，一樣鬧革命」的精神境界，正是《紅岩》中江姐和雙槍老太婆碰到的問題。雙槍老太婆是個什麼樣的人物呢？她就像我採訪過的南方老根據地里革命老媽媽的集中概括。我採訪的革命老媽媽遠遠不止這五位，這些都可以為雙槍老太婆提供生活形象。

「剩下孤兒寡婦，一樣鬧革命」，這是作者原來在主題思想裏沒有表達的，應該說是我給他們來了個突破、深化。雙槍老太婆的有些話是我加的，也就是說，我概括了南方老根據地的老大娘的思想感情後，加以深化，表達出雙槍老太婆的思想感情。

3、關於《紅岩》中許雲峰這個工人領袖的形象。可以這樣說，三位作者當時對於工人階級、工人運動及其領袖人物，沒有多少實際經驗，還不瞭解。

而我，解放前在上海期間，到法商電力公司工作過一段時間。法商地下黨支部書記張浩同志派工人萬福卿，以我「表兄」的身份，介紹我到工人子弟學校去教書，並幫助工會搞過工人文娛活動，教工人唱歌，交了一批工人朋友。我現在還保存著當時工人秘密傳送的油印小報。我和那裡的工人領袖周國強、朱俊欣（解放後任上海市建築工會主席）等相處過。後來法商工人舉行大罷工，在周國強家裏召開秘密會議，我也參加了。他們如何策劃，如何一步一步部署，我都聽到了。

周國強是參加過 1926～1927 年上海工人三次武裝起義的老工人，是上海工人運動的領袖人物之一。他的鬥爭歷史比許雲峰的鬥爭歷史更長。許雲峰的原型許建業是 1938 年入黨的，而周國強是大革命時期的黨員，有幾十年的鬥爭歷史，比許建業鬥爭資歷高，經驗更豐富。解放後，他是上海公用事業管理局的副局長。

這些工人和工人領袖，我瞭解他們，熟悉他們，同他們結成朋友。

我在 1953 年調來北京前就調查過上海著名烈士王孝和的事蹟。王孝和是上海電力公司的工人領袖。一到北京，中國青年出版社就讓我回上海，再去調查王孝和事蹟。我回來後發表了中篇傳記。1955 年，爲寫成長篇，我又去上海、寧波等地作了一次詳細採訪，並已寫成了初稿（「文化大革命」中被抄走，未還，但採訪筆記本還在）。王孝和的事蹟既有工人運動，又有獄中鬥爭。

我所經歷和調查過的工人運動、工人領袖可以補充許雲峰這個人物形象。

4、我參加過上海的學生運動。在上海地下鬥爭年代，我住在上海交通大學的學生宿舍裏，和他們共同生活、戰鬥。我參加了交大學生在南京路上的「反內戰、反飢餓」大遊行。我們手挽著手，排成四路縱隊，勇敢地列隊前進。學生們讓我走在中間，他們圍著我，怕我被抓走，這種革命友情至今想起仍使我激動不已。交大學生逼火車站把火車開到南京去，支持南京的學生鬥爭，我雖然沒有去，但過程我都知道。

《紅岩》裏有個《挺進報》，交通大學有個在共產黨領導下地下學聯辦的

《學生報》。我在它的初創階段參加了編輯工作。《學生報》比起重慶的《挺進報》不僅十分相像，而且有過之而無不及。《學生報》的出版時間更長，發行數量更多，對當時群眾鬥爭的影響更大，而組織也更加嚴密，鬥爭方式更加靈活，而且始終堅持秘密工作的方針。擔負著艱巨而危險的發行工作的嚴賡初同志被捕犧牲。還有一個進步學生宋良鈞，他後來到浙東去參加了游擊隊，犧牲後敵人把他的頭顱掛在城頭上。他們都是我的戰友，是《紅岩》裏成崗式的人物。

5、我經歷過豫西伏牛山區的地下鬥爭，秘密發展共產黨員，建立黨支部，擔任地下交通員，同敵人明裏暗裏周旋；在伏牛山深處建黨時曾被反動道會的暴徒綁架，差點掉了腦袋。

國民黨統治區內黨的地下鬥爭都是複雜的、殘酷的。華鎣山、伏牛山都差不多。

我在伏牛山區的生活，我訪問南方老根據地人民的山區鬥爭，也增加了我對《紅岩》中山區景物描寫的知識。《紅岩》的三位作者中，只有劉德彬參加過山區鬥爭。

可以說，《紅岩》中表現的鬥爭生活，我都經歷過，而作者還未必都經歷過。這是修改《紅岩》我所具備的生活積累，修改時當然會自然而然地聯繫到，以補充作品之不足。

從全國範圍來講，上海交通大學的學生運動是超過重慶大學的水平的，它是國民黨統治下上海的民主堡壘，共產黨的力量比較強。

關於農村革命根據地的武裝鬥爭，我所調查過的閩、粵、贛邊區十年內戰時紅軍的鬥爭，其殘酷性、深刻性，群眾發動的普遍性、長期性，都遠遠超過華鎣山的。

所以，拿這麼多的鬥爭、生活內容去補充《紅岩》是綽綽有餘的。

我和《人民日報》的袁鷹同志（在上海時的文友）曾經商量過，一起合作把上海解放前的地下鬥爭、青年運動、工人運動等寫下來。但是後來因爲忙，沒有寫成。《紅岩》出版後，上海的宣傳部門也曾經提過，上海也需要有一部上海的「《紅岩》」。條件是有的，只是沒有人集中力量來搞。上海的條件應該說有些地方是超過重慶的。

藝術來源於生活，有這些生活積累和沒有這些生活積累相比較，修改作品會有什麼區別，這是大家都可以想像得到的。

學生：那麼，除了您自己的生活積累外，寫作造詣也是很重要的。您能談談您在這方面的情況嗎？

張羽：對，這就是文學造詣和藝術表達。這點我不能自我吹噓，由別人來評價。我只能給你提供一點情況。我是從 1937 年開始發表作品的。在解放前，有時是爲了革命鬥爭的需要，有時是爲了謀生，發表過不少作品，有詩歌、小說、散文、通訊、評論、報告文學等。除了表達一些愛國激情的文字以外，也有不少描寫人民苦難或鬥爭生活的。這些都是根據我親身經歷的題材寫的，對我以後修改作品無疑也有借鑒作用。解放後在華東《青年報》和華東青年出版社工作，也積累了一些採訪和寫作經驗，發表過一些作品。

那時我已撰寫、出版了四個單行本《搖面工鋤奸記》、《碧血紅花》、《王孝和》、《阿穆爾風雪》。中篇傳記《王孝和》刊登在《青年英雄的故事》，《新觀察》雜誌作了全文轉載，人民美術出版社、上海人民美術出版社都根據這篇傳記出版了連環畫，發行數十萬份，當時的影響還是很大的。

我幫助楊植霖整理、加工的《王若飛在獄中》初稿一出就得到讚賞，這在出版社也是人所共知的，後來它也成了一部有影響的革命回憶錄。

我想，當時領導上讓我擔任《紅岩》責任編輯，負責修改、加工、定稿，也是考慮到我的這些有利條件的。我也相信我自己的實力。

另外，我在 1952 年參加過上海的文藝整風學習，歷時一個多月，開了 24 次會議，許多有名的作家從思想性到藝術表達，在理論上作了深刻的探討，這對我以後從事編輯和寫作都是非常有益的。

學生：您在修改作品前是否也做些什麼準備呢？

張羽：您說對了。對於這樣一部題材重大、生活面很廣的作品，寫作和編輯都不是一件容易的事。我認爲，每個人的經歷和能力都有其局限性，所以我認爲，還必須學習，向別人、向前人學習寫作方法。我在修改這部作品之前做了大量的準備工作。

我看了《紅岩》的前兩次稿《禁錮的世界》後，覺得要修改好這部作品不是一般性的就事論事、添添補補、這裡修飾一下、那裡調整一下，要想把這部作品搞成一個精品，還必須化大工夫，要高屋建瓴，從理論上，從主題的開掘上，從結構的改造上、人物形象的創造上等方面做準備，所以我得看點書，學習點東西。除了對我自己原來參加編輯過的《紅旗譜》、《王若飛在獄中》、《在烈火中永生》等等進行了再研究外，我還重讀了蘇聯描寫英雄人物的故事，如《鋼鐵是怎樣煉成的》、《青年近衛軍》、《海鷗》、《小兒街》、《古堡》等。當然，臨陣抱佛腳，一字一句地去看，沒有那麼多時間，這就靠你平時多看書，這時候拿來再研究和考慮，特別從它們的寫作方法方面去研究，研究它們如何描寫英雄，單個的和群體的……。

我還從我國的古典文學作品《水滸》、《三國演義》中研究作者如何大開大合地展開情節，研究結構，如何展現重大曆史背景……。

這些我在同作者談稿時也曾經談到。

總之，既然擔任了這部重要長篇小說的編輯工作，就要求自己在思想上應該比作者更高一籌。這一點我在主觀上是這樣要求的，不管我在客觀上是否已經都體現了，都達到了。但我是做了這個準備的。

另外的準備就是研究原稿。

（略）

我在作者分三批寄來的稿子後給作者的三封信，不是事務性的，是我看了他們的作品後談了作品的優點和缺點，並提出了具體的修改意見，代替了審讀報告書。

附錄七　胡元訪談錄

採訪時間：2005年7月24日下午05：10～6：30

採訪地點：成都紅照壁四川人民藝術劇院胡元先生家中

採訪人：錢振文

錢振文（以下簡稱錢）：聽說1956年羅廣斌他們寫作的時候，你在過寫作的現場，當時的情形是什麼樣的，你能回憶一下嗎？

胡元（以下簡稱胡）：這個，先要說說我和他們的關係。楊本泉、楊益言弟兄和劉德彬和我都是一個文藝社的，叫「突兀文藝社」。他們三個人都比我大，尤其是楊本泉。1945年，他是復旦新聞系的學生，我在陶行知辦的育才學校學文學，常去北碚的復旦新聞系去聽課，就是靠的他的關係，吃住也是在他那裡，以後我和他交往也很多。楊益言是楊本泉的弟弟，1948年他從上海回到重慶，他哥哥就跟我說，他沒有工作，我那時在一個鉛筆廠，這個鉛筆廠上海是總廠，抗戰時遷到了重慶，抗戰勝利後又遷回了上海，但在重慶留了一個分廠，這個廠的老闆是很進步的，解放區用的鉛筆，就是用的這個鉛筆。解放區學文化，沒辦法，沒有筆，用鋼筆更困難。這個廠呢，開了一個工人夜校，讓工人讀書，我在這裡上課，那個時候正要擴大，還差一個人來上課，我就讓楊益言來上課。他活動挺多，老寫信，就讓特務注意上了。1948年8月10日那天，我到重慶火車站那個地方去送「突兀社」的幾個人走，就和他哥說：「你兄弟這種狀態很危險。」他說：「那不行，我要趕回去，告訴他。」已經不行了，等我回去，特務已經等在那裡了，把我也銬上了，但我後來脫險了。我那時候爲了工作方便，從我一個親戚那里弄了個三青團的證章，所以他們可能誤認爲我是國民黨特務打進共產黨這邊來的，這類人是不能亂抓的。

我和楊益言就是這種關係，是很密切的，後來他和劉德彬打官司，如果要維護的話，我只能維護他，但我那個也不維護，我只本著事實來說話。

他們在南泉寫，我經常去，是 1956 年。一般我都是早上去，經常去，基本上每個星期都去。我在大渡口重慶鋼廠小平爐體驗生活，楊本泉告訴我他有個川北紅軍的題材，報社准了幾個月的創造假，他在南泉和羅廣斌他們幾個一起寫作，因此，我在星期日（重鋼休星期一，星期日就相當於是他們廠的星期六）就離開廠子回城裏了，早上就到他們那邊了，有時候晚上不回去，就住在他們那裡。

錢：他們幾個是怎麼開始寫作的，是組織的安排，還是個人決定的？

胡：個人，那還是個人。我是 50 年回到重慶，在西南戰鬥劇社，一直到 52 年才到地方上來，在重慶就經常見面了。那個時候，50、51、52 年，他們經常出去講演，楊益言在 50 年就寫了一點東西，我不太清楚是什麼。在寫作之前，楊本泉就給我講，說他老弟想寫。楊益言、楊本泉、劉德彬我們都是一個文藝社的。劉德彬是個老大哥，他年紀比較大，他參加革命比較早，他是 38 年的，38 年就入黨了。這個人老實、忠厚；羅廣斌是個少壯派，這個人我以前不熟，羅廣斌的記憶力好，他說幹什麼就幹。得有這麼個人才行；楊益言寫了點東西，他是我們突兀社的，但他在突兀社沒寫什麼東西，他是學電機的，但他有個哥哥楊本泉，楊本泉是能寫的，下筆快。

那時候，他們四個人圍著一個大桌子，有乒乓球臺子那麼大，靠窗戶這邊是羅廣斌和楊益言對坐，靠裏這邊是楊本泉和劉德彬對坐，我去了，楊本泉就把他的位置讓給我，他坐在桌子當頭，次次如此。我和楊本泉探討比較多，他比較尊重我的意見。我們以前來往就比較多，住得也近，晚上吃過飯後我們經常和重慶日報的幾個人出去喝點兒酒，喝點兒茶，聽聽評書，在一起活動比較多。有一次，他就在這個時候，說到他的老弟想寫東西的事。我說，希望他們寫出來。那個渣滓洞我以前就知道，叫中美合作所，1943 年我就知道，那個時候我在南開讀書，有一次，我走到了旁邊，別人說：「去不得！去不得！不得了！」，我說：「怎麼回事？」「哎呀，說不清楚，抓住就出不來了。」我看寫的是「中美特種技術合作所」，還以爲是合作社什麼的，看門口旁邊有摩托車，我當作是拖拉機，別人說：「什麼拖拉機，是摩托車，抓人的。」

錢：你當時給他們提過什麼建議嗎？

胡：我也給他們看了很多稿子，很多原稿後來根本就沒有發，比如劉德彬寫的我看的就比較多，劉德彬寫一個青年上山去的心情，擔心老虎、豹子出來，吃掉了。我說這個是對的，我在雲南大山也走過，原始森林我都走過。當時是經常看他們的稿子，提意見，他們也提出一些問題來爭論。頭一次去，我就因爲寫成什麼形式的問題和他們爭論起來，說爭論，其實主要是我和楊本泉兩個旁人在爭。我的意思是讓他們寫成報告文學，因爲這件事情，就是中美合作所（當然，這個說法不准確，只是說起來順口一點，合作所實際上是另外一個東西，應該叫集中營）這件事以前我就聽說了，進去了出不來，很多人都知道的。以後到紅岩村就更知道得清楚，所以我就說，這是一個秘密，一個大秘密。我在昆明時，聽說他們那邊的特務就老說：「你再不招，把你送重慶。」送重慶就不得了啦！大家都知道重慶有這麼個東西，但又不清楚究竟，寫出來就會震驚全國：「啊，重慶有這麼大一個集中營！」這個集中營現在都知道是怎麼回事，但當時都不知道的。戰鬥劇社在五十年代由嚴寄洲主持，想搞一個關於集中營的電影，但後來失敗了。羅廣斌說也考慮過寫報告文學，但楊本泉卻主張寫成小說。我說，一個是向全國報告有這麼一個眞實的情況，讓人知道有這麼一個秘密的殺人的魔窟，推出去就會震動全國，而且在歷史上將成爲寶貴的文獻；另一個就是先練練兵，對材料熟悉一下，下一步再寫成小說，就更方便了。如果先寫成小說，就容易讓讀者認爲全是虛構的而引不起重視。我就沒說：你幾個也就本泉寫過一點兒小說，其它三個人誰也沒有寫過小說，幾個人湊在一起，想一下子寫成小說，我覺得比較麻煩。羅廣斌在聽了很久後才點點頭，認爲我說的有道理，可以考慮。但楊本泉始終認爲那樣費事，寫成小說後就可以將其中的事實部分拿出來作爲副產品，而且他總擔心出了紀實的報告文學後再出小說就少了讀者。我說，那不然，報告文學寫好了，人們會更願意看同題的小說。羅廣斌最後說，看來還可以再考慮，先寫下去再研究。

在此之後，我以爲他們會重心落在報告文學上，以後看過的不少篇章，也分不清到底是報告文學還是小說，到以後爲了書名的爭論中才知道他們寫的是小說。

關於書名的問題，他們開始就說叫《錮禁的世界》，我說，好，「錮禁」比「禁錮」好，因爲禁錮好像是一般的意義，「錮禁」雖然拗口，但那只是習慣問題，而「錮禁」比「禁錮」的意境似乎要深一層，「禁錮」只有圍困的意思，而「錮禁」卻有深入內部整個凍結的味道，是個好的書名，符合實際。他們說還要考慮，還沒定下來。又一次去時，楊本泉說：「你看這個書名如何？」便從桌子當頭的一堆稿子的最上面，揭開蓋著的紙，拿出一張十六開大的白紙來，上面用墨橫寫著「紅岩」二字，我說：「什麼意思？」楊本泉說：「老羅昨天晚上找任白戈、任市長題的字，叫紅岩。」我又說：「紅岩什麼意思嘛？」楊本泉說：「紅岩就是紅岩村，指揮鬥爭的領導機關呀！」我說：「這個不用你解釋，我在那裡住了半年多，在那兒工作過，我還不知道。但是紅岩村離渣滓洞很遠嘛，用『紅岩』很勉強嘛。」楊本泉說：「這是任白戈認可的，任白戈是市長啊！」我說：「我不管市長不市長。這個名字離題材有距離，太虛了。不過這個名字想像力很豐富，但作爲報告文學的名字不恰當，用做小說的名字還可以。」他說：「就是小說嘛！」這時我才恍然大悟，他們仍然是按最初的計劃在寫小說而不是寫紀實的報告文學。這時羅廣斌笑道，他進城去見過任市長。《紅岩》書名是任白戈起的還是同意的，我就沒有詳問了。

其實他們寫的小說和報告文學也差不多，只是把事實誇大了一些。報告文學誇大是不可以的，小說就可以，你比如江竹筠受刑，實際上就沒有用竹簽子。這種誇大的事情在他們的報告文學中就有，所以他們寫的到底是什麼，是很不清楚的。他們三個人合寫，怎麼能寫小說呢？這個人寫某人，那個人寫另外幾個人。我記得楊益言寫的龍光章，劉德彬寫的是誰我忘了。這樣的一些東西，你要把它弄成小說，它不是小說，小說你得把它打爛了重新組合起來才行，你這樣寫就是報告文學。所以我一直以爲他們是在寫報告文學，結果又不是。單章單章的我都看了的，不是小說嘛！楊本泉的意思是，報告文學已經有人寫過了，寫了也不是什麼了不得的事，另外，報告文學打響了，你再寫小說就不行了。我說，不見得。後來他們也有過動搖，但是當時的狀態我估計就是：不管怎麼著，先寫出來再說。反正這些資料，弄成小說也可以，弄成報告文學也可以。結果呢，寫成了這麼一攤子，大家就各忙各的事去了。70年代，沙汀在成都新巷子住，我經常去看他，他告訴我說，《紅岩》開始寫的完全是監獄裏邊的事情。我說，怎麼會不是監獄裏邊的事呢？那就是報告文學裏邊的東西。沙汀就說，他看了稿子後，就有一個意見，像一支裝載不平衡的船，就難以航行，爲什麼不平衡，就因爲獄內鬥爭和獄外鬥爭沒有緊密聯繫起來，也有一點獄外的鬥爭，但不是描寫的重點，這樣，獄中的鬥爭就是孤立的，他提出這個意見後，稿子再寫時才扳正過來。

錢：現在大多數的說法都是，1960 年任白戈到北京開會，羅廣斌他們讓任拍板敲定了書名叫《紅岩》。

胡：「紅岩」這個書名那時就有，我的記憶是不會錯的，因為 1957 年我就成了右派，58 年到農村勞動，我在長壽湖農場勞動，60 年見到羅廣斌，他竟然在這裡當場長，後來才知道，劉德彬也在這裡勞動，把劉德彬弄到最偏遠的一個地方。所以 57 年以後我就和他們沒有來往了，直到 61 年我才回到重慶，也不到文聯去。毛主席那時候說，階級鬥爭要年年講，月月講，天天講，只有楊本泉和我住得近，又都是右派，有時候來往。他還不如我，他還沒有摘帽，我摘了帽。所以，只是書出了，才知道書名叫「紅岩」，中間怎麼反覆的，我就不知道了，但在 56 年就有「紅岩」這個名字是千真萬確的。

錢：聽說陳然的那首詩歌《我的「自白書」》是由羅廣斌他們三個人編寫的，後來不但小說《紅岩》中有，還弄到了報告文學《在烈火中永生》和《烈士詩抄》當中，據說他們寫這首詩歌的情況你也知道。

胡：陳然那首詩確實不是陳然寫的。陳然我也認識，陳然是地下黨另一個系統的，他們搞《彷徨》雜誌和《挺進報》。這件事情是這樣的。有一天，我去了，他們說，有首詩給你看一看吧，我就看，看完了，我說，寫得好，楊本泉說，不要說好，你要提意見。我說，就是寫得好嘛。他說，光說好沒用，要提意見。我說：「一定要提意見的話，就是最後一句 27 個字，太長了，節奏鬆散了，氣魄就減弱了。」幾個人說都有這個感覺，因為我的意見是客觀的，這證實了他們的感覺。我便問：「是誰寫的？」楊本泉叫我猜，我先猜羅廣斌，因為我和他不熟，當然要先猜是他。羅廣斌搖搖頭，我又猜是劉德彬，劉德彬也搖頭。我就沒猜楊益言，我知道他寫不了詩。我對楊本泉說：「那就是你寫的了。」楊本泉伸出手擺了幾下道：「大家寫的，大家寫的。」然後就提出個問題來，說不知道這樣替烈士陳然寫詩恰不恰當。羅廣斌又解釋說，因為發現陳然要寫這麼一首詩，但沒有來得及寫出來，陳然又是才華出眾，能寫出好詩來的，便做了這個決定，把這首詩代他寫出來，只是不知道恰不恰當。我說，在小說中，作者代作品中的人物寫詩填詞的事多的很，有什麼不恰當。你們寫的是小說，當然可以。誰知道後來這首詩卻首先出現在了報告文學中，用的是陳然的眞名，被各地的烈士詩抄選入。「文革」混亂的時候，羅廣斌去世了，楊本泉爲這件事始終惴惴不安，我回重慶，一見面，他就說：「那件事不能說的啊！」我問：「哪件事？」他著急地說：「就是那首詩啊。」我記不得什麼詩了，他就更著急：「就是那首《我的自白書》，人家會上綱上線成僞造烈士詩問罪的。」我這才明白過來，就說：「我還沒那麼糊塗，我說出去，不是連我也一起問罪嗎。」所以，這首詩還是楊本泉出力比較大。當然，完全是個人的也不見得，因爲羅廣斌早就寫過類似的詩，應該是根據這個來改的。

大概是 1971 年，我從成都回到重慶探親，在一個人行道上，正好碰見了楊益言和楊本泉和劉德彬三人，他們剛從一個盲人按摩院出來。我立即和楊益言談說，等一切正常後，《紅岩》應該署上劉德彬的名。楊本泉、楊益言弟兄二人馬上說道：「當然要解決，當然要署上。」我又說：「如果那時還有政治壓力，起碼也要在前言或後記中把劉德彬參與寫作的情形說一下，不致使他委屈。楊益言這時說：「不，就是要解決，就是要正式署上名。」1973 年，茅盾給我一封信，問到《紅岩》兩位作者的情況，我告訴他《紅岩》不是兩位作者，而是三位。後來，楊益言和劉德彬到北京，我勸他們去看望茅盾，楊益言說：「看他有什麼意思呢，他連個黨員也不是。」德彬說：「我們還是應該去。」後來，我又說，他們才去了。這個楊益言太讓人惋惜了，他不爭這些東西會好得多，楊本泉本來是個好人，受他弟弟的影響，見利忘義，利令智昏。

附錄八　採訪楊世元（部分）

採訪時間：2005 年 7 月 23 日

採訪地點：四川省成都市雙流縣應龍灣度假區四川省第六人民醫院

採訪人：錢振文

1

錢振文（以下簡稱錢）《紅岩》可以說是兩大組織或者說兩個集團共同生產的。一個是中青社，一個是重慶這邊。作爲一種組織行爲，就要研究生產過程中的組織結構。比如說，黨組織，地方文聯，在生產中都起到了什麼樣的組織作用。然後，我還要談中青社的作用，所有這些組織、機構都在一定的程度上決定了作品的面貌。更具體的比如說，組織部長蕭澤寬對《紅岩》有深度的介入，具體的情形是怎樣的，請您來談一談。

楊世元（以下簡稱楊）：這個課題，涉及到文藝體制。「文革」以前，延安時代提出了一個很尖銳的問題：爲什麼人？這表現在「延安文藝講話」上的。然後是怎麼爲，解放以後就變成了「在『二爲』指導下的『雙百方針』」。「爲什麼人」是個方針，「百花齊放，百家爭鳴」是個方法。搞文學的人比較熱衷於後者，講題材、體裁這些個東西；從組織的角度、黨的角度，講爲什麼人。具體到單位或者地方上，它涉及到地方形象、地方政績。比如說，北京的彭眞搞了個龍鬚溝，重慶就有個大屠殺的事情。簡單講，叫做「二爲指導下的雙百方針」，只有貫徹這個東西，才能完成共產黨在文學藝術上的政治領導。還輔助一個事情，叫做思想改造，加上思想改造才能保證組織領導。在改造過程中就有各種各樣的文藝運動，在六十年代就表現爲一句話，叫「領導出思想，群眾出生活，作家出技巧」，於是產生了《爲了六十一個階級兄弟》這類文章，根據新聞題材，領導拍板，可以幹，組織作家來寫。到「文革」時就更不得了了，就出現了《虹南作戰史》等。從作家來講，總是要離經叛道，作家把他的工作當作精神創作，作家很強調列寧的話：不能搞行政命令領導，要承認每一個人都是不同的，包括我的語言、構思、我的表達方式都要突出個性，斯大林搞肅反的時候，有一句話說：每一個知識分子都是天生的不同政見者，這個話有它的準確性，因爲知識分子不獨立思考就不是知識分子了，這就是我們解放後對作家一直不放心的原因。現在，正在發生轉變，現在我們的作家你要搞些風花雪月、男歡女愛啊，問題不大了，你要是想干預生活、搞尖銳的問題，我們宣傳部門的弦就繃起來了，我是省委退下來的人，我知道這些事情。儘管這樣，我這個人知識分子當久了，對這個東西就不習慣，法捷耶夫講，每一個作家都是一個不冒煙的工廠，一篇作品要有這個作家的印記，和產品是不一樣的，產品有個模式。如果要講「領導出思想，群眾出生活，作家出技巧」、在社會上影響很大，那《紅岩》恐怕是登峰造極。

回顧這個過程，嚴格講，羅廣斌、劉德彬、楊益言都不是搞文學的。因爲我是管這攤子事的，我知道他們的水平和創作能力，我是看過他們的許多材料和初稿的。當然他們是大學生，不同於高玉寶，不同於吳運鐸，那都是有作家來捉刀的，不過都署了他們的名。和這些不同的是，羅廣斌他們三個是大學生、知識分子，劉德彬是重慶教育學院的，學農業；楊益言是同濟大學的，學電機；羅廣斌在西南學院。三個人比較，相對而言，在文學上底子比較好的是羅廣斌。

當時他們三人都坐過牢，這是他們的先天條件。羅廣斌曾在重慶地下黨領導下搞學運，他和江姐在西南學院就有接觸，後來重慶市委書記劉國定叛變，就把羅廣斌抓起來了。實際上，劉國定和羅廣斌他們家有親戚關係，劉國定的愛人叫連俊濤（音譯），忠縣人，大概是羅廣斌的表姐，他們的家都在成都。羅廣斌雖然被抓，但是是比較客氣的。徐遠舉找了羅廣斌的哥哥羅廣文，羅廣文說：「他不聽話，你們把他拉去管教管教。」羅廣斌在監牢的經歷是通的，他對渣滓洞、白公館都比較熟，另外，他和《挺進報》也有關係，他搞《反攻》，和《挺進報》是姊妹報。他和江姐也有接觸。從他的經歷講，他熟悉白公館、渣滓洞。整個白公館越獄他是頭兒。解放後，白公館越獄的這三十幾個人程度不同都有說不清的問題，有共產黨員身份的只有羅廣斌。

解放後，要清理這些人的關係，唯一信得過的人是羅廣斌，最早反映血染白公館這一段的是他。解放過後，我們的組織部一直是依靠他、信任他的。對他的懷疑是在 1958 年，這是後話，在以前是絕對信任的，因爲他是唯一的一個共產黨員。58 年，白公館的一個看守楊進興被捕了，他就說羅廣斌是我奉命把他放出來的，看檔案，羅廣斌的名字下寫著「擬釋放」。當然，不能說有這個「擬釋放」就怎麼樣了，他被放出來也是正常的，他哥哥是兵團司令嘛，就是防守重慶的，沒人敢殺他的，而且羅廣斌在監牢的表現是好的，不是有一個「我的自白書」的故事嗎？那就是羅廣斌的故事，他的父親在「二處」辦公室，要他辦個手續，就可出去，他不幹，拒絕自白。從這兒以後，事情就微妙了，當時，我在文聯當黨組秘書，我很清楚一些事情。比如說，《紅岩》出版後，在東南亞國家、在日本很暢銷，就邀請他出國訪問，市委一直不放。比如說羅廣斌做報告，我就負責這個事情，小車把他們接走了，我就打個電話給對方單位，說：「請羅廣斌作報告就可以了，不必組織參觀。」我心裏明白，他自己也明白。心裏有個陰影在。這就是造成羅廣斌在「文革」中造反以致跳樓自殺的悲劇的原因。

還有個人叫劉德彬，是四川教育學院的學生，他當年是重慶市委和下川東的聯絡人，這樣，他就介入了武裝鬥爭，他和江姐一道被捕的，他關在渣滓洞。渣滓洞的屠殺數量本來不會這麼多的，是有名單的，究竟特務也是組織行爲，但是，「11・27」前，蔣介石、楊森都差一點兒跑不了，二野進軍很快的，重慶陷入混亂，蔣介石都可能跑不了。後面就不按名單了，一殺就殺掉了三百多，眞是屍横遍野，那個狀況眞是慘不忍睹。那時候我是學生，我去看了現場，參加清理現場，我的同志就有犧牲在裏邊的，當時把重慶的棺材、白布都買完了。

解放過後，會師了，脫險同志登記聯絡，然後評烈士，具體負責的人是蕭澤寬，參加烈士資格評審的從監牢出來的就是羅廣斌、劉德彬，他們負責寫烈士小傳，評甲級、乙級烈士。他們合作寫作的第一篇作品《聖潔的血花》就是評烈士的產物。他們依據的東西，一個是自已經歷的東西，一個是這次評烈士的材料。1951 年 7 月 1 日登在《大眾文藝》上。後來正規了，他們調到團市委，羅廣斌是統戰部長，劉德彬是少兒部長，楊益言當時還沒有入黨，在辦公室當幹事，楊益言是他們拉進來的。

當時有一個很重要的任務，就是對青少年進行教育，特別當時又面臨著抗美援朝，有一個任務叫「仇美，蔑美」，「中美合作所」大屠殺就成了宣傳的好材料。實際上這件事情有一點生拉硬扯，中美合作所成立是爲了抗日，48 年、49 年的時候早沒有了，不過那個牌子還掛著的，「中美合作所」1942 年就撤銷了，和屠殺沒有關係的。眞正講起來，不光有中美合作所，中英合作所、中蘇合作所都有。當時他們三人有一個經常性的任務，就是做報告，接待首長。他們有一個共同的提綱，有幾個大的節日是必講的，一個是清明節，祭掃，他們作爲出獄人要給青少年講；再就是「11・27」大屠殺紀念日，這都是組織上安排的。楊益言講這些東西的能力比劉德彬強，劉德彬的口比較笨，講起來就不是那麼生動。另外，要幹這個事情就得不斷豐富這個提綱，慢慢地，和這個事情有關的任務越來越多，如編《獄中詩抄》、搞展覽館，他們實際上就成了社會性的政治輔導員，就這麼一個身份了。在這個基礎上，當然，重慶人民出版社、重慶文聯就和他們掛鈎了，他們寫第一個作品《聖潔的血花》的時候我就在文聯工作了，《大眾文藝》約稿《聖潔的血花》，副主編蕭蔓如約的稿。

他們三個人當時的文學信心不足，楊本泉是楊益言的哥哥，他在背後加加工、把把關是可能的。他當時在重慶日報搞副刊工作，但是文聯搞文學的人有的是，我們是吃專業飯的，從文學上講，文聯的人和報社的人比起來更專業一些。在《大眾文藝》上發表的，後來在廣州出了單行本，一個很小的薄本。解放初期當宣傳品的這種小冊子是很多的，當宣傳品。後來他們參與文化局辦展覽的工作。

《囚歌》主編是林彥。楊益言不負責任，57 年左右，羅廣斌、劉德彬到農場了，楊益言在城裏，《紅旗飄飄》約稿，楊益言根據他們寫的小說整理了一下，發表了，這裡邊就收了有陳然的《我的自白書》，蕭三編《革命烈士詩抄》，就把它編進去了，以後還編進了小學教科書裏邊了，現在就造成了這麼個既成事實，這件事下不了臺了，大概就將錯就錯吧，他們還曾想把這首詩歌編進《囚歌》，被林彥嚴辭拒絕。

後來他們搞《禁錮的世界》是團委管，打印、開座談會，一直都是團委包下來的，我們文聯呢，列上計劃，組織專家審查，我們管這攤子事，文聯列上計劃比較早，很早就把他們三個人列上計劃，組織部就提供檔案。

錢：當時他們開始寫作，是個人行爲呢還是組織上的指派呢？

楊：恐怕相互都有。

錢：看資料說，當時他們羅廣斌三個人到楊本泉家，請楊本泉給他們當老師，輔導寫作小說。

楊：楊本泉嚴格地講，他的處境是和現在不同的。因爲他解放前是《國民公報》的人，叫「老報人」，老報人既有褒義也有貶義，貶義就是舊的報紙的從業人員。當時他的尾巴是要夾緊的。楊益言呢，他們同濟大學搞了個學運，叫「一・二九」學運，1935 年的學運叫「一二・九」學運，他搞了個「一二九」通訊，中間也沒打標點，特務搞不清「一・二九」和「一二・九」的區別，就把他關起來了。

2

錢：羅廣斌那個《獄中情況報告》是誰讓他寫的？

楊：蕭澤寬啊，一解放會師的時候，就叫他寫個獄中情況的報告。這個報告我是全部看了的。

錢：蕭澤寬他們地下黨想把他們的鬥爭從正面寫一下，當時他們地下黨幹部和南下幹部的關係怎樣呢？

楊：有矛盾是在後來。剛解放還沒有那麼嚴重。解放初期是鄧小平定的調，地方干部以南下幹部爲主，地下黨的幹部任副職，地方干部的配備從上到下都是以部隊幹部爲主的，天長日久，很多問題就出來了。首先的一條，地下黨幹部情況複雜。當時有一條叫「長期隱蔽」，用社會活動作隱蔽，可以允許他參加國民黨，你要抽鴉片的也允許你抽鴉片，得和親戚朋友抽煙、喝酒呀，不然怎麼隱蔽。解放過後，問題出來了。一搞土改、肅反，就涉及到他們的親戚、朋友，地下黨幹部要照顧一些人，比如一個人是地主，但他過去可能出過錢、掩護過我們的人，但是部隊幹部不管那麼多，該殺就殺。

錢：在《紅岩》這部小說的寫作中，他們兩個派別是否有不同的看法和做法呢？

楊：蕭澤寬有些事情他要夾著尾巴做人呢，在軍幹部一把手的領導下，他做事是很謹慎很謹慎的，一有政治運動，地下黨的同志都首當其衝，比如，他們的社會關係問題，生活作風問題，必然都和南下幹部不同，包括語言、講話，都不同。部隊幹部都是多年黨政軍訓練過的，黨的語言一套一套的，地下黨當年是常常坐茶館的，思想做派都不一樣的。可是，地下黨的幹部資格老，有學問，跟行伍出身的人大不一樣。因此，解放過後的歷次政治運動，地下黨的同志都受審查。這就是爲什麼蕭澤寬他們一方面費很大的勁兒搞《紅岩》，一方面又很注意避嫌。有一件事，羅廣斌、楊益言他們在《紅岩》中寫的地下黨領導李敬原，後來，蕭澤寬成了「反黨集體」的頭子，李井泉就懷疑你蕭澤寬抓《紅岩》，是不是爲你自己樹碑立傳呢？那個李敬原就沒有進去嘛，地位也和蕭澤寬相當。這樣一來，羅廣斌他們挺緊張，蕭澤寬也挺緊張。羅廣斌就說，我們寫李敬原和蕭澤寬絕無關係，我們是寫的劉少奇，他頭上有斑白的髮絲。後來，一整劉少奇，又砸鍋了，根本就說不清了。

當然，解放後，蕭澤寬有沒有給地下黨爭爭光、出出氣的想法呢，應該是有的。你想，我們地下黨那麼多人犧牲了，應該用他們的精神去鼓舞人、教育人。但是，政治是很微妙的，所以，蕭澤寬是盡量盡量地往後躲，座談啊、剪綵啊之類的事都看不見他的蹤影，但是，提供檔案、把關等事情是他做的，或者由組織部的雷雨天、高蘭戈兩個副部長來做，他們也是很熱心此事的人。但是，後來，即使是這麼謹慎，還是出了個「蕭、李、廖反黨集團」，他們仨，蕭澤寬是組織部的幹部，李、廖都是團的幹部，所以，這是一個很敏感的問題。從組織上講，他們是迴避和《紅岩》小說有什麼關係的，但實際上不是這麼回事。我們文聯是文學藝術家的團體，主要是從業務的角度介入的，也是文聯的一項大事情，凡是組織的事情都是要列上組織的帳的。有《紅岩》這樣一個成果，我們文聯好說話的多啊。組織部不好說啊，不好說是他們幹的。後來我們就把他們養起來了，成爲了我們的專業作家。作爲一個產品，這部書應該說是這樣的，他們三個人和其它越獄的人應該說是主要的原料提供者；整個思想、列上日程、怎麼寫，那就是蕭澤寬他們的事，這叫「組織出思想」；文聯這架機器開動，盡量地幫助他們，這是「作家出技巧」；

錢：當時比組織部更高的人對這件事情是什麼態度呢？比如任白戈。

楊：這件事情，任白戈是很支持的，他是三十年代「左聯」的，當過宣傳部長的，他懂文藝，當過魯藝的教員，因此，他是支持的。宣傳部長張文澄，地下黨的領導人，李井泉要整他，搞成右派，任白戈就下不了手，李井泉就派一個人來，當書記，叫魯大東，他的任務就是叫任白戈靠邊站。後來《紅岩》作者們就陷入政治裏了，陷得太深了，逃也逃不出來了。後來江青就介入了，我給你講我知道的事，當作故事給你擺。《紅岩》出來以後，空軍政治部文工團的閻肅，這個人曾經在重慶讀書、工作，曾經是西南團委文工團的編劇，第一個改編《紅岩》的就是他，歌劇《江姐》，誰抓的，劉亞樓，空軍司令員。劉亞樓就把歌劇給江青看，當時就有一個想法，要通過歌頌江姐歌頌一個姓江的人，這是一件心領神會的東西。江青很吃這一套，那時正是她想要露崢嶸的時候，她正抓「樣板戲」。1964 年整風的時候，就批判夏衍的電影劇本，把羅廣斌、楊益言他們招到北京，要他們重新寫作電影劇本。在北影，他們參加了北影的整風，他們代表地方的。批 50 部電影，他們都參加了的，在這種形勢下，他們寫了《分歧何在？》，趕忙和夏衍劃清界限，但是，能劃得清嗎？和蕭澤寬劃、和任白戈劃、和沙汀劃、和馬識途劃，你劃得過來嗎？

江青曾經在一個地方召見他們倆，送他們毛主席語錄，當時江青有很重要的講話，這些都是他們給我們文聯黨組彙報的，那時候是在很小範圍內講，當時我是黨組支部委員，做會議秘書，負責記錄的。江青說，《紅岩》爲什麼不能修改，《復活》就曾經修改了多少道。怎麼修改，江青談了她的意圖：集中在江姐身上，要點是，江姐不要死，江姐地位要高，要寫成江政委，江姐要能文能武，她不是從上海來的，她是從延安來的。這幾個要點，任何一個正常人都知道是講什麼，講到這個地步，誰還不明白啊。高層政治極其複雜，到了這一步了就不能明說了。誰來抓這個事情呢？柯慶施。李井泉很緊張，就很秘密地搞一個川劇《江姐》，規定京劇《江姐》上演過後半個月推出來川劇。又不能不跟，又不能跟得太緊，這就是上層政治的微妙。柯慶施那麼抓樣板戲，那裡是爲了藝術，是政治。

然後，江青就派京劇演員趙燕俠來重慶體驗生活，眞的關在渣滓洞的女牢房，羅廣斌扮特務「貓頭鷹」。大家都清楚，要塑造一個地位高的、能文能武的江政委。當時大家都是心中有數，但都諱莫如深。但是，劇本改了再改，總也達不到江青的要求，因爲和實際生活差距太大了，江姐不死就沒法編，也就只能放棄了。當時羅廣斌他們的彙報一是範圍很小，二是完全是朝聖回來的感覺。江青的作風是能夠幹出這個事情來的。汪曾祺也知道這件事，但也是很隱諱的。文藝如果加上了政治，就會像孫悟空用金箍棒在地上劃了個圈，這個圈平時是不顯形的，但你要是冒冒失失地碰上了這個圈，立時就有火光冒出來，這個圈是個利益圈。多年來，楊益言一直是個政治感覺器，政治需要什麼，我就說什麼話，可見一個人能夠被政治異化到什麼程度。不能把歷史當個姑娘，想怎麼打扮就怎麼打扮！

1957 年羅廣斌、劉德彬到長壽湖去了，我們文聯爲了保這個東西，就成立了一個「長壽湖農場文學創作組」，組長是向洛新，是創作委員會主任曾克去布置的，當時這個組有十幾個人，但是核心是他們幾個人，這個事情是列上了中國作家協會重慶分會創作委員會的創作計劃的，目的是促使向洛新給他們一點寫作的時間，所以，羅廣斌、劉德彬雖然下到了農場，也沒有脫離寫作的關係，主要的聯繫人是楊益言，後來，他們就搞了回憶錄《在烈火中永生》，三個人署名的，是以革命回憶錄寫的，但是，摻雜了某些虛構成分了，比如說，陳然的《我的「自白」書》。再就是寫《錮禁的世界》，張羽、蕭也牧這些人都是寫手，文學修養很深厚的，又是有革命鬥爭經驗的。在四川，有沙汀來修改。和一般關在門裏寫作的作品不同，《紅岩》是放在了一個傳送帶上來運轉的。這個傳送帶有幾個大的齒輪，在重慶是組織部、文聯，在北京是中青社，在成都是沙汀這些人，這麼傳過來，傳過去，來加工。寫這個東西，本來是很微妙的，又要寫，又怕是說寫自己，又要宣傳，又說不清當時的事實。當時，有現實主義，還有個浪漫主義。長征本來是戰略大撤退，但是，毛澤東講是宣言書，是播種隊，色彩、調子一下子就不一樣了。

附錄九　林彥訪談錄

採訪時間：2005 年 11 月 25 日

採訪地點：電話採訪

採訪人：錢振文

林彥：（1927～），重慶人，四十年代開始文學創作，在當時的各大報刊發表過詩歌、散文、評論，解放後做過《西南文藝》編輯、重慶市委宣傳部文藝處處長。曾負責審查過《紅岩》初稿《錮禁的世界》並陪同四川省文聯主席沙汀到長壽湖農場看望《紅岩》的作者們，聽到過沙汀對小說《紅岩》修改所說的許多建設性意見。

1、

（錢振文，以下簡稱錢）：我現在在北京。回來以後仔細地看了一下您的書，覺得收穫挺大。

（林彥，以下簡稱林）：哎呀，那個主要是講一些當時的情況。

錢：不過您的書講的是文藝界的情況，和羅廣斌他們沒有什麼關係。

林：他們當時是業餘作者，56 年以後出了那本書（《紅岩》）以後，他們才是作家。

錢：對了，我想瞭解一下，剛解放，重慶有那麼多的報紙，像《大公報》、《國民公報》，您的文章裏也寫到了，那麼這些報紙是在什麼時候停刊了還是合併到什麼地方了？

林：這個情況，有一個現成的材料，我有另外一本書，叫做《四十年代後期的重慶雜文》，我把這些報紙的政治態度和他們的存亡、變動情況都做了介紹，一個一個都講了，我寄一本給你好了。

錢：我是想瞭解一下當時重慶媒體的情況，因爲當時任可風、鍾林等人在重慶解放後也都寫了關於重慶集中營的文章，他們和羅廣斌他們的寫作有什麼區別，是什麼關係呢？

林：他們也是從裏邊出來的，但他們之間沒有什麼關係。任可風原來傾向進步，他這個人喜歡給人吹，在茶館等公開場合就亂吹，引起了特務的注意，就把他抓起了。後來出來，就是這麼一個人。出來後到《大公報》，出來又出了一件事，他把他寫的文章和毛主席的詩詞弄到一塊兒，而且把他的名字排的字號比毛主席的還大，這在當時是不允許的，當時報紙是講紀律的，後來沒有多久就不讓他在報社幹了，他就到了一個中學教書了。他這個人很好玩兒，很豪爽。

錢：《大公報》什麼時候撤銷的呢？

林：重慶解放後的報紙，《國民公報》是自動停刊，《大公報》、《新民報》出了幾天也停了，西南大區撤銷後，《新華日報》好像就不出了，改出《重慶日報》了，《大公報》就和《重慶日報》並在一起了，因爲那些報紙都是私人的。

錢：解放後的文藝界的運動有很多，好像和羅廣斌他們都沒有什麼關係。

林：沒有，他們都是業餘作者。作協當時有一個規定，如果他們有寫作的計劃的話，作協可以幫助他們向所在單位請假什麼的。特別後來作爲向建國十週年獻禮作品以後，幫助就更大一些。

錢：好像黨委對他們的幫助也很大。

林：那是後來，要講業務的話，他只能找作協出面。

錢：黨委的關心是不是在中青社向他們約稿之後。

林：對、對、對。

錢：56年他們在南溫泉寫作，還是正常的業餘寫作。

林：對，那都是業餘的，那時請了三個月的假。

錢：56年文聯和他們有聯繫，好像重慶的出版社對他們也有什麼計劃？

林：對、對、對，因爲那個時候情況可能比較複雜一點，從思想上來講，複雜一點，因爲他們不是正規寫東西的，那麼，寫了東西以後總想看到效果，能夠發表出來，因此，在寫的過程中，他們就這裡掛鈎，那裡掛鈎，到處掛鈎。作協組織他們在那裡寫，寫了以後他們自己找了重慶出版社。他們從稿子中選擇一些在這個報紙那個報紙上發表，也是基於這個道理。另外，他們還稍微有一個條件，就是楊本泉，他是搞新聞工作的，解放前就搞新聞工作，因此，他們在發表上通過他就得到很多方便。他們三個本身和文藝界沒有任何關係。

錢：重慶出版社還是有出書的計劃。

林：對、對、對。後來他們把稿子又弄到了中青社，所以重慶出版社的老編輯至今還覺得，這部稿子本來是他們聯繫的，是他們的組稿對象。當時那個還是初稿，一段一段都不連貫的。

錢：好，謝謝你。

2、

錢：50 年代在社會上做報告，並不只是他們幾個人，是吧？

林：對，也還有別的人，但是他們做的多一些。還有曾紫霞，還有一個電臺的是誰來著。

錢：當時的重慶報紙上我看有不少人寫關於集中營的文章。

林：是，每年的「11・27」，都會組織紀念文章，也有在獄中犧牲了的同志的家屬寫這類文章，每年都會有，

錢：任可風、鍾林他們也有可能去寫這樣一部小說，怎麼他們沒寫呢？

林：鍾林後來就到《四川日報》了。

錢：那麼，羅廣斌他們幾個有什麼樣的優勢去寫作長篇小說呢？

林：他們開始並不是寫小說，他們開始是寫情況報告、寫回憶錄，這樣慢慢發展起來，開始是整理材料，並不是一開始就是搞文學，所以他們都叫做半路出家，開始都是業餘。

錢：我看任可風、鍾林、王國源他們寫的文章的文筆比羅廣斌他們好。

林：是，任可風、鍾林兩個畢竟是記者。羅廣斌他們都不是搞這個的，他們幾個只有羅廣斌是學文學的，楊益言剛解放在青年團編一個刊物，但那畢竟只是一個編輯，和搞文藝是兩回事。任可風他們幾個人都是比較老資格的，比如那個任可風，他雖然喜歡亂吹，但是他的文筆還是可以的，鍾林也是，他是個老記者，後來到《四川日報》去了。

錢：他們寫這些文章是不是和他們是報社的人有關呢？

林：因爲他們都在報館工作，比如任可風就在《大公報》，當時都是按照政治的需要，每逢節日，需要組織人寫，他們是從裏邊出來的，乾脆就叫他們寫算了，是不是啊，他們有這個方便。

錢：羅廣斌寫了《獄中情況報告》，別人寫過嗎？

林：寫報告是他自己，別人沒有聽說。

附錄十　江曉天訪談錄

採訪時間：2005 年 11 月 17 日

採訪地點：北京虎坊橋江曉天先生家

採訪人：錢振文

錢振文（以下簡稱錢）：想請您老談一下幾部作品修改加工的情況，比如《山呼海嘯》、《風雷》等，聽說這些小說都經過編輯部的不少加工。

江曉天（以下簡稱江）：《山呼海嘯》稿子不行，王維玲搞的。不光是文字差，還有個問題，我說曲波你是不是太浪漫主義了，你搞錯了吧，比如，膠東地區根本不能打地道戰，那裡都是山區，不能打地道戰。他寫日本鬼子追我們，追到一個農民家裏，鍋蓋一掀，下面是地道。還有一個情節，我們的小漁船打日本的鋼船，打得日本鬼子到處找地方鑽。這是不可能的，你的小木船怎麼能打他的鐵船呢。

他找我看他的書，我說我不能給你看，我正在搞《李自成》。後來曲波還不高興，當時給他許過願，說印多少多少，但印出來後，賣不掉。就不再印了。

錢：這個書編輯加工的情況你清楚嗎？

江：編輯是王維玲做的，我不知道。但《林海雪原》加工確實比較大，龍世輝和他有矛盾我知道。曲波還有一部小說是相當不錯的，就是《橋龍彪》，在藝術上是相當不錯的。

錢：《風雷》的情況如何？

江：這個，改大了，我簡單說說吧。這部稿子是 58 年我給他約的稿子，後來寫成《尋父記》，我們是老朋友了，沒辦法，就收了。最後，這部稿子改動比較大，當然主要是他自己改了。他就住到團中央的招待所，我們倆就搞流水作業，他改一部分，我給他看一遍，我把意見提出來，再給他，這樣子來回輪流著改，在團中央住就兩次，都住了好長時間，最後第三次定稿，好像是從 62 年到 63 年吧。他是一個戰士出身的作家，他的成名作是《活人糖》，五六十年代他寫過一些，有一個《衣衫記》寫治淮過程的，他寫了不少東西。

錢：《紅旗譜》的情況呢？

江：是這樣的。《紅旗譜》是吳小武具體去約的稿子，吳小武看的，後來周楊表揚幾本書，有《紅旗譜》。第二部《播火記》寫一個女主角，模糊，文字上沒有第一部好，後來王維玲去看他，希望他能抹一抹，改一改，他就不高興了，就給了作家出版社，（作家出版社）也沒有給他出。

錢：《紅旗譜》出版前沒有能在《人民文學》刊登是怎麼回事？

江：吳小武拿給秦兆陽，說發長篇還沒有這個習慣，所以沒有發。

錢：我覺得中青社還是出了不少有分量的東西。

江：當時，青年出版社是綜合性的，不是光出文學作品。當時出版的第一部長篇就是《劉胡蘭》，梁星寫的，一下子打響了；第二部是《董存瑞》；第三本是《卓婭和舒拉的故事》。青年出版社是以英雄人物的傳記起家的。作家們覺得寫傳記是沒有出息的，後來就沒有人願意寫了。怎麼辦呢？我們就搞《紅旗飄飄》，革命回憶錄。後來我們約稿啊，有幾個故事，梁斌當時是很沒有名的，當時是個老幹部了，先在文聯，後來在文學講習所當書記吧，蕭也牧知道他，通過約稿人約了他的《紅旗譜》；吳強的《紅日》，沈蔓君說我給你介紹一個長篇，在人民文學放了半年，沒人看，要回來，給了《解放軍文藝》，送給馬寒冰，半年，也沒有看，拿到我們這兒，我一看，挺好，一字沒改，出來了。

我們有一個傳統，只看作品，不看名氣。有的作家直接說，我的作品不給你們，如趙樹理。有人說：你們根本不能出文學作品，你們沒有資格的。我說，咱們走著瞧。我們對作家一律平等，來去接送，來了後拿 10 塊錢來，由責任編輯出去請飯。

主要參考文獻

1.《自由交流》，皮埃爾·布爾迪厄、漢斯·哈克著，北京：三聯書店，1996年。

2.《文化資本與社會煉金術》，皮埃爾·布爾迪厄著，包亞明譯，上海：上海人民出版社，1997年。

3.《權力的文化邏輯》，朱國華著，上海：上海三聯書店出版，2004年。

4.《文化政治美學——伊格爾頓批評理論研究》，馬海良著，北京：中國社會科學出版社，2004年。

5.《文化：社會學的視野》，〔美〕約翰·R·霍爾等著，北京：商務印書館，2002年。

6.《藝術的社會生產》，〔英〕珍妮特·沃爾芙著，北京：華夏出版社，1990年。

7.《文學社會學》，〔法〕羅貝爾·埃斯卡爾皮著，上海譯文出版社，1988年。

8.《文學研究與文化參與》，〔荷蘭〕佛克馬、蟻布思著，北京大學出版社，1996年。

9.《文化生產——媒體與都市藝術》，〔美國〕戴安娜·克蘭著，趙國新譯，南京：譯林出版社，2001年。

10.《做文化研究——索尼隨身聽的故事》，〔英〕保羅·杜蓋伊等著，北京：商務印書館，2003年。

11.《文藝學和新歷史主義》，社會科學文獻出版社，1993年。

12.《當代西方藝術文化學》，周憲等編，北京大學出版社，1988年。

13.《文化理論關鍵詞》，〔英〕丹尼·卡瓦拉羅著，張衛東、張生、趙順宏譯，南京：鳳凰出版傳媒集團和江蘇人民出版社出版，2006年。

14.《關鍵概念：傳播與文化研究辭典》，〔美〕約翰·費斯克等編撰，李彬譯注，北京：新華出版社，2004 年。

15.《作品、文學史與讀者》，〔德〕瑙曼等著，北京：文化藝術出版社。

16.《繼往開來》，〔蘇聯〕阿梅特欽科著，北京：商務印書館，1995 年。

17.《文學與革命》，〔蘇〕托洛茨基著，北京：外國文學出版社，1992 年。

18.《論意識操縱》，〔俄〕謝·卡拉－穆爾紮著，北京：社會科學文獻出版社，2004 年。

19.《知識分子論》，愛德華·W·薩伊德著，北京：三聯書店，2002 年。

20.《表象的敘述》，李宏圖選編，上海：三聯書店，2003 年。

21.《文化的轉軌》，程光煒著，北京：光明日報出版社，2004 年。

22.《文學想像與文學國家——中國當代文學研究（1949～1966）》，程光煒著，開封：河南大學出版社，2005 年。

23.《問題與方法》，洪子誠著，北京：三聯書店，2002 年。

24.《中國當代文學史》，洪子誠著，北京：北京大學，1999 年。

25.《中國當代文學發展史》，孟繁華、程光煒著，北京：人民文學出版社，2004 年。

26.《中國當代文學史·史料選》，洪子誠主編，武漢：長江文藝出版社，2002 年。

27.《語際書寫》，劉禾著，上海：三聯書店，1999 年。

28.《「灰闌」中的敘事》，黃子平著，上海：上海文藝出版社，2001 年。

29.《50～70 年代中國文學經典再解讀》，李楊著，濟南：山東教育出版社，2003 年。

30.《想像中國的方法——歷史·小說·敘事》，王德威著，北京：三聯書店，1998 年。

31.《知識分子與中國革命》，史景遷著，北京：中央編譯出版社，1998 年。

32.《當代文學關鍵詞》，洪子誠、孟繁華主編，桂林：廣西師範大學出版社，2002 年。

33.《當代文學研究》，洪子誠主編，北京：北京出版社，2001 年。

34.《劍橋中華人民共和國史》（1949～1965），費正清、羅德里克·麥克法誇爾主編，上海：上海人民出版社，1989 年。

35.《若干重大決策與事件的回顧》，薄一波著，北京：中共中央黨校出版社，1993 年。

36.《知情者說》，莊園、鄭宏穎著，北京：中國青年出版社，2000 年。

37.《江曉天近作選》，江曉天著，北京：大眾文藝出版社，1999 年。

38.《記憶》，王扶著，北京：作家出版社，2001 年。
39.《毛澤東》，迪克威爾遜著，北京：中央文獻出版社，2000 年。
40.《1966：我們那一代的回憶》，徐友漁編，北京：中國文聯出版公司，1998 年。
41.《文學八年》，閻綱著，石家莊：花山文藝出版社，1987 年。
42.《中國當代文學研究資料‧〈紅岩〉專集》，瀋陽師範學院編，1980 年。
43.《〈紅岩〉的故事》，楊益言著，石家莊：花山文藝出版社，2000 年。
44.《話說〈紅岩〉》王維玲著，石家莊：花山文藝出版社，2000 年。
45.《〈紅岩〉‧羅光斌‧中美合作所》，劉德彬編，重慶：重慶出版社，1990 年。
46.《永葆革命青春——從〈紅岩〉中學習些什麼》，天津：天津人民出版社，1963 年。
47.《悲壯的〈紅岩〉》，閻剛著，上海：上海人民出版社，1963 年。
48.《中國青年出版社的三十五年》，中青社內部印刷，1985 年。
49.《歷史沒有空白》，林彥著，香港：新天出版社，2003 年。
50.《紅岩》，羅光斌、楊益言著，北京：中國青年出版社，1962 年。
51.《在烈火中永生》，羅廣斌、劉德彬、楊益言著，北京：中國青年出版社，1959 年。
52.《在烈火中得到永生——記在重慶「中美合作所」死難的烈士們》，羅廣斌、劉德彬、楊益言，中國青年出版社《紅旗飄飄》第六集。
53.《聖潔的血花》，羅廣斌等著，廣州：新華書店華南總分店出版，1950 年。
54.《我從集中營出來——瓷器口集中營生活回憶》，楊祖之，《國民公報》1949 年 12 月 5 日至 16 日。
55.《血的實錄——記一一‧二七瓷器口大屠殺》，任可風，《大公報》1949 年 12 月 6 日。
56.《我從渣滓洞逃了出來》，鍾林，《國民公報》，1949 年 12 月 29 日、30 日、1950 年 1 月 1 日。

後　記

這本書是在我 2006 年寫成的博士論文的基礎上修改而成的。光陰荏苒，一晃日子已經過了九年多。這些年，由於工作關係，我的讀書和研究領域有所變化，但是，《紅岩》研究卻總是時斷時續地進入我的當下生活，從來也沒有完全放下過。一個主要的一直在做的事情就是把論文中的一些段落摘出來進行打磨然後投給雜誌社發表，另外，當年寫作論文時搜集的不少資料並沒有完全用到論文當中去，在有空閒的時候就總想利用這些寶貴的資料把研究工作繼續下去。感謝《海南師範大學學報》主編畢光明先生、《渤海大學學報》主編林建法先生，他們曾經不只一次地發表了我這篇論文中的很多段落。

當初，我的導師程光煒先生和我定下這個題目的時候，對我來說也僅僅只是一個題目而已，並沒有任何的積累或準備，眞可以說是「白手起家」。因此，雖然對這個題目的潛力有所認識，但內心更多的卻是擔心和不安。能否找到對論文來說至關重要的原始資料是寫作成功的前提，同時也是我最爲擔心的地方。至今我還記得 2004 年春節前夕在中國現代文學館用削尖的鉛筆仔細抄寫我找到的第一份資料——沙汀的一份手稿殘稿——時激動的心情。但激動過後卻又陷入了擔憂：這份沙汀的手稿也不過一千多字，對於一篇十幾萬字的博士論文來說又能有多少作用呢？這時候，程先生鼓勵我說：沒有關係，說不定什麼時候在什麼地方，你就會「斬獲」一批資料。事情果然不出程先生所料，等我過了春節再回到學校，《人民文學》的前任副總編輯王扶給我提供了重要的線索，同時，其它的幾條線索也都有了重要的進展，一時局面大開。

在論文的資料查訪工作在不經意間有了突破性進展的時候，我就想，眞該把自己進入論文工作以來的事情做一個詳細的日誌。到了論文寫成初稿的時候，這種感覺就更加強烈。之所以有如此的想法，並非是想把自己在這過程當中的酸甜苦辣記載下來以備炫耀，而是因爲我的寫作工作和我所研究的對象一樣充滿著非連續性和偶然性。每往前邁進一步，都是由出乎意料的偶然機遇來促成的。生活可能本來就是這樣的。但是對於一個有著明確交活兒時間和明確的字數長短的寫作工作來說，這種非連續性和偶然性帶給人的就不只是刺激，還有難受和痛苦。因此，我的論文寫作過程就不只是一段精神的遊歷，同時也是一段由很多片段構成的生活故事。其中最值得記載的是那些素昧平生但卻在我茫然無助的時候伸出援手的人們。他們是：中國青年出版社常務副社長張景岩、中國青年出版社青年編輯莊庸、《人民文學》原副總編輯王扶、原新華社《瞭望》雜誌社主任編輯楊桂鳳、中國電影集團公司策劃部工作人員楊秋美、中國現代文學館手稿室主任許建輝、重慶《紅岩春秋》雜誌社編輯何蜀等等。是他們無私的幫助使我在論文寫作的關鍵環節——資料查訪工作中總是能夠絕處逢生、一路順風；當然，我還要對沒有任何條件接受我採訪的人們表示感謝，他們是：原中國文聯書記處書記江曉天、《人民文學》原副總編輯王扶、著名評論家閻綱以及原四川省黨史辦公室幹部楊世元、原四川省人民藝術劇院編劇胡元、原四川省政協主席廖伯康、原四川省作家協會主席馬識途、原重慶市委宣傳部文藝處處長林彥、重慶師範大學教師楊向東、重慶市委黨史辦幹部趙權璧、四川著名作家高纓等等。這些採訪工作，有的是當面訪談，有的是電話訪談和書信來往，不管是採用何種形式，受訪者無不熱心地爲我指點迷津、釋疑解惑，他們大多是當年《紅岩》生產過程中的參與者、知情者、見證者，因此，雖然是幾十年之後對《紅岩》生產過程的回顧，但他們的口述仍然具有書面文字所不具有的「光韻」，有助於我們研究者產生一種回到歷史現場的「現場感」，同時更重要的是，他們提供了大量鮮爲人知的歷史情節和細節，這些情節和細節可以給粗線條的文學史敘述補充更豐富的毛細血管，使我們「更複雜地回到歷史當中去」。雖然這些人們爲我更複雜地進入歷史提供了豐富的情節和細節，但在這個小小的後記中我卻只能像文學史一樣「粗線條」地勾勒一下這個「提供」的過程，而不可能詳細地描述這個過程中許許多多讓我銘刻在心的情節和細節，甚至於還有許多人連名字都沒有提及。也許無以回報，但這些感人的情節和細節卻會永遠珍藏在我的內心深處。

也許和我的職業經歷有一定的關係，當初進行論文寫作的時候，我把很大的一塊精力用在了原始資料的搜集和對文學生產當事者的訪談上，最後，這方面的「成果」成了這篇文章的最大「特色」和「亮點」，在論文答辯時，我主要陳述的也是當代文學研究的資料問題。其實我在工作過程中並沒有明確的方法論，只是在事後才意識到這是一條和當代文學研究的學科特點比較吻合的研究途徑。由於我們研究的這段歷史距離現在並不遙遠，當年文學生產的現場和生產過程的痕跡並沒有被時光完全磨蝕，大量紙質資料就塵封在文學生產機構的檔案櫃中，很多文學生產的當事人也依然健在，我們從公共圖書館公開出版物上能夠看到的只是當代文學史料的冰山一角。這是當代文學史研究的特定條件，也決定了我們的研究者們不應該僅僅滿足於傳統的書齋式學問，而應該走出去，到文學生產的現場去，進行大量的當然也是艱苦的「田野調查」。事實證明，不少由坐而論道式學問得出的「結論」是似是而非的，一旦深入到原始資料的深厚沃土，許多這樣的文學史「結論」都會頓時變得僵硬起來。最近幾年，時有攻讀當代文學學位的學生和我切磋「學問之道」，我總是根據自己的經歷和他們探討他們的研究對象的生產現場何在和如何進入這些現場，而不是那些高深莫測的理論概念。我覺得，當代文學研究工作固然是一種腦力勞動，但也是一種需要付出艱辛勞作的體力勞動。這也算是本人進行《紅岩》研究的一點小小心得。

2015 年 12 月 17 日於北京